晚　情

梁　峰／著

大连出版社
DALIAN PUBLISHING HOUSE

图书在版编目（CIP）数据

晚情/梁峰著.—大连：大连出版社，2016.3
ISBN 978-7-5505-0697-8

Ⅰ.①晚…　Ⅱ.①梁…　Ⅲ.①长篇小说－中国－当代
Ⅳ.①I247.5

中国版本图书馆CIP数据核字(2016)第042513号

出 版 人：刘明辉
策划编辑：张　波
责任编辑：李　萤
封面设计：林　洋
版式设计：张　波
责任校对：杨　钟
责任印制：徐丽红

出版发行者：大连出版社
地址：大连市西岗区长白街10号
邮编：116011
电话：0411-83620442　0411-83620941
传真：0411-83610391
网址：http://www.dlmpm.com
E-mail：dlszhangbo@163.com
印 刷 者：大连美跃彩色印刷有限公司
经 销 者：各地新华书店

幅面尺寸：170 mm×230 mm
印　　张：24
字　　数：366千字
出版时间：2016年3月第1版
印刷时间：2016年3月第1次印刷
书　　号：ISBN 978-7-5505-0697-8
定　　价：52.00元

目录

第一章

这是20世纪80年代末北方某学院钟情唱晚的故事。

一个深冬的夜晚，都市沉睡在逼人的寒气之中，多年不见的鹅毛大雪，在北风的呼啸中不停地飘飘洒洒，转瞬之间，城池银装素裹，天地一体，那些七高八矮、错落有致的庭院楼阁，好似一幅幅天工巧匠的油画矗立在大街小巷，使得这座活力四射的古都一改往日的喧闹而沉静下来。雪在三更天终于停了下来，渐渐地，渐渐地，东方地平线上出现了鱼肚白，旭日在阴云的朦胧中喷薄而出，轮式的交通工具停了下来，工薪族的人们只好在厚厚的积雪道上移动着脚步，艰难地奔向自己该去的地方，品味着时代赋予他们的快节奏生活。

冬天再长，也孕育着春天的到来，只是人们渴望它短一些，再短一些。

一所名扬四海的国家级高新科技学府就坐落在这座城市的西郊，它是多学科的综合性学院。提起这所学院，人们无不刮目相看、倾情向往，学者们津津乐道着这里彪炳于世的学术成果，学子们以步入这所崇高的殿堂从师探秘为至高无上的荣耀。一些年来，它为国家各个领域输送了一批又一批的精英奇才，他们在实践中迅速成长为经济发展的栋梁、国家强盛的中坚。可是今天，由于个别掌权者在改革开放的大潮中被冲昏了头脑，私欲膨胀，忘乎所以，把个好端端的学府一度引入了歧途，使它往日在人们心目中那耀眼的光环大打折扣。

正值学院的发展一筹莫展的时候，中央针对全国出现的某些弊端，适时地下达了教育整顿的指示，学院党委立即决定召开党委会传达学习，力争在贯彻落实中尽快拨正航向。

昨天冯一夫刚刚下达了通知，定在今早八点半召开党委会，这是他接手党委秘书工作的第一件大事。按照预定的时间，他提前起床了，习惯地走近窗前往外扫视，好家伙，一片白色海洋，怎么竟碰上了个大雪封门的天，真是天不作美。他赶紧洗把脸，也顾不上肚子的饥饿便离开了家门，在厚厚的积雪道上跟头把式地步行到院部会议室。他边布置会议室边疑惑，如此冰天雪地还能如期开会吗？于是就给主持工作的党委副书记、院长程铁夫家里挂了电话，请示可否变更一下会议时间。没想到一向温和的老院长竟以从未有过的强硬口气回复道："不怕，不怕，别说是下雪，就是下刀子也不变更了，照常开会！"

自从党委书记汪远离职休养后，身为院长的程铁夫在名义上主持党委以及学院的全面工作，而实际上党政大权却旁落在年轻的党委副书记姚铭盛的手里。作为学术权威的程铁夫也打心眼儿里希望姚铭盛能挑起这个大梁，但是，几年下来，党办主任陆坦发现姚铭盛拉拢亲信、搞小圈子、排斥异己，一些人在他的纵容和唆使下，把改革开放当作搞自由化的借口，肆无忌惮，为所欲为，刮起了一阵又一阵的邪风，使学院的学术活动越来越有些离谱，甚至已恶化到积重难返的程度。当陆坦向程铁夫反映后，开始并未引起重视，程铁头总是以学术的眼光去看待一个人的好与坏，后来，主管教学的副院长迟来春、主管科研的副院长于祥也先后反映了类似的情况，他这才有所警觉，意识到科研和教学确实是阻力很大，他的一些设想常常落实不了，看来真的是被架空了，如此下去，只怕这所曾经硕果累累、贡献卓著的高新科技学府要在他手里葬送了。好在正赶上中央下达了教育整顿的指示，眼下召开的党委会，就是想借助整顿思想、理顺秩序、拨乱反正等措施，把教学和科研从邪路拉回到正常的轨道上来，所以说，当程铁夫听到冯一夫建议改变时间时，便果断地否定了。

开会的时间到了，程铁夫和陆坦陪同着崔羽正点走进会场，与会者起身问候着，寒暄着。不出所料，到会的人只有七成，当人们坐稳后，程铁夫环顾了一下会场，十分寒心。习惯迟到的人总是迟到，如果是天气的原因，那在座的人为什么能来呢？程铁夫决定不等了，他说明今天的党委会是传达中央《关于在县级以上党政领导班子、领导干部中深入开展以“讲学习、讲政治、讲正气”为主要内容的党性党风教育的意见》，是个学习会，也是个落实会。对学院贯彻中央精神，科技综合部领导很重视，左言部长委派信息办主任崔羽作为联络员到学院参会，他在程铁夫的引荐下讲了几句见面的话便转入了学习。当党办主任受命传达完文件精神时，党委副书记兼纪委书记姚铭盛和副院长郑明、周福泉三个人，像有约在先似的，脚前脚后进入了会场。姚铭盛边走边用带有质问的口吻嘟囔着：“这个天还开会啊！”程铁夫没有理会姚铭盛在说些什么，只是用命令的语气让他重念了一遍，然后请大家结合学院的实际情况进行讨论。

忍气吞声时不到，火山蓄久必爆发。一向心直口快的陆坦先开了腔：“中央的‘三讲’意见很及时，也完全符合学院的实际情况。君不见，有的人敷衍正课办私班，有的人盗用科技牟私利，有的人拉帮结伙立山头，把学院的秩序搅乱了，把人心搞散了。”陆坦的一席话一针见血，语惊四座。坐在陆坦对面的迟来春深有感触，他毫不掩饰地敞开了心扉：“学院现在是人心惶惶、离心离德，办私班有点儿成风了，再不整顿，我这个抓教学的副院长该失业了。”对上述意见，科研办主任刁玉琢不仅感同身受，更有难言之隐，他说：“有的人狐假虎威地把攻关项目掠为己有，拿到某些企业去孵化，从中获取暴利，我连说个‘不’字都不行，继续这么干下去，学院就是不垮也得被搅和个半死不活！”

几个人的坦言，触怒了郑明，他看了看姚铭盛的眼色便以批驳的口气说道：“改革是个新事物，即使有点儿这样那样的所谓问题也是正常的，不必大惊小怪，更不能动不动就杀气腾腾地否定一切。常识告诉人们，否定一切的人最终就等于否定了他自己。”

在场的人顿时便嗅到了火药味。可是心地坦荡的陆坦从来就不吃恐吓的枪药，他据理力争：“我们不能有眼无珠地歪曲现实，更不能明目张胆地偷梁换柱，难道说还有谁敢否定这些客观存在的事实吗？那好，有否定者请吧，本人甘愿奉陪到底！”

周福泉跟着说道：“老郑说得对，看来你这个党办主任对解放思想没搞通吧？”

按姚铭盛的习惯，该是做结论性引导的时候了，于是他说道：“我们学院之所以工作上不去，关键就是思想不解放，看不惯这个，看不惯那个，看不到主流，这是个危险的信号。我们一定要吸取某些人打着红旗反红旗的历史教训。”

姚铭盛的这番话，程铁夫听得很刺耳，他严肃地说道：“现在还远不是下结论的时候，再说，学习贯彻中央精神就应该联系实际，不能空对空地只放空炮，更要允许有不同的意见和不同的看法，以便通过学习讨论澄清是非，提高认识，端正态度，把思想引到教学科研两不误的轨道上来，在改革开放中做出自己的贡献。”

周福泉有点儿不在乎地继续搬弄着是非：“依我看，还是铭盛同志讲得有道理，思想得解放，不能对改革开放有疑义，难道说这十几年白搞了吗？在原则问题上可不能含糊其词、模棱两可。”

郑明也赶忙帮腔：“不错，看问题必须看主流，看本质，这样才能少犯错误或不犯错误，我觉得现在的苗头不对，这很值得我们警惕啊！”

陆坦耐着性子说道：“你们几位说得好，打着红旗反红旗的人确实是有，否定一切的也确实是大有人在，但是，当前要特别警惕一种人，就是颠倒黑白，混淆是非，原则上肯定，具体上否定，这些事迟早会暴露在光天化日之下，纸里是包不住火的。”

半天没有发言的于祥深感不安，他说：“不错，凡事都要看主流，看本质，但是，这不等于说学院没有支流了，混淆是非是于事无补的。我们一定要正视现实，这些年教学上不去、科研拖后腿，这是有目共睹的，我是协助程老抓科研的，这里出现的问题我要负全部责任。”

陆坦有点儿不忿地说：“我不是替迟来春、于祥同志开脱责任，据我所知，这两位早就被架空了，就是追查责任，主要责任者也不是他们。”

姚铭盛觉得风向不对，点火不如灭火好，忙插嘴道："按理说谁主管谁负责，但是今天我们不是要追查责任，程老说了，学习讨论是提高认识、统一思想，何必那么认真！"

一番唇枪舌剑之后，程铁夫认为这个会再开下去就难收场了，他与坐在身边的崔羽耳语了几句后提议休会，择机再开，其间要求大家做好准备，联系实际找差距，明确任务摆措施，他强调要下决心把中央的精神落到实处，贯彻到底，不见成效绝不收兵，与会者表示赞成。

散会后，崔羽在陆坦的陪同下来到程铁夫的办公室，边喝茶边闲唠，大家都觉得学院的问题比较严重。程铁夫有些自责地说："陆坦早就建议我向部里反映这些情况，由于我书生气太重，分不清大是大非，就这样给压下了。崔羽同志，你今天是亲眼看到了，当初要是听听陆坦的意见就好了，实践证明他是对的，也确实是到了快刀斩乱麻的时候了。"

"学院的问题部领导已有耳闻，"崔羽说，"至于如何解决，想听听程老的意见，因为它涉及学院领导班子的成员，事关重大，要有个明确的态度才行。"

虽然今天的会议给程铁夫来了个下马威，却让他更加坚定了挽救学院的决心。然而，他又不能不想到，要解决如此重大的难题，仅靠学院自身的力量是远远不够的，很需要部里助一臂之力。于是，程铁夫向崔羽提出了求助，他希望借贯彻中央"三讲"的东风，请部里派个工作组进驻，帮助学院以解燃眉之急，进而从根本上消除后患。

崔羽立即反问道："这可是个大动作啊，如果需要的话，以什么名义派工作组呢？"

陆坦眼前一亮："太需要了，依我看，就叫调查小组……不，叫教育评估小组怎么样？"

程铁夫十分赞赏地说："这是个好主意，就叫教育评估工作组，要是崔羽同志你能带队来就更好了，请你代我向部长汇报一下怎么样？"

由于工作上的联系，崔羽对学院的情况比较了解，而且在来学院之前已向部长建议过派工作组的事，部长让他先征求一下程铁夫的意见再定。所以，此时此刻当程铁夫提出了同样的建议时，他便爽快地回应道："请程老放心好了，我回去就向部长汇报，估计很快就能有个明确的答案。"

耐着性子等待程铁夫快点儿下野以接管党政大权的姚铭盛，今天特别不痛快。他想，这些年来不管是在公开场所还是在个别接触中，这老头子对自己是百依百顺，从来也没说过个"不"字，今天却是一反常态，就连这次的学习安排也不征求自己的意见。他越想心里越有些发毛，所以，散会后他马上就把他的"铁三角"成员郑明和周福泉约到自己的办公室，想试探试探他俩的态度，于是，便以镇定的姿态鼓励两个人会上的发言敢碰硬，敢较真。两个人闻听此言受宠若惊，至少从表面上打消了一些顾忌。然而，他们无法从心底抹去忐忑不安的纠结，如周福泉就认为陆坦的发言准是有什么来头，这事可不能含糊了，说不定他手里还有些什么把柄。人称"诸葛第二"的郑明，虽然觉得程铁夫的发言对姚铭盛有点儿不客气，可那不过是做戏给崔羽看的。姚铭盛听了这话尽管是半信半疑，不过在这种时候还是应该把它视为一棵不可多得的救命稻草为好，于是，不免心中暗喜。他硬着脑皮借用着反刍动物的习性，吃了别人的定心丸，又要吣出来用以稳定别人，装腔作势地说道："你们放心好了，没有什么了不起的，如果有什么事，班子里有'程老板'顶着，回家的人有'老石头'兜着，教委那边还有个铁哥们儿老同学，怕什么，就差部里没有人啦，我看可以把崔羽当作个'培养'对象嘛！"

也真灵，周福泉就像打了强心剂似的，立刻来了精神，说："对，听小道上说，崔羽在部里是走红的，可能是部长的接班人，可不能轻易地放过他。"

姚铭盛补充道："那就更好了，'培养'的事老郑多费点儿心。另外，下一次会上的发言得改变改变方式，可以缓和点儿，没有必要针锋相对，要少摆问题，多出点子，少去顶牛，多给同情，以利于'团结'人嘛！"

郑明更是高姿态："好吧，咱就是往身上揽点儿责任又能怎么样，还显得我们有风格！"

周福泉赶忙说："有道理，确实是没有必要把自己放在火上烤，至于'培养'的事，我可以试试看，当尽力必尽力就是了。看看姚书记还有什么事，要是没有，就让你们的司机回去吧，咱们坐我的车去找个酒吧坐一会儿。"

姚铭盛点点头，几个人乘车扬长而去。

这阵子陆坦的心里也直打鼓。本来可以在贯彻“三讲”中起点儿作用，尽自己之所能帮助程铁夫渡过难关，不巧，偏偏这个时候离休手续批下来了，再留任也没有啥意思。于是，他把赵倩和冯一夫找到一起，告诉他俩自己的离休手续已经批回来了，等宣布完了交接一下工作，又说赵、冯二人的正、副主任的任命也批回来了，今后要多帮助程老操些心。他要马上去见老干部党总支书记汪远，提前报个到。

赵倩听到这个信息颇有感慨：“你离休的事谁也无法阻拦，只是太不逢时了，学院上下人心浮动，思想混乱，也难为程老了，他很难再找到你这样的帮手啦。”

冯一夫对此也深有同感：“真是这样，姚书记平时在工作上很少和党办沟通，全是直线活动，你在这儿还能顶一阵子，我们怎么办？”

陆坦鼓励说：“不必担心，离开谁地球也照样转，但是你们可不能像我那样死心眼儿，遇事不要硬顶硬撞，既要坚持原则，又要有灵活性，凡事都要讲效果嘛！还有个好消息，部里说不定会派个工作组来，帮助学院贯彻中央‘三讲’意见，带队的有可能是崔主任，你们要多支持他们的工作。”

陆坦离开办公室直奔汪远家走去，在途经路边一个药店门口时，他看到门口聚集了不少人，走近一看，原来是卖药人在做广告，再一瞅，又发现了不少学院的离退休人员也在这里，有的坐在墙根晒太阳，有的打扑克，也有看眼儿的。等人手搓麻将的赵明站起来说：“哎呀，这不是老陆吗？怎么你也到点儿啦？”

“啊！”陆坦回应道，“很快就要到你们的队伍中来了！你们是来买药的吗？”

林森凑过来说：“买什么药，这是我们每天的集散地。老陆啊，你怎么也想来这儿当‘马路天使’啊？”

“差不多，差不多。”陆坦说着刚要离开，一下子凑过来五六个人，有人说麻友王志远好几天没来了，家里的电话也没人接，可别出啥事啊，请他给老干办捎个口信，让他们派人去看看。

陆坦离开药店心情沉重起来，他在想：“难道说‘宝贵财富’只能放在墙根晒太阳吗？只能在大街小巷充当‘马路天使’吗？只能是一伙六神无主的‘海外游子’吗？而且自己也就要成为如此‘宝贵财富’中的一员了……”可是他再一想又觉得没有什么奇怪的，学院都这么混乱，学院的老干部工作怎么能好呢？他越想越觉得内心不安，自责在位的时候严重失职，怎么就没想到问题的严重性，更没看到这些老人竟然没有人管了，自己着实当了一把党办的傀儡，让某些人得以为所欲为、营私舞弊，造成了不可挽回的影响和损失，实在令人心碎！

拐过几栋楼，陆坦来到汪远家，他说自己的离休手续已经批回来了，过几天就要宣布，今天是提前来报到的。汪远和老伴张淑兰见到陆坦就像见到了久别重逢的亲人那样高兴，尤其听陆坦说马上就退了，更是喜出望外，因为汪远准备“二次退休”的接班人终于等来了。这时他仿佛要和陆坦交接班似的，忽而介绍离退休人员的概况，忽而介绍总支组织和人员的构成，忽而又说明自己这几年是进退两难，撒手吧，于心不忍，干吧，又力不从心，就这样断断续续以至断而不续地混到现在，真是亏欠大家了。于是，他以求救的口气说：“陆坦啊，你快点儿把我的担子接过去吧，免得再受损失啦！”

老伴也跟着帮腔，说老头子这几年等啊，盼啊，就没碰上个愿意干的合适人，老是叨咕要是有陆坦这样的人就好了，今天可倒好，说曹操曹操真的也就到了。她求陆坦赶紧把老头子给“解放”出来吧！

陆坦极力推辞，他希望二老别吓唬他：“我在年轻人面前算是个老的，在二老面前还是个年轻的，有跑跑跶跶的具体事只管吩咐好了。不过二老有所不知，现在学院的老干部工作谁干也不行，就学院来说，正处在动荡时期，在姚铭盛一伙人的把持下，思想混乱，学术下滑，资源流失，行无章法。在这种状况下的老干部工作会是个什么样也就可想而知了。”当然，要问责的话，陆坦也深感内疚。

听到这些，汪远恍然大悟，原来学院是这个样啊！难怪这些年总觉得老干部工作有个什么坎似的，凉清清的，冷冰冰的，没有顺当的事，积压的药费不给报，提点儿意见没人听，落实政策都不管，上不传言，下不达语，老同志就像生活在真空管里的没娘的孩子，党的温暖没有了，国家的关怀不见了。这时陆坦又想起了方才路遇的情况，刚讲了几句，汪远说那算是好的呢，还有上当的、受骗的、三角恋的、信邪教的，这些事早就向姚铭盛反映过，他都当成耳旁风，一股脑儿地推到老干办去，老干办的头头也不管。那里有个叫李静的女孩子，她倒是挺负责的，可她做不了主啊！陆坦怕惹汪远生气，劝他别着急，告诉他部里很快就能派个工作组帮助解决问题。汪远有些半信半疑，既然学院存在那么多的问题，老干部这点儿事怎能挂上号呢？从推理的角度看应该是这样，学院不解冻，学院的老干部工作是不会有春天的，除非是有什么奇迹出现！

方才汪远提到的李静，陆坦是不陌生的。她是本院研究生班毕业的，毕业前，她和本院要好的同学何山夫暗中相约，等到在社会上闯荡出点儿成就再谈婚论嫁。就这样，学院拟将何山夫留校，何山夫婉言谢绝了，选择了一家私营企业当技术员，这在当时轰动了全院上下，人们替他惋惜，说丢下铁饭碗去找泥巴碗。李静算是留下来安排在老干办工作。转眼间，三年过去了，这个中学时期就被吸纳为共产党员的李静，性格爽朗、刚直不阿，她虽是入乡不得不随俗，但她对每天无所事事的工作状态实在是看不下去，有时为了工作，只要她看准了，就常常和顶头上司据理力争地顶着干、对着干，长此以往，也就产生了“跳槽”的想法。可是几年下来，她和老同志结下了深厚的情缘，对内中的酸甜苦辣可以说了如指掌，就是因为这个缘故，她去留难定、进退彷徨。眼下听说陆坦要离休了，她想请这位热心肠的“倔乎”人给拿个主意。也巧，陆坦这时给她的主任张泽明挂来电话，让老干办派人去王志远家看看，别出了啥事。张泽明放下电话来到大屋，气哼哼地扔掉手里还没吸完的烟头，当着众人大发威风：“说陆坦好管闲事一点儿不假，这不，来电话让我们到王什么远家去看看，他马上就要回家了，还不改改这身毛病。”

一时没人搭话，李静倒有些不安，说道：“是不是王志远？他可是独身一人在家，有心脏病，还是去看看吧！”

“看什么？”张泽明不高兴地说，“这事街道就管了，我们去掺和个什么劲儿！李静啊李静，不是我说你，还是太年轻啦。”

李静却毫不在意他的挖苦，还是坚持要去看看，她觉得人命关天！

陆坦放下电话便离开了汪远家，边走边想，张泽明在电话里油腔滑调的，真是让人放心不下，还是亲自去一趟吧。他来到王志远住的楼前，刚要问室号，就碰上了李静，两个人交换了意见后，李静说她在等派出所来人开门。只几分钟的工夫，警车来了，大家一起上楼，打开门一看，王志远躺在地上动也不动，一只手伸向电话的方向，经过现场勘查和拍照，初步可以排除他杀的可能。警方随即拨打了120将其送往医院做进一步检查认定，等待善后处理。

在回来的路上，李静向陆坦诉说着工作中的苦衷和思想上的动摇，陆坦表示同情和理解，但同时鼓励她要有勇气面对现实，还要善于在逆境中探索出工作前进的路子，做个有所作为的老干部工作者。李静对陆坦的开诚劝导十分感激，深表谢意，并恳请他离休后多帮助和指导她的工作，让老干部工作能有个新的起色。

这几天程铁夫比谁都着急，睡不好，吃不香，盼着部里快点儿把派工作组的事定下来。正在焦急万分的时候，赵倩来到他的办公室，说部长秘书来电话，请程老去一趟，有要事相商。程铁夫听到这个信儿很高兴，自言自语地叨咕着："这准是派工作组的事，错不了，错不了，告诉一夫马上跟我走！"

程铁夫进屋还没坐下，左言起身拉着他的手说："崔羽告诉我，你老兄的决心好大啊，要通过'三讲'教育把学院的问题给解决掉，你这个想法很好啊！"

程铁夫自责地说："不敢当，不敢当。学院这个班子让我给领到邪路上去啦，连个党委会都开得不顺当，火药味十足，有人推卸责任，搞小圈子，有人认为学院没啥问题可整的。不过请部长放心，在我回家之前一定把班子搭好，把秩序整好，交个合格的班子。"

左言对程铁夫的表态深信不疑，劝他不必自责，说他心太善，手太软，习惯于当泥瓦匠，不愿意当铁匠，并戏言他该改名字啦。

程铁夫听罢回应道："部长说得好。程'铁'夫者，程'泥'夫也。"

"啊，这要是钢筋水泥的'泥'可就坚固牢靠了。"

"非也，是泥巴而已。"

左言说：“说归说，笑归笑，通过贯彻中央‘三讲’意见，一定要把班子的问题解决好，率领师生跟上大形势，力争教改出新意、科研有突破，压轴戏唱好了，整场戏都会出彩的。至于工作组的事，尊重你们的意见，名义上是搞教育评估，实际上是个考核组，以考核院级班子为重点考核各级班子。先去三个人吧，组长是崔羽，动身的时间你们商定。”

崔羽依了程铁夫早早去的想法，决定下个周一带领小组到学院报到。

有梦想就会有未来。程铁夫这几天欣喜难掩，犹如久旱的秧苗适逢甘雨，湿润着他的心田，他对复兴学院的信心陡然倍增，颇有些小阳春来临之感，于是，他和冯一夫加紧安排工作组驻院的事宜。与此同时，他几乎把扭转学院局面的希望全寄托在崔羽的身上，他的想法并非没有根据，因为崔羽这个人在学院具有相当的影响力，他的人格魅力、他的思想作风、他的学术水平、他的综合能力、他的领导艺术……这么说吧，凡是和他有过接触的人无不赞赏有加，要不怎么会被列为部长的接班人呢！然而，程铁夫的心里也是明镜似的，崔羽再好，他毕竟是“过路财神”，一阵忙活，拔腿走人，留下的摊子还得自己去收拾。

人到了不顺当的时候，喝水也塞牙。这不，程铁夫不能不想到，他的得力助手陆坦立马就要回家了，赵倩和冯一夫倒是挺好，可他们能不能像陆坦那样支持自己的工作还是个未知数；还有迟来春和于祥，人是没说的，也惹过是非，不过他们在程铁夫的眼里比他自己好不了多少，也是书生气十足的，能帮上多少忙天知道！罢罢罢，想不了这许多，走一步看一步吧，先借助工作组的东风把火点起来再说，只要能跨出这第一步就算开了个好头！

程铁夫耐着性子等到了周一，他准时地陪着崔羽等人来到会议室，刚一坐下就说：“今天临时开个党委扩大会，给大家通报两件事：一是部党组为了帮助我院落实好‘三讲’精神，搞好教育评估，特委派以崔羽同志为组长，以王晓丁、姜涛为成员的教育评估工作组驻院工作，让我们表示欢迎和感谢！”话音刚落，掌声雷动，崔羽等人起身敬礼答谢。

在程铁夫的邀请下，崔羽代表工作组做了例行的讲话：“我们都是老熟人了，不想说什么客气话。工作组是受部领导的委托，要在院党委的领导下开展工作，了解‘三讲’学习情况，协助搞好教育评估活动，给院党委当个服务员，给部领导当个联络员，请大家给予支持和监督。我们有个建议：在‘三讲’学习期间，人事任免一律冻结，教学和科研正常运行。”

联络员由个人扩到小组，不断升格，引起了姚铭盛的警觉，于是，他的言谈举止跟着有所收敛，并热情表态，欢迎工作组的到来。“铁三角”中的其他成员也只好看风使舵了。

程铁夫宣布的第二件事就是陆坦离休并享受正司级待遇的申请报告已经正式批复了，还有赵倩和冯一夫的党办正、副主任的任职也都定了，接下来就是请陆坦留个临别赠言。陆坦看看姚铭盛，又看看大家，然后耸耸肩说：“对不起，耽误大家时间了，此时此刻我不知道该讲什么好，只能从交白卷说起吧。我从岗位上算是毕业了，可是我只能交个白卷，为什么？因为我刚刚发现人还会变老，至少我知道我自己真真切切地变老了，马上离岗回家就是个佐证。”

“哎呀！”一向视陆坦为绊脚石的姚铭盛听得不快，心想，可等到这一天啦，该是自己迈开双脚的时候了，便以讽刺的口吻戏言道：“你不会是想说驴尾巴长在什么地方吧？”

“这话问得好！”陆坦笑着答道，“不过，要是能够扪心自问岂不更好？未曾变老的人是否想过，老年人的今天就是自己的明天呢？未曾变老的人是否想过，自己变老的那一天该怎样安生度日呢？未曾变老的人是否想过，尊老敬老爱老养老是天意还是儿戏呢？够了，够了，我就是其中一个未曾这样想过的人。原因很简单，因为我不知道自己还会有变老的这一天。这和人们说的不知道驴尾巴长在什么地方的老调子岂不是异曲同工、如出一辙吗？”

陆坦喝了口水清清嗓子继续说：“所以说，我现在的心情很是矛盾，不到点盼回家，到了点怕回家，就是因为在位的时候，我从不在意回家的老同志是怎样消磨着晚年的时光。最近我才知道，他们是在蹲墙根、压马路中混日子，是在死活无人问津中度过余生的，难道说这就是党和国家的‘宝贵财富’的待遇和尊严吗？我真害怕如此彻头彻尾地退休了，可是，退不退又是无法选择的。我只好提个请求，能不能花几块钱给我买件离岗的纪念品——一个简易的马扎，作为我加入‘海外游子’蹲墙根的工具。好了，说了些逆耳之言，就算是个离岗留念吧！”

说罢，会场沉静了好一会儿，姚铭盛低头不语，其他人都把眼神移到了崔羽身上，而思绪万千的崔羽不负众望地示意要发言，程铁夫忙点头说：“请！”

“陆老讲得非常好，就是让人太刺心了。”崔羽有些激动地说，“我有点儿不客气啦。你发现的问题可能是‘小儿科’的问题，就是略知一二的孩子们也能对答如流，可它又是个比‘哥德巴赫猜想’还要难破解的难题。请原谅我的无知，本人平生只听说有人吃过所谓长生不老的仙药，但是却没见过吃仙药的人长生不老。我想，神经正常的人没有不知道自己会变老的，重要的是，当人们还没变老的时候，就应该知道自己一定会有那么一天老之将至！”

“对！难就难在这里。”有人插话说。

“是这样，”崔羽说，“陆老的问题，曾经是个十分沉闷而又鲜为人议论的居家话题，然而，它在当今已逐渐凸显为人类社会文明发展不可或缺的大问题，必将会促使人们构想着孝道的新理念、养老的新模式，从而成为人们今天和明天自我慰藉的美好寄托。讲到这儿，我想起了一句做人的古训，就是‘立人、立德、立功’的‘三立’，我们立得怎么样姑且不论，可是总不该以‘立人人不稳，立德德不牢，立功功不成’的‘三不’之人而自居吧？更不该置公利于脑后，置孝道于不顾，忘情、忘义、忘乎所以吧？程老，我说了些不中听的话，请批评指教。”

姚铭盛是个聪明而敏感的人，他已嗅到了这是不点名地点了他的大名，只好低着头忍辱不语。

大家掌声平息后，程铁夫颇有感慨地说：“谢谢，谢谢！你们讲得何等好啊，我已经多年没有听到过如此坦诚相告的良言了，陆坦同志的‘发现’令人感动，令人内疚，崔羽同志的开导发人深省，也令人惭愧，这应该是一服不算苦口的良药吧？但愿我们能自觉从中受益，可不能总是良莠不分、混淆视听啊！好了，各个部门按系统分头传达到员工，同时要做好学习讨论的准备，散会！”

第二章

周六晚上下班前，李静突然接到离休老科学家孙大可的电话，说他老伴武梅都半身不遂了也不肯去医院，在家干受罪，家里的人怎么说也不听，希望李静劝劝她，也许她能听得进去。李静想，这个事要是陆坦能出面就好了，她准能听他的，正好男友何山夫也在这儿过周六，何不明天一起去登门拜访陆老呢？于是，周日上午二人便来到陆坦家，受到了老两口儿的热情接待。李静就把孙大可老伴的事诉说了一遍。

“她很可能是迷上了邪教，”陆坦说，“学校机关内部已经传达了，大家都要抵制这玩意儿，可不能再受它骗了。李静在这儿，你们老干办应该过问过问这件事，以绝后患。”

“主任说得对，”李静解释说，“是应该过问。不过领导不主张介入这件事，说回家的人不用管了，也可能是人手少的原因吧。”

“那倒不一定，”陆坦否定道，“实际上回家的人是更需要有人管的，大家互相关心关心该有多好啊。尤其是像武梅这种情况，你要是早拉她一把，恐怕她也不至于陷得这么深！”

何山夫插话：“你们老干办是不是有点儿不务正业？”

陆坦补充说：“有这个问题，现在看，不在人手多少，要想干事就是一个人也能干。就说前几天王志远病故的事吧，李静主动过问，领导还不满意，再拖几天人就臭到家里了。如果早有人管，也不至于去收尸啊！”

老干办不务正业，何山夫早有耳闻，今天又从王志远事件上得到了有力的证实，他按捺不住一腔怨言："陆主任，我早就建议李静别在这儿干了，她已经三年多没干正经事了，我每一次问她工作怎么样，她都说看书学习的时间比较充裕，真是误人青春啊！"

陆坦听出点儿火药味便解释说："你误解了。据我所知，老干办真正干老干部工作的还就是李静，大事小情她都熟悉，谁也离不开她。当然，客观环境是不理想的，不过，我想不久就能得到解决。山夫啊，在目前的这种情况下，我真希望你能在精神上给她一些理解和支持，如果问题解决不了，她想在内部变动岗位，这事就包在我的身上吧。"

一向通情达理的李静不想因闹个人情绪而影响了工作，她温和而爽快地说："山夫啊，今天先不讲这些好吗？陆主任，您看看武梅的事怎么办，我能做点儿什么呢？"

陆坦说："你看这样行不行，要是方便的话，明天上午九点钟咱俩分头到孙教授家拜访拜访，看看到底是个什么情况再说，怎么样？"

李静表示同意，便与何山夫离开了陆家。在回去的路上，二人各有所思，互不搭话，进屋后，何山夫突然发问："你能不能再考虑一下？要么离开老干办，要么到我们公司去。"

李静温和地说："山夫啊，你若是商量这个事，就让我再想一想好吗？倘若这是你决定性的意见，让我还说什么呢？"

"你想说什么就说什么!"

"山夫啊，我一向不认为你是个大男子主义者，今天怎么让我给气成这个样子了？"

"好吧，请你想一想再定，但是越早越好。"

"请你放心好了，我不会干预你的选择，如果是我影响了你什么，我正式向你道歉，并且可以立即解脱你的束缚，因为我能理解你的心情。"

何山夫没有正面回答，不冷静地背起背包说道："看来你只能是理解而不能破解，好吧，我回去啦。"

"午饭还没吃，要走也得吃点儿饭再走。"

“不用啦，我不饿。”

李静顿时眼含热泪地说：“是不是我说错了什么？你知道，老干部工作这个样子让我撒手离开，我真是于心不忍啊。如果这事落在你身上，我相信你也会这么想，我敢说，我这三年还不能简单地说是白混啦。好吧，山夫啊，我不会难为你的，如果不饿，我现在就送你走。我想我们还是好朋友好吗？以后……以后也许我还会想你的……”

何山夫和李静相处七八年了，从没有像今天这样红过脸，斗过嘴，何山夫深知，和李静相处是永远也打不了架的。此时此刻也许是良心发现，他觉察到自己似乎是太自私了，于是改口说道：“走，吃饭去！”然后顺手掏出手绢给李静擦着眼泪说：“对不起，是我不好，别往心里去。陆主任说得对，在目前这种情况下，应多给你一些理解和支持才是。”

李静似笑非笑地说：“这才是我心目中的何山夫。”说着一头扑到何山夫的怀里说，“还吃饭啊？你不是不饿吗？”

“我是让你给气饿的。”

“你这是诡辩,我倒是让你给气饱了。”两个人很快恢复到常态,手拉着手,有说有笑地到小吃一条街品尝清真水饺去了。

第二天早饭后，李静送走了何山夫便到办公室请了假，然后提前来到孙大可家楼前等待陆坦的到来。见面后，李静带着陆坦来到孙大可家，互相握手寒暄，还没等坐定，只听卧室里传出声音：“老孙啊，谁来了？是学院的老人吗？让我看看去！”

“阿姨好，”李静走进卧室握着武梅的手说，“是党办的陆主任来看你们啦。”

“李静来了，你可好啊？我过去看看。”李静搀扶着武梅来到客厅，陆坦起身问候说：“大嫂的腿怎么了？走路怎么这么困难？”

“没啥大事，”她指指右腿说，“就是这条腿走路不顺当，吃不了大劲。”

陆坦问道：“没到医院看看去吗？可别耽误啦。”

“没有用啊，练功的人怎么能看医生呢？是我的功没练好啊，不碍什么大事。”

“让练功的人有病不看医生，那是邪教的邪说啊，”陆坦试探地说，“真正信教的人有了病没有不去看医生的。”

武梅咬着牙坚持说：“你们放心好了，我是信功不信教啊，还不至于受邪说的骗。”

陆坦耐心地解释道：“大嫂说得对。依我看，人的一生还是遵循咱们老祖宗留下的‘三道’为好，这就是‘天道’‘地道’和‘人道’。我们的言行要循这个大规，要蹈这个大矩，这是永远也不会错的，这一点我相信大嫂是能看得开的。邪教就是邪道，它用两头堵的办法来骗人：有病了说你的心不诚，看了医生就说你的心更不诚了；碰巧病好了，又说你的心诚了。谁信这一套谁就是在受骗。大嫂说了，是信功不信邪教，是为了防病才锻炼身体的，这就不如去看看医生治治病，乐乐呵呵健健康康地活着嘛！”

孙大可说：“陆主任说得在理，咱把病治好了还可以继续锻炼嘛！”

“阿姨，”李静也帮着腔，“我陪您老到医院看看吧？”

武梅有点儿进退维谷，不知所措：要是接受他们的盛情吧，怕自己白“修炼”了；不去看医生吧，就得干等着遭罪。她只好模棱两可地说：“我知道你们都是为我好，让我考虑考虑再说吧，真不好意思。”

陆坦已看出她的决心不是轻易就能下的，还是得给她些时间自我“打打架”，便果断地说：“好吧，今天就唠这些，大嫂多保重，今后有啥事只管说好了，只要我们能办得到的，一定会尽力就是啦。”

孙大可忙说：“对你们就不说感谢的话了，有时间常来串门啊！”

两个人离开孙家后，边走边聊，陆坦考虑能不能在武梅子女身上做点儿文章，就让李静给介绍了情况：武梅有三个孩子，大丫头在国外，远水解不了近渴，大儿子是空军飞行员，恐怕没有时间，二小子在身边，现在看也不听他的。陆坦简单地分析了一下认为，这事就得从她大儿子身上打主意了，可是国家有规定，凡是亲属参与邪教活动的，当军人的要受到一定影响。李静建议请陆坦出面和孙教授沟通完了再说。

陆坦是个急性子人，办事从不拖拖拉拉，只要是他认为该办的事，可以说小事不隔夜，大事不出周。就像武梅的事吧，第二天他就找到孙大可商量。

孙大可非常同意这个意见，表示自己会给孩子单位挂电话，理由是母亲有病想儿子，让他请个探亲假回来。就这样，陆坦的心放下了一半。

一晃，陆坦退下来快两个月了，这段时间他想的最多的就是老干部没有人管的问题，如果就这样不声不响地拖下去，迟早会出大事的。怎么办？根据汪远以往的经验，找到上头，姚铭盛会推到下头。陆坦想，这次给他来个反其道而行之。他和汪远商量后，直接来到老干办，和每个人一一打了招呼。老干办主任张泽明看到陆坦来了，瞬间脑袋膨胀得老大，因为他早就领教过了他的厉害劲，在他的印象里，陆坦是个好管闲事的人，就是鸡蛋里也能给你挑出几根刺。他想，今天一定是来者不善，可得好好接待他，于是，满脸赔笑地迎上前，握着陆坦的手说："哎呀，老主任来了，快请里屋坐，一定是有什么要紧的事吧？"

"啊，有点儿闲事想向你反映反映，不知有没有时间？"

"有，有，就是再忙也得听听老主任的意见。"

"恕我直言，我退下来这段时间，怎么觉得老干部像没有人管似的？"

"啊，还是老主任看问题透彻。姚书记再三告诫我们，一定要保证老同志安心静养，这是健康长寿的需要。"

"我这快有两个月没过组织生活了，党费也没处交，思想也没处交流，你看这该怎么办？"

"这个事我就无能为力了。您刚下来还缺少这方面的体会，回家的同志情况都一样，主要目的就是过好休闲生活，上个月是这样，下个月还是这样，所以说组织生活怎么过都行，只要能保证老同志静养就好。中央不是一再强调以人为本吗？姚书记说了，不要轻易地惊动老同志。"

"明白了，你们的意思就是让大伙在家育肥养膘呗！"

"还是老主任说得风趣，又通俗，又形象。"

陆坦听得不耐烦，他提高了嗓门说："如果老同志有什么事求助怎么办？"

张泽明也理直气壮地说："陆主任，这个问题我们没少研究，思想是明确的——有了困难找子女，有了疾病找大夫……再说，现在的条件也好了，有啥事需要找我们呢？”

陆坦觉得太滑稽了，便讥讽地说：“我发现张主任的业务相当熟啊！”

张泽明开始还真以为是在夸他呢，于是客气道：“不行，不行，难得主任的理解，不像有的人说我们是些饭桶。”

陆坦觉得这真是无异于对牛弹琴，实在是没法和他再谈下去了，便匆匆地告辞了。

陆坦走后，张泽明越想越觉得不对劲，陆坦十之八九是来找事的，他深知就是几个自己捆在一起也不是陆坦的对手，很怕惹出了麻烦不好交差，无论如何也不能辜负了姚铭盛的信任和栽培，就立即把心腹王连生找来，商定下午开个室务会，让王连生带头发言做引导，肃清陆坦的影响。

午饭后是例行的扑克大战，会议在李静的再三催促下过了半个多点才开始。张泽明说：“开会吧。我先给你们通报个情况，你们也都看到了，上午陆坦来，说是反映情况，实际上是找事来了。他说老同志没有人管了，我们讨论讨论，这事到底该怎么办？”

王连生是个好吃好喝、不学无术的人，给他几句好话干啥都行，这不，会前张泽明鼓励他几句，开会时他就不假思索地抢先放炮：“我说几句。陆坦刚退下来，没有切身体会，还习惯用在位时的架势说话，就这么搅和来搅和去的，老同志还能安心静养吗？我们在外屋也听到几句，他说党费也好，组织生活也罢，哪能要求按时按晌地做到？中央一再强调，老同志退下来就是休闲养老嘛！”

为人厚道、年岁最大的刘顺说：“是啊，老同志风风雨雨一辈子，回家干什么？就是养老。从这个角度看，王连生说得也对，越清闲越好，要相信人家会安排好自己的生活。我再有几年也到点了，也不需要去麻烦别人的。”

会场一片肃静，张泽明启发说：“这两个同志的发言不错嘛，完全符合姚书记的指示精神。我们就是要站在中央‘三讲’的立场上去看问题，不要轻信那些胡言乱语的东西，大家接着讲吧，可不要冷场啊！”

心直口快的张玉梅说：“我做老干部工作已经五六年了，到现在也不清楚自己是干什么的，一提起不要干扰老同志的休闲养老，我就什么也不敢插手啦，一个专干还不如人家刚退下来的陆坦能管点儿事。”

“张大姐，”王连生说，“别人看不起我们那没办法，可我们总不该自己也看不起自己啊！”

张泽明补充说：“咱得实事求是地说，只要从我们身上能体现出不干扰老同志休闲养老的精神，就是工作的政绩，还要插什么手？”

军人出身的田锋越听越觉得太离谱，说道：“我和老张有同感。刚转业到这儿来满身是劲，可是几年下来觉得自己是阿斗当官——有名无实，最多不过是个老干办的保安员，可倒好，老干部休闲我们也跟着休闲。人家陆坦回家了还想为大伙办点儿事，怎么能说是瞎搅和呢？”

张泽明说：“咱们不要说那些过激的话，影响团结，也不要动不动就否定一切嘛！”

“没有人愿意否定自己，”田锋继续反驳说，“但是我们也不好装腔作势地硬往自己脸上贴金啊，那就等于给乌贼抹粉——越抹越黑！”

王连生有些不服气地说：“照你这么说，我们这些人都成了乌贼啦？”

“算了，算了，”张泽明解围，“还有谁……啊，还有李静没发言，说说你的看法吧。”

没等李静开口，王连生先入为主地说：“不用问，李静保证会举双手赞成现在的干法，因为她有充裕的学习时间。”

一向喜欢最后发言的李静被迫地说道：“王老师说得对，我到这儿三年多了，几乎有三分之二的时间可以看书学习，快成博士生了。”

“你看怎么样？”王连生得意忘形地插话，“还是李静说话有分量吧！”

李静接着说：“各位老师都讲了，我不敢妄言，我只是在想一些问题：老干办是干什么的？老干部工作是什么？组织上安排我们这些人到底又是要干什么？总不会是让我们‘一张报纸一支烟，一杯茶水混一天’吧，总不会是让我们‘坐在一起扯咸淡，没完没了瞎纠缠’吧，总不会是像田老师说的那样‘吃饱喝足当保安，工作正事抛一边’吧。我相信不会是这样，如果不是，要我们这些人来干啥？”

田锋给李静倒了杯水鼓励说：“喝口水，慢慢说。”

李静继续说道：“谢谢。说是让老同志静心养老，我们可以看看现实：有的人病魔缠身，无人照料，他的心能静下来吗？有的人该落实的政策也没有人过问，让他怎么静心养老呢？甚至有的人是死是活都不管，这是让他静心地养老呢，还是让他闹心地离去呢？这里有个问题很是让人费解，我们有些人为什么挂在嘴边的是什么‘财富’，而刻在心里的都是些‘包袱’。我们知道，老同志是我们的长辈，关心他们就应像关爱我们的父母一样，何况他们还是立国的功臣、建设的先锋、改革的勇士！”

田锋有些沉不住气了，他鼓掌叫好：“我不是当面说好听的，李静就是李静，讲得多好啊。一个不到而立之年的人说出了我们不惑之年的人说不出来的话，我打心眼儿里佩服！”

张玉梅说：“我这个小妹妹不愧为高才生，大姐是甘拜下风啦。不过我们这两个半人就是当保安也不够，别说是为六百多人服务啊。”

刘顺说：“是这样，一个人对付一百多人，真要为老同志干点儿事，顾了东就顾不了西，你说能干啥？”

李静冷静地说：“不错，不过这是两码事，一个是能不能干得了，一个是干不干。如果说谁伸手为老同志干点儿事就是影响他们静养的话，就是有一个人也是多余的。倘若按照这种思维逻辑去设机构，老干办就该撤销了，否则就会干扰老同志的静养，影响他们的生活。”

田锋几乎要跳起来说：“言之有理，言之有理！”

王连生歪曲地说：“这么说我们这些人都是多余的啦？谁有胆量那就干脆把老干办给撤了吧！”

田锋为李静鸣不平：“你这是什么态度？主任召开讨论会是让大家发言的，李静讲错了什么？这些不都是我们的现实吗？这纯粹是疤瘌眼照镜子——自找难看！”

张玉梅说：“王连生，我想请教你个问题，老干办到底是干什么的？又该怎么干？”

王连生知道这是取笑他，便没有好气地回应道：“算了吧，你问我，我问谁去！”惹得大家哄堂大笑。

张泽明怕继续下去不好收场，说道："好了，好了，讨论会就是讨论会，意见不统一，甚至说话不中听，这都是正常的，大家都是为了工作嘛。在没有新的精神之前，我们不要违背姚书记的指示精神，至于老同志中有这样那样的问题，也不奇怪，谁家还没有点儿难唱的曲？但是要明确一点，它不是由于我们工作的原因造成的，而是客观存在的，也是历史形成的。你们看怎么样？"

善于拍马屁的王连生厚颜无耻地说："还是主任说得对。当然啦，我希望李静同志也不要自卑，谁都有说错话的时候，你放心好了，我也不会怪你什么。"

田锋用耻笑的眼光看了王连生一眼说："有些人简直就是柴火堆上烤馒头——又吹又拍！"

会议不欢而散。

当张泽明和王连生离开后，其他人怕李静一时间有什么想不开的，都凑到她的身边劝这劝那的。张玉梅希望她不要在乎那两个人的胡言乱语，他们的嘴里是不会吐出象牙的，没有什么了不起；刘顺悔恨自己的发言被他们利用了，说自己是好心赚了个驴肝肺，请李静别往心里去；田锋劝李静不必介意，说他们的疯劲是冲自己来的，大不了把自己给扒拉出去，不过，他还是劝李静今后说话办事不要像他那样，老是一条道跑到黑，更不要拔了塞子不滴水——死心眼儿，该灵活的还得灵活一些才是，这里不光是面对头头，尤其是要注意他身后的那条尾巴，有时比他的主人撅得还要高。李静听到这些鼓励、劝导、理解和支持，十分感动，她在感谢几位长辈对自己关心的同时，还说明自己完全理解刘顺老师发言的本意。至于如何摆平老干办的是非曲直，她认为那不是靠别有用心的人的花言巧语能弄出来的，更不是靠什么权威的几句狂言恶语能吓出来的，它要靠真真切切的事实去验证、去辨别，她自己时刻准备着要在实践中去向真理低头。

田锋根据自己对陆坦的了解，这件事远没有完，他很可能去找工作组，再说，张泽明他们也少不了向姚铭盛打小报告，莫不如把室里议论的情况立即转告陆坦，让他有个思想准备，免得被动。田锋的意见得到了几个人的赞赏，于是，他提议由李静出面找陆坦汇报，张玉梅第一个表示同意，并声言，今后和老干部有什么需要沟通的事，就请小妹妹做全权代表。李静推辞不过，只好答应晚饭后就去找陆坦。

近朱者赤，近墨者黑。李静觉得和陆坦这样的高人智者打交道，犹如禾苗适逢甘雨，可以茁壮成长。自从陆坦退下来以后，李静遇事与他打了几次交道，每一次交流和请教，都有意外的收获。当下，田锋提出让她向陆坦汇报室务会“舌战”的情况，别看她表面上不得不推辞，可她打心眼儿里是愿意接受的，退一步说，眼前就是没有人推荐，她也会像往常一样找陆坦去沟通的。就这样，一来二去，李静成了老干办默认的编外主任，而陆坦这个好管闲事的人，就成了老干部党总支默认的编外书记。

晚饭后李静来到了陆坦家，她简明扼要地介绍了室务会的情况后，陆坦非常高兴，他认为这个会取得了些出人意料的收获，就等于张泽明这些反面教员，给大家做了个战前动员，上了一堂生动的教育课。他还特别赞扬了李静，说她一针见血地道出了他想说而没有来得及说的话。李静听到这种表扬，自己倒觉得很惭愧，一个专职干部远不如人家休闲老人牵挂工作，自己仅凭一时冲动说了几句想说的话，何足挂齿呢！陆坦却一再鼓励她，这不仅仅是冲动，而是有热情，有激情，更是饱含着真情，这是老干部工作者地地道道的优秀品格，也是今后开展老干部工作的优势所在。陆坦认为，一个回家的人是不具备这些条件的，连个起码的发言权都没有了，张泽明抛出个所谓的静养，就想把你的嘴给堵上，真是无异于对牛弹琴。但是，问题终究还得解决，否则，老干部中的许多事情，由于大道不顺不通，难免不被逼上小街小巷。从哪儿下手来解决呢？现在看，肠梗阻的要害不是老干办，它只是个神经末梢，而中枢神经还在上头。李静这时想起了田锋说的话，建议陆坦直接去找工作组。而陆坦却晃晃脑袋，这倒不是她说错了，关键是在没弄清中枢神经得的什么病时，无法开出治疗的良方，等摸清了姚铭盛的底细后再向工作组汇报也不迟。李静想，真不愧为高人，就是技高一筹。

张泽明在“灭火会”之后，心里很是不安，这些人的不满情绪和陆坦没有什么两样，再说他也知道陆坦的脾气，凡事都要打破砂锅问到底，就是姚铭盛也得惧他三分，还是赶紧向顶头上司姚铭盛通报为上策，否则一旦出现了什么不测怪罪下来，吃不了那可就得兜着走了。

张泽明在姚铭盛面前，是个积极活跃的小丑，他真真假假、添枝加叶地汇报了陆坦的反映，汇报了室务会“灭火”的情况。姚铭盛听了火冒三丈地站了起来，说陆坦好否定一切，组织生活也好，交党费也罢，这算个什么了不得的事啊！不过姚铭盛不会忘记，陆坦要是盯上个不顺眼的人，他想躲也躲不过去，这是姚铭盛早就领教过了的。每每这种时候，他都会使出浑身的解数，极尽挑拨煽动之能事，说他整这个人啦，整那个人啦，谁都不在他的眼里啦，还告诉张泽明，要不是陆坦的阻拦，早就把他给提拔起来了，等等。正说得口若悬河、飞沫四溅的时候，电话响了，他拿起电话道：“啊，我是学院党委副书记，有事请讲。”

“首长您好，我是空军南方基地参谋云海，奉部队首长命令向院首长报告：孙大可教授来电话，让他儿子孙武副大队长请假回家探望病母，不知情况如何。当前军演任务十分繁重，部队首长指示问明情况再定。报告完毕，请首长明示。”

“参谋同志，请你稍等。”姚铭盛回过头问张泽明孙大可老伴得的什么病，重不重。张泽明支吾半天也没回答上来，便立刻操起内部电话问李静，李静说武梅怀疑是得了脑血栓，她的腿不大好使。姚铭盛回话说：“对不起，让您久等啦，他母亲就是腿有点儿小毛病，没大事，人老腿先衰嘛，上岁数的人都是这样。好吧，有事再联系。”他放下电话颇有些感慨：“这个小李静，可够细心啦，这些事她也知道。”

张泽明嫉妒地辩解说：“她有点儿像陆坦，好管闲事。”

姚铭盛一边替他解围，一边又责备地说：“好吧，不说这些啦，今后待人处事一定要心里有数，让脑袋长在自己脖子上才行啊。另外，你看陆坦能不能来找我？”

“他不会轻易找你的，该说的话我已经和他说清了。”

“不怕，就是找也没有什么了不起的，这段时间工作组在不是也没怎么样嘛。老张啊，周末快到了，还得放松放松，不过得换换样了，别总是吃吃喝喝地搞‘唯物主义’啊，也得来点儿‘唯心’的东西搭配着嘛！”

张泽明心领神会地说：“放心吧，保证安排好。如果没有啥事我就回去了。”

还没等张泽明抬起屁股，电话又响了。姚铭盛让张泽明等一下，他拿起电话一听，是陆坦要来，客气了几句放下电话说：“你说巧不巧，说曹操曹操到，陆坦要过来。你派个车去接他一下吧，再让李静来做个记录。”

得知陆坦要来，李静早早就到门前去迎接，只见陆坦徒步走过来了，李静忙上前问道：“不是给你派车了吗？”

“啊，我没要，这么近坐什么车，走两步还锻炼身体呢。你这是到哪儿去？”

“张主任说你要找姚书记谈什么事，让我去做记录，我是来接您的，请吧。”

别看姚铭盛口头说是不在乎陆坦，可是，只要陆坦对自己有什么举动，还是打心眼儿里发怵。眼下谁知道他又要闹什么新花样，俗话说得好，善者不来，来者不善，此时此刻他真有些忐忑不安，焦急地等待着。

“嘭嘭嘭！嘭嘭嘭！”

急促的敲门声和姚铭盛加速的心跳声交织在一起，他慌忙地应声道：“请进！”

陆坦握着姚铭盛的手说：“真不好意思，回家了还来找你麻烦。”

“可别这么说，”听到陆坦客气的口吻，姚铭盛的情绪稳定了许多，他说，“你退了之后还是第一次到这儿来吧？”

“我知道你们都挺忙的，没有事也就不想过来了。”

“看来你是无事不登三宝殿啊，请坐！”

“我会有什么事？大不了是些闲事，比如说现在还没有个正常的组织生活，思想也得不到交流，上没有传言，下没有达语，大家只能是闭门混日子，出现些问题也只好自食其果了。作为职能部门，老干办的力量也太弱了，远不适应老干部工作的需要，我的看法可能是欠妥了。”

姚铭盛佯装佩服地说：“老陆啊，你退下去的时间虽然不长，体会倒是不少，你对工作认真负责的精神仍然没变，我们这些人真得好好向你学习。”他狠狠地吸了一口烟又说：“不过，老干部工作对我们来说还是个新事物，大家都没有什么现成的经验，需要好好地去探索，你看怎么办好？”

“依我看，是不是得先明确一下老干办是干什么的？”

姚铭盛“哎呀”了一声说：“这还有什么不明确的吗？我们就是要保证老同志清清静静、健健康康地养老嘛！”

“说得好，问题就在于怎样才能保证他们健康养老？”

“哦，老同志辛辛苦苦一辈子，”姚铭盛假惺惺地说，“不容易啊！一定得让他们过好休闲的晚年生活，保证他们不受任何外来干扰才行！”

陆坦紧追不舍地问道：“那好啊，可现在有的老同志已经受到了干扰，受到了伤害，你说怎么办？”

“这怎么可能呢？”

“王志远病死在家没人管，要不是李静发现得早，恐怕就要臭在家里啦。还有孙教授的老伴武梅的事，你也不一定知道，什么人管过？”

“这怎么能说我不知道呢？”听到武梅的事，姚铭盛来精神了，他理直气壮地说，“她不就是腿有点儿小毛病吗？那是正常的老年病嘛！”

李静顿觉可笑，这不是方才张泽明从她那里知道后转告姚铭盛的吗？而且还给讹传了！

“你说得不太准确吧，她应该是脑血栓。”

“确诊了吗？”

“没有。”

“这也不算准确吧？到医院看看也就清楚了嘛！”

“问题就在这里，她是行动蹇滞，思想固执，死活也不肯去医院的。”

姚铭盛不解地说：“这才怪呢，她不会是精神反常吧？”

“算你说对了，她就是精神不正常，是近年来受到邪教伤害的结果。”

“啊，是这样，那就只好听天由命啦。”

陆坦觉得很是刺耳，他反问道：“总不该眼巴巴瞅着，让一个老革命等死吧？假如那是我们的父母又该怎么办？”

姚铭盛瞬间暴露出他的庐山真面目：“我把话说明白点儿，这叫咎由自取，完全是个人行为，在法律上是没有人去替她承担责任的。”

陆坦闻听此言十分恼火：“责任固然在她自己，可是你想过没有，许多时候是因为大道不畅才使某些人走上了小道，走上了邪道。作为一个党委负责人，你所领导的单位不尽职、不尽责，更没有做到防微杜渐而出现了这种情况，你却不闻不问、袖手旁观，请问，你不觉得问心有愧吗？难道说你不讲天道，不讲地道，连个起码的人道也不讲了吗？难道说在道义的法庭上也不怕受到审判吗？我认为，在责无旁贷的职责面前，谁熟视无睹，谁置若罔闻，必然要受到职责上的追究、良心上的谴责、舆论上的声讨！”

姚铭盛有气无力地反驳说：“言重了，言重了。我们最好不要动不动就无限上纲，大帽子满天飞是不好的，咱们可不能忘记吸取‘文革’的教训呀！”

陆坦回应道：“好啊，谢谢你的提醒，我们还不要忘记，有的人嘴上挂的是仁义道德，行的却是男盗女娼；我们更不能忘记，有的人动不动就把悠闲自得的不作为美化成‘作为’的掩体和防空洞。这样下去，坑害了老同志就算是个小事，可误人子弟总得算是个大事吧！”

一阵舌战之后，姚铭盛一时觉得理亏而语塞，喝了几口水说道：“要不这样吧，咱们说点儿具体的，你说武梅的事怎么办好？”

陆坦热得快，冷得也快，他平静地说：“这个事后悔药咱就别吃啦，向前看吧。前几天和孙老商量过，让他当兵的儿子孙武回来一趟，劝劝他妈住院治疗，说不定能听他的话，现在正等结果呢！”

姚铭盛顿觉失误，很怕露了馅，便站起来吸了一口烟说：“好吧，这事你就不用费心了，我让老干办去处理。”

陆坦肯定地说：“这才是良策，体现了党的温暖和组织上的关怀。在这些问题的处理上如果有人把放任自流的不作为当成养老的保证，岂不是一句瞎话？我想这不该是姚书记的本意吧？”

姚铭盛无奈地耍了个金蝉脱壳的花招，说道：“是啊，是啊，看来张泽明他们没按照我的意思去落实，还是缺少这方面的经验哪！”

“请姚书记别介意，我这是狗拿耗子——多管闲事啦，只是担心有些人会滑得太远了。”

姚铭盛自我解嘲地说：“对老同志的休闲生活，退休的人和在位的人看法是不同的，还是你认识得既全面又深刻。这样吧，今后的老干部工作我让老干办拿出个方案，多听听你们的意见，你看这样行不行？”

陆坦解释说：“看来你是误会啦，千万别受我的干扰。我就汇报到这儿吧，耽误你不少时间，说错了请批评。”

“你多虑了，吃了午饭再走吧。”

“免了，再见！”陆坦不快地拂袖而去。

第三章

李静送走了陆坦回到办公室，急切地要向张泽明汇报，而张泽明却爱搭不理地说没有时间，他要和王连生马上出去办点儿急事。什么急事？十之八九又是给姚铭盛去办啥事，而且这种事是经常的，至于工作的事，在他们的脑海里一向是挂不上号的。所以，李静听罢也就不以为然了。然而，李静从来也没有像今天这样高兴，一是陆坦在今天的舌战中大获全胜，二是弄清了老干部工作的不作为或乱作为的炮制者是姚铭盛，三是打开了老干部工作要听取老同志意见的思路，等等。这些节点都是李静以往心目中的盲点，而今突然变成了亮点，这不能不使她的心情敞亮了许多，好似看到了老干部工作的曙光。她恨不得立刻让室里的人都能知道这些精神，分享她的兴奋劲，做好启动工作的思想准备，也恨不得马上能拿出个工作方案去征询老同志的意见，尽快把老干部工作引向正常轨道。

当张泽明和王连生一离开办公室，田锋就急不可耐地要李静给大家介绍情况，张玉梅也嚷着要精神精神。李静爽快地说："好，陆主任真是拿事，前几天刚把咱们讨论的情况向他说了，今天他就找到了姚书记，两个人的谈话太精彩了。"

刘顺说："我看陆主任对他是不会客气了。"

"是啊，针锋相对，都有火药味啦。现在看，不让管老干部的事不是咱们主任发明的，不过我怎么也没想到会是姚书记的主意。"

“啊，”田锋说，“原来是疤瘌上生疮——根底就坏啊！”

李静说：“当陆主任提到武梅受到邪教伤害时，你们猜姚书记说什么啦？”

张玉梅抢先说：“大伙帮帮她呗！”

“他要能这么说可就好了，”李静气哼哼地说，“陆主任也就不用去找他费什么口舌了。谁也想不到，他竟然说这是咎由自取，又说在法律上没有人去替她承担责任的。”

田锋气愤地说：“没有人性的人才能说出这种没有人性的话，亏他说得出口！”

“太不像话了，”刘顺说，“这哪像个党委书记说的话！”

“这不是给陆主任竖靶子打吗？”张玉梅说。

李静提高嗓门说：“是这样，陆主任说话真赶劲，他说对坑害老同志的事，谁熟视无睹、置若罔闻，谁就要受到职责上的追究、良心上的谴责、舆论上的声讨，就是说，在道义的法庭上是要受到审判的！”

田锋用肯定的语气问道：“姚铭盛不敢不服吧？”

“这事明摆着，他怎么敢明目张胆地和陆主任去对阵？只是吞吞吐吐地说言重了，言重了。”

田锋说：“这才叫咎由自取呢！”

正当大家唠得热闹时，一阵急促的电话声打断了他们的交流，李静接过电话，是张主任打来的，通知明天上班开室务会，研究老干部工作，让大家准备意见。听到这个消息，大家都有些疑惑，你一言，我一语，是喜还是忧只有明天见分晓了。

姚铭盛送走了陆坦心神有些不安，他觉得再这样被动下去怕是陆坦要找工作组了。于是，他找来张泽明和王连生介绍了谈话情况，说陆坦这个人个性难改、秉性难移，都下去几个月了还要管闲事，真拿他没办法。不过他还是劝他俩不要和这样天不怕地不怕的“倔乎”人去较劲儿，要是一翻脸找到工作组要讨麻烦的。而工作组的崔羽和陆坦有点儿相似，盯上个什么事就不撒手。怎么办？从现在开始，有些事哪怕是表面上过问一下也好，要显得关心老干部工作、关心老同志的疾苦，就是纸上谈兵也得谈了。他让张泽明立即开个室务会，拿个方案，先闹他一阵子，等把工作组哄走了，这一亩三分地还可以照旧运转。张泽明心领神会，他表示要按照姚铭盛的指示精神打主动仗，再把身边的人尤其是李静给拉过来，切断他们与陆坦的联系，这么一来，他认为戏就好唱了。离开姚铭盛，他在传达室给李静挂了电话，通知明天召开室务会，然后，给姚铭盛安排周末活动去了。

室务会按时召开了，张泽明秉承姚铭盛的旨意做了强调，一定要把老干部工作抓好，希望大家把意见摆到桌面上，最后由李静整理个工作方案。人们对这种从未有过的突变，既不习惯，也不摸底，谁也不想发言，都想看看动向再说。张泽明只好假惺惺地启发道："我们可不能开哑巴会啊，发不发言，这也是检验我们对老同志感情深不深的表现，谁先抛块砖也好！"

刘顺急了，说道："不是抛砖抛瓦的事，你说的内容前几天不是讨论过了吗？"

"对啊，"张玉梅说，"你们的结论好像都有了，什么不让'干扰'啦，又是什么保证'静养'啦。"

王连生无力反驳，只知道一有机会就臭陆坦，他挑动地说："这事就是陆坦给搅和的，我们的工作本来干得好好的，他下来这阵子老有风吹草动，今天这个事，明天那个事，没完没了，这叫什么……啊，是天下本无事，什么人自扰之。"

"你说什么人自扰之不太准确吧，是蠢人自扰之！"田锋耻笑地说。

王连生左右看看说："对，对，是蠢人自扰之。"

话音刚落，惹得大家哄堂大笑。

张泽明解围："算了，算了，来点儿正经的吧！"

田锋质问道："还有正经的吗？那好，你先告诉我们干还是不干，至于怎么干那就好办了。如果还像以前那样，我看也就别讨论了，那纯粹是瞎子点灯——白费蜡！"

"话不能这么说，"张泽明说，"要是不干领导让我们讨论干什么？再说，从来也没有人说不干啊。我们可不能老是否定自己。"

张玉梅反驳道："没有人愿意否定自己。老田说得对，你说说我们到底干什么啦，连老同志的死活都不管，还有脸说不要否定自己吗？人家陆主任都回家了还关心老干部工作，可有的人总是说三道四、颠倒是非，良心哪儿去啦？”

张泽明只能是偷梁换柱、自我掩饰：“我们不要再打内战了好不好？我们不要把自己搞得内外交困，我希望大家要讲团结嘛，要讲原则嘛！”

刘顺说：“主任说得对，我就有点儿不讲原则。上次开会我说等自己回家的那一天也不用组织管，虽然是几句客气话，也是个没有原则的话，咱们设身处地地想一想，真的到了王志远的那一天该是多么可怕啊！”

张泽明尽管听得刺耳，也不敢公开顶撞，只是淡淡地说：“好了，好了，还有李静没发言呢，讲几句吧。”

李静不喜欢盲从，但是，只要她认为需要坚持原则时也从不含糊，一向是态度明朗，以理服人。她自言自语地说：“这让我说什么好呢？”

“说什么？你也不用吞吞吐吐的，说真话就行了嘛！”王连生用领导的口吻说。

李静并不在意这些，她继续说道：“我是怕说了真话有人不愿意听。好吧，就全国来看，实施老干部工作快十年了，别的单位都搞得有声有色、轰轰烈烈，唯独我们和人家不一样，有人把不介入工作说成是保证老同志静心养老，把按兵不动说成是保证老同志的安全健康，把老同志中出现的问题说成是个人行为而拒伸援手，把拒绝处理遗留问题说成是今天的政策管不了历史而置之不理，等等，总之，美化不作为行为，也许这些就是我们学院老干部工作的特色吧！我说这些话可能会有点儿刺耳，但是，这确实是我要说的真话。我也知道，真话不一定都是真理，我只希望能澄清个是非曲直，以利于今后的工作，请领导批评指正。”

会场一时间鸦雀无声。

田锋打破了僵局：“对，请主任批评指正吧。”

张泽明对李静的话本来就听得挺烦的，田锋这么一激将，无异于火上浇油，他没好气地说：“真是没办法，要是大家什么时候不讲空话、不讲大话也就好了，要知道，一切都要从实际出发才行，实践是检验真理的唯一标准嘛！”

张玉梅紧追不舍："主任说这话我愿意听，就得讲求实际，干脆先把老同志积攒的药费给报了，这是最紧迫的实际。"

田锋说："主任强调讲实际我举双手赞成，老张说的药费，李静说的那些不作为，哪个不是实际？如果这些起码的问题都得不到解决，那才是唱高调的假大空，是猪八戒扛耙子——倒打一耙。"

少言寡语的刘顺说："太难了，说了实话是空话、是大话，只说不练倒成了真话，真假颠倒何时了啊？"

"平心而论，"田锋说，"大家心里都有数，李静的看法最能服人，她主张老干办为老同志服务错在哪儿？我们可倒好，老同志困难不肯帮，专项经费私人用，专用轿车干私活儿，王连生你要有胆量也讲一点儿真话不好吗？"

张玉梅说："有的人总说陆主任好管闲事，难道说老干部的事是闲事吗？有些人也怪，自己成天在干闲事却不准别人管他的闲事，真是岂有此理！"

会场的气氛几乎是一边倒，此时此刻，张、王二人犹如坐在被告席上受审似的，尤其是王连生，低头不语，动也不动，像是被缴械的俘虏。张泽明怎么也没想到能把这个会开成了引火烧身会，他做梦都没想到会出现如此尴尬的场面。然而，他还得硬着脑皮去实施姚铭盛的旨意，于是，他自圆其说地调侃道："大家的意见没有本质上的不同，就是有点儿分歧也是正常的，千万别为这点儿事伤了和气。我没少讲过，咱们一定要多讲原则，少些节外生枝；多讲团结，少点儿意气用事；多讲党性，少立帮派山头。这样吧，李静把大家的意见整理一下，一定要体现出领导的意图。"

李静忙说："主任，你让我整理什么？干不干还没定，干什么还没说，怎么干更没个影，最好你能给明确一下。"

张泽明憋了一肚子火说道："谁说不干了，要是不干还让大家讨论啥？这样吧，先按照你的想法整个草稿给我，再请姚书记过目。"他刚宣布散会，就接到姚铭盛的电话，让他和王连生过去。就这样，一次争论不休、毫无结果的室务会不欢而散了。

眼下最犯难的莫过于李静，她尝到了做无米之炊的滋味，好在给陆、姚谈话做记录时已有心理准备，好在室里的人从不看她的笑话，几个人凑在一起，你一言，我一语，总算有了些眉目。田锋建议李静别受什么限制，让她整理个提纲再请陆坦给把把关，他准会有好点子。李静听了这些意见，既高兴又感动，在表示感谢后给陆坦挂了电话，决定明天九点钟到汪远家碰面，看看总支书记还有些什么打算。

汪远见到陆坦和李静很高兴，让保姆小陈给沏上了好茶，边喝边唠。陆坦开门见山地介绍了和姚铭盛谈话的情况，汪远越听越兴奋，赞扬陆坦能把姚铭盛给制服了真不容易，希望他今后多过问一些老干部的事，还要多帮助李静的工作。陆坦可不这么看，他认为要是没有汪远给掌舵，没有李静和老干办的人做后盾，姚铭盛是不会松动的。紧接着李静又讲了室务会的情况，她又坦率地告诉汪远，每当个人或室里的人碰到难解决的事，总是首先想到要向陆坦请教，而每一次也都会得到他的鼓励和支持。汪远很是感慨，他觉得老干部工作有希望了，身边有陆坦这样拿事的人，老干办又有李静这样有爱心的年轻人，何愁坚冰不化！

至于工作方案，陆坦的意见是可以按照李静刚才讲的思路先拿出个草稿再研究，但是不要面面俱到，只要有个突破口能打开局面就好。汪远赞成，他的意见是等草稿出来开个总支会传达讨论，也是个动员会。

两个人还没离开，电话响了，汪远接听后得知，是薛洁找陆坦的。陆坦听罢说，是武梅病重，让他快去看看。李静忙给田锋挂电话，让请示领导马上派个车到汪远家接陆坦。主任不在，田锋就打个的士把陆坦和李静拉到孙大可家。三个人直奔卧室，李静握着武梅的手问话，武梅只眨眼不吱声，谢海霞说是一早病情加重的。陆坦征得孙大可的同意，决定立即去医院。田锋挂了120，孙大可告诉了大夫具体地址，李静和谢海霞给武梅穿衣服，不到五分钟救护车赶到了，简单处置后将武梅送去医院。

病人在抢救室初步确诊为重度脑血栓，大夫埋怨送晚了。陆坦求大夫尽力抢救，并给来人做了分工：田锋陪孙民在医院，谢海霞回家照顾孙大可，李静负责向领导汇报。一切安排妥当，大家就分头去办了。

关于武梅住院的事，李静像往常一样，怀着不安的心情向主任做了汇报，可张泽明一反常态，不仅没有批评指责她管闲事，反而表扬她对工作认真负责，给予了充分肯定。这一破天荒的举动可乐坏了李静，当张泽明他们离开后，她趁张玉梅和刘顺要去医院看望武梅的机会，又一起回到医院，原原本本地向陆坦诉说了她的感想：从张泽明这次一反常态的表现来看，学院的老干部工作是不是有了一点儿曙光？这也增强了她好好干下去的信心。

陆坦说："但愿如此，不过这只能算作一点儿烛光而已。你想，在目前的情况下，谅他也不敢生顶硬撞。再说，要是真心转变，领导该来医院瞅一眼吧？所以说，眼前的亮点还远不是曙光，至少从姚铭盛的身上还没有看到你想看到的结果。"

"陆叔的意思是说我只看重了过程吧？是这样，而真正的大手笔是不是都在结果上做文章啊？"

"绝对了，绝对了，你没有错，因为结果永远是源于过程的，过程又是永远决定结果的，这应该是个常识。我的意思是走一步看一步，只是不要把过程当成结果就是了。"

"这真是个至理名言，我记住了。陆叔，我想问个也许不该问的事，工作组来这么长时间了，怎么没听说对老干部工作有什么打算？"

"这事不能太急了，学院的事有点儿积重难返，据我所知，眼前还顾不上。"

"学院的事还这么棘手啊，会不会不了了之？"

"李静啊，你是个聪明人，透过老干部工作的现状还看不出学院是个什么态度吗？要知道，在一般的情况下，上级是不会轻易派工作组的，既然派了，就不会草草收场。"

李静有些疑惑地问："这个工作组能解决问题吗？"

"我和工作组接触的时间很短，但是我觉得他们很有魄力，也很稳健。尤其是工作组组长崔羽同志，根据我以往的了解，他是个抓大事的人。我对他们是寄予厚望的。"

"现在找工作组汇报汇报，是时候了吧？"

“还不是时候，再说，我还想继续看看姚书记下一步到底走的什么棋。”

李静豁然开朗，她顷刻间意识到，这是陆坦想观察他们每一步的真实动向，最后看清他们的真实态度。

大家在门外正闲唠着，只见大夫出来说，武梅的病情稍有稳定。听到这个信息，大家便按照陆坦的分工行动，除留下田锋和孙民外，其他人都离开了医院。

第四章

明天就是周末了。姚铭盛仰坐在办公室的转椅上，悠闲地品着茶水，吐着烟圈，急着想知道周末安排了什么活动，便挂电话叫来张泽明，先是问了问室务会开得怎么样。张泽明一听脑袋就发涨，余悸总也不散，脑子里不时地浮现出刘顺的讽刺、田锋的叫板、张玉梅的挖苦，自然也少不了王连生和他“受审”的窘境，他滔滔不绝地诉了一番苦。

“挑头的是谁？”

“田锋！哦……实际上都吃了枪药！”

“焦点是什么？”

“就是老干办是干什么的，干还是不干。这一追问把我也给闹糊涂了。用李静的话说，不要把不作为美化成是让老同志静养。不过她还是讲理，不像其他人胡搅蛮缠的。”

姚铭盛颇有感慨地说：“你可不要小看了这个李静，她还是有头脑的，你们可得好好引导啊，别让她跟着田锋他们跑到陆坦那边去了。至于怎么干，静心养老的精神没变，一定要给他们讲清楚，不静心养老那是自找苦吃，是和自己过不去。但是，从眼前来看，大面上还得应付好，要力求灭火减灾，硬顶是不行的。”

张泽明听了这番话，像吃了定心丸，便附和道：“对，老老实实地养老，又省钱，又省心，又安全，这有什么不好的呢？再说软的方式确实是比硬的好，比如昨天李静忙乎武梅住院的事，我表扬了她，她很高兴，说这是应该做的。”

“啊？武梅住院了？到底是什么病？”

“李静说确诊为重度脑血栓。”

“听陆坦说，她是信邪教的，表现很顽固，你们过问这个事是对的。”

“我是根据你前几天关于工作组驻院期间要松动一下的指示精神，硬着头皮表扬她的。按理说，武梅这完全是个人行为，是咎由自取呢！”

姚铭盛纠正道：“这个事也别太教条了，上面有明文规定，哪个单位有信邪教的，要追究领导责任。”

“好，这个事我留点儿心。另外，周末活动安排好了，去一家新开张的时尚按摩院，那里的服务很有特色。”

姚铭盛急切地问道：“和一般的按摩有什么不同吗？”

“绝对不一样。它是中俄合资企业，是集洗浴、按摩、餐饮一条龙服务的场所。按摩室分单人间、双人间和普通间三种，一律是俄籍女性按摩师。”

“费用是不是很高啊？”

“这就不用你管了，都安排好了。”

周六下午三点半许，王连生早早就开车拉着姚铭盛和张泽明，在市区熟络地拐了几条横道，消失在巷子深处。在一个装修别致的商铺门前，姚铭盛下车驻足观看，眼前黑底绿字的牌匾上显现出“时尚按摩院”五个大字，顷刻间，他浑身上下像通了电似的，紧跟着王连生快步走进了分流大厅。可是急着按摩又不行，必须是先洗澡，姚铭盛灵机一动，就本着“饱不剪头，饿不洗澡”的俗理，决定到餐厅先用餐。二人赶忙点了几个可口的菜，正吃喝在兴头时，张泽明的 BP 机响了，他放下碗筷去大厅回话，原来是李静请领导去医院看望武梅的。张泽明哼哼呀呀未置可否，放下电话回到餐厅，当着姚铭盛叨叨咕咕地说李静越来越像陆坦，闲事管得太多了。姚铭盛问他什么事，他说李静让领导去医院看看武梅，这可真是，给她个鼻子她要上脸，得寸进尺啊！姚铭盛听了不以为然，反而赞扬她还真细心。王连生马上意识到姚铭盛是不是想在她的身上做什么文章啊，便急切地问道：“你那个小子有对象吗？”

“怎么，你还有什么目标吗？”

“我看李静就挺合适的！”

“别扯啦，”张泽明说，“她老唱对台戏，这怎么能行！”

王连生忙说：“这可是两回事，想办法把她拉过来嘛。再说，她要知道姚书记这个条件，还不头拱地地巴结啊？”

姚铭盛有点儿醉意地说：“可……可以试试看，试试看。”

王连生又把球踢到张泽明身上，让他抽时间找李静试探试探再说。这时，三个人已是酒足饭饱，王连生和张泽明搀扶着绊绊磕磕的姚铭盛来到洗浴间，也顾不上泡澡就睡过去了。当醒过来的时候，已是夜幕降临，五颜六色的彩灯在外面的高楼大厦上时暗时明地眨着眼，道边上做烧烤生意的人顾不上寒风的吹打，在缭绕的烟雾中大喊大叫着。这时离按摩的时间还有半个小时，姚铭盛急切的心情早已按捺不住，忽而吸口纸烟，忽而看看手表，恨不得时针变成秒针那样快些跑过去。

终于，熬来了按摩的营业时间，他们到分流大厅，王连生边递票边指着姚铭盛对服务小姐说：“这位是单人间，我们俩是双人间。”

姚铭盛谦让地说：“别，咱们仨在一起吧！”

张泽明忙回话：“不行啊，这是提前预约好的，不能临时改变。”

姚铭盛佯装无奈的样子只好作罢，便尾随服务小姐直奔按摩室。到了门口，迎面搭话的是操着生涩汉语的俄籍女性，她娇滴滴地说：“先生，非常欢迎您的到来，我是本室三号按摩师，愿意为您服务，请进！”

姚铭盛突然面对此情此景，一时不知所措，只是“啊、啊”地点着头，不由自主地跟随按摩女跨进了室内。他四下环顾，草草地观赏了室内的装饰和设施，一张从未见过的按摩床安放在中央，侧面墙上装饰着巨型穿衣镜，迎面墙上端挂着电视，对面是带有滑动磨砂玻璃罩的淋浴间，淡黄的墙壁和粉红的闪灯动感诱人。

按摩女看着发呆的姚铭盛说：“先生，请您去冲洗一下，然后穿上按摩专用服。”不到十分钟，姚铭盛离开淋浴间回到按摩床，这时，一个头上盘着发髻、身着三点式泳衣、秀色可餐的按摩女立在他的面前，给他披上浴巾，让他仰卧在床上。姚铭盛乖乖地顺从着，按摩女将他从头到脚全身上下鼓捣个遍，又反复按摩了几个回合后，将床的电动靠背立起让他坐着。按摩女接着又按摩他的颈部和两臂，同时又问姚铭盛想看点儿什么录像。而姚铭盛心中无数，顺嘴溜出一句："随便吧！"按摩女已看出这是个"新货"，就给放了个武打的"素"片试探一下。没想到这个"新货"，瞅了一眼说这玩意儿太"硬"了，要求给换个"软"一点儿的，按摩女心领神会，立即给他换了个"荤"的，全是男男女女搂搂抱抱的……

再说双人间，张、王两人的待遇可就逊色多了，完全没有那种魂游天外的精神享受，他们趴在各自的按摩床上，听凭按摩女手持按摩震动球在身上移动着……

李静原以为张泽明接到她的电话会答应到医院看望武梅的，结果支支吾吾电话就挂断了，给她来了个不应答。李静虽然觉得很是失望，但是她知道，这样的人不是穿上袈裟就能立地成佛的，实践证明了陆坦的说法，什么时候也不能把过程当成结果。于是，她放下电话，没说什么就和张玉梅去了医院。这时的武梅已处于危急状态，大夫已经通知准备后事。陆坦接到田锋的电话，和老伴薛洁急忙赶到医院，当他从李静那里知道老干办领导不来时，立即安排人去买寿衣，让谢海霞给武梅的大儿子孙武单位挂电话，李静又给与孙大可家来往甚密的乔妍挂了电话。

武梅还在抢救之中。

谢海霞挂完电话回来说，孙武部队领导很快就能批准下来。

说话间，乔妍赶到了，大家互相问候并介绍了武梅的病情。乔妍退休前是信息研究员，在科研上和孙大可是多年的搭档，她的老伴李正道在位时又是教学行政管理者，经常和孙大可打交道，两个人是要好的朋友。不幸的是，李正道不久前因病作古了。

突然间大夫从抢救室出来说："谁是武梅的家属？快去太平间把寿衣给穿上吧！"

孙民从刘顺手里接过寿衣已是泣不成声。李静急了，二话没说，拿起寿衣就往武梅身上穿，眼含热泪念叨着：“阿姨，姑娘给您穿衣服啦，您要一路走好，安息吧阿姨！”

在医院门口，陆坦提议，如果方便，请在场的人到孙大可家看看。王警官请大家上他的车一起去。

车缓慢地行驶着，人们坐在车上谁也不想说话，孙民哭泣不停，大家劝导他要想开点儿，陆坦特别提醒他千万不要在他爸爸面前哭哭啼啼的。乔妍也在抽泣流泪，显然，这不仅仅是为了悼念武梅，她的眼泪也在为自己失去了老伴洗刷着悲哀。坐在乔妍身边的李静，在分担她的痛苦的同时，流着泪安慰着她。

十几分钟后，车到了孙大可家，谢海霞一看人们全回来了，就预感到不幸的事情发生了，她哽咽地说：“大家请进，我爸在客厅。”

孙大可起身迎客说：“难得各位能来寒舍一坐，请！”

李静忙把哭泣中的谢海霞拉到一边说：“嫂子，别这样，得让孙老心宽一点儿才是。”

陆坦握着孙大可的手说：“请孙老保重！”

孙大可爽朗地回话：“请各位放心，想得开，想得开，这应该是预料之中的事，只是早一天晚一天罢了。”

孙大可把谢海霞喊过来说：“不要难过了，你妈走了也是她的福分啊。说句心里话，她在的时候也太遭罪了，吃不好，睡不好，多次摔跤，疼痛难忍，她不去医院，也不肯吃药，家里的人也都跟着着急上火。现在她去享福了，对大家也是个解脱，特别是近几年，你也不容易，操心费力，照顾你妈，我代表她谢谢你啦！”

谢海霞哭得更加厉害，她说：“爸，您老可别这么说，作为晚辈，作为儿媳妇，我没有做到尽心尽力，就是忙乎点儿家务事，这是应该应分的，您老怎么还说些客气话？今后有哪些照顾不到的地方，您老只管说好了！”

孙民也凑过来说：“爸，该说的话海霞都说了，过去我是饭来张口、衣来伸手，太不应该了，今后家里的事也该我们好好承担了，希望爸爸保重！”

孙大可深情地说：“你们的心意我领了，今后也少不了麻烦你们。但是，今后只要我自己能做的事，都会尽力自己去做的，不会总去折腾你们，因为你们也有自己生活的圈子，也有自己谋生的事业，也有自己的锅碗瓢盆、柴米油盐，担子很重啊。作为过来人，爸爸知道上有老、下有小的滋味，只要在你们的脑海里能记住父母生养的恩情也就足矣。”

谢海霞痛哭着说：“爸，请您老放心，到什么时候我们也不会忘记父母之恩，孝道是天道，尽孝是仁礼，我们永远也不会做伤天害理的事。”

在场的人十分敬重孙大可对晚辈苦衷的理解，也倍加欣赏晚辈报答老人养育之恩的夙愿。接下来陆坦征求了孙大可对武梅后事的处理意见，而孙大可不假思索地说道：“这事我和孩子他妈生前商定好了，主张随新潮、忌声张、求从简、不操办。我们的遗嘱有四句话：丧事免灵堂，谢绝燃纸香，远离墓栖身，骨灰撒树旁。另外，孙武还没回来，赶上了更好，赶不上就别等了，市外的亲属事后给个信就行了。”

孙民忙说：“爸，这么办是不是太简单了，别人会怎么看我们？”

谢海霞也跟着帮腔：“要是这么简单，我怕人家说我们当子女的不孝顺，这不好吧？”

孙大可道：“你们应该知道，‘祭而丰不如养之厚，悔之晚何若谨于前’嘛！子女孝顺在厚养，别人都会看得清清楚楚的，今天在场的人也可以证明嘛！再说，薄祭这完全是我和你妈的意思，我们怎么好违背她的遗愿呢？”

陆坦感慨道：“高尚啊高尚，带头破旧俗、立新风，孙老不愧为当今科学界的泰斗。好啊，早早定个时间，请老干办的同志转告领导，遵照遗嘱办理吧！”

孙大可让孙民领着大伙到饭店吃点儿便饭，众人谢免，并劝慰孙大可节哀保重。

当人们要离开时，王警官请大家坐他的车，要一一把人送到家。

第五章

人世间的一切事物就像魔术师的戏法一样，在内外力的作用下，变换着花样显来隐去的，又在无限地变化、转化之中存在着，直到永远。这不，老干部中有些事可以说是按下葫芦起来个瓢，不测之事接踵而至，几天的工夫，王志远不明不白地走了，武梅不清不浑地走了，这不能不使“好管闲事”的陆坦心思沉重起来，确实是到了快刀斩乱麻的时候了。至于怎么个斩法，他是心中无数的，好在耳边有句老话在打转转——没有精神找领导，没有办法找群众，何不一试？于是他找到了汪远，两个人认真地交流着情况，分析着原因，筛查着症结。突然电话响了，是赵倩找陆坦的，告诉他工作组最近准备撤出，如果有事需要找他们，越快越好。汪远觉得这个工作组来无声去无影，来去匆匆，不免有些蹊跷，老干部这点儿事就是找到他们也是无济于事的。陆坦虽然也有些疑惑，但他认为事情总不会这么简单，想必是有什么深谋远虑，否则不会这样轻举妄动，所以，他还是主张找工作组先把这个马蜂窝捅开再说。汪远只好依了他，并决定立即召开总支扩大会，请陆坦列席，来个群策群力、集思广益，把命运掌握在自己的手里。

开会这天，老干办的领导虽然受约而没参加，但总还是让李静给安排了会场并让她做会议记录。

与会人员听说是紧急会，从来也没像今天这样踊跃，定在九点开会，八点半之前人就到齐了。汪远开场刚讲了几句要揭摆问题的主旨意愿，就有人提出了质疑。有的说，这样是瞎子点灯白费蜡，谁来给你解决问题啊？有的说，要是想解决问题，领导怎么不来？也有的说，来了，来了，李静就是全权代表嘛！这话吓得李静赶忙站起来说明，领导让自己来是安排会场、做好记录的，没有权利做代表，但是自己有义务向领导如实反映会议情况。于是，一些人安慰她，表示理解。接下来，汪远把陆坦介绍给大家，并请他先讲一讲他所掌握的情况。因为大家都很熟，陆坦简单的几句客套话之后就引向了正题，他把近期所见所闻的扭曲人生怪事滔滔不绝地暴露在人们的面前：王志远卧尸于室无人过问，武梅鬼迷心窍无人开导……这一桩桩令人痛心的噩耗，这一件件令人蒙羞的丑闻，着实无法安抚人们的良知。而内中最为可悲的是，这块杂草萌发的沃土无人耕耘，无人管理，出现了问题一律要个人负责，老干部被彻底地边缘化了，“财富”在顷刻之间成了九霄云外的“包袱”，最多不过是个养膘育肥的食客。在这里，尊重不见了，尊敬不见了，尊严不见了，老干部成了名副其实的“海外游子”，是死是活无人过问。更让人气愤的是，当权者竟把这种毫无爱心的抛弃厚颜无耻地美化成“不要干扰老同志静心养老”等等。陆坦的慷慨陈词唤起了与会者的共鸣，大家议论不休，探讨不止。这个说他抓得准，认识高；那个说他不怕鬼，敢驱邪；有的还自责，说回家早的人不仅手脚麻木了，脑袋也跟着麻木了，身临其境却麻木不仁，听之任之，不了了之；有的建议向主管领导反映或越级上告，总会有个结果，等等。

大家你一言我一语地议论着，又摆出了一些类似的问题，但并没拿出什么解决的好办法。汪远告诉大家，眼下该找的人陆坦也都找了，甚至争得面红耳赤，事情还是不见起色，现在只剩下华山一条路了——找工作组，找组长崔羽同志。委员们眼前一亮，认为希望在此一举。自然也有人对此并不抱什么希望，因为他们驻院几个月了，对老干部工作没听到有什么说法，既不打鸣也不下蛋，当然，碰上这样的烂摊子，任谁也是顾不上统揽全局的。

副书记张旭东说：“我同意汪老的意见，工作组顾上顾不上也得找，总得让他们知道学院还有六百多编外的大活人没有人管呢！我建议请陆坦同志出面，他毕竟和崔羽同志有过一面之识。”

“好啊，好啊。”汪远说，“陆坦同志你看怎么样？是不是就这样定了？”

陆坦立刻表示说：“如果是组织决定，我是必须服从的！”

与会同志异口同声地说：“同意，同意！”

汪远又提出了会议的第二项议程，他建议补选陆坦为总支委员，做个书记，他本人来个二次退休。

陆坦说：“总支会我本不该多言多语，可汪老这个意见使不得，他要不当班长，我就拒绝当委员了！”

张旭东说：“陆坦同志进总支我完全赞成，可是用领导的话来说，我们也不该干扰汪老的休闲生活，问题是陆坦同志刚接手你就要甩手怕是不近情理吧？还是请他先做个常务副书记，可以多帮你操点儿心怎么样？”

众人异口同声地同意张旭东的意见。

汪远只好无奈地说：“众意难违啊，好吧，我就做个名誉班长，请旭东给党委打个报告，李静给办一下。对了，你到前边来坐，给我们讲几句话。”

在热烈的掌声中，李静走到会议桌前敬礼说：“谢谢，谢谢。首先让我祝福前辈们健康幸福！我在前辈们面前没有发言权，但是能有幸参加这个会，我既高兴又惭愧——高兴的是机会难得，教育深刻；惭愧的是失职无能，无颜面对。一个专职老干部工作者不能为老同志尽职尽责，在这里我深感无地自容，向前辈们道歉！”说完她敬个大礼坐下。

陆坦站起来激动地说：“各位委员，在这里我可以负责地告诉大家，道歉的不应该是李静，受赞扬的倒应该是她。大家有所不知，我下来之后，在和老干办的接触中才发现，以李静为代表的多数同志都主张为老同志办实事。王志远病故的处理，是李静发现并经手的，武梅病故，给穿寿衣的又是李静，帮助老同志摆脱思想困扰的还是李静，而且这些善举每每都遭到了当权者的阻挠和指责。还有，当她的男友发现她处在误人子弟的岗位上而劝她离开时，你知道这位小同志是怎么回答的吗？她面临着分手的抉择告诉男友，自己不忍心丢下这些无人管的老前辈去当逃兵！好了，这一切的一切，还不值得我们好好地去赞扬她吗？”

在场的人无不肃然起敬，一时间，人们陷入了沉思之中，几乎都忘记了鼓掌。

当大家回过神的时候，只见受宠若惊的李静激动不已，哭泣不止。人们像对自己孩子那样安抚她、劝慰她、鼓励她，希望她一如既往地挺拔站立、不卑不亢，老同志就是她的坚强后盾，会全力支持她在重重荆棘中闯出一条路。

这突如其来的赞扬、支持和鞭策，好像使李静又长大了许多，她坚定地说：“谢谢各位老前辈，请大家放心好了，我李静不敢以杂念乱了方寸，只能是以大义去求前程，而且我只有干好老干部工作的义务，没有自我选择岗位的权利，这算是我的几句心里话吧，谢谢！”

汪远颇有感慨地说：“令人感动，令人感动啊。夹缝里挤出来的青松，一定能经得起狂风暴雨的袭击，但愿李静就是这样一棵稚嫩而挺拔的青松。好了，散会吧。”

大家在一片经久不息的掌声中交头接耳地议论着，迟迟不愿意离开会场。

工作组驻院已经三个月了，通过各个层次的座谈会、走访了解和信访举报等形式，对学院的教学、科研以及人员结构和思想状况的底已基本摸清，甚至可以说了如指掌，并开始梳理、综合、分析、研究改革的取向和切入点，初步确定以调整班子为核心，全面展开，重点突破，稳步推进。鉴于此，工作组已没有继续待下去的必要了，经请示，部领导同意撤出，并请他们提出下一步工作的具体意见，报部党组审核。

要害抓得准，措施也得当，关键就在于院领导核心这面大旗由谁来扛了。从班子中的成员来看，姚铭盛已凸显为众矢之的，迟早要被拿下，受其牵连的郑明和周福泉，还要留用观其后效，中层里最突出的是赵倩和刁玉琢，有待进一步考察，目前只能在程铁夫、迟来春和于祥三个人中去考虑人选。先说程铁夫吧，他为人正派，身为学术泰斗、老院士，是个宽以待人、老骥伏枥的长者，不足的是，在断事中常常心慈手软，一向有“泥瓦匠”的“美誉”，而目前，班子中又是缺他不可的；迟来春和于祥都是学术权威、院士，学风正派、品德端正，缺点是在处理纠结问题时，往往迁就姑息，魄力不够，在这方面和程铁夫有相似之处，书生气有点儿太浓了。这个现实摆在工作组面前，实在是让人头疼，重任落在他们任何一个人的身上也难以扭转大局。小组议论来议论去，无计可施。王晓丁和姜涛在私下倒是议论过，他俩不约而同地把目标都指向了崔羽，认为能有崔羽这样的领导就好办了。但是，他们谁也不肯张这个嘴，一来舍不得离开这样的领导，二来崔羽是部长的接班人，提这种意见无异于釜底抽薪。而这时的崔羽却在想，这些年来自己走的路算是一帆风顺，要有机会在这样的风口浪尖上磨炼磨炼该有多好啊。此时此刻，他好像也猜到了他俩的心思，何不借点儿外力推动一下？于是崔羽便引导他俩说心里话，王晓丁有些含糊其词，他说，部里不派人怕是难以解决问题，派谁呢？姜涛憋得只好掏真话，说崔羽是最理想的人选。正议论在节骨眼儿上，陆坦推门而入："各位好！对不起，我这个回家的人本来不该找麻烦，可是汪老让我向你们汇报也不好推辞，所以就来了。"

"哎呀，陆老来了。"崔羽赶忙迎到门口说，"请里边坐，我们虽然接触的时间不长，但是我对你印象深刻，你就不必客气啦。"转过身又告诉王晓丁和姜涛在这儿一起听听情况。

陆坦是喜欢简单明了、开板就唱的人，他说他今天要汇报的老同志的事概括起来就是四个字：撒手不管。崔羽听了眼前一亮，非常惊喜，因为这和他们手里的举报信反映的以及他所掌握的情况完全一样，也可以用这四个字来概括。于是他建议陆坦暂放一下具体问题，以后可以专门召开个会议去研究，今天先帮他们把问题的焦点给理出来，或者说找出病症是什么、病根在哪里，再开个处方。陆坦从崔羽的话里话外可以听得出来，他们对老干部的情况并不是一无所知，而是明察秋毫的，所以特别高兴，表示赞成崔羽的意见，并谦虚地说，问题就怕自己看不准，给工作组搅了局。根据他对老干部工作的了解，这里的病症主要是把"财富"视为"包袱"，把不作为说成静养，把按兵不动等同于安全，把服务看作干扰，一句话，就是把撒手不管的不作为美化成养老的所谓保证。要找谬论的炮制者，可以说那是秃头顶上的虱子——明摆着，显然是非姚铭盛莫属了，这在他和姚铭盛的零距离交锋时已暴露无遗，说明姚铭盛对老同志是没有半点儿感情的。就说近几年吧，他假借改革开放鼓吹自由化，损了公，肥了私，许多老院士、老专家、老教授对此极力反对和抵制，这就触怒了他，被以"照顾长者"为幌子，采取一刀切的办法打发回了家，结果是教学和科研出现了严重的断层，秩序混乱了，人心涣散了，恶果一直延续至今。

崔羽静静地聆听着，细细地思索着，他认为陆坦的洞察力很强，对问题刨得深、看得透，真不愧为令人敬重的老前辈。

“您老的高见不可多得，我崔羽一定要认真消化、理解。学院的问题从老干部待遇那里可见一斑，几乎到了积重难返的地步。眼下您老认为怎么办才能立竿见影？”崔羽请教说。

“手术！”陆坦不假思索地回答道。

“从哪儿下手？”

“心脏！”

“只输血不手术，行不行？”

“不手术输多少血也泵不起来，只要动力解决了，哪怕少输点儿血也能很快就运转起来。”

“小步快走怎么样？”

“总体上求稳是必要的，但在核心问题上更要求快，长痛不如短痛，以防发生变故，影响大局。”

崔羽兴奋地说：“还是陆老看得远，魄力大，你们两位怎么看？”

王晓丁急切地说：“入木三分！”

“就应该像陆老说的那样，来个快刀斩乱麻！”姜涛说。

“嗯，”崔羽说，“看来你们非常赞赏陆老的高见。我还想请教陆老个问题，您对党的用人标准是怎样理解的？”

“党的用人标准是德才兼备，这是人所共知的。但是，请崔主任你们几位别介意，也许我染上了老年人的偏见的陋习，我认为一个对老同志存有二心的人是不能占据领导岗位的，因为这些人的思维模式是只有今天没有昨天，只有今天没有明天，他们是一些今朝有酒今朝醉的混世者，说到底，脑子里只有自己，没有他人。”

“太深刻了，太深刻了，”崔羽赞叹不已，“我认为这是党的用人标准在新形势下的新诠释，这恐怕要成为我们决策的理论依据了。不过有一点还是要明确的，一定要本着‘下手要狠、步子要稳’的思想去行动，陆老赞成不？”

陆坦说：“我不敢妄言，但是，在这八个字的思想指导下，我还看重主次和先后关系的摆布。我想，如果从学院全局积重难返的现状出发，倘若能以快刀斩乱麻的魄力攻其薄弱的一翼，也许堡垒的核心就会不攻自破，其结果反而会更加有助于全局形势的推进。”

崔羽高兴地站起来说：“高见，高见！我的理解是，在解决某个主要矛盾时，如果先从有关联的次要矛盾迅即入手，它往往还会收到事半功倍的效果。是这样吧？好主意！”

陆坦回应了一句“抬举了”之后，陷入了疑惑之中：说工作组要撤吧，还探讨干的打算，说要干吧，还准备撤出，这葫芦里到底装的是什么药呢？不妨趁机探探底细。他说道：“至于工作组怎么干，人们没有疑虑，现在大家最担心的是学习整顿虎头蛇尾、半途而废。我想工作组是比我清楚的，好了，我说了些不该说的话。”

“该说，该说。”崔羽说，“我们完全理解陆老的心情，这是由于我们没发也不想发安民告示的缘故。不过，请陆老放心，问题得不到圆满解决，部党组是不会撒手的。”

“那好，我代表老同志向你们表示感谢，预祝工作组工作顺利！”

崔羽含而不露地说：“啊，工作组倒不一定顺利下去，它已经完成了自己的使命，打算近期撤出。但是，这里的戏只能说是刚刚开始，看样子还真有点儿唱头啊！”

“这我就听不懂了，工作组撤出这戏还怎么唱啊？”

崔羽说：“请陆老忍耐一下，宽限一下，这事虽然还没有最后拍板定案，但有一点是完全可以肯定的，那就是学院的戏一定要唱下去，而且必须唱好，请陆老放心才是！”

“好啊，尽管我还是似懂非懂，也不便再问了。要是再问，我可就要成了真正的‘好管闲事’的闲人了。”

“您老的闲事管得好啊，”崔羽肯定地说，“说不定它能成为这里革命性整顿的导火线。”

当崔羽告诉陆坦希望这一天早日到来之后，又问了老干办的人员情况。这里除了张泽明和王连生成天围着姚铭盛的屁股转以外，李静是个留校生，其他几个人都是因为平时“好挑刺”，被从后勤和教学、行政岗位挤出来打入冷宫的。其中给工作组印象最深的是李静，当问到她时，陆坦说她是老干办的突出代表，正面的人愿意听她的，反面的人又不得不听她的，是个肯动脑、求甚解、讲实干、有爱心的小同志，人才难得。崔羽希望老同志多鼓励她的积极性，保护她的工作热情，这个同志很可能就是未来革命性举措的基础和动力。

交谈已是尾声，这时赵倩敲门进屋，他握着陆坦的手说：“哎呀，您好，老主任来了！”然后随手把一个审批件递给崔羽，崔羽看完之后高兴地递给了陆坦，这是一份老干部总支增补陆坦为委员的请示报告，姚铭盛批示按人员冻结的精神执行。而崔羽觉得真是有缘分，看来和陆坦还有合作下去的机会，便对赵倩说：“你给姚书记回个话，离退休的组织人员变动不受此限，请他酌定。”

陆坦最后提了个建议，在工作组离开前，党委能不能召开个老同志座谈会，广泛听听意见，工作组也可以多掌握一些第一手材料。崔羽觉得这个想法非常好，但时机不对，打算在工作组离开时再建议党委自己去召开。陆坦认为这个安排太妙了，他说：“原来是要看姚铭盛怎样表演，真是技高一筹啊，我们争取早日再见！”

“哪里，哪里，这完全是您老开导的结果。今天的一席谈话，胜我苦读十年书啊。谢谢，谢谢，请您保重。请您老给保密点儿才是，再给汪老和老同志代问个好。”

王晓丁、姜涛和赵倩陪同陆坦到楼下门前乘车离去。

对工作组撤离和撤离后的设想，三个人的意见基本上统一后，崔羽去见程铁夫，汇报情况，交换意见。当程铁夫听说工作组要撤出时，有迅雷不及掩耳之感，立马表示反对。平心而论，这个事放在谁的身上也不会同意的，摆出的问题没解决，班子的调整也没动，丢下个烂摊子可怎么收场啊？退一步讲，哪怕是先给解决个领导人选再撤也好啊。其实崔羽何尝不想交出个利利索索的“战果”再离开呢？可是，由于工作组的使命和学院的现状所限，这个愿望是不可能实现的，只能采取异曲同工的办法来解决，就是力争委派固定人员来坐镇，这样做既有利于稳定人心、化解矛盾，又有利于大刀阔斧、稳步推进学院的改革。问题是这里涉及人选的确定，显然不是几天之内就能解决的，而且在工作组撤离的空当时间里，又必然会出现些反复现象，这一点，要从全局来看也许不是个好事，所以他希望程铁夫能理解这一点才好。程铁夫终于被说服了，但他有个条件：部里必须委派崔羽来扛这面大旗。崔羽虽有此意，但是无法表态，只能说组织上最后怎么定自己都会绝对服从。到此，程铁夫心里也算是踏实了许多，因为这样就为他的上报奠定了基础，或者说创造了条件，于是松口答应先放行了再说。

闯过了第一关的崔羽，可以说背负着学院存亡的重托求见部长。

“你说一说对学院的基本印象吧！”左言说。

崔羽回禀道：“小组研究了，我们认为学院可谓人才济济，师资堪称一流。但是，管理人员思想涣散，难当重任，主要原因在领导班子，在班子中有个别人作梗。”

“主要是什么问题？”

“一些人搞小圈子，请客送礼，封官许愿，排斥异己，营私舞弊，把科技元老一刀切地放回家了。”

左言提高嗓门问道：“为首的是谁？”

“是党委副书记姚铭盛，围着他转的骨干是郑明和周福泉等人。”

“严重程度怎么样？”

崔羽不假思索地回应道：“已形成网络。郑明把持着教学和科研，周福泉把持着后勤、财务，姚铭盛以党务、人事和老干部工作为阵地，操纵着全局，架空了院长程铁夫和分管领导迟来春、于祥。”

左言有些气愤地说：“这简直是不成体统了，党中有党，派中有派，自由化已登峰造极了，真是到了该治、当治的时候了。你说说怎么办吧。”

“撤回工作组，委任新的常务职位。”

“你以前好像提过这个事。小组倒是可以撤出，部里也有必要派人去参与善后事宜，问题是派谁去好呢？”

崔羽像请战的士兵，单刀直入地说：“部长，不知您老肯不肯放我去试一试？”

左言在思考着什么，一时没有回话。

崔羽意识到左言是有疑惑的，立即说道：“请部长不要为难，我收回我的意见，建议您提高档次派人，委任一位副部长去攻这个城堡更为合适。”

左言肯定地说：“你误会了，对你我是另有打算的。要是派别人，怎么派？现在是一个萝卜一个坑，拔了哪个萝卜都会留下个坑。”

崔羽说：“这好办，可以兼职嘛！”

左言心中突然间像打开了一扇天窗，高兴地说：“好主意，好主意。谁去兼职好呢？”

崔羽知道，这可不是自己应该回答的问题，说道：“请部长酌定。”

左言说：“按理说你去学院是最合适的人选，可是对部里来说，你又是个最不理想的人选。”

崔羽说：“部长多虑了。我建议是不是分两步走，撤工作组是第一步，部长考虑成熟了再派人是第二步，但是无论如何，越早越好。”

左言疑惑地问道：“撤工作组和派人要是衔接不上，学院会不会乱套啊？”

“部长的担心不无道理，一定会有人借机兴风作浪，不过也可以借机进一步看清某些人的嘴脸，有利于组织上更好地下决心处理问题。”

这时部长秘书领着程铁夫来见部长。说得准确点儿，从崔羽离院那一刻起，程铁夫就在想，不如马上动身也去找部长，来个趁热打铁岂不更好！

“来得巧，来得巧。请坐！”左言高兴地起身握着他的手说。说他来得巧，这是此时此刻发自左言内心的话，因为他正需要为派人的事征询他的意见。

“老院长来了！”崔羽一边准备茶水一边惊奇地寒暄着，“部长，你们谈，我先回去，有事我再来。”程铁夫的到来，其实也是崔羽的企盼，在这个节骨眼儿上他来给烧把火，犹如雪中送炭。

“别走，在这儿一起听听老院长的信息。”左言说。

“我不请自到，实在是不礼貌了。要说信息也算是信息吧，我是来请愿的。”

“老院长可别吓唬我，喝口水，顺顺气再说。”左言说。

“我不是来吓唬部长的，崔羽同志告诉我工作组要撤出，我没有权力拽着他们不放，可我还是担心，工作组离开后要是乱了套那可怎么办啊？

“会出现大问题吗？”

“倒是翻不了天，可是这个时期工作组在，人心思稳，现在可倒好，该处理的没处理，该撤换的没撤换，来个大撒手，恐怕要引起新的动荡。”

“您老兄说得是，应该有个明确的结果，不过，眼前您总得先给工作组开个绿灯啊。”

“我说了，我无权阻拦他们走，也不是妄想他们把所有的问题都给解决了再走，但是，起码得给配上个班子领导好让我告老还家吧？”

左言肯定地说：“您这个意见合情合理，但是过急了不行，您总得给部党组一点儿时间，考虑学院的问题怎么解决、班子怎么办、如果需要派人派谁去等等。您来之前，我和崔羽同志正谈这个问题，既然工作组撤了也翻不了天，该撤还是撤了吧，至于配哪个当班子领导，您老也可以推荐嘛！”

“要是我可以推荐，”程铁夫高兴地赶忙说道，“得有个前提，如果不嫌我这个庙小的话，崔羽同志就可以。”

听了程铁夫的推荐，左言的决心也就下定了，说道：“崔羽啊，你看程老的意见怎么样？”

崔羽听得明白，这既是部长在征求意见，更是给他下发令箭，便回答说：“程老给出难题了，请部长考虑成熟了再定吧。至于庙大庙小就无所谓了，重要的是庙里要有真的神灵。”

“我尊重您的想法，您得给我点儿调整的时间好吗？”

程铁夫赶忙回答：“只要能派崔羽去，我什么要求都没有了。看来我今天这一趟没有白跑，如果部长没有啥事，我该回去了。崔羽同志，你看什么时候开个党委会，宣布一下工作组撤离的事？”

“请程老定，既然部长同意就早撤吧！”

左言说：“好吧，在这儿吃个便饭再走怎么样？”

“免了，免了，等部长有了好吃好喝的时候，撵我也不走了！”

第六章

晚上下班的时候，田锋问李静知不知道张泽明前两天为什么没参加总支会。从不留意领导行踪的李静，哪里会知道他们鬼鬼祟祟的踪影。但是，她非常了解这些人对老干部的事是从不上心的，有时还很反感，就说前几天的总支会吧，会后让张泽明看看会议记录都懒得看，让口头汇报，刚说了几句也不听了，他心烦意乱地说什么“算了，算了，这都是些老掉牙的玩意儿，不说也知道”。于是，田锋告诉她，为了弄清他们的动向，开会那天他当了一把侦察员，一直跟踪到时尚按摩院。这时李静灵机一动，何不明天一起去找陆坦汇报汇报。田锋同意。李静当即给陆坦挂了电话，陆坦让他俩明天九点到汪远家碰面，顺便听听他见工作组的事。

第二天早饭后，汪远让小陈准备好了茶水，坐在沙发上看着报纸，等待着客人的到来。几个人脚前脚后准时来到汪远家，汪远高兴地说：“你们几位可真守时啊，请坐！”

陆坦戏言道：“这恐怕是教书匠的职业病吧！”

“也是职业军人的常见病！”军人出身的田锋补充道。

李静忙着给大家端水送茶，听说这个病那个病的，她也凑趣地补上了一句：“这几乎是我们学生的精神病！”

几个人笑得前仰后合的，汪远说：“说得好，说得好，这么说我们大家都得了个流行性的传染病啊！”

在笑声中陆坦说：“怎么样，我们汇报吧。”

“先请田老师说说按摩院的事行吗？”李静提议道。

田锋介绍说，在李静去参加总支会的那天上午，他跟去了按摩院，在外面发现了王连生开的车。时间不长，王连生和张泽明两人出来了，估计是去办理优惠券的手续，因为前几天有人给他们送过优惠券，他也就是根据这个线索跟踪去的。星期六下午三点他又去了一趟，真巧，三点半的时候，只见姚铭盛、张泽明和王连生三个人从车上下来，驻足看了看牌匾，然后被小姐迎进里边去。等了一会儿他壮壮胆子也进去了，假装预约按摩票也就问了个清楚，然后赶回单位，碰上了武梅病危的事。

“能不能知道是去洗澡吃饭，还是去按摩？”陆坦问道。

“这里是一条龙服务，没有单独的洗澡或吃饭。”田锋解释说。

李静不解地说道：“这不是很平常的事吗？”

“你说得对，”田锋说，“一般来讲是正常的，可是工作时间去吃喝玩乐那就不正常了。何况那里还有至少我认为是‘灰色’的服务，比如鸳鸯戏水，按摩互动等贴身服务。至于有没有黄色的服务那就不好说了。”

汪远感叹道：“哎呀，要是这样可就不是那么简单的吃喝按摩了。”

陆坦说：“汪老，这个事走一步看一步吧，看看李静有什么说的，说完了我再把见工作组的情况汇报一下。”

李静赶忙说：“我没有啥事，就是陪田老师来汇报的，如果工作组的事不保密的话，俺们俩也想精神精神。”

“这有什么保密的，”汪远说，“咱们一起精神吧！”

陆坦高兴地说：“要说精神，还真是让人振奋，要点有三个：一是建议党委召开个老干部座谈会，广泛听取意见；二是工作组已完成任务要撤出；三是适当的时候解决班子的问题。不过这些事在没有正式公布之前要绝对保密。”

“座谈会谁主持召开？”田锋问道。

“当然是姚铭盛啦！”

李静问道：“工作组参加吗？”

“工作组嘛，说不定开会的时候早已离开学院了。”

“这个会开得有啥意思？”田锋灰心地说，“还不够他们抓辫子哩！”

“还是老领导看得明白，”汪远释疑道，“这恐怕是工作组要看他们的表演吧？”

陆坦补充说：“我非常赞成汪老的看法，所以一定要争取把这个会开好，让大家畅所欲言，把想说的话说够说透。至于参加会的人员，等老干办有了准信再说。”

不过汪远倒是有些疑心，他说：“我总觉得工作组对老干部的事不重视，也没听听我们的意见就要撤了，姚铭盛他们就是表演了又能怎么样？至于解决班子的问题，恐怕也不知又要拖到猴年马月去了！”

“汪老，”陆坦说，“我开始听崔羽说工作组要撤时，想法和您老一样，当我刚一汇报，就完全改变了这个看法。我提个头，他就知道个尾，崔羽听了几句就让我另找时间谈具体情况，说今天重点是帮他分析学院的病根在哪儿，怎么解决好，用他的话来说，叫我给开个处方。”

汪远惊奇地说：“哎呀，要这么说他们对学院的情况还是心中有数的啊。”

“应该是这样，就老干办的人员情况，包括老田和李静，崔羽同志也都知道个一二。”

汪远等人听了这话心里有点儿落底了，觉得这是个神通广大的工作组，很是令人期待。当几个人听到陆坦的“心脏手术”方案时，李静惊得直伸舌头，汪远更是赞叹不已。田锋说尽管自己是个无勇无谋的庸人，但当他听了老领导的启发之后，便以军人所具有的素质和战略的眼光看待学院的未来，而且他认为要不了多久将会出现一场振奋人心的大变革，他劝导自己可不能再含糊下去了，更不能在这个变革的大潮中沦为落伍者。李静自然也在感慨，这个好时机不正是她多年来梦寐以求的吗？而且变革的实践也是锻炼年轻人的试金石。

汪远一再叮咛陆坦，补选的事批不批得下来都得插手总支的事，自己早已力不从心了，只能当个徒有虚名的班长啦。几个人又唠了一会儿家常，看时间不早了，三个人同时离开了汪家，等待着新机遇的到来。

崔羽从部里回来后，经过几天的准备，做好了工作组撤离前的一切安排，于是建议程铁夫主持召开了党委扩大的紧急会议。他在会上说明，学院的教育评估已告一段落，希望党委在继续落实中央文件精神的基础上，再接再厉，找准差距，定准措施，定准方向。与此同时，工作组在院党委的领导下已完成了预期任务，经部党组批准，从即日起正式撤离学院。会上还谢绝了姚铭盛等人提出的向工作组赠送纪念品和设欢送晚宴的建议。

不到半个小时的党委扩大会结束后，全体人员转入了预定召开的中层党政干部会的议程。程铁夫主持了会议，宣布会议的主旨是教育评估总结，他在简要地回顾了三个月来在工作组的大力支持下取得的成绩后，请崔羽做总结报告。崔羽是个求实的人，办事不走过场，人前不讲排场，他在掌声中敬礼后宣布，会上不念总结了，请大家会后自己看，可以品头论足，可以逐条修改，更可以推翻重来，一句话，对评估总结提出中肯意见。他今天只借会议机会告诉大家，本院人才济济，堪称一流，当务之急是准确认识自身存在的重要价值，为此他给大家留下了四句共勉的话：科教兴国振邦，科技引领时尚，创新延续生命，贵在用人得当。在一片掌声中他又发表了赠言，他恳请各位供职者一定要认知本院的过去，以利于尊重元老；认准本院的现在，以利于尊重自我；认清本院的未来，以利于尊重知识。至于怎样才能客观地认知、认准、认清，那就要登高望远了，高度可以决定人们的视野，角度又可以改变人们的观念，而高远的确立，也只能有赖于博览群书，因为书籍是人类知识的结晶。莎士比亚说得好："书籍是全世界的营养品，生活里没有书籍，就好像没有阳光；智慧里没有书籍，就好像鸟儿没有翅膀。"我们需要在书籍的海洋中，让文学给我们以广度，让历史给我们以深度，让哲学给我们以高度，自然还少不了让科学给我们以可信度，让信念给我们以亮度。

在全场长时间的掌声中，他又做了强调，搞教科研的人不仅对本专业要溯本求源，也需要对诸子百家的思想哲理领略点滴，这都是些开天门、解疑惑的钥匙。人们常说，学了儒家走得正，学了道家看得开，学了佛家放得下，那么学了马克思又会怎么样呢？应该是辨得明吧？人们知道，儒家崇尚的是不偏不倚的中庸之道，道家主张的是宇宙万物的变化源于天道的总规律，佛家修行的是自觉、觉他和觉行的三义，而马克思倡导的则是要用唯物的辩证观透视社会发展的一般规律。最后崔羽说道：“各位老师，我崔羽不才，求知浅尝辄止，自知说了些浑话、废话，但本意还是为了进取共勉。还有，我已经有话在先，既然教育评估告一段落，也就意味着工作组的使命随之结束了，经领导批准，今天工作组正式撤出，大家对小组尤其是我个人在工作中的不当之处，请批评指正。我们最不该忘记的是，工作组在院期间受到了院党委的亲切关怀和同志们的全力支持，令人感动，我代表工作组一并致谢！这次工作使我深深地爱上了这片育人的沃土，恨不得自己也能成为这里的一员。好了，同志们再见！”

全场起立，在程铁夫的带动下，响起了一阵又一阵的雷鸣般的掌声。

程铁夫让姚铭盛代表院党委致谢后，他以从未有过的语气赞扬说：“太好啦，太好啦！崔羽同志的赠言也好，感言也罢，真是寓意深刻，发人深省，有忠告，有警示，有鞭策，有方向，但愿我们借此自勉吧。我还有个奢望，如崔羽同志所讲，倘若他有意在本院这块沃土上耕耘的话，我代表全体教职员工举双手欢迎，欢迎你们工作组能够再来！”

这时场内沸腾了，全场又一次起立鼓掌，有人还带头喊着“欢迎！欢迎！”的口号。

崔羽起身紧握程铁夫的手表示谢意。当宣布散会时，人们朝崔羽蜂拥而来，握手的，话别的，直面表达欢迎之意的，久久不愿离去。

各部门的领导回到部门后，立即组织教职员工开会，传达评估总结，回放会议录音，介绍会议盛况。姚铭盛破例地让张泽明列席了这次会议，可张泽明回来后却是按兵不动。李静到党办办事才听说别的部门开了会，又是传达文件，又是回放录音的。冯一夫到门口告诉她会议的内容，答应晚上借给她录音带。等到第二天上班的时候，在李静的提议下张泽明才开会传达。参加中层会，可以说是张泽明做梦都想的事，这不仅是政治待遇的象征，说不定什么时候还能成为福利待遇的标签。而他对这类会议的内容并不感兴趣，会议发的材料一个字也没看，领导的讲话也没做个记录，右耳朵听左耳朵就冒了，对于上头的精神、下头的情况，只要与他没有直接的关系，他从来就是记多少就传达多少，这对他来说是无所谓的事。反之，要是让他陪着某些领导吃吃喝喝，或者是搞点儿什么歪门邪道，不说是头头是道、样样精通吧，至少他是不会漏档的。眼前的传达，说他全不在意也不是，他打怵的是老干办的这些人，动不动不是挑刺就是起哄，在张泽明的眼里，只有李静还算通情达理，可她从来也不帮自己说话。他点上烟，从兜里掏出一份折叠的材料递给李静，让她存档，然后慢条斯理地说，要给大家传达会议精神。

“什么精神？”田锋对不及时传达会议精神很有意见，他不满意地追问道。

这突如其来的追问，把张泽明闹得直发蒙，一时间不知怎样回答是好，便“啊、啊”了几声说道：“是工作组撤退了！”

刘顺听得不顺耳问道：“怎么撤退了？”

“仗打败了还不撤退吗？”田锋戏言道。

张泽明发现自己说错了，斜瞅了田锋一眼纠正说是“撤出”了。接下去他对会议做了评价：本来是评估总结会，结果是评估材料一个字都没念，让自己回去看，崔羽只是皮皮扯扯地讲了几句赠言、感言，还让大家重视科教什么的，就是这些。李静接到张泽明的材料后，几乎是一目双行地看了一遍，觉得总结的内容这么重要怎么一个字也不给传达，尤其是重视科教的四句话，急得李静给做了补充。张泽明连声说对对对，就是这二十个字，转身问李静是怎么知道的，李静也顾不上主任当众出丑了，告诉他是二十四个字，这是总结里说的。田锋紧追不舍地讽刺他，主任可不要把精神都给吃光了，也得给弟兄们留个一星半点儿的。张泽明为了给自己个台阶下，极尽狡辩的能事，说这有什么可大惊小怪的，科教科技的话在我们这里谁还不会说上几句？半天没插上嘴的王连生觉得该帮帮主任了，他大呼小叫道，科技学院就是干这个的，谁还不知道它的重要，就是三岁孩子恐怕也能说上几句。张玉梅气得直叫号，逼着王连生讲给大家听听。李静觉得这样争来争去太没意思了，不如把昨天晚上整理的会议录音和总结给大家传达传达岂不更好。当她说明情况并提出建议后，受到了欢迎和称赞。张泽明何尝不这么想，对他来说更觉得这是一株帮他收场的稻草，便同意让她给大家念一念。两个材料念了不到二十分钟，内容的精练、逻辑的紧密、方向的大胆、措施的贴切，无不令人耳目一新！几个人你一言我一语，争先恐后地议论着。李静觉得大家讲得有道理，对自己很有启发，也讲了自己的看法，她认为评估的核心就是那四句话，它强调了要尊重人、尊重人所掌握的知识和技能，而本院在这方面恰好是欠缺的，在位的受歧视，在野的受冷落。就说身边的“三老”吧，他们可谓全国的顶级人才，却被一刀切地打入了冷宫，请问，谁人过问？谁人挖掘？谁人重视？谁人又重用了他们呢？回答是否定的，这实在是对人才资源最疯狂的浪费，最野蛮的扼杀。退一步讲，即便不挖掘、不调动，能投入些爱心关怀一下这些老人也好，可回答也是否定的。某些人竟然用左一道“不要干扰”、右一道“静心养老”的禁令来封杀他们宝石般的年华，偶尔嘴上也挂上几句“财富”啊、“功臣”啊之类的甜言蜜语，那不过是掩饰某种需要的堂皇冠冕而已。再退一步讲，作为一个父母所生所养所育的子女，作为一个前辈们传道授业的后生，作为一个老干部工作的使者，面对遐龄之人的困惑和窘境视而不见、熟视无睹，他们的孝道何在？他们为人的良知又哪儿去了？其实，这些人的病根就在于学识浅薄、学功不牢、学风不端，自然也就走不正、看不开、放不下、辨不明了。在一片掌声中，这个说讲到点儿上了，那个说讲得真够劲。张泽明怕再引起是非，也不得不跟着说几句赞扬的话，让大家知道工作组撤出也就行了。刚要宣布散会，王连生提醒他召开老干部座谈会的事，张泽明让李静给总支下达通知，定在下周二上午九点到酒店去开，告诉总支选派十五个敢提意见的人参加，再让后勤出一台中巴车，请党办搞个录音也就行了，他和王连生负责联系酒店，李静到会记录。张泽明安排完了抬起屁股就要离开会场，李静建议老干办的人最好都参加，便于照顾体弱不支的老同志，以保证安全，张泽明不情愿地同意了。

在各个部门热议评估总结和崔羽讲话的同时，一向不甘寂寞的姚铭盛认为自己憋了三个月的气终于有了释放的空间，他让张泽明安排酒店，约心腹郑明和周福泉聚餐减压，好好出出内心深处的恶气，他们吃着，喝着，议论着，姚铭盛自然是“宏论”不绝于口，工作组是什么公鸡拉屎头硬啦，是骑虎难下只能不了了之啦，什么虎头蛇尾是工作组的通病啦，等等，借以发泄不满，也为同路人打气壮胆。不过三个人有个共同的感觉，这么长时间工作组没找自己谈过话，还有，以前与自己靠近的人，而今离自己越来越远了。对于这种现象，姚铭盛自有他的推论，一是工作组认为他们没有多大问题放过了这一把，二是一些人为了避嫌才疏远了他们。听了姚铭盛自欺欺人的“开导”，再借着酗酒作乐的幻觉，几个人多少算是松了口气。然而，对于这些权欲旺的人们来说又不能不想到，昔日里的功过是非之所以受制于人，是因为权势的分量还不够，他们比谁都清楚，势为权所生，权为势所倚，这几个相依为命的难兄难弟深知唯权至上的道理。想到这儿，姚铭盛格外高兴，他准备马上启动升迁调动的闸门，逼“程公”回家歇着去，再让他们眼中的“懦夫”于祥和迟来春往后挪一挪，腾出几个位置，该是由郑明和周福泉来正襟危坐了。周福泉假惺惺地献上觐见礼，为了稳妥可靠起见，建议姚铭盛先把他自己一把手的宝剑拿到手，这样就可以运用自如了。姚铭盛欣喜若狂地告诉他们放心好了，他的老同学正在给他忙乎，眼前的打算是把张泽明和王连生先提起来投石问路，视风声推进。几个人听罢，认为这是招稳步青云的妙棋。

散席前，姚铭盛一再嘱咐张泽明要把老干部座谈会安排好，遇到什么枪声炮声，甚至是万箭齐发，一概不要紧张，要有“任凭风浪起，稳坐钓鱼台”的英雄气概才行，再说，也得给人家个表演的机会嘛！张泽明回话已经安排好了，下周二请领导到场就行了。

第七章

为了落实工作组建议党委召开的老干部座谈会，张泽明让李静给老干部总支下达了通知。在总支开会研究参会人员时，李静列席了会议并传达了领导对座谈会的三点要求：一是与会人选由总支定，二是与会人员要敢于发言，三是与会人数不超过十五人。会议定在下周二上午九点在酒店召开，有录音，有记录，统一派车接送。李静的话音一落，引起了委员们的骚动，这真是破天荒，如此民主务政，在人们的印象里还是第一次。有人认为，这是学院的学习整顿见成效了；有的说，不见得，说不定是黄鼠狼给小鸡拜年呢；也有的说，这备不住是颗糖衣炮弹吧；还有的说，这恐怕是按照工作组的意思安排的，等等，一时间众说纷纭，猜测不一。陆坦认为大家的想象力既丰富深刻，又具有重要意义，也许会有殊途同归的结果，所以他建议还是以眼下为重，先把会议开好才是。经过讨论决定，由总支委员、支部书记和部分“三老”等二十人出席座谈会。汪远提示大家分头准备意见，围绕老干部的有关问题，想怎么讲就怎么讲，不要受什么限制，至于超员五人，请李静转报就行了。

借会议的机会，陆坦让李静传达了工作组教育评估总结和崔羽讲话的录音整理稿。大家听了感到十分惊讶，精神振奋，一致认为，如此深刻准确的总结和循循善诱的讲话，这在本院还是第一次听到。委员们建议立即向全体老同志传达贯彻，以唤醒人们休眠的大脑，度过尚未麻木的晚年。大家热议之后，汪远让分头准备意见，宣布散会。

继任党办主任赵倩，是陆坦知根知底的老部下，为人忠厚坦荡、胸怀才略，遇事追根究底、多有挑剔。在赵倩的心目中，陆坦是最信得过的知音，他们之间可以说畅所欲言，无所顾忌。从陆坦离休之后，二人除了在工作组打过照面，再没有联系，赵倩也希望陆坦能够过上清静安逸的晚年生活，可是眼前碰到了几件事总想找他谈谈，因为他已经是老干部总支副书记了。无巧不成书，赵倩刚要电话约见陆坦，薛洁告诉他陆坦已经到院部找他来了，是想弄清座谈会都有些什么要求。不多一会儿陆坦来到党办，赵倩埋怨他事先应该打个招呼，也好派车去接一下，其实陆坦就怕派车才没联系。两个人闲聊了几句就转向了正题，赵倩介绍了工作组撤离前后的几件事，工作组走前建议党委召开个座谈会，会后崔羽让党办整理了录音，以后他要听一听。在议论中，陆坦认为学院要有这样一个掌舵的人可就好了。赵倩说，程铁夫私下告诉他，崔羽不久还有可能回来，也许就长驻了，不过他认为程铁夫有点儿反常，崔羽在的时候他还挺严的，最近就有点儿放松了，在一次党委会上，姚铭盛提名张泽明任党办副主任，王连生任老干办副主任，他就没坚持自己的意见，结果会上就通过了。陆坦认为也许程铁夫这不是过错，是和学院的大局相吻合的举措，工作组撤离是个总体松动，座谈会是个支体松动，提干不过是个具体松动，后者的松动对总体来说是可以起到协助作用的，只要不伤大局便将计就计了，说句白话，是想看看对方的表演罢了！再说，从工作组来院前后看，程铁夫已经是判若两人了，遇事思想明朗、态度坚决，这说明他想改观学院面貌的决心是宁折不弯的，至于松动不过是个战略而已。赵倩听了如梦初醒，茅塞顿开，原来这是为配合崔羽再杀回来做好准备啊，于是他就放弃了劝说陆坦在座谈会上收而不放的设想。陆坦赞扬了工作组的评估总结和崔羽的讲话，又引起了赵倩的感慨。他进一步讲述了姚铭盛的拙劣表演，就说总结会之前吧，在参会人员的名单中，根据程铁夫的意见有老干部总支正副书记列席，姚铭盛看到后一笔勾掉，改成老干办负责人。程铁夫知道后未置可否，让会后给总支放讲话录音，而李静把录音连夜整理成了书面材料。

陆坦和赵倩谈得很投入，互相印证了一些猜测性的看法，交流了一些想沟通的琐事。陆坦离开党办回到家，刚要准备吃午饭，就接到李静的电话，通知座谈会是在某酒店如期召开，又明确了乘车的时间和地点。陆坦告诉她，有些事等开会见面时再说。

对崔羽建议召开座谈会，姚铭盛嘴上不说，可他打心眼儿里是不满的。在他看来，工作组之所以撤出，是因为他们啃不动这块硬骨头，只好乖乖地溜走了。既然是败走了麦城，留下这么个建议就能找回丢盔弃甲的脸吗？又一想，也罢，何不利用这个机会看看陆坦他们演的什么好戏，又可以趁机耍耍自己的威风呢？

座谈会原本安排在野味大酒店二楼的一个大包间里，由于老年人的腿脚不灵便，应他们的一致要求改在了一楼。当姚铭盛在张泽明、王连生的陪同下走进大厅时，服务小姐把他们引进这间新换的房间，姚铭盛严声厉色地问道："不是安排在二楼吗，谁给整到这个窝囊地方？"

李静站在一边刚要解释，汪远听得刺耳："怎么，不行吗？这是我们大家要求的，怎么就不能替我们这些笨腿笨脚的人想一想？"

"汪老说得是，这得体现点儿人性化的服务啊！"陆坦用半开玩笑的语气补充道。

姚铭盛从眼镜缝斜视了陆坦一眼说："啊，啊，也好，只要你们不挑就行！"

会场的气氛略有些紧张，人们都板着脸，抽烟的抽烟，喝茶的喝茶，有的在交头接耳，不知说些什么。姚铭盛坐在那里品着茶，抽着烟，吐了一口烟雾说道："开会吧。铁夫同志到部里请示工作去了，党委委托我来主持今天的座谈会，想听听大家对老干部工作的意见。在座的都是我们学院的元老，可以说是'镇院之宝'，我们这些后来人是踏在你们的肩头上过来的，是听着你们的教诲成长的，请老师们不要客气，想讲什么就讲什么，想怎么讲就怎么讲！"

汪远说："在我的记忆里，从我下来还是第一次有这么多的人坐在一起开会，说明在学院的史册中还有老同志的一席之地，我代表老同志谢谢党委啦！"

姚铭盛阴阳怪气地说："客气啦，客气啦，我们的心里没有一天忘记过大家，就是不忍心劳各位的大驾。"

汪远说："铭盛同志，你可能是有点儿健忘，我们早就成了无'驾'可劳的人啦。不过，你们也不要怕什么，我们不想怨天怨地靠神靠鬼，只想求个有人管就行了。尽管我们还没有盖棺定论，可自认为还算是党的儿女吧？"

"这是完全应该肯定的，不盖棺也能定论！"姚铭盛说。

姚铭盛的所谓定论一脱口就引起了与会者的质疑。这个说，你这个定论就是让大家彻底地离开红尘才算罢休；那个说，你所领导的老干办应该改名叫"姚办"，成天围着你的屁股转，我行我素，独断专行，不知要把所谓的镇院之宝置于何地；有的说，别说我们这些在野的，就是在朝的也没有人管，你们不愧为孙大总统"以平等待我之民族"的真正知音啊；也有的说，照现在这么干，别说老干办得垮，就是学院也是兔子尾巴——长不了的。

学院创始人之一、原党委书记石成，原本就是出来凑凑热闹散散心，没有打算在会上说什么，可他耳闻的一些东西眼前得到了进一步的证实，他越听越气恼，呷了一口水说道："这些同志说得好啊，该敲敲警钟了，学院就这样下去，不打也得自垮，据说有的人吃喝玩乐，五毒俱全，这样的人哪有心思去治校呢！有的同志对我坦言：这都是你培养的接班人哪！听听，让我这张老脸往哪儿藏啊？"

姚铭盛这些年来听惯了赞歌，哪里还会听得下石成的训斥，便脱口反驳道："石老不是说气话吧，我知道我是个不合格的接班人，工作肯定还有欠缺，但是，有些问题恐怕是属于新理念和旧思想的摩擦，可以逐步协调嘛！"接下去，他敲敲桌子，亮开了嗓门，大有杀一儆百的架势说："至于什么吃喝玩乐、五毒俱全之类，怕是言重了吧。前辈们比我清楚，办事总得有个由头，说话总得有个谱，这可开不得半点儿玩笑啊！"

老院士肖克静说："哎呀，不必紧张嘛！也不要吓唬我们这些人，老领导不过是说说而已，能把你们怎么样？我倒是从你们这些神情狂妄的新秀中发现了个特点，升了官跟着就长脾气，又是专门用来对付手无寸铁的小老百姓的，你若不信，有谁能举出犯上的例证呢？当然，在正常情况下的犯上那是例外。我奉劝铭盛同志，别忘了那句老话，苦口的可能是良药，逆耳的可能是忠言，请你三思。"

人们在尽力舒缓着会场的紧张气氛，可是石成怎么也想不通，姚铭盛为什么会堕落到这种地步，越想越有些窝火，不想在这儿待下去。他站起来说："算了，算了，这里不准说话回家说去，送我走吧！"说完，转身就离开了座位，在大家连拉带拽地劝说下才又回到了座位上。姚铭盛一看苗头不对，立即到石成身边皮笑肉不笑地说："方才是我不冷静，请石老见谅，大人不计小人过啊，大家坐好，继续发言吧！"

会场倒是静了下来，可是，大家让姚铭盛给闹腾得一时间都不想再说什么，只好宣布休息一会儿。这时，人们三个一帮两个一伙，交头接耳地议论着，话题自然是离不开姚铭盛耍淫威。李静等人在安慰着石成；陆坦和汪远交换着意见，想使座谈会的气氛正常起来；汪远希望陆坦在复会后做个引导，使大家把想讲的话都能尽量地讲出来。

人们好像有说不完的话题在热议着，这时张泽明喊大家复会了，姚铭盛假惺惺地说："请大家放心好了，怎么想就怎么说，我姚铭盛洗耳恭听就是了，请吧！"

陆坦左看右看没人发言便说道："我说几句吧。休息前几位的发言应该说是直言相告，既中肯又坦率，很是难得。我下来的时间虽然是仅仅几个月，对他们的话也是感同身受的，希望铭盛同志能多体察和体谅点儿民情，好话坏话都要耐着性子听一听，你毕竟是个当权者。谁都知道，草随风动，权随职走，我们这些无职无权的人一身轻松，只能随风飘摆了。既然是怎么想就怎么说，我就说几句我听到的奇谈怪论：对待老同志救助的事，有人说有困难找子女，生了病找大夫，想求援找社区，组织上一概不介入，有人说那是个人行为，自负其责；凡是该组织的健康活动却按兵不动，有人说这是为了保证老同志的安全；凡是需要上传下达的信息一律封锁，有人说这是不干扰老同志的休闲生活，让他们静心安度晚年，等等。总而言之，凡是老同志的事，一概置之不理。如果这些言论出自一般人之口也就罢了，可它竟然来自某些专干人员甚至是主管领导之口，岂不令人寒心？所以有人说，本院的离退休人员早已离开了红尘，是彻头彻尾地退休了，在这里，尊重不见了，关爱消失了，尊严没有了，这一切都被奇谈怪论所替代，所掩盖，所蒙混。"

人们静静地听着他的发言，感慨万千，都怨自己没摊上个好领导，莫名其妙地被赶回家，又在默默地等待着掩骼埋胔于深山，了此一生。陆坦的发言，引起了大家强烈的共鸣，顷刻间爆发出一片雷鸣般的掌声，在大家的鼓励下，陆坦又强调了当前应尽快解决的几个问题：

1. 解决活动场所，不该让六百多人天天蹲墙根、压马路；
2. 给六十五岁以上和行动不便的人安装个一键通的呼救器；
3. 报销拖欠的药费，今后解决此类问题要只争朝夕；
4. 安排活动要听取党群组织的意见，做到群策群力；
5. 要允许有条件又自愿的老同志参与院内的教研活动；
6. 老同志的活动经费要实行民主管理，体现阳光行政；
7. 要定期通报教研情况，重大决策应征询老同志意见；
8. 老干办的工作人员任用要听听老同志的意见。

大家觉得这几条意见虽然很好，也很提气，但是能不能兑现和什么时候兑现都是个未知数，所以，在一阵掌声之后，自然就把目光移到了姚铭盛的身上，等待他的回答。而姚铭盛从来也没像今天这样难堪过，不回答吧，显然这个关是过不去的；回答吧，天知道该说什么好。这个时候他想到了张泽明，现在不让他出来垫脚救驾更待何时？他稳定稳定情绪，斜视了一下张泽明说：“老张你给讲一讲！”

“啊，啊，”丈二和尚还没摸着头脑的张泽明发蒙地说，“让我说什么好呢？这些事都和钱有关，我们还就是缺钱，这让我有什么办法？”

“少吃点儿大盘子就有了！”

“少坐点儿专车就行了！”

“少搞点儿歪门邪道什么问题也都解决了！”

…… ……

在乱箭齐发之中，委员季士羽质疑道：“请问当政领导，学院今天为什么穷到一贫如洗的分儿上，而某些人又为什么能富到挥金如土的地步？我希望你们在触及红线的时候，能猛醒过来，认认真真地反思一下，免得迷途悬崖不知返，一失足成千古恨啊！”

姚铭盛觉得张泽明真有点儿不中用，不但没有救驾，反而给引来了意外的毁誉之祸，倘若如此下去怕是一发而不可收了，何不来个金蝉脱壳之计？于是他说道：“大家的意见很中肯、很实在，触及了一些新理念，很值得我们深入探讨，以便澄清认识、统一思想。至于那些具体问题，会后可以向党委汇报，求得适当解决。”

陆坦听到这些话很刺耳，知道他是想溜之大吉，就耐着性子说：“铭盛同志你该知道，我们这些人也顾不上什么新理念、旧思想的，只要能给解决点儿实际问题就是好理念、好思想。你方才说要澄清认识，这话说到点上了，我这里倒是有几个需要先澄清的问题，如果明确不了，那恐怕什么事也解决不了。”接下来他列举了以下几个问题：

1. 老干部工作的基本任务是什么？
2. 老干部工作的指导思想是什么？
3. 老干部工作的方针政策是什么？
4. 老干部工作的长效机制是什么？
5. 老干部工作的基本方法是什么？

“好了，就提这几个吧，”陆坦解释说，“首先请不要耻笑，对于主管老干部工作的领导来说，我想这几个问题不过是小儿科而已，可是对我来说，不仅尖端而且糊涂，因为我们的老干部工作较之其他单位有着天壤之别，有其特色之处，所以提出来请教姚书记。”

几个问题的抛出，使得刚刚要平静下来的会场，陡然间又紧张了起来。姚铭盛听到陆坦要他回答从未想过的又是如此严肃的问题，一时间不知如何是好，他忽而看看低头静默的张泽明，忽而看看忙于记录的李静，真是机关算尽，回天乏术。正要准备再来个瞒天过海的时候，张泽明突然想起了李静，他说：“这些问题老干办没少讨论过，让李静给讲一讲吧！”

瞬间，人们把期待的眼神聚焦在李静的身上。

李静想了片刻问道：“姚书记，我可以发言吗？”

魂不附体的姚铭盛听说李静要发言，就像天降援兵救命于水火之中，立刻应声道："啊，可以，可以，当然可以啦！"

"陆主任刚才提的问题，正是我们老干部工作者应该具有的日常考量，"李静不慌不忙地说，"它们虽然不是什么尖端课题，但要真正理解并在实践中充分体现出来，也不是一件容易的事。惭愧的是，我李静无论如何也无法理解它的真谛，只能说我有责任在前辈们面前汇报自己的一点儿浅薄认识和想法，以求指教。"

于是，她滔滔不绝地讲述着她的认识和想法。她认为，老同志是革命、建设和改革的功臣，是国家的宝贵财富，退下来之后，党和国家赋予他们的使命是养老，保证前辈们颐养天年，就成了专职工作者以至于晚辈们责无旁贷的基本任务，就是说，要以大家的所思所想和所为，能动地去保证老同志的思想安稳、生活安宁、身心安康、琐事安顺。这里有一点应该澄清并引起重视的那就是：以静求静荒于嬉，以动求静亲情在！要保证老同志安度晚年，绝不是什么人站在一边喊几句游离于实际的大话、假话和空话所能奏效的，而是需要在尊重、尊敬的尊老观的支配下，体现出尽职尽责、尽心尽力的一片孝心，把亲情服务作为不可撼动的指导思想，否则就是失职，就是欠情。

会场骚动了，人们无拘无束地议论着。有的说，领导能像她说的那样去做该有多好啊；有的说，这个小同志讲得好，讲得透，从来也没听到哪个领导这样讲过，别说是做了；还有的空巢老人说，这个小同志真难得，她说得到做得到，年节假日必有电话联系，使自己多了一份亲情，少了些许孤独感。一阵热议后，李静很是不好意思，有点儿不想说下去了，在大家的鼓励和催促下，她又继续讲她的认识。

她还认为，老干部离退休之后，党和国家明确规定的政治待遇基本不变，生活待遇略为从优，这就是老干部工作的方针。而这里重要的是，应该不折不扣、连续不断地贯彻落实这个精神。说得具体一点儿就是，重要文件、重要决议要及时传达，重要会议、重大活动应有老同志代表参加，重大决策、重要事件要征询老同志的意见，千方百计保证各种非生产（工作）性福利待遇不变，及时享受改革开放的发展成果。

李静的话音一落，有人说这确实是体现了党和国家的关怀，眼前的问题是由谁来落实，又应该由谁来监督落实，这可就难了，学院的弊端也就在这里。其实这也正是李静下面要讲的问题。她认为建立一个成员广泛、决策权威的长效组织是完全必要的，或称老干部工作委员会，或称老干部工作领导小组，凡事集体说了算，秘书长设在老干部工作部门，对有关部门落实老干部政策予以监督检查。这不仅可以保证政策的落实，更能保证老干部工作的延续性。

关于工作方法，她认为是多种多样的，而作为老干部工作的基本方法，应该是党政群有机结合的“三位一体”，这样做，既体现了以人为本和群众路线的思想，又在很大程度上避免了自以为是或独断专行的弊端。

又是一阵掌声。

李静最后说：“陆主任在发言中很关切老干部工作队伍的建设，这非常重要，因为它是做好工作的组织保障。在自身的建设中，能不能做到思想现代化、施政科学化、议事民主化、服务亲情化和经济公开化，是关系到老干部工作能否体现科学化管理的症结所在。我想，只要我们常怀敬老情、常想敬老责、常办敬老事，我院的老干部工作就一定能走上正轨！请各位前辈不吝指教！”

在掌声之后，总支副书记张旭东赞扬说：“李静给我们上了一堂生动的也是从未听过的爱心课、暖心课，在这样的环境里，人人都可以增寿十年啊！我们知道，‘鱼活水来鸟活林，人活心情草活根’，老干办真能够将此付诸实施的话，我们学院老干部工作的这方沃土就会春花怒放了。”

在大家意犹未尽时，汪远说：“我非常赞赏大家的发言，事不摆不明，话不说不透，尤其是陆坦和李静这一老一少的发言，讲了我们多年来没有听过的话，真是让人心情振奋，痛快得很啊！至于怎样兑现这种美好的愿望，那就要看铭盛同志了，请给我们讲一讲吧！”

姚铭盛习惯地往上戳了一下眼镜，不情愿地说：“汪老已经给小结了，我这里没有什么好讲的。会后，老干办把大家的意见梳理梳理，做些深入的研究，拿出个可行的办法。不过有一点要明确，工作这玩意儿就像打仗一样，不能单打一，得允许各种各样的打法存在才行。”

“不仅允许，还得提倡，”石成突然插话，“当然也得允许人家打败仗。但是，按兵不动是不可取的，难道就不怕像李静说的那样‘以静求静荒于嬉’吗？恐怕这在《孙子兵法》里也找不到答案吧？”

已经是理屈词穷的姚铭盛心里明白，如果这个会再开下去说不定会更难看，他只好在心慌意乱中说道：“汪老，时间不早了，今天的座谈会就开到这儿吧，中午给大家准备点儿便饭，还可以边吃边聊，行吧？”

汪远说：“怎么办都行，客随主便嘛！”

座谈会将要结束时张旭东宣布了院党委批复陆坦同志为老干部党总支委员、副书记的消息，然后大家开始就餐。

开完座谈会，李静受到了田锋等同事们的好评，都说她为老同志争了口气，同时大家认为她也给姚铭盛等人上了一堂生动的德育课。几乎是在同一时间，姚铭盛把张泽明叫到他的办公室，先是埋怨他在节骨眼儿上还不如一个小丫头，尽管她讲了一些玄天玄地的东西，更不是为他们救驾的，但又不得不承认她是个有胆有识的年轻人。唯命是从的张泽明听到上司对李静的赞赏和对自己的贬斥，实有难言之隐，他认为老干办内部以李静为首和外部以陆坦为首的两伙人全是挑刺的，使他饱尝了人言可畏的滋味，陷入了作茧自缚、内外交困的境地，大有孤军作战之感。先苦后甜，一打一拉，这是姚铭盛对手下的人惯用的伎俩，他告诉张泽明，为了方便工作，自己已经任命他为党办副主任兼老干办主任，王连生和李静为副主任，不久就要正式宣布。至于工作重点，外面要留心陆坦的动向，党办要注意赵倩和冯一夫的行动，他俩都是陆坦的心腹，还要想方设法把李静拉过来，工作也就好办了，所以说，不要前怕狼后怕虎的，这场戏不过是刚刚开始。张泽明听了犹如打了强心剂，信心陡增百倍，但他又怕党办的人不服他的领导。姚铭盛像传授经验似的告诉他，什么叫领导？地位就是领导，谁敢不听！张泽明乐得嘴都闭不上了，连声问了几遍周末打算怎样活动，他看主子思索着什么没立即回话，便心领神会地决定还到时尚按摩院。这也正是姚铭盛心里朝思暮想的节目，不过这一次他多了一份心思，他想请教委掌管人事的老同学一起去品味品味这种异国风情的“高雅”享受。

第八章

姚铭盛是在组织的培养和领导的关怀下一帆风顺地走上了今天的领导岗位。而今他想靠编织人事网来维护他的既得利益和满足向上爬的私欲。在工作组撤离后，眼下他正抓紧谋划着分三步走来实现自己的欲望：一是抛出几个马前卒来探风寻路，二是抢占一把手的高位，三是驱程扶亲。这第一步已经如愿，座谈会之后他的这种设想更强化了，在关键的时候没有人帮腔是要丢人现眼的，现在该是兑现第一步了。于是他找来张泽明，责令他马上召开个老干办会议，让老干部总支书记列席，正式宣布他们的任命。上任后，张泽明屁股坐在党办，在盯住赵倩和冯一夫的同时，要多留心全院中层以上干部的动向。至于老干办，让王连生看摊，一定要把李静给拽住，别让她跑到陆坦那边去就行。他警示张泽明，老干办的那几个人也别小看了，都挺难摆弄的，挑头的就是田锋。那里还有个里应外合的问题，陆坦能老实吗？张旭东能老实吗？前几天的座谈会就看出来了，连老态龙钟的石成也跟着起哄，这些人好干那些狗咬耗子的事，今后干啥脑子里得有根弦才行，说话要分场合，办事要有分寸，免得给他们留下什么话把。还得注意从老干部中物色几个与这些人唱对台戏的人，关键的时候得像个消防员的样子才行，冲得上、喷得准、灭得快！

张泽明怀着满腔的喜悦带着“圣旨”回到老干办安排会议。

王连生提前把汪远、陆坦和张旭东接到老干办，李静忙着端茶送水，大家唠得正热闹时，姚铭盛破门而入，与汪远等人握手寒暄。人们坐稳后，张泽明宣布开会。姚铭盛假称是根据老干部座谈会的意见，为了加强党办和老干办的领导，任命张泽明为党办副主任兼老干办主任，侧重抓全院的人事任免，王连生为老干办副主任，主持日常工作。他说到这儿有意地停顿了一下，等待着大家的掌声，可他怎么也没想到，看到的却是人们鄙视的眼神，听到的竟是人们反感的嘘声。他只好耐着性子继续念叨下去，为了培养年轻女干部，任命李静为老干办副主任。他打算再说几句要大家多支持她的话，可是同样没有想到的是，他刚要张嘴，人们便爆发出了雷鸣般的掌声和叫好声，把他搞得晕头转向。他只好顺水推舟地跟着表示祝贺，并希望大家今后要多支持他们的工作，一定要关爱年轻干部的成长，至于今后的工作，前辈们比谁都清楚，只能从学院的实际出发，量力而行。座谈会的意见，他已向党委做了汇报，委员们一致认为大家的意见很好，是对党委的爱护、对老干部工作的关心，但是不能犯急，不能好高骛远，要一步一个脚印地往前走。最后他感谢老同志对工作的关心和支持。

张泽明因主持会议的原因，当姚铭盛讲完之后，该是他第一个表态了。可是会场的气氛不得不使他紧张起来，事先准备的几句套话显然是不好用了，他心里明白，在这种尴尬的场面下就是叫干爹干娘，人家也不会买账的，只好硬着头皮蒙混过关，说什么组织上对他的信任就是对大家工作的肯定，他代表全室同志感谢党委云云。王连生紧随其后，要求大家支持他的工作。

会场一时静悄悄的，人们在等待着李静的表态，把希望寄托在她的身上。可李静却稳坐钓鱼船，不动声色，心想这样下去，自己要不了多久就会成为张泽明这些人的牺牲品。时间一秒一秒地过去了，姚铭盛急着让她发言，这时也不允许李静再多想什么，她定了定神，讲了让姚铭盛既扫兴又失望的话：供职的男男女女老老少少，恐怕都想早一天能升个一官半职的，这也是她求之不得的，因为这是衡量一个人在事业上的成绩的重要标志之一，而这方面正是她心中的一个最大的遗憾，她认为这个标志性的乌纱帽犹如泰山压顶般沉重，她迟早是要被压垮的，她建议组织上收回这个成命，把这顶帽子戴在室内任何一位老师的头上都是理所当然的，自己不过是颗种子，最需要的是土壤中保有的温度、湿度和外部的光照，否则是无法生根、发芽和成长的！陆坦对这个任命很是诧异，他问姚铭盛现在任用干部都是凭什么条件。姚铭盛吞吞吐吐地回着话，说是和陆坦在位时一样，凭什么热爱岗位啦、政绩突出啦，等等。田锋有点儿气愤地说，按照这个条件就是李静一个人合格，姚铭盛却南辕北辙地应付着，说如果她不合格也就不任用她了。他的所答非所问，惹来众人的大怒，有人质问他提干都有些什么程序，他含而不露地说什么还是老规矩，这是组织上掌握的事。陆坦揭了老底，如果是老规矩，就应该是部门推荐，群众评议，人事审核，党委批准。于是，大家疑惑着，议论着，既然是这样，这几个人的任命怎么谁都不知道呢？姚铭盛在理屈词穷的时候只好以职压人了，他说特殊情况可以例外嘛！

“你不听群众意见是小事，把有的人的‘政绩’给漏掉了可是个大事啊！”田锋戏言道。

“谁的政绩？”姚铭盛往上推了推眼镜斜着眼问道。

“这还用问吗？你应该比谁都清楚，要不是张泽明和王连生，还有谁能对得起你呢？”

“你说的是什么政绩？”

田锋压着火说：“拽裤腰带呗！”

“你可以说明白点儿，谁拽谁的裤腰带啦？”

“不必让我说明白了吧，这恐怕姚书记比我清楚多了。你想想看，反正我是拽不上别人的裤腰带，更没有人拽我的裤腰带就是了！”

在座的人一时发愣，继而耻笑。

当张玉梅等人要求姚铭盛具体摆出张、王的所谓政绩让大家学的时候，张旭东这时的插话救了他的驾，他劝姚铭盛应该吸取教训才是，如果不是健忘，前几天陆坦同志在老干部座谈会上的建议该是记忆犹新的吧，今天清楚了，不但不征求老同志的意见，就连老干办的同志也没理睬，这就不能不自食苦果了。要知道，对老干部工作者的升任听听老同志的意见，就等于给领导正确决策多铺了一条集思广益的路，这有什么不好的呢？这里请不必担心老同志要瞪大眼睛去抢什么人的权位，这可能吗？其实这些话姚铭盛是打心眼儿里不愿意听的，因为给他挡了驾，不得不说还是老同志有内涵。他又主动请汪远指教，而汪远觉得这样僵持下去不免过于滑稽，既然生米已经做成了熟饭，再说什么也是无济于事的。但是，他深感忧虑，改革开放都十多年了，这飞沙走石和污泥浊水的来势还这么凶猛，真是令人不解。他特别强调了单靠领导个人的意志决策，历来就是一个大忌，不把根子挖掉，什么“拽裤腰带”啦，什么“特殊情况例外”啦，会像影子那样紧随物移，最终是要葬送自己的。他最后说，好了，良药多半是苦口的，但要深思却是必要的！

姚铭盛对老同志的发言佯装肯定，声称自己今天是代表党委来宣布决定的，无权解释什么，至于老干办的工作，要按照座谈会的精神做个安排，能办的事要办好，不能办的事，要向老同志交代清楚，相信大家是会理解的。他刚要宣布散会，陆坦又补充了几句，对于老干办的工作，他认为姚铭盛讲得对，就是要从老同志的实际出发，从学院的实际出发，要做到这一点，就要能和老同志打成一片，多听听他们的呼声，多问问他们的疾苦，多看看他们的行踪，多帮帮他们的困难。李静说得好，她最需要的是温度、湿度和光照，而老同志这个群体，就是一方不缺温、不少湿、不欠光的肥沃土壤，欢迎李静在这里生根发芽、茁壮成长，欢迎张泽明和王连生在这里脚踏实地、悉心敬业，也欢迎铭盛同志能常来这里寻根念祖、施舍亲情才是。

姚铭盛听罢一再表示感谢，宣布散会。

会后，王连生开车送汪远等人，张泽明习惯性地到了姚办，其余的人聚在一起，继续议论着任命的事。田锋怕李静有什么误会，鼓励她不要推辞任命，几个大哥哥大姐姐会全力支持她的工作，一定要干出个样来，为老同志争口气。刘顺有些疑惑，李静平时总和他们唱反调，怎么还能让她当头头呢？张玉梅递上话，这还不清楚，李静善于以理服人，关键的时候想利用她做挡箭牌呗！田锋认为这是黄鼠狼给鸡拜年——没安好心，不过是利用罢了。听说是利用，李静的心咯噔一下提到了嗓子眼儿，她从未想过要当或能当这些人的工具，而今真的要成为他们的牺牲品了。她越想越可怕，说大家的分析有道理，他们就是要离间自己和大家的关系，把她孤立起来，诚心不让她做人的，她要下决心辞掉这个官衔。田锋等人一再安慰她，这么多年了，谁不了解谁，她不是拉帮结伙、搞歪门邪道的那种人，谁也不会上那些混混的当，再说大家没有不服的，就是在室里当一把手也完全够格，从家里到家外，没有人会绊她的脚，正像陆坦说的那样，老干部这块土壤有温有湿，是肥沃的，今后一定要在她的领导下，勤奋耕耘就是了。听了这些暖心窝的话，李静的情绪有些缓和，简单表态之后问，陆坦在欢迎姚铭盛时提到寻根念祖是什么意思。几个人之中能理解此话本意的还只有刘顺一个人，这是因为他对姚铭盛的身世略知一二。当年姚铭盛是清华大学理工科毕业分配到本院的高才生，表现一向突出，地位扶摇直上，也许是他的发展过于一帆风顺了吧，渐染高傲，目中无人。姚铭盛的祖籍在山东，准确一点儿说，他是山东某地一个孤儿院的孤儿，由于战争年代的“拉锯”，孤儿院在当年就已经不复存在了。而陆坦之所以如此深情寄语，就是企盼他能把所有的老年人都视为自己的亲人，以找回自己的亲情。听了刘顺的述说，几个人都静了下来，而李静双眼都湿润了，不时地擦着泪花，心想，陆坦真不愧是优秀的党务工作者的代表，是思想工作的大家。一阵急促的电话声打破了寂静，原来是张泽明让李静和王连生到姚办去。

王连生送完人回来后，李静和他一起到姚办去了。

姚铭盛有个习惯，每一次会后，总要找他的亲信让他们说说感受，但是这次来的人不同了，多出个李静。当姚铭盛让几个人谈体会的时候，不知深浅的王连生抢先发言，说今天本来是个喜庆的日子，让陆坦给搅和了，一会儿用提干程序来挑动大伙，一会儿教训人好好敬业，一会儿又让姚铭盛到老同志那里去找老祖宗，就是坐在车上也不放过他，让他在今后的工作中多听听大家的意见，尤其是李静的意见。就这样搅和来搅和去的工作还怎么干？不如给自己多闹点儿待遇算了，乌纱帽谁愿意戴就拿去戴吧！他讲这些都是千真万确的心里话。张泽明觉得王连生讲得有道理，而且他俩命运也是相同的，党办的两个头头和他们手下的人马都是陆坦的亲信，自己的一举一动都躲不过他们的眼睛，在这样的地方工作，腿和胳膊都没法施展，大有瓮中之鳖的感觉。姚铭盛心想，真是一对窝囊废，他狠狠地吸了一口烟，长吁短叹地提示李静讲讲感想。李静先是请辞任职，接下来她毫不隐讳自己的观点，直言相告。她认为两位主任的看法只能说是可以理解，但是不敢苟同，请试想，不按程序任用干部是对的吗？让大家悉心敬业又错在哪儿？还有，他希望姚铭盛到老年人中间找回亲情又有什么不好的呢？说到这儿，她反问张、王二人，到底怎样才能正确判定一个人的是非曲直呢？二人闭口不答，李静只好自问自答了。她首先赞赏两位主任的坦率，继而说明自己由于涉世太浅，管窥蠡测，对许多人和事还看不懂，请在座的领导原谅她的无知。但是，她认为事情的真伪对错是要靠人们的实践而不是什么权威来验证的。她也毫不掩饰自己的观点，明确表示自己很赞赏陆坦在会上的言谈话语，他不仅对他们寄予了厚望，而且还有温馨的祝愿，不仅人情味十足，也指明了践行的方向，这样的深情寄意，她相信有良知的人们是不会反对的。姚铭盛听了李静的反驳之后，告诫张、王二人，李静讲得对错姑且不说，至少得有个坚强的自信心才行啊，总不该战鼓未响人先趴下了，难怪人家如此质疑。他话锋一转说，这里还有个思想不平衡的问题，那不过是流行性的“红眼病”的表现，是“大锅饭”的产物，也到了下狠心改一改的时候了，以此为张、王打气壮胆。关于今后的工作，他特别强调了三个头头定下来就干，不用找这个拜那个的，那种所谓的民主，不过是无政府主义的翻版，让它见鬼去吧！

几个人的会后会也就这样扯得不明不白地散去了。

姚铭盛编织的人事网，怎么也没想到阻力还这么大，仅仅是第一步抛出的马前卒就遭到了如此强烈的抵制，往后还会是个什么样也就无从知晓了。看来要织成个得心应手的大网需要认真对待，重点应该放在自身，只要能把自己这个网纲定下来，其他的网眼网扣也就不在话下了。

君子爱财，取之有道；小人仕途，自有门路。姚铭盛马上想到了老同学、教委任免司司长杨波，何不趁今天晚上请他去按摩院的机会好好通融通融？

提起按摩院，姚铭盛的心跳就加速，就像喝了老白干后反劲似的，不去不知道，去过第一次的人必定想去第二次、第三次……尽管那里的俄籍按摩小姐手法不敢恭维，可是她的动作却是不拘小节、大开大放，能使你彻头彻尾地领略一把异国的风情。

天早早地黑了下来，夜明灯在闪烁中争相亮起。正值下班的当口，车流不畅，人头攒动，唱主角的自行车左拐右躲地来往穿梭。王连生开的几乎是辆牛车，只能是随波逐流地蠕动着，姚铭盛按捺着急切的心情陪杨波唠着家常，张泽明讲着按摩院的沐浴佳肴和摩挲妙趣，引诱得姚杨两人垂涎三尺，心情更加急切。张泽明突然问姚铭盛先吃饭还是先按摩，他几乎不假思索地就说先务虚后务实吧。杨波说客随主便，可以先精神后物质嘛，放松完了还能多吃点儿。说话间车终于到了目的地，在前厅等待安排的时候，杨波把一个最新的信息告诉了姚铭盛，听中组部的熟人讲，科技综合部原拟重用崔羽，后改派到学院任职，不过现在还没最后定下来，因为有人检举他在学院搞评估期间有受贿行为，正在核实之中。姚铭盛听到这儿算是松了口气，他说这个事早就听说过了，只怕别人说他要争什么也就没反映，现在看是不是有点儿官官相护啊，也说明他真有问题，部里不敢用就下放到学院来了！杨波也闹不清是怎么一回事，便随声附和着，不过他还是安慰着姚铭盛，他要继续向有关方面陈述意见，把老革命一手培养的姚铭盛推荐上来，并告诫他少树敌、多交友，干出点儿有轰动效应的大事来。姚铭盛频频点头。这时服务小姐过来引领他们到各自的按摩室去了。

几个人从按摩室出来时，个个腹肌贴背、筋疲力尽，立即走进餐厅，点了饭菜，谁也顾不上谦让，便狼吞虎咽地闹了个酒足饭饱，当王连生把每个人送到家时已是深夜了。

王连生回到家里，急三火四地脱掉衣服钻进被窝，已经是后半夜了，可他躺在那里还没有一点儿睡意，便轻轻地晃动深睡中的老婆夏云涛，让她醒醒，自己有好事相告。早已习惯丈夫夜猫子生活的夏云涛，哼哼了几声翻个身又睡过去了，王连生这时一只胳膊插进夏云涛的脖子底下，另一只胳膊搂过去，继续晃动她快醒过来。

“去你的！”半醒半睡的夏云涛甩开王连生的一只胳膊不满地说，“夜猫子还有时有晌，你可倒好，总是三更半夜回来，烦死人啦！”

“你别不高兴，有好消息，我升了，我升了！”

“你生（升）了，生疮了吧！”

“你看不起我。我升官了，是老干办的副主任，你得好好犒劳犒劳我！”

说完他抱住夏云涛的脑袋就吻个没完。

夏云涛挣脱着说道："真没想到，幽魂还能当什么官！"

"你怎么和陆坦的口气一样，总是在门缝里看我。"

"哪个陆坦？"

"是刚离休的党办主任，现在又当上了老干部总支副书记。这个人就好管闲事，从不拿我当人看。"

"啊，是他呀，你必是把人家给得罪了。"

"怎么会呢？就是姚书记也没放在他的眼里。"

"算了吧，我看还是你们这些人理亏。我问你，前些时候给我的项链是哪儿来的？"

"你为什么想问这个事？我一不偷，二不抢，怕什么？你要是戴这玩意儿觉得发烧，给我拿去送人好了！"

"我怎么就不能问这个事呢？人家问我哪儿来的我都不知道，问我多少钱买的我也不知道，这不是瞪着眼骗人吗？如果你不告诉我，说明这东西不是好处来的，你愿意给谁就给谁！"她边说边顺手从床头柜里拿出个纸包扔给了王连生。

"你少给我装大瓣蒜好不好？本来拿你是当人看待的，你还总往牲口圈里拽，真是个不知好歹的玩意儿！"

夏云涛更是气不打一处来，她怒火冲天地说："你是个好玩意儿，老是半宿半夜地回来，不知又到哪儿去沾腥味啦！"

两个人坐在床上吵来吵去，惊醒了上中学的儿子王旭，他从被窝里爬出来站在门口说道："你们三更半夜地吵什么？还让不让我睡觉了？"

夏云涛哄着说："小孩子别管大人的事，快睡觉去！"

"老这么吵我睡得了吗！"

王连生怕事闹大了赶紧皮笑肉不笑地说："啊，没事，是别人老说爸的坏话，你妈问我是不是得罪人了嘛。"

生性好斗的王旭瞪大眼睛问道："是谁？"

"说你也不认识，是……是刚刚退下来的党办主任。"

“啊，知道了，是不是好管闲事的那个人？他还这么缺德啊，这样的人还不教训教训他！”

“你怎么知道他好管闲事？”

“听你说的呗，你在家还少叨咕他的破事啦？”

“这个人可够坏的了，我这次当上老干办副主任，他还挑动别人说我的坏话，他才下来这么几天就把老干办给搅和得乌烟瘴气了。”

夏云涛气哼哼地说：“你和孩子说这些干啥？真没有出息，要不睡觉到外边说去！”

“好了，好了，睡觉去吧！”王连生软了下来。

夜半三更的一场小风波算是过去了，可隐藏在深处的暗流是什么，善良的人们也就不得而知了。

第九章

最近以来，几次具有轰动效应的事件，使得姚铭盛念念不忘、余悸难消。老干部座谈会上的乱箭齐发、老干办会上的无情质问，都使他出尽了丑，丢尽了脸，越发觉得在关键的时候没有人为自己摇旗呐喊、帮腔助威是不行的，靠单枪匹马、孤军作战，只能是独陷困境、自取其辱，这就不能不促使姚铭盛更加加快了他的亲信网络的编织速度。他一再敦促张泽明，按照原定设想，在内部要想方设法把李静拉过来，在外部抓紧从老干部中物色几个帮手，两条线要齐头并进。张泽明的感触并不亚于他的上司姚铭盛，在几次的关键时刻都掉了链子，没有起到自圆其说、后发制人的作用，他深感内疚。可是，他心里清楚，眼前要他招兵买马也真是比登天还难。就说老干部那里吧，找一般的人不顶用，找顶用的人都是总支的干部，这里倒是有几个人先前和陆坦不对付，不知怎么回事，他们现在都抱团了，唱的都是一个调门，座谈会就是证明；还有，他也打心眼儿里怵这些人，就靠自己这两下子和他们要贫嘴斗闷子，还不把自己给套进去才怪哩，那不过是鸡蛋撞石头——不堪一击。再说李静，可别小看了这个所谓的黄毛丫头，她人小本事大，软的硬的都不吃，办事不分人，说话不看脸，什么事到她嘴里总会有些鬼道道，是个“不讲理”的以理服人的人，真拿她没办法，难怪全室的人都听她的，像个小军师，就连姚铭盛也服她三分，否则是不会亲手把她提起来的。他越想越有畏难情绪。但是，张泽明一向视姚铭盛的指令为圣旨，凡是交办的哪怕是些鸡毛蒜皮的事也都会当作非办不可的“硬任务”，何况又是拉帮结伙这等“大事”，要完成这个任务，就需要自己上刀山、下火海，去玩命也得在所不辞了。他振作振作精神找到王连生，商量来，商量去，总觉得人选难定。怎么办？两个人实在是无计可施，只好把曾经对陆坦有某些偏见的现总支委员盖世云、郝天和季士羽先分化出来再说，至于他们能站到哪一边也就管不了这许多了。定了之后，张泽明让王连生抓紧去定个酒店，再给每个人准备一份大礼包。

王连生离开后，张泽明把李静叫到主任室，问她座谈会的纪要整理得怎么样了。李静说正在整理，她请主任给予指点。而张泽明却心不在焉地说，就按照她的意思归拢归拢也就行了，其实他的本意是想摸摸李静婚事的底细，只是顺嘴问问罢了。李静只好扫兴地起身欲离去，张泽明忙说道：“再稍坐一会儿，我还有话要说。”

“什么事，请讲。”

“以往对你生活太不关心了，你打算什么时候成家啊？”张泽明佯装不知情地问道。

“谢谢主任的关怀，请主任想想看，一个有职无业的人和谁去成家啊？”

李静的回话使张泽明有些疑惑，看来是存在问题，她和何山夫交好这么多年总是不声不响的，特别是毕业都三四年了，还从没听说她要结婚，今天又说“和谁去成家”，闹不好是不欢而散了。于是他就进一步探问着：“结婚成家和无业不无业有啥关系，也不是选任干部。论你的学识、你的年龄、你的表现，完全具备了成家的条件，就是论业务你也没差哪儿去，否则姚书记也不会任命你当领导的。”

“看来主任要拿我当花瓶出卖了。主任您清楚，我的任职是毫无业绩支撑的，那不过是领导的个人意志罢了，人家怎么能服你呢？”

“姚书记说了，位置摆在那儿，谁敢不服啊？好了，好了，不说这个，我手里倒是有个年轻人，一表人才，还是个高干子弟，大学毕业后在一家外企搞设计，条件还是蛮不错的，如果有意的话，抽个时间见见面。”

“谢谢主任的好意，不必了。我现在是功不成名不就，对我来说谈婚论嫁还为时尚早，再说，要论条件，我只能是草民去寻草根了。”

张泽明听了这话以为只是个谦辞，说说而已，等她知道了真相，恐怕还得主动巴结呢！所以他抱有希望地说道："好了，你先考虑考虑，以后有机会再说吧！"

这两天可忙坏了王连生，又是跑酒店，又是买礼包，刚刚准备妥当，张泽明让他马上接人到酒店，他直接过去了。至于聚餐的理由他反复想过，说是联络感情吧，没有人相信，平时离人家远远的，哪儿来的什么感情；说是征求意见吧，也不会有人相信，刚开过座谈会，还有什么可谈的；说是请老者支持工作吧，照样不会有人相信，你什么都不干，让人家支持什么？罢罢罢，坐在一起乘着酒兴随机应变吧！

人来了，安排在二楼的一个包间里，张、王二人颇献殷勤，又是挂外衣，又是递香烟，问寒问暖的。在几位老同志的记忆里，这些年也没享受过官方人士的如此款待，让他们有点儿受宠若惊，这葫芦里到底卖的是什么药呢？不用问，肯定是有求于他们。郝天先开了腔："前几天的座谈会不是在这儿开的吗，怎么又到这儿来了？"

"对对对，"张泽明回话，"旧地重游啊，各位品尝过，这个野味大酒店还是有点儿名气的。"

盖世云戏言道："都说好马不吃回头草，看来我们都是些等外品啦！"

"哪里，哪里，盖老真会说笑话。"张泽明否定说。

季士羽说："要是天天能吃上这样的回头草，就是列为废品也无妨，我是可以天天来的。"

郝天说："哎呀，要是天天有这个回头草，我这个又懒又馋的老马干脆就不走了！"

大家哈哈一笑，张泽明迎合道："各位能到这儿来是赏我们的脸哪！"

"要说脸么，"季士羽说，"脸是你们自己长的，谁也赏不了，而你们的面子倒是别人……啊，是姚铭盛给的，我们是不敢贪这个天功为己有啊！"

服务小姐站在门口请客人点菜，大家把这个差事推给了王连生，点啥吃啥，客随主便，但要少而精。张泽明觉得开局气氛挺好，也挺随和的，他站起来向大家表示歉意，说自己以往净瞎忙乎啦，和长辈们接触得太少，请原谅晚辈的不敬，随后就是一个九十度的鞠躬！众老者看他谦恭可掬的样子，相劝免礼，以后多和老同志接触接触比什么都好，千万不要学姚铭盛那一套，高高在上，目中无人，天是老大，他是老二，纯粹是个忘恩负义的小人。季士羽说得直截了当，老干办的人都像李静那样就好了，她经常深入到老同志当中，对老同志不仅当人看待，更像对待父母那样尊重、关怀。张泽明说他本来也愿意那样做，只是姚铭盛一再强调不要干扰老同志的休闲养老，才不得不“按兵不动”。郝天告诫他不能把干扰和关爱混为一谈，有困难帮一把那是求之不得的，其实那不过是抛弃老同志的一种借口罢了。王连生还自讨没趣地极力狡辩，说学院太困难了，也真没办法帮助。盖世云像揭老底似的说：“困难？怎么不想一想学院的困难是怎么造成的，是谁造成的？要是真困难，各级领导的专车怎么不撤？为什么只困难了老同志呢？再说，帮助老同志就得花钱吗？不一定吧。例如，他有家庭摩擦你帮助调解一下行不行？他有想不开的事你出面化解化解行不行？他有红白喜事你过问一下行不行？你要说不行，李静怎么就行了呢？这些事说到底都是事在人为的。”

众老正唠得起劲，酒菜上来了，王连生给大家斟酒，张泽明劝酒助兴，提议边喝边聊。季士羽认为，在位的时候有的人，自然也包括他在内，总觉得陆坦好管闲事，谁都不在他的眼里，有点儿看不惯。他刚开个头，张泽明一听机会来了，放下酒杯立即插话说，他现在还倒厉害了，什么事都要管，一会儿找老干办，一会儿找姚铭盛，听说还找到工作组啦，结果怎么样？碰了一鼻子灰，不了了之。季士羽听得不顺耳，也看出了他的庐山真面目，告诫他应该扭转看法，消除误解，说明这阵子要是没有陆坦的所谓管闲事，也就看不到老干部工作中的问题。就说座谈会吧，他讲得又深又好，讲了老同志多年来没有听到的话，更没有人讲的话。还有小李静，她胆大心细，讲得头头是道。这一老一少，大家应该感谢他们才是。如果老同志中再多几个陆坦，老干办里再多几个李静，那该有多好啊！盖世云和郝天为季士羽的感慨叫好，并建议张、王在今后的工作中，多听听李静的看法，多征求点儿陆坦的意见，要像他们那样，有胆量，有见识，不要在领导面前总是唯唯诺诺、唯命是从，凡是符合政策的事，不等不靠，定了就干，也没有什么解决不了的问题，姚铭盛也不会把谁怎么样的。

这三个人像连珠炮似的放了一通，把张、王二人给镇住了。王连生总想维护自己的想法，认为胆量不能说没有，可自己毕竟是个小人物，在领导面前只能当顺风耳，戗了谁都不行。盖世云忙做解释，王连生的看法可以理解，但是不能赞赏，更不能苟同，就是不当顺风耳，也不会逼着谁去当逆风墙，硬顶的效果是不好的，只要不投其所好，也不去拽什么人的裤腰带，那就比什么都好。季士羽说，绝大多数人都是小人物，而小人物可不能当小媳妇，李静小不小，她就不看别人的眼色说话，也不看别人的脸色办事，就是在姚铭盛面前也不当小媳妇，还总是唱反调，太难得了。

盖世云突然提醒说："哎呀，咱们快要酒足饭饱了还闲扯。老张啊，今天让我们干啥来啦？别耽误正经事，快说吧！"

聚餐的真实意图，原本是明确的，只是张泽明无法启齿，而一时又没找到块体面的遮羞面纱。经过这一番毫无意识的瞎掰扯，张泽明不得不改变了原意，于是，他只好耐着性子回应道："啊，是这样，我们的正经事已经办得差不多了，就是请几位前辈随便坐坐，把座谈会上没来得及讲透的话再讲一讲。方才几位讲得好啊，让我们受教育、动脑筋，感谢前辈们对我们的关心和支持。来，祝愿老前辈身体健康、生活快乐！"说罢举杯倾饮。

郝天站起来说道："要这么说，我们做到杯中净就等于圆满地完成了任务，该收兵了吧？"

离席的时候，张泽明一再嘱咐王连生，别忘了大礼包，要把他们安安全全地送到家。

聚餐之后，张泽明心中有些不悦，不但没拉到"消防员"，反被"消防员"烧了把火，怎么也没想到让人家劈头盖脸地挖苦了一通。说是白聚了吧，也不全是，好在没有引起他们多大的反感，也知道了他们的底数，总算是把这出戏给唱了，也有了个交代。他决意找姚铭盛来个忍气吞声地上天言好事。他又想，要是能带着座谈会纪要去觐见岂不更好，于是就催李静抓紧整理。等了两天，会议纪要终于到手了，他拿着见面礼去找姚铭盛。姚铭盛知道小聚会开过后，喜出望外，很是高兴，可接下去听到几个人选时，他的脸急剧地起了变化，由晴转阴，沉了下来，让人几乎要打冷战，因为这几个人在位时不仅和陆坦不对付，也是自己的死对头。张泽明恍然大悟，知道这个事办砸了，一再解释这样做是为了防止他们和陆坦结成帮派关系。对此姚铭盛尽管半信半疑，但还是觉得有点儿道理，沉下的脸一点一点地转为半阴半晴。为了避免再出现什么枝枝节节，张泽明赶紧把纪要递给姚铭盛。姚铭盛一目双行地看完之后，陷入了思索之中，待了一会儿他问李静最近表现怎么样，都和什么人接触过等等。张泽明说她最近集中精力整材料了，没发现和外人有什么不正常的接触。姚铭盛又问他这个材料看过没有，他说还没来得及看就拿来了。姚铭盛并没怪他，知道这是他的弱项，便感慨道："这个情况综合得还算切实得体，几点建议切实可行，比如她提出今后开展的一些活动，要把'活跃生活，联络感情，沟通思想，化解积怨'作为出发点和归属点，这可是思想工作的灵魂啊！"

"确实是这样，"张泽明顺竿爬地说，"就说找这三个人坐一坐的情况吧，明显地可以看出他们没有抵触情绪了，还表示今后要支持老干办的工作。"

姚铭盛岔开话题，让张泽明多开动脑筋把党办的事抓好，重点要放在干部上，尽快把陆坦的老班底给分化了、瓦解了，老干办那边有王连生去应付，多让李静忙乎些具体事，但要注意别让她跟着陆坦的屁股转。张泽明心领神会，满口答应，并献殷勤地告诉姚铭盛，李静的男朋友已经和她分手了，她说没有人愿意和一个有职无业的人结婚成家，不知姚远能不能干。其实姚铭盛早就垂涎三尺，如果能有这样一个儿媳妇岂不烧高香啦，怕的是李静不干；再说姚远这小子个性挺强，大事小情也不听他们的，处没处女朋友都不吱声。张泽明觉得他俩挺般配的，这事可以包在他的身上，一旦她知道了姚远这个条件，还不主动巴结啊！姚铭盛提醒张泽明不要小看了这个丫头，她念中学时就是党员，在本院毕业前，连年都是三好学生，她可不是靠天靠地的女孩子，这事不要想得太简单了。最后二人商定哪个晚上到家谈一谈再说。

李静怕今后的活动安排不符合总支的要求，打算请陆坦给审核一下，她只好带着纪要草稿去找陆坦，半道上碰到了季士羽，告诉他是到陆坦家汇报工作安排，想征求一下总支的意见。季士羽让李静给陆坦捎个话，就说大家会全力支持他的工作，同时也把三人聚餐的事说了一通，说张泽明的目的就是想挑拨老同志之间的关系，把水搅浑，从中捞点儿破鱼烂虾，他当时就把张泽明驳得体无完肤。分手的时候还一再嘱咐李静转告陆坦，放心大胆地干吧！

按预定时间，到陆坦家大约晚了一刻钟，李静表示了歉意。老两口儿并不在意早点儿晚点儿，薛洁劝她快喝口热茶暖暖身子。李静边喝边说着半道碰上季士羽的细节，还特别转告薛洁，季士羽说过去错怪了陆坦，今后要全力支持他的工作。

实打实地说吧，座谈会之后，老干办在某些方面是有了些松动的迹象。李静就有切身体会，安排老干部的一些活动张泽明都默认了，就连最近整理的座谈会纪要姚铭盛看了也表示同意，还准备抽时间再当面谈谈。陆坦也有同感，不仅形势教育兑现了，还组织大家到先进单位去参观大好形势，这些都是好兆头。他从李静的乐观情绪中仿佛看到了学院老干部工作的希望，也深信老干部工作的春风一定会在学院刮起来的，只是早一天晚一天的事。但是，现实还远不是那么理想，部分人甚至是个别负责人，嘴上喊着“老同志是国宝、是财富”，实际上把他们当成包袱扔在一边不管。再者，座谈会刚刚开完又偷偷搞个酒会，姚铭盛的用心还用问吗？不过是此地无银三百两而已。陆坦说这些不是要给李静泼冷水，是要她时刻有个清醒的头脑，顺境时不昏头，逆境时不灰心，更不要学他遇事耐不了性子，又直又冲，谁也不愿意听，既办不成事又得罪了人，他希望年轻人不要走他的老路。李静很感激陆坦的经验之谈，但她认为直爽的性格不能丢，那正是老一代革命者共同的高贵品质，陆坦正是因为具有这种坦率的人格魅力才征服了不同政见的人，小酒会也是个例证。她深有感触地告诉陆坦，现今有的领导，别说是批评他，就是表扬他还得看你说的分量够不够，场所对不对，时宜合不合，你要分不清、看不透，事就难办了。陆坦觉得眼前的这位年轻人真是见地透彻，眼光深邃，难怪她待人处事既不分人又讲方式，既不看脸又给面子，既办成事又不违规，原则性和灵活性她给最大化地完美结合了。于是陆坦说道：“座谈会的纪要就别讲了，等我请示一下汪老最近开个总支会，你给大伙说一说，一并研究吧。”

“也好，等定了之后再汇报。”李静起身离开了陆家。

第十章

张泽明和王连生经过一番谋划，决定晚上带着李静到姚铭盛家去“研究工作”。

张泽明自从前几天和李静闲聊了婚事之后，心里一直怀揣个小兔子，总是不稳当。明知道她有对象，她却说自己是有职无业，没有人和她结婚；说她已经分手了吧，她还说不急着再找对象，不知道这个丫头心里是怎么想的。他很怕到了姚铭盛家再出了什么差错不好收场，但他再一想，又有些自我安慰，也许当她知道了这个新郎官是姚铭盛的儿子、本人条件又好时，少不了芳心萌动，情欲难耐，说不定没和何山夫分手也要真的脱离关系去寻新欢了。

当李静从王连生那里知道晚上要到姚铭盛家“研究工作”时，顿生疑惑，怎么白天不研究非等晚上不可……啊，她很快就意识到是不是和前几天张泽明提的婚事有关。这可怎么办？不去吧，没有拒绝“研究工作”的理由；去吧，备不住闹个不欢而散。尽管难以抉择，时至今日，看来躲是躲不过去了，只能到那儿视情况随机应变吧。

晚饭后，三个人来到了姚家。开门的是姚远，他礼貌地请大家到客厅落座。见到李静最动声色的要算姚铭盛的夫人孙丽，李静的俊秀，李静的大方，李静的言谈，比她想象中的不知要好多少倍，于是，她怕跑了似的把李静拉到自己的身边坐下，问寒问暖，扯东拉西，把李静亲近得很是不好意思。恰巧借姚远要给客人沏茶的机会，李静起身接过暖水瓶为大家一一倒水，然后另寻座位坐下。张泽明客气地把李静介绍给孙丽和姚远，李静向二人摆手致意。姚铭盛先开了腔：“最近你们的工作怎么样？”

“挺顺利的，”张泽明急忙回话，“我插手党办的事多一些，老干办那边就靠李静和老王他们忙乎啦。”

姚远看他们扯到工作上的事，起身就要离开，十分礼貌地说：“你们唠吧，我在这儿会影响你们研究工作的！”

坐在他身边的王连生忙拽住姚远的手说：“不会，不会，也没有什么保密的事怕你听，再坐一会儿。”

“请你们来就是随便聊一聊，李静还是第一次到我家来吧？”姚铭盛说。

“是第一次。”

孙丽套近乎地说：“听姚远他爸说，你这个丫头可能干啦，讲个什么事头头是道，我就喜欢这样的孩子，有出息啊！”“阿姨抬爱了，姚书记那是鼓励我们年轻人，我才上岗三年多一点儿，啥也不懂，全靠身边的老师操心啦。”

张泽明觉得时机到了，赶紧插话：“李静为了工作到现在还没成个家。”

“哎呀，”孙丽说道，“是不是你的条件太高了？要不早该成家了！如果你信得过的话，阿姨帮帮你怎么样？”

李静想，真是不出所料，他们的眼神，他们的话语，他们的举动，都在揭示着庐山的真面目，到了这个分儿上，没有必要和他们捉迷藏，免得再生枝节，于是她说道：“谢谢阿姨的关心，前几天我向张主任汇报过，我之所以没有成家，是因为男友不肯娶我这个有职无业的人，而不是没有男友。”

先不管别人怎么看、怎么想，孙丽听了这话如雷轰顶，实在不愿意相信这事会是真的，她想问个究竟：“你的男友在哪儿干啥？相处多少年了？”

“我的男友叫何山夫，从本院大一开始就是我要好的同年同学，毕业时他选择了自谋职业这条路，到了新城一家汽车公司当技术员，至今我们还保持着好朋友的关系。”

“那你们为什么到现在还不结婚呢？”孙丽问道。

“不怕阿姨和领导笑话，年轻人有些争强好胜，在虚荣心的左右下，总想追求点儿成就感。就这样，我们约定等干出点儿样的时候再谈婚论嫁，这就一拖再拖拖到现在。”

姚远也是个有志向、有品位的年轻人，他十分赞赏李静的坦率，从她的言谈中不仅确信她的话是真的，更感到她和何山夫的约定代表了当代年轻人的主流心声，实在是令人钦佩！别说他有男友，就是没有男友自己也不配，怎么能不怀好意地去插足呢？但是，李静的话也有他疑惑的地方，怎么能说在一个好端端的岗位上会是有职无业呢？他百思不得其解，急切地问道：“李主任，我不礼貌地请问，听说你是从事老干部工作的优秀领导，为老同志服务应该是很繁忙的，怎么能说是有职无业呢？”

这倒难为了李静如何做进一步的回答，她看看张、王二人，又看看姚铭盛，心想，他们这个时候能站出来给解解围该有多好啊！可又一想，这太不现实了，让他们出来解释，让他们出来扯谎……这都是不可能的。还是自己吞下这个苦果，便回答道：“姚大哥，真是不好意思，我只好在你们面前献丑了。领导上一再告诫我，为了保证老同志静心养老，不要随意干扰他们，我把这话曲解为要对老同志敬而远之，这样一来，自然也就谈不上服什么务了。请想想看，我这个有业不就是比无业还要罪加一等吗？”

张泽明觉得李静也太厉害了，既捅了他一刀，又给了他面子，他只好无奈地说：“啊，是她曲解了领导意图，她过于谦虚了，要是干得不好，怎么能让她当领导呢？”

半天没说话也不知道说什么好的姚铭盛，本来是等着受辱的，结果却有了缓解，于是，他借张泽明的话音找到了话题：“李静这个年轻人，有德有才，更有主见，该说的话她就说，该办的事她就办，政绩突出，业绩出众，说明她有岗有业，问心无愧。她和老同志不是敬而远之，而是亲密无间，老同志把她当女儿看待。最近她整理的老同志座谈会纪要，我看了几遍，感触颇深，可以说哲理性贯穿着内容，思想性统领着全篇，让人从中看出了她的丰富实践、扎实功底。难道说这一切还满足不了你的成就感吗？好了，李静不必多想，该成家就成个家嘛！”

姚远听了李静的自谦有点儿抱不平，至于她该怎样贯彻“静心养老”的意图他不敢妄加评论，可他认为这个提法就不妥当，容易误导人们把不作为看成是作为。老年人的养老，不是简单的静心，而是要安心、安全、安乐、安顺、安康，这里应该饱含着老年工作者的心血，这样才能让老年人安度晚年啊！

李静对姚远的高见表示惊讶，也非常感谢他对自己的启迪和开导。

在这种高谈阔论的场合，王连生是插不上嘴的，多多少少会有些失落感，他想，这场丑陋不堪的戏要是就此草草地落幕了，姚铭盛会怎么看自己？尤其是孙丽，还不把自己损成个茄子样才怪呢！想到这儿，他趁姚铭盛和李静他们谈工作的空隙，跟姚远一起到了他的卧室。还没等他张嘴说什么，孙丽也跟了过来，她极力安慰着姚远，说李静的话准是瞎编的，细想想也是，一个姑娘家当人面怎么会好意思吐露婚事的真相呢？王连生说他就是这个看法，并告诉姚远，这个事包在他的身上。姚远可没这么想，他以同龄人的思维推断，李静的话完全是真的，他还特意叮咛母亲和王连生，从现在起，不要再为他的婚事去操心了，让他自己轻松点儿去考虑就是了。

姚铭盛这边，就纪要的落实征求了李静的意见。李静信心十足，她认为只要领导上有明确的指令，相信老同志会全力支持老干办的工作，就是有天大的困难也不在话下。

一场所谓的研究工作，就这样收场了，张泽明喊来王连生便灰溜溜地离开了姚家。

李静回到寝室洗漱之后，坐在那里像过电影似的反复回忆着在姚家的情景。姚铭盛沉默寡言的异样、孙丽紧追不舍的渴求、张泽明无地自容的窘态、王连生尴尬不安的表情，无不令人起鸡皮疙瘩。当她想到姚远的时候眼前一亮，还就是这个性格开朗的姚远通情达理，在关键的时候他仗义拨乱，帮她解围，估计他会同情和理解自己的处境，也能相信自己的婚事的情况是真的，这对她来说，也算是个安慰吧！

早晨上班的时候，李静在楼门口碰上了田锋，正好把她憋了一晚上的话像竹筒倒豆子似的一股脑儿地倾诉个精光，而且认为他们也不会就此罢休的，说不定什么时候还要引来麻烦。田锋鼓励她不要怕这怕那，要是再有人纠缠这个事，就说已经向党小组汇报了，或者干脆提出申请要房子结婚，这个主意一出，李静算是松了一口气。

进到办公室屁股刚沾凳子，张泽明来了，他告诉李静一起去主任室。王连生起身让座并假惺惺地问有什么急事，张泽明说是落实纪要的事，李静当即提出要王连生赶紧介入工作，开展活动。而王连生在老干办虽然混了这些年，除了会鼓捣个车以外，老干部的事可以说是一窍不通，现在可倒好，当了官也只好不懂装懂地瞎指挥了。听到李静的提议后，他并不在乎，反而还说着风凉话，老干部活动那还不简单，不就是吃顿饭吗，说得难听点儿，这种事就是闭着眼也能把它办了。李静心里有数，这是蠢人在说蠢话，权当过耳不留的蚊声。张泽明看李静没有理睬，还以为是怕经费不好解决呢。其实李静是在想要开展的各种活动怎样才能达到活动的目的，例如，如何让各种活动富有高尚的文化品位，使大家开怀交流、活跃思想、升华境界、健身养老，而不是为了活动而活动，更不是庸俗地吃吃喝喝。张泽明不得不叹服李静的智慧和魄力，于是便决定老干部的日常活动由李静全权负责，王连生负责外联事宜。对这种喧宾夺主的安排，李静极力推辞，她要在王连生的领导下干点儿具体事。王连生这时有点儿醒悟，知道哪个轻哪个重了，一边推诿一边风言风语地说什么领导信任啦，能者多劳啦等等！

当李静要离开时，张泽明示意她稍留一下，他向李静表示歉意，谎称相处这么多年还不知道她有男友，太不关心同志了，看看她有什么困难需要组织上帮助解决的，不要客气。一点儿也不夸张，这还是李静第一次听到她的上司对她说暖心话，先别管这话是真是假，她觉得这不正是田锋给出的主意派上用场的时候了吗？于是她郑重其事地申请要房子结婚。张泽明的心紧缩了一下，自己随便说说她还当真啦，便借机详细询问了男友的姓名、工作单位、职业等等，李静一一做了回答，并说明这是个新单位，三五年也解决不了住房问题。张泽明关切地说道："啊，结婚可是一辈子的大事，组织上不能不过问，不过你们俩长期分居这能行吗？"

"主任说得是，实在不行可以放我走嘛！"

"这个么……"张泽明有点儿急不可耐地打着官腔，"我可说了不算，再说姚书记还很器重你，你看能放吗？当然喽，我倒有个解决办法，这可需要你自己来拿主意啊！”

“如果我没领会错的话，主任的意思是说把何山夫给调过来？”

张泽明奸诈地说：“我的意思是……是这样，你也可以重新审视一下你们的婚姻关系嘛！”

李静听了这话实在是噎脖子，原来这是黄鼠狼要出来拜年了，也够阴的了，真是人心隔肚皮，一个堂堂的领导，亏他说得出口。她不温不火语气坚定地说：“我们相处七八年了，彼此了解，相互理解，稍微有点儿人性的人也不会干出那种有伤道德门风的事啊！”

“此一时，彼一时，”张泽明得寸进尺，“人的思维要随着事物的变化而变化才行，这叫主观服从客观啊。古人说得好，识时务者为俊杰嘛！”

“主任说得不错，不过我也没有忘记，有些事物是例外的，例如日出日落、斗转星移，例如家族嫡系、亲情孝道，等等，这些东西恐怕是永远也不会变的。它的不变，反而让人觉得更加伟大、更显光辉、更有情趣，不是吗？”

憋了半天没吭气的王连生，听到李静在反驳张泽明，就像一把无形的刀子捅进了他的胸膛，心里疼痛难忍，只好跟着呐喊几声：“不能这么说，不能这么说，这是主任看得起你，给你提个醒是为了你好嘛！”

李静知道，要和这些人讲道理，无异于对牛弹琴，永远也不会辩出个是非曲直，要是就这样纠缠下去，不知他们还要要什么花招呢，赶紧收场吧。于是她说：“谢谢二位主任的好意，我作为晚辈的这点儿私事实在是不值得领导分神。至于房子问题也不必太在意，有就给，没有，我不会强求的。好了，我去安排活动了！”

李静离开后，王连生提出以审查李静结婚申请的名义立即去何山夫单位，最好在党办开个介绍信。张泽明默认了他的动议，并答应由自己给办理手续。

刚刚过去两天，张泽明主持召开老干办室务会，由李静安排活动事宜，快接近尾声的时候，李静接到何山夫的电话，让她马上回寝室有急事面议。李静向张泽明说明情况要请个假，田锋特意向张泽明和王连生渲染着这个事：“这准是何山夫来商量结婚的事，前几天她已经向党小组提出申请了。”张玉梅有些大惊小怪的：“怎么也没听她说过有对象啊？”刘顺思索了半天觉得有点儿印象："是不是当年在院里轰动一时的那个尖子生何山夫？"张玉梅很是疑心，哪有尖子生扔下铁饭碗去找个泥巴碗的？田锋说她少见多怪了，在改革的年代是无奇不有的，有的市长还辞官不做去下海呢，这有什么奇怪的呢？张玉梅建议都去看看，不管怎么说，这是女婿第一次登门。张泽明和王连生表示同意，只是他俩有意躲避了。田锋很是不满，他讽刺地说，小人物的事就像半夜里的铺盖——没人理啊！

几个人一路上说说笑笑，很快就来到了集体宿舍的值班室，李静一一地向门卫做了介绍。大家进到寝室后，心直口快的张玉梅第一个开了腔，她夸何山夫是个一表人才的帅小伙，难怪李静从不声张，是怕别人给抢走了。刘顺说他知道名不认识人，闹了半天这就是当年拒绝留校自谋职业的尖子生啊，真了不起！田锋很是折服，说尖子生到哪儿也错不了，有出息！

"你怎么有时间过来了？"李静问道。

张玉梅说："你这不是明知故问吗？他准是来和你商量结婚的大事，你不是申请了吗？"

"这是怎么回事？"何山夫有些惊愣而又不好意思地问道，"你申请结婚为什么没和我打个招呼呢？"

田锋听到这话，知道做扣的事李静没告诉他，忙替李静打圆场说："山夫啊，这个事请你别挑礼，主意是我出的。事情是这样，前几天顶头上司要给她介绍对象，对方是个高干子弟，她当场拒绝了，在无奈的情况下就把你们俩的婚事公开了，同时又提出了结婚申请。"

"不瞒各位老师，"何山夫解释说，"我听说她都与对方见面了，还谈得挺好。其实这没什么，好合好散，人各有志嘛。我听到这个信，今天是来和李静说个清楚的，如果属实，就早早解除我们的婚姻关系。"

张玉梅急了，她追问道："你是听谁说的？这不是血口喷人吗？"

这时的李静，像是受审似的坐在那里，就是满身是嘴也说不清，只好低着头不言语。她想，这些人的心怎么这样黑，越想越窝火，顷刻间泪流满面。张玉梅一边安慰一边掏出手绢给她擦着眼泪。

知情的田锋不得不把事情的经过做了进一步的说明：李静是被他们以"研

究工作”的名义骗到姚铭盛家去的，而且思想明朗，态度果断，这个事处理得无可挑剔，更扯不上双方谈得怎么样。他问何山夫是怎么知道这个事的。其实何山夫也说不清楚，他只是从管人事的那里听说李静靠不住了，已经和高干的儿子谈上对象了。田锋说等着瞧吧，迟早要把这个谣言的编造者给揪出来不可。几个人越说越气愤，觉得这个事跑不了王连生，他好要这些鬼把戏。好心的李静看同事们的情绪有点儿火药味，自己也不知所措，跟着紧张起来，劝大家看在她的分儿上别纠缠了，千万别为这点儿破烂事弄得满城风雨，要是那样，这对谁都是不好的。

何山夫对他们的解释和说明倒是不怀疑，只是还有一桩事心中生疑，他问道：“李静升官的事有没有？”

刘顺十分惊奇地说：“有这回事不假。怎么，这么大的好事她没告诉你吗？”

“没有，”何山夫腼腆地说，“学院去的人说给她封官实际上这是送给她的订婚彩礼。”

张玉梅说：“我看这里倒是有拉拢她的意思。”

田锋纠正说：“山夫啊，你别误会了，说得准确点儿，依我看不是拉拢，而是怕她。就说平时吧，她总和这些人唱对台戏，他们拿她毫无办法，只好用乌纱帽压着她，妄图起到减震的作用。再说，这个乌纱帽给她也真是实至名归，尽管在老干办的宣布会上她当即拒绝了，可我们大家都拥护这个决定，就连当时列席会议的老干部和总支领导都为她叫好，因为她是我们大家的代言人。”

“谢谢各位老师，”李静擦着眼泪终于开口了，“大家言过其实了，在这里我不想解释什么，我只想当着各位老师的面告诉山夫：如果你还认我这个朋友的话，我准备立即辞职跟你走；如果不认的话，我也要马上离开这个是非之地。这里也太令人费解了，一个令人羡慕的蓝天净土，竟然如此阴霾障眼，这是我始料不及的。我要不是看在遗孤众老的分儿上，也许早就流落他乡了，因为我还要做人啊！”

何山夫的心落了下来，也软了下来，他掏出手绢给李静擦着眼泪说：“我要是不相信你也就不来了，如果因为我到这儿来澄清原委而伤害了你，我给你道歉。”他站起来给李静行了个大礼。

李静起身还礼说:“别这样,你到这儿来不是要伤害我的,倒是我伤害了你,道歉的该是我而不是你。”

田锋看他俩的疙瘩已经解开，为了郑重一些收场，就以党小组组长的口气告诉何山夫，是他以往失职了，没有尽到责任，该道歉的是他而不是别人，请多加原谅。田锋看看手表，吃午饭的时间到了，便提议一起去吃点儿便饭，算是给何山夫接风洗尘了。就近的小饭店李静比较熟悉，她领着几个人选择了一家，安排了个小包间。田锋让每个人点了顺口的菜肴，要了几瓶啤酒，然后他举杯顺口甩出两句祝词：风尘仆仆见真情，恋心切切一线穿，在大家叫好声中一饮而尽。他又提议每人再赠送一句话。张玉梅稍加思索脱口而出：海阔天空双比翼，志同道合两知音。大家鼓掌，又是一饮而尽。这回该是刘顺的赠言了，一向稳健的刘顺忙推辞，说自己拙嘴笨腮没有词，田、张两人代表了，田锋不依不饶，他说怎么给女婿一句话都不舍得，你也太抠门啦，逼得刘顺只好答应想一想……有了：天南海北试比高，百年事业结同心!

几个人吃着，喝着，聊着，李静站起来说：“几位老师都是我的长辈，对你们的盛情美意和热情祝福，我代表山夫表示由衷的感谢。如果老干部工作需要，山夫又能一如既往地支持的话，我愿意在你们的指导下尽心尽力。”

张玉梅希望女婿再给讲几句话，何山夫欣然接受，他站起来行了个大礼说：“感谢老师们的款待，我很愿意借这个机会向老师们汇报几句心里话。我和李静相处七年多了，很少拌过嘴，红过脸，更未想过和她分手。作为女友，可以说她是我心中的最爱，但是，近期以来，我对她无法挣脱这种环境产生了疑虑。今天有幸听到老师的指教，我没有理由再对她三心二意，我知道她是深爱着我的，可她更爱着这里的老人，但愿她能在这里成为为老人尽孝的女儿、敬老的天使！”

田锋听了这番话深有感触，这不仅是他内心的誓言，也是对大家的鼓励和鞭策，他站起来提议，为这两位年轻人的锦绣前程干杯。

几轮下来，已是酒足饭饱了，田锋边掏钱边喊服务员结账。当他得知李静已经结了账时，便挖苦道：“真有你的，闹了半天一个光明正大的人也会耍‘阴谋’啊！也好，今天算是领导请我们客啦。这样吧，你陪山夫回寝室，我们三个人就回家了，看看咱们李大主任批准不？”

几个人喜笑颜开地离开了饭店。

李静他们回到寝室，何山夫问道：“你说能是谁到我们单位去煽风点火？”

“你怎么还惦记这个破事啊？”

“你可要知道，我是带着醋瓶子来的！”

“你抬举我了，像样的人谁会把我放在眼里。”

“这么说我就是那个不像样的人了？其实啊，这事跑不了你们的坏头头。”

“山夫啊，你要是真相信我的话，这事就交给我来处理好吗？”

“不好也得好，我理解你这个好心人。放心吧，我就是知道了也不想把他们怎么样，不看僧面也得看佛面，何况还是事出有因。”

“这事有点儿悔不当初，要是早声张有对象，何苦招来今天的麻烦。”

“这倒是，你申请结婚他们信不信？”

“这我可说不好，我就知道我是假申请。”

何山夫戏言道：“你骗他们这不等于也在骗我吗？”

“为了排除干扰，也只好这样做了。你想，这么大的事不和你商量我怎么敢闹真的呢？倒也是，如果你同意的话，今天也可以变成真的，免得节外生枝出是非。”

何山夫搂着李静说：“这还要什么真假，不过是个形式而已。要是履行了手续，没有房子没有地，穷光蛋一个，也太寒酸了吧！”

“我从来也没想过寒酸不寒酸，更没觉得贫穷。如果说健康就是老年人最大的幸福的话，对我来说有个真情的伴侣就是最大的幸福，要知道，真情至爱是人世间无限富有的代名词。”

“哎呀我的李大主任，”何山夫戏言道，“我还真没想到你的感受竟然如此浪漫而富含哲理啊！”

李静敲打着何山夫说：“你真坏，早早睡觉吧，明天到老干办看看我们的领导去。”

“算了吧，我吃完早饭就回去，没有那份闲心去看你们的坏头头！”

李静洗漱完了，灯光随之熄灭了。

第十一章

在崔羽带队的工作组撤离学院的日子里，许多人惋惜他们半途而废，许多人失去了信心，许多人盼望工作组再来。自然也有人沾沾自喜、兴风作浪，唯恐天下不乱，这祸根就是姚铭盛。他吃喝玩乐毫无收敛，除了在座谈会上大耍淫威，还变本加厉地封官许愿、网罗亲信，编织着他的人事网，越来越有些忘乎所以、有恃无恐。程铁夫对这一切看在眼里，记在心上，却只能在一些大的原则问题上尽力抵制，减少损失，对一般性的小是小非也就睁个眼闭个眼放任过去了。赵倩这阵子跟着干着急，只好催促程铁夫到部里去告急，让领导深切地感受到解决学院班子问题迫在眉睫。程铁夫听了赵倩的话，家里家外都没打个招呼就赶到部里去了，他见到左言像诉苦似的陈述了工作组撤离前后的情况，重点自然少不了汇报姚铭盛这个那个的。他不请自到，左言已意识到事情的紧迫性，何况他又摆出了这许多既是可以预料又是鲜为人知的怪事。左言心中一阵灼热，看来委派崔羽到学院的决心是下对了，不免大喜，于是他说道："你老兄我算服了，我完全理解你的难处，可你怎么不帮我解决点儿难处呢？要知道，你这是在割我的肉堵你的窟窿啊，可够狠的啦！评估总结你们研究了吧？"

"研究了，非常符合学院的实际，不过远水已经是解不了近渴了，所以我代表学院有良知的人们请求部长早一点儿派崔羽去，哪怕帮我一年也好，打个翻身仗我再送他回来。"

“你们可能记得，总结里有四句话，那最后一句你们是怎样理解的？不怕你老兄刺耳，现有的人你们用得怎么样？人才库就在你们家放着，用了没有？敢不敢用？”

程铁夫此时此刻管不了这许多，刺耳不刺耳他都愿意听，只要左言肯拉兄弟一把就行。他说：“我可能有点儿夸张了，学院的上上下下对那四句话可以说倒背如流。最后一句‘贵在用人要得当’是专为我写的，恰当的人没用，用的人不恰当，真是养痈为患哪！深刻啊深刻，究其原因嘛……群众说我们那里缺少伯乐，也因此就没有了相马的人。眼下我自己的刀实在是削不了自己的把，请部长借把刀临时用一下也好。”

“差矣，你们那里不缺相马的伯乐，缺的是识孺子牛的火眼金睛，少了点儿‘萧何月下追韩信’的果敢，倘能把追崔羽的韧劲用在挖掘自身的潜能上，何愁千里马、孺子牛不现身？恐怕九泉之下的萧老丞相也会羡慕不已，因为这比他当年多了个人才大宝库嘛！说归说，笑归笑，部里充分考虑了你们的现状，挖脓包、平人心是燃眉之急！按理说，学院的班子早该调整了，就怨我没早下决心，要检讨我得是第一个啊。既然你老兄要割痈救院，那我只好割块肉给你们堵上了。实说了吧，现在就等批复了，有了准信，会在第一时间告诉你的。”

程铁夫觉得今天没有白跑，至少心里这块石头落地了，所以，他高兴地说：“不管结果怎样，部长给我打的预防针太及时了，至少我身上的脓该化解了。至于责任，全都在我，请部长不必推功揽过。”

“罢了，罢了，今天不是奖功罚过的时候，关键还是请你老兄回去做好打翻身仗的准备吧！”

程铁夫的心情这些年也没像今天这样舒畅过，他谢过部长打道回府了。

对崔羽的任职，组织部门经过层层把关，考核已基本结束。当征求教委意见时，干部任免司司长杨波提出了受贿问题，因查无实据，被一一驳回。这么一来，倒把杨波给搞糊涂了，他立即与姚铭盛取得了联系，决定晚上见面。

下班后，王连生和张泽明准时把杨波接到一个酒店去，先一步等候在大厅的姚铭盛，起身欢迎，然后几个人走进包间里，点了可口的菜肴和酒水，便打开了话匣子。杨波先开了腔，他把组织部沟通情况的经过说了一遍，也否定了崔羽的受贿问题。

“杨司长，说没说崔羽到学院干啥？”张泽明急切地问。

“没说，这还用问吗，不是当书记就是当院长呗！”

王连生抢着说：“明白了，那准是来当院长的，书记的位子恐怕还得给姚书记留着！”

你不得不佩服姚铭盛政治上的敏感性，他已经意识到，只要有外来户进驻，也就没有坐地户的位子了。但是，侥幸心理他一天也没有放弃过，就是幻想破灭了也要步步为营，哪怕是塞在夹缝里也要挣扎着爬出来，再找一条死灰复燃的生路。眼前他还觉得会有一线希望的，他说：“原来听说他是部长的接班人，要是没有问题怎么下来啦？看来还是官官相护那一套！”

张泽明说：“既然是有问题下来了，那就十之八九是当院长来了，把程老板顶回家，或者安排个副职，在这儿避避风，没啥动静再回去。要这样，党务的一把手还是姚书记的。”

“别想得那么天真，这是不可能的事。前个时期工作组在这儿，程铁夫和崔羽搞得火热，学习的事他俩一商量就干，把我都给架空了。你想，他来了还能有我什么好果子吃？”

“你们班子里都听谁的？”杨波问。

张泽明说：“听姚书记的，问题是不提为一把手就不好说了，人心隔肚皮，现在的人都是看风使舵，哪儿顺就往哪儿跑。”

杨波说：“你说得是，放心吧，我是不会看老同学笑话的，大家都再活动活动，办法总比困难多。”

姚铭盛听到这话很是感恩戴德，他嘱咐张、王说：“老同学为我的事操碎了心。你俩听好，今后杨司长的事就是我的事，一定要照顾好！”

“既然是老同学，何必这样客气？同样，你的事也是我的事，放心好了。”

由于话题沉闷，酒喝得不够顺气酣畅，杨波提议来个杯中净，几个人也就跟着干了。

听了杨波的话，这几天姚铭盛心神不定，起居不安，就把他的心腹郑明、周福泉找到一起沟通，交换看法。当郑、周知道了崔羽要来院的信息后，像撒了气的皮球，嘴上不说，心想：姚铭盛的末日到了，还是赶紧拨正航向，走自己的路吧！表面上他又不得不为姚铭盛美言几句，说些曾蒙提携的感恩话，表白几句明哲保身的暖心话，奉劝几句广交益友的客套话，还要赠送几句失群无助的警示话。姚铭盛听了这些油腔滑调，心知肚明，知道这些人对自己已经没有了半点儿往日的吹捧和信赖，这些话无非是在教训自己。他突然间觉得眼前暗淡无光，大势已去。

星期五早晨刚上班，程铁夫来到姚铭盛的办公室，问姚铭盛有没有需要向部里请示的事，要有就一块儿带去，左言部长让他马上去部里一趟，不知道有什么急事。今天姚铭盛和往常不大一样，对程铁夫格外献殷勤，又是请坐，又是泡茶，本来是个平常事，他这一“格外”，不免让人有些肉麻的感觉。要说请示的事，他压根也没有想过，既然找上门来了，不如趁机试探个底细，说不定还能赚个抓大事的美誉，于是他便郑重地提出了调整院级领导班子的建议，理由是助手不得力，师资搞散了，科研滞后了，等等，讲了半天就是没有他的过错。程铁夫深感痛心，事到如今，亏他说得出口，也就不客气地回敬了几句，严肃地告诉他，只看现象不抓本质是无济于事的，关键是必须找准原因，挖掉根子，不要被冠冕堂皇的浑话所蒙蔽。姚铭盛嗅出这话的味道不对，怕引火烧身，赶忙说是是是，一定得挖掉根子。这根子在哪儿呢？就在谁分管谁负责上。程铁夫实在是有些听不下去了，他激动地反驳道：“替我开脱责任有用吗？这几年教学失职、科研失控、党务失手，可谓全权旁落，谁人不知，谁人不晓？这是我不能推卸不敢推卸也不该推卸的责任，你说是吧？”

姚铭盛知道他这是在说自己，他在无力巧辩的时候竟然露出了庐山真面目，以守为攻，推卸责任：“您老何必大包大揽？问题在于我们这些助手没当好。如果对您有什么看法的话，您老主要是心太善，嘴太甜，手太软，对我们放纵有余，管束不足，把一些人给惯坏了。我随意说说，不一定对，供您参考。”

“谢谢你的好意，”程铁夫斩钉截铁地说，“你这个意见如果能早两年提出来，我们可能不会走到今天这一步。不过还好，虽迟而胜于不为嘛！今天我就到部里去争取来个快刀斩乱麻，否则我就是百年之后也闭不上眼睛啦！”

姚铭盛很少从程铁夫的嘴里听到这么强硬的话，他只好无奈地讨好说：“请程老放心好了，我是不会看您笑话的！”

“笑话看不看倒也罢，可是笑源不绝那就要后患无穷了！好了，我去听命了。”程铁夫起身离去。

程铁夫到了左办一进门就说：“部长让我来是要救我于水火吧？不用问，一定是班子的问题。”

“看来老兄是真想抓核心了，请坐！”左言说。

“听部长的意思都给安排好了，我得先表示感谢！”

“哎呀，真不愧为科学泰斗，洞察力了得！”

“不敢当，不敢当。部长开我玩笑了，如果我程某人真有这个本事，恐怕不至于把自己置于骑虎难下的地步吧？”

“你来的时候铭盛知道吗？”

“部长让我来怎能越过二把手呢？我来之前问他有没有需要请示的问题，他毫不掩饰地提出应尽快把班子调整一下，听他的口气是要把迟来春、于祥和我赶下台，给他让路。”

“今天请你来就是通报一下班子的调整问题。是这样，决定让崔羽同志到你们那里去，该满意了吧！”

“我深信部长是不会让我这个老朽去跳楼的，一定会给我搭个梯子下台。”

“且慢，如果你想把崔羽作为你下楼的梯子的话，对不起，我宁可请你老兄去跳楼也要撤回成命！”

“怎么，部长总不该让我占着茅房不拉屎吧？”

“你先别急，我倒想请教老兄个问题，你看谁和崔羽合作好呢？”

“这一点恐怕部长心里比我有数。他和谁都能合作得很好，只要他杀回去，党委书记兼院长，一切都会顺理成章的。”

“但是，这个事你我说了都不算，崔羽他是指名道姓非要和你合作不可，你总不该凉了人家的心吧？还有个事，工作组在院期间大家对崔羽都有些什么反映？”

“要说反映嘛，比较强烈，都说学院要是有这样一个领导就好了，看问题不仅深入，而且客观透彻。怎么说呢？他大气而又谦虚，泼辣而又谨慎，有魄力，有智慧，有德行，有品位，不过……最近有人听到老干办暗中有什么受贿问题，我让姚铭盛问个清楚，结果没有下文，不了了之。”

“我说你老兄也够难为人的啦，你这不等于说让小偷去破自己的盗窃案吗？说有这个事吧，他不敢说；说没有这个事吧，他还觉得不甘心，也只好不了了之嘛！”

“这么说部长知道这个事啊。”

“是啊，行贿受贿确有其事，怎么样，你还敢要吗？”

“这，这……太可惜了，如果问题不大我也要，不怕有错，改了就好。”

“好吧，具体情况以后由崔羽向你汇报，请你去处理。”

这时的程铁夫，急着知道崔羽是怎样任命的，当左言告诉他中央决定任命崔羽为部党组副书记、副部长兼学院党委书记时，程铁夫高兴得像个孩子似的站了起来鼓掌叫好，不过也心疼崔羽肩上的担子太重了，实际上是接了两个班。他懂得了部长为什么眼前不让他歇肩的原因，得让崔羽熟悉一段情况才是。于是，程铁夫终于“良心发现”，满口答应再当几天“牌位”，总得对得起领导的关怀，对得起崔羽的一片诚意。不过左言与他约法三章，头一年把人交给学院，主要是为学院服务，以后看情况再说。如果把崔羽给培养成姚铭盛第二的话，那可就要秋后算账啦！左言突然问程铁夫：“你知不知道崔羽为什么非要和你合作不可呢？”

“啊，也许是为了照顾我的情绪吧？不，不是这样，他是想让我能有个体面的下场！”

“你的美好猜想我是不敢反对的，可据我所知，也许他是爱上了你这个‘小抠’。工作组反映，姚铭盛让后勤在生活上特殊照顾他们，而你却让按标准执行，有这事吧？”

“有，说小抠，说死心眼儿，说什么都可以，别再说我臭老九就行。请部长转告崔羽同志，慢待的地方我向他道歉！”

“这么说你先前的书生面孔早已变成了包公的铁面了？至于转达嘛，这是你们之间的事，我可没有这个义务。不过崔羽讲过多次感谢你的话，说你的较真和严格要求，倒帮工作组很快就在群众中扎根了。”

程铁夫希望崔羽早点儿上任，左言找来崔羽，让他们俩去定。两个人一见如故，程铁夫除了表示祝贺就是急着领他走，他说道：“既然部长把你嫁给我们当半拉媳妇，就该早早过门才是，我是代表婆家来娶亲的。”

崔羽说：“程老玩笑了，一女不可嫁二夫，部长是叫我到学院给大家当服务员的。不过有句话要当二老的面说清楚，如果程老什么时候不满意我这个服务员，就撵我走好了，或者随时打我板子，或者就地免职！”

“过了，过了，部长都不舍得打，我怎么敢打板子呢？快告诉我什么时候走马上任吧！”

“请您老定，越早越好。部长说他要送我去，要我说就别走这个过场了，请老院长代部长宣布一下就行啦。”

左言说：“崔羽同志是个求实派，好打破常规办事，老院长你看行吗？”

“我知道我是没有这个权力的，只要崔羽同志不挑，只要部长有授权，我是敢领你走的。”

“好吧，就这么办。崔羽同志是双肩挑，一年之内以学院为主，一年之后再说，怎么样？”

“程老，我这边的工作已经交代完了，下星期一就去，您说好吗？”崔羽说。

左言嘱咐道：“至于班子的调整，等崔羽同志去了之后你们研究个方案报上来，但要尽量多换思想少换人。你们知道，事物是不可能纯而又纯的，有句老话说得好，‘水至清则无鱼，人至察则无徒’嘛！这也该算是个不可冒犯的客观规律吧？说起工作重点嘛，你们应该比我清楚，就是要改革那些与实践相脱节的体制和条条框框，以消除管而不死、放而不乱的弊端，为培养经济发展的复合型人才创造条件；在科研方面，要突破某些制约性的束缚，把好钢用在刀刃上，这是我们的出路所在啊。好了，这些话供你们参考吧。”

程铁夫对左言的强调赞叹不已，认为这是一语破的、点石成金，一定要认真研究落实。崔羽也跟着做了表态，他说部长给明确了方向，老院长也早就摩拳擦掌了，自己到任后，要做个勤恳的马前卒，为程老的千里之行鸣锣开道！

左言高兴地说："好啊，我相信你们是会旗开得胜的！这样吧，今天中午谁也别走了，我请你们两位在餐厅用点儿便饭，算是祝贺和饯行，怎么样？"

程铁夫忙说："我先谢谢部长的款待，今天这个任务，我想我不该再谢绝了，别说是便饭，就是大饼子就咸萝卜条也得遵命啦！"

程铁夫到部里半天没有音信，可急坏了姚铭盛，他午饭也没有心思去吃，坐在办公室一根接着一根地抽着烟，紧闭双眼，吐着烟圈，在烟云缭绕中思索着自己的眼前和未来。可他怎么也挥之不去脑海中的幻觉，已预感到大势即将弃他而去！

午饭后，程铁夫无心休息，从餐厅径直回到学院。他的办公室和姚办紧挨着，他便推开姚铭盛的门直接走了进去，高兴地说道："怎么这么多的烟？有好消息！有好消息！"

因为姚铭盛事先已从杨波那里得到了信息，腾地站起来脱口道："回来了？是人事上的变动吧？"

"还是你信息灵通，是人事变动。你看会怎么变？"

"这就很难说了，原以为崔羽能来，后来你说他有什么问题，不知会是个什么结果？"

"你欢迎他来吗？"

姚铭盛已猜出个八九分，便板起面孔说："这不是欢迎不欢迎的事，反正是外来的和尚好念经啊！"

"你也不是不知道，"程铁夫反驳说，"我们把好端端的经都给念歪了，如果让我们再这样继续念下去，那可就要万劫不复了，恐怕你我之辈负不起这样的历史责任！我们还是念在大局的分儿上想开一点儿好，要像个士兵那样，以服从命令为天职吧！"

"是啊，这玩意儿怎么说都行，反正是小胳膊只能跟着大腿走，谁也抗不了这个命，服从就是了！"

"那好，你给做点儿准备吧，安排一下办公室，再看看开个多大规模的会好，你主持会议和代表党委致欢迎词，我来宣布决定，怎么样？"

程铁夫看姚铭盛有些不爽的样子，说道："算了，算了，我直接去找党办安排吧。”

赵倩听说崔羽来院工作，高兴得差点儿跳起来，他说这正是大家所企盼的，老院长早该有这样一个好帮手啦！当提到准备工作时，岂不知赵倩早就安排好了，崔羽的办公室就在工作组曾经办公的地方，他觉得应该召开个中层以上党政领导干部会，回去传达消息。说到工作用车他有点儿犯难，院里的备用车就剩下一辆旧奥迪，就是中层的专车也比这好多了。程铁夫想了片刻，决定把他的红旗车给崔羽，让赵倩保密。赵倩反对却怎么也拗不过他，程铁夫说这事应该内外有别，对外来人一定要照顾好，否则谁还到你这儿来，赵倩只好答应照办。

在安排程序时，姚铭盛只答应讲话，推掉了主持会议。这两天让他最纳闷的莫过于礼品的事，他翻来覆去闹不明白，要说是崔羽收到了东西吧，那他怎么还能高升呢？要说没给他行贿吧，东西哪儿去啦？为了弄清这个谜底，他找来张泽明问个清楚。而张泽明这时也不敢咬硬了，因为经手人是王连生，听说东西是交给本人了，可后来的检举信和匿名信，怎么都没起作用？这是怎么回事？姚铭盛让他抓紧时间再核实一下，还要留心崔羽到任后的活动情况，及时反馈。

气温日渐趋暖，严冬即将过去，今天又赶上个晴朗的日子。全体教工接到紧急返校的通知后，争先恐后地来到院部大楼待命，偌大的院区瞬间变得热闹非常。人们三个一帮两个一伙，沐浴着阳光，议论着是非。当开会的时间快到了的时候，参加中层会议的党政领导离开人群，奔向教学大楼阶梯教室签到。还有五分钟就要开会了，坐定了的人们把目光聚焦在门口，这个说工作组又回来了，那个说是不是来了外宾。待有人走进来，大家定神一看，原来是崔羽在院班子全体成员的陪同下健步走进会场。真是众望所归，只听唰的一声，人们都站了起来，鼓掌的，叫喊的，自发形成了一阵又一阵欢呼的声浪。走在最前面的崔羽频频点头，两手合十作揖，答谢大家的欢迎之意。当一行人坐定之后，会场渐渐地平静了下来，这时，程铁夫精神抖擞地走上讲台，他高声说道：“同志们，今天的会议，原定是左言部长到会宣布决定，在崔羽同志的提议下，部长授权让我代他来宣布决定：中央任命崔羽同志为科技综合部党组副书记、副部长兼学院党委书记！”话音一落，全场起立，掌声雷动，夹杂着叫好声、欢呼声。

“请肃静，肃静！”程铁夫说，“让我代表全院师生向崔羽同志表示祝贺和欢迎！请崔羽同志讲话！”

崔羽在一片热烈的掌声中登台鞠了一躬说：“谢谢，谢谢。常言道，外来的和尚好念经，大家的掌声似乎是说明了这一点。可是部党组不是让我来念经的，部长一再嘱咐我要给大家当好服务员，我当部长的面向程老许下了诺言，如果服务员当不好的话，你们任何人都可以打我板子，或者干脆把我撵走，或者就地免职就是了。”

“关于学院的工作，”崔羽说，“在我来之前，部长当老院长和我的面强调，教学改革重点是体制改革，要贴近实际，以符合培养复合型人才的需要，科研改革要突破制约性的束缚，这就是我们的出路所在。但愿我们大家在程老的率领下，斗智斗勇，攻坚克难，在不久的未来，拿出不愧对前人、不负于时代的成果来，以告慰自我的良心。好吧，我还有个告示，我的办公室不设门槛，不限时间，不分等级，只要教职员工有事，我欢迎大家随时出出进进。我想我要说的话说完了。”

会场轰动了，人们沸腾了，本来想多听几句他的讲话，可他不讲了，只好看他这个服务员是怎样为大家服务了。

姚铭盛在程铁夫的引导下，无奈地致了欢迎词，他说：“崔羽同志到院工作，是部党组对我们的关怀和重视，也是我们的福分，相信大家一定会支持他的工作。我，我代表全体师生表示欢迎！谢谢！”

让人想不到的是，杂乱的掌声格外响亮，这不免让人疑惑：这到底是鼓正掌呢，还是鼓倒掌呢？也许是个混合掌吧。

接下来是程铁夫宣布第二项议程，他说：“今天的会议还有一项议程，不过这是一项本不该有的议程，这个议程叫实物展示。是这样，部领导让我公示：工作组在院期间，崔羽同志亲自收到某人转赠的金表一块、翡翠项链一条、金笔两支，价值四万多元。经核对，尚缺两件物品。现有的所谓赠品，一直保存在学院党办，请赵倩同志展示。”

赵倩把物品摆放在讲台上，他告诉与会者按顺序到讲台观看，看完散会，回去分头传达。顿时，会场人头攒动，议论纷纷。有的说，这是谁干的，干脆公开处理算了；有的说，看来崔羽这个人是可以信得过的；还有的说，学院这回有希望啦……

陆坦受汪远的委托，以总支书记的名义列席了会议，他看完贿品之后来到崔羽面前说："欢迎你又回来了，有时间得向你汇报座谈会的情况。"

崔羽握着陆坦的手说："陆老您好，我们还可以继续合作。汪老怎么样了？给他带个好。这样吧，争取最近碰一下情况，我马上到小会议室开个班子会，回头见！"

离开会场，院党委成员集中到办公楼的小会议室，程铁夫继续主持着会议，他说："崔羽同志已到任，大家都熟悉，也不用介绍了。从今天起，我这个临时主持的党委工作要正式移交给崔羽同志。请崔羽同志讲话。"

"谢谢程老，您老受累了，我尽量少给您老添麻烦，联络员的职责我可以立即承担起来，希望同仁多帮忙。程老会前有个提议，近期想按系统分工听听大家汇报情况，以便于协调全院的工作，我完全同意这个意见，大家看看怎么样？"

分管教学的副院长迟来春先开了腔："幸运地看到了崔副部长能到本院挂职督导工作，我兴奋不已，欢迎之至，我们自然是有责任、有义务汇报情况，以求指导。不过，近几年以来，我所分管的教学工作，是全线离心滞后的局面，严重地拖了大局的后腿，实在是问心有愧，心神不安，理应趁此良机拨正航向，迎头赶上，以示对你的支持。但鄙人已力不从心，恐误大业，倘若另有高明，卑职可随时谢任平怨，以求心安理得，请批评指导。"

分管科研的副院长于祥说："崔羽同志能来本院指导工作，我非常欢迎。以往科研工作中的失误，不管是直接的还是间接的，责任都在自己，我愿以实际行动支持你的工作，在科研方面力争尽快地有所突破，以适应经济发展的需要。"

分管后勤的副院长周福泉最近已预感到姚铭盛大势已去、好景不再，崔羽的到来证明了他的预感，只好走到哪一步就说哪一步的话了，何必一条道跑到黑。他明智地说：“这几年我这个服务员没当好，说过一些不该说的话，办过一些不该办的事。崔书记已是我等久仰之人啦，请多批评指教。我记得你在工作组期间就提示我，在经费的分配上，要往科研方面倾斜，还曾多次地提醒我改善师生的生活质量，照顾好像老院长那样的老院士、老专家、老干部，一再强调在生活上要向退下去的‘三老’倾斜，他们是有功之臣。听到这些，我是阳奉阴违了，时至今日，是打是罚我都领，心服口服，毫无怨言，不说了。”

分管教学行政的副院长郑明此时此刻觉得自己不便多说话，但是倾向性早就有了，他说道：“我没有多少话要说，我只想说，对崔羽同志的到来，一是欢迎，二是支持。我很欣赏你的睿智和才学，我更相信你的人格魅力，你会征服全院的师生员工，祝贺你旗开得胜！”

姚铭盛尽管表面平静如水，但他的内心犹如巨浪翻滚，不知自己该讲什么好。这时，他看到平时吹捧自己的左膀右臂如今转身变脸把崔羽吹捧得让人肉麻，全都不打自垮地缴械投降了，就是满心嫉妒也得买账，因为自己也没有第三条路可走了。他不能不想到，硬挺吧，无异于飞蛾扑火；顺从吧，虽然不是自己的性格，但这又是个必须屈从的现实。怎么办？总不该脚踏两只船来个劈叉吧？他毕竟是个聪明人，俗话说得好，识时务者为俊杰嘛，不如选择个退路以屈求伸为上策，于是说道：“我的心情和大家一样，对崔羽同志的到来既意外又欢迎。意外的是，怎么也没想到会劳你的大驾落脚到小庙费香火；欢迎的是，当我们在十字路口不知何去何从的关键时刻，能和你不期而遇，实在是偏得和荣幸。在今后的工作中，紧跟照办不在话下，问题就在于自己的思想因循落伍、不辨妍媸，如能承蒙关照，愿以离职进修为至盼，如有不当，请多指教。”

程铁夫听得不耐烦，他说：“崔羽同志确实是身屈小庙了，可他能到这里来，倒是我们的福分啊。按理说，庙不分大小，都是有神通的，而且它的神通也可以广大，就看我们大家如何去‘神’，如何去‘通’了。如果在事业需要的时候我们竟要退避三舍，那就是大庙也不会有神通的。我也有过逃避困难的想法，已经受到了部长的批评，倘若在崔羽同志刚到任的时候还不肯悔悟，或者还要蓄意渎职离岗，我认为那和看笑话是没有什么两样的，至少是在耍小性子。我想，我们应该统一思想，统一行动，把心收到教育改革上来，为国为民育英才。至于以往存在的问题，大家不要背包袱，责任在我，当然我也有怨气，这几年害得我有业不就、正业不务，我这个院士的功能也快丧失得一干二净了。不说了，向前看吧！”

听了几位的发言之后，崔羽感触颇深，他感谢同仁的理解和支持，鼓励大家放下包袱，振作精神，像程老说的那样，一心思改，精心治学，用成果来说话，不要给后人留下笑柄和骂名。

最后崔羽深情地告诉班子的全体成员：“我到学院来，不是挂职的局外人，而是占了编制的固定工，要和大家同舟共济闯天下！这里如有好歹，我是第一个脱不了干系的人。好吧，让我们用程老的‘务正业，向前看’作为航标启航吧！”

程铁夫喊了一声：“别忘做好汇报的准备！”

散会后，姚铭盛很是恼火，本来是按预定数送的礼，怎么能说少了两件礼品呢？莫非是账实不符？要么肯定就是王连生从中捣鬼了。他让张泽明找王连生问个清楚，否则检查都没法写，最好是让王连生把这事都承担过去。还有汇报的事，他让张泽明转告李静准备个提纲。

第十二章

崔羽利用周六的晚上，在家里听完了赵倩让冯一夫给准备的老干部座谈会录音，他听着听着，忽而发怒，忽而高兴，忽而叫好，忽而鼓掌，忽而又自言自语：看来学院要打翻身仗没有陆坦这样的人是不行的，就说老干部工作吧，他刚刚退下去几个月就掌握了这么多的情况，而且透过现象抓到了问题的本质，真不愧为“好管闲事”的老同志；再说李静，人小心大，眼光敏锐，看问题能触到点子上，是个难得的好苗子，也是今后扭转老干部工作局面的中坚力量之一。他越想越按捺不住内心的兴奋，听完之后，他躺在床上翻来覆去没有睡意，这一夜，他失眠了。清晨，他早早地就爬起来，洗了把脸便徒步赶到了办公室，擦完地，又整理了一下办公桌，然后坐在那里写着什么。等到天色渐渐放亮之后，他给赵倩挂了电话，让派车请陆坦、李静和赵倩一起，九点钟到办公室研究老干部工作。

北方初春的早晨，寒气依然逼人，可陆坦他们三个人坐在车上并没感到丝毫的寒意，反而觉得心里热乎乎的。别的不说，就说崔羽吧，连个星期天也不休息，还要研究工作，尤其是要研究老干部工作，这不能不让人感动。当几个人走进接待室时，崔羽早已把茶水给准备好了，让大家品尝他的大红袍，顿时，一股暖流涌上了每个人的心头，大家不约而同地会心地赞誉着：这样的人谁不喜欢？难怪部长选他为接班人。学院有救了，学院的老干部工作有救了！

“真对不起，影响各位休息了！”崔羽说。

陆坦回应道：“哪里，哪里，我是天天都在休息啊！”

“书记不是也没休息嘛！”李静补充道。

“汪老好吗？”

“很好，前几天的会议情况我向他汇报了，听说你到任他特别高兴。他说学院的春天终于来了，老干部工作的春天也会来的。他委托我来汇报，还让给你带个好。”

“谢谢，谢谢。他老人家说得对，学院的春天迟早是要来的，不过这春天的劲风要靠全体师生来刮，其中包括离退休的各位元老。昨天晚上我听了座谈会的录音，老同志从不同角度的发言正是学院春天到来的特效催化剂。大家讲得多好啊，尤其是你们这一老一少的发言，感人肺腑啊。要说陆老胆大心细、敢说敢为我深信不疑，可是我没想到李静的胆子也这么大啊！这样吧，为了节省时间，你们发言的内容咱就不重复了，请几位专给我开个处方，就是说说让我干点儿什么事，怎么样？”

“李静最有发言权，你先说说吧！”陆坦说。

李静从不习惯抢先发言，可在陆坦的提示下，也不好推辞，她深情地说：“作为一个老年工作者，我不能不想到这样一个问题：怎样通过我们的工作让老同志过好晚年生活，因为他们中有的是共和国的缔造者，有的是建设时期的开拓者，有的是改革开放的探索者。这些长者，尤其是在教育战线立下了汗马功劳，在科研中曾经填补过国家甚至是国际的空白，他们是有功之臣。作为我们晚辈不照顾好他们，不仅有悖于传统美德，更有悖于自己的良心。鉴于这种情况，我的第一个想法就是增强老干部工作队伍，强化领导班子，把老干办改称为老干部服务中心，升格为学院的中层单位。”

“好啊，配备多少人合适？”崔羽问。

“参考别的单位，结合本院的情况，暂按百分之三的比例就行，以后随着退的人不断增加，配比可以相对调整。”

“你的第二个想法呢？”

“第二个想法反差较大，难度也大，和现行的做法相反，就是把老干部

工作的宗旨定为全方位地为老同志服务。”

“它的内涵是什么？”

“凡有利于老同志身心健康的事，就要介入办好。”

“啊，据我所知，你这个言之有物的经验之谈来得不易，是在顶风冒雨、崎岖坎坷的逆境中获得的。因此这也正是需要我们着力改进的，以此让人们有所遵循，有所作为，有所进取，真是妙极了。你的第三个想法呢？”

“就是把老干部工作切实置于党委领导之下，置于老同志的监督之中，让老同志满意，让党委放心。”

“继续说下去。”

“我还有个想法不大敢说。”

“哎呀，怕什么？这可不是你的性格啊！”

“怕人家说这是要夺领导的权。”

“夺领导的权？这样好不好，如果是工作需要，不用夺，要授权给你们，怎么样？”

“我的意见是，把老干部工作者升迁调动的政绩审核权，从领导个人手里移交给老干部的党群组织，让他们有一票否决的权力。”

崔羽疑惑地问道：“啊……你们两位赞成不？”

陆坦说：“这个意见有道理，它可以堵住某些人不干实事、巧取仕途的歪门邪道，要是再完善一下就好了。”

“陆老的意思是来个上下结合、集体审定吧？”赵倩说。李静当即表示完全赞成这个意见。

能从一个小同志的嘴里提出接受群众监督实在是难能可贵，崔羽很欣赏，因为这不是什么人要夺权，而恰恰是群众路线在干部任免调动中的具体体现，是对行使权利的有效监督，也是阳光行政的必由之路。他不仅要兼顾陆、赵意见的完整程序，更要采纳李静意见的合理内核。

在李静几点想法的启发下，赵倩突然冒出个念头，他认为倘若做好了老干部工作，不仅能使老同志晚年的休闲生活无忧无虑，还能充分发挥老院士、老专家、老学者传帮带的作用，在教学和科研的改革中说不定会出现令人意想不到的突破，这对稳定教职员工的思想、打好学院的翻身仗，无疑是一项不可小视的工作。

陆坦对赵倩的想法赞赏不已，但他对李静强化队伍的意见又补充了两点看法：如果能强化这支队伍的话，机构最好列为党办的一个隶属部门，而不属于行政机构的序列；人的来源，可采取专兼职结合的办法；在人员总数的比例上，不妨以三分之一的人定期轮流挂职就行。至于今后的工作，陆坦深知崔羽开局的困难，阻力很大，但是，要请他相信，老同志绝不会对此视而不见，他们会挺身而出，尽自己的力量助他一臂之力，也请他相信，老干办的同志们也一定会不辱使命。

崔羽听了三位老中青同志的建言，十分感动，觉得这些话不仅有代表性，更具有权威性，使他对老干部工作乃至全院工作有了更加明确而坚定的指导思想。这些建议方法新颖，目标高远，就等于给了他一把学院工作开局的钥匙，增强了他破冰迎春的信心和勇气。他想，有了这样好的条件，不干点儿对得起前人的事，那就等于干了对不起后人的事。他认为，工作中的阻力是永存的，而动力也是永存的，从长远看，动力永远是大于阻力的，否则，汽车还能跑吗？飞机还能飞吗？同样，火箭也是上不了天的。人们知道，华山只有一条路，可是它毕竟是人走出来的啊！所以说，只要坚持就会成功，就是失败了，也是暂时的，也没有遗憾。先人说过，信心是通向彼岸的桥梁，完美是人生求索的坐标，有了这些，就等于成就了事业的一半。而学院的现实，就是要变阻力为动力，化消极为积极，倘若变不了动力，那就横下一条心铲除阻力，身临改革其境的人，理应以科学的态度、不屈的勇气去体现变革的精神，为国家奉献，为先辈添彩，为时代增辉嘛！

转眼一周的工夫过去了，崔羽和程铁夫商定党委如期复会，议题有两个：一是听取分管系统的汇报，二是研究强化老干部工作的建议。

会议由崔羽主持。于祥第一个发言，他重点阐述了国家计划的项目为什么没有突破性进展，原因有三个：一是科研经费不足，二是人心浮动，三是力量构成失衡，致使科研滞后，也拖了教学的后腿。崔羽赞扬他看得准，挖得深，同时强调了真正的拦路虎恐怕是第三条。

姚铭盛觉得崔羽的情绪挺好，便趁机发言，以示自己支持崔羽的工作。他拿着李静给准备的提纲，忐忑不安地来了个开场白，说他负责的部门是各司其职，各负其责，尤其是老干部工作重点强调了“保证”二字。他打算继续说下去的时候，崔羽突然发问：“好啊，都保证了什么？”

冷不丁这一问，姚铭盛不免有些紧张，他稍微愣了愣神然后说道：“啊，就是保证静心养老，以达到健康养老的目的。”

“非常好，请讲一讲是怎样保证的好吗？”崔羽说。

姚铭盛慌乱中想起了李静在提纲中的一句话，便理直气壮地回应道：“就是服务，为老同志服务嘛！”

“服务？服什么务？不怕干扰老同志静养吗？”

这时姚铭盛有点儿犯疑，莫非他是赞成自己袖手旁观的观点？于是脱口而出：“这话问得好，我经常给老干办的同志们讲，不能干扰老同志静心养老，可有的人偏偏唱反调，甚至把老同志中出现的问题也归咎于老干部工作不作为，真是让人哭笑不得。”

“我听说哪位领导反复告诫他们这是个人行为，一切后果要自负，那还责备谁啊？”

“有这个事，可惜他们听不进去，尤其是陆坦，像救世主似的，总是说三道四。再说有的人也不好好养老，一会儿这个事，一会儿那个事，没完没了。这些无休止的个人行为，最好是相信他们自己会了结的。”

“如果老同志有困难你帮他一把，这也是干扰吗？”

会场一时间肃静、沉默，大家都想听听姚铭盛的回答。而姚铭盛已嗅出崔羽的话都是反话正说的，只好赶忙辩解这是个别人的事，多数老同志是安分养老的。

崔羽对这种堂而皇之摆到桌面上的谬论旗帜鲜明地给予了批驳，他认为，少数人该帮的事你不帮，例如，碰上了临时的困难，有了解不开的疙瘩等等，你不介入，本身就是在帮倒忙；多数人该管的事你不管，例如，没有正常的组织生活，没有健康的休闲活动，没有精神的抚慰关爱等等，这是什么？这是不是反映了老干部工作的失职啊？很清楚，这种所谓的不要干扰，是在为干扰铺路，它的实质倒是助推了干扰。人们对这种不作为有所提醒，有所抱怨，有所指责，这不是理所应当的吗？

会场的气氛骤然紧张起来，人们的视线不约而同地投向了姚铭盛。可以说，多年来很少有人敢说姚铭盛个“不”字，而今崔羽的剖析对老干部工作的病症，一针见血地点到了穴位上。程铁夫听了崔羽的意见，觉得很是中肯，很有启发，在大家不知所措的时候，他打破了僵局，趁机回顾了近几年来学院出现的弊端：在某些人以解放思想为名的蛊惑下，大行自由化之实，在位的思想松散，各自为政，在野的散沙一片，无人问津，一些老同志风趣地说，他们算是尝到了彻底退休的滋味了。平心而论，对一个行政职务早已被架空的科学泰斗来说，程铁夫很是无奈，他深知自己处于回天乏力的困境，无力挽救眼前的这种危局。鉴于此，他在承担了自己应负的主要责任的同时，也恳切地奉劝同仁不要羞羞答答，而今已经到了一是一、二是二的时候了，大家共同努力，把错的改过来，丢的捡回来，为时还不算晚嘛！

崔羽高度赞扬程铁夫的高风亮节值得晚辈深省效法，并提出休息十分钟之后集中研究一下方才汇报的项目。

休会时，人们三个一帮、两个一伙地议论着，崔羽和程铁夫坐在原地交换着意见。

复会后，程铁夫告诉大家，崔羽有些建设性的想法，为了便于围绕中心议题进行讨论，请他先给讲一讲。崔羽欣然接受，他首先强调了要以程铁夫“错的改过来，丢的捡回来”的思想去面对学院的现实，总结经验，吸取教训，增强信心，稳步向前。他认为，学院存在的问题尽管是严重的，但学院的主流没有变坏，更不存在什么不治之症，最重要的是，已完全具备了向好转化的主客观条件。目前的关键就在于决心，在于策划，在于运筹，而决心来自需要，策划来自谋略，运筹来自科学，合起来就是，一切都来源于人，所以，一切又必须以人为本。说得具体点儿应该是：科研资金可以通过开源节流去解决，开源的路子由他去拓宽，节流的门子由各个职能单位去开启。在人的问题上有十二个字的方案，那就是：收回人心，调动人才，开垦人荒。这里还要特别重视通过“温馨工程”以解决相信人、用准人、留住人的问题。

人们听了崔羽的设想，既震惊又佩服，认为这是个大手笔，个个赞不绝口，看来学院春天的到来为期不远了。崔羽趁势做了强调，如果这个思路大家认为可行的话，那么就以“开垦人荒”作为突破口。这个突破口在哪儿?就在我们大家。大家都清楚，老干部队伍是我们人才的大宝库，是个取之不尽、用之不竭的人才源泉，倘若能请部分条件允许的“三老”出山，以老带新，以研促教，就有可能收到立竿见影、全盘皆活的功效，这个戏也就好唱了。但是，过河总得有桥，这个桥是什么？就是强化老干部工作，以适应全院工作的需要。于是，他把会前与程铁夫研究的老干部工作的机构建制提了出来，如果大家认为这个建议可行的话，立即报批。

这个建议引起了与会者的共鸣，大家心里都有数，因为这里的“三老”曾是学院的顶梁柱，是国家的顶级人才，具有一定的国际影响力。可在几年前，由于他们曾抵制过姚铭盛的自由化，就以所谓的年龄偏大为借口，被一刀切地撵回家，致使人员结构断层而失衡。而今能采取这样的果断措施，实在是个明智之举，这不仅破解了学院的难题，对“三老”心理上也是必要的安抚。

当建议顺利通过后，崔羽宣布汇报告一段落，其他没有汇报的系统，可参考方才的讨论精神，提出个切实可行的实施方案，再复会时研究定夺。

散会后，崔羽把赵倩留了下来，专门研究了服务中心领导人的人选。按照正常配置，由党办现任副主任兼任是顺理成章的事，但他另有考虑，想先听听赵倩的意见再说。赵倩几乎不假思索地告诉崔羽，由冯一夫兼任即可。这个常规性的意见是谁都能料到的，而崔羽的本意是想强化一下服务中心在学院的地位和作用，按照机构设置的原则，尽管把它列在党办，可是，在他的眼里却将之视为学院的“院外院”来对待，最好能有一位党委副书记来兼任主任。赵倩对此表示惊讶，而且面有难色，姚铭盛显然不称职，想了片刻，便征求请哪位副院长来兼。崔羽晃了晃脑袋，明确提出由赵倩来兼，说这个意见是和程铁夫商量过的，吓得赵倩打了个冷战。他倒不是怕苦怕累，怕的是挑不起这副担子，给工作带来损失。尽管如此，崔羽接连给他摆了许多有利条件，而最主要的是告诉他有陆坦等老同志做后盾，有老干办的李静等多数同志支持，工作中出现了什么问题由自己来承担。赵倩觉得没有理由也不应该推辞这种信任和委托，只好答应给他三个月的试用期，如果打不开局面，连他这个党办主任一起撤了。这话一出口，崔羽高兴地站起来握着赵倩的手说："有你这句话就足够了，我知道你是会支持我的，马上让人事处上报吧。"

一周之后，老干办的改制报告就批回来了，崔羽和程铁夫商量召开全体教职工大会贯彻落实。开会这天，大家从来也没像今天这样活跃，个个争先恐后地来到会场，早早地就把个报告厅给挤得满满的，都想听听新到任的书记给大家带来了什么"见面礼"。

会议是在程铁夫的主持下进行的，他首先介绍了今天教职工大会的内容，还特别邀请了老干部"三委"委员列席了会议，全场爆发出雷鸣般的掌声。接下来他宣布会议的主题是贯彻落实院党委《关于加强老干部工作的决定》，由赵倩传达了批复后，宣读了决定：

为了弘扬中华民族尊老爱老的传统美德，时刻牢记老干部的丰功伟绩，把党的温暖随时送到他们的心坎上，使他们在多彩的休闲生活中欢度晚年，经党委研究、上级批准如下：

一、把学院现行的老干部工作科级建制的办公室撤销，组建老干部工作服务中心，作为学院的中层单位，列编党委办公室，编制暂按离退休人员百分之三的比例配额。

二、人员配置除原有的人员外，缺额一律从学院在编的教职工中选聘，选聘办法采取个人申报、组织批准的方式；服务中心的工作人员，在保留三分之二的固定人员以外，其他人员实行挂职锻炼来解决，时间为一年。

三、分管领导每半年要向老干部通报一次学院的主要情况，院内重大问题的决策要征询老干部意见。

四、在老干部工作中，实行系部参与和统一管理相结合的办法，促进全院教职员工展现尊重孝道、传承美德的良好风貌，对老同志要充分体现出政治上尊重尊敬、思想上关心关爱、待遇上优先优厚的原则。

五、老干部中的科教人员，在身体允许、本人自愿的前提下，可在相关的学科中继续发挥传帮带的导师作用。

六、各中层单位可根据本决定的精神拟定具体落实办法，以付诸实施。

以上决定自即日起施行。

在全场热烈的掌声中，程铁夫介绍了崔羽的职务，并请他做贯彻《决定》的动员报告。崔羽敬礼后称大家是他的老熟人、老朋友，提到职务，他说能起作用的只有两个，一叫服务员，二叫联络员，是不是称职，日后得由大家来裁定。至于动员报告，大家的掌声已经告诉他，《决定》就是最好的动员，不必再啰唆什么。可是到会总得说话，说什么？他既不想唱赞歌，也没有冷水可泼。他认为本院不是悠闲雅士的清谈馆，而是科技的顶级学府；不是小儿科产品的集散库，而是科技思想的发源地；不是宽阔坦途的复蹈者，而是引领科技的排头兵。在这个人所共知的分水岭面前，是不是应该分辨一下现实与理想、成果与企盼，它们在运筹的天平上处于什么位置，为什么，怎么办，这是需要人们深思的。有良知的人们早已看到了学院某些教学门类出现偏差、某些科研领域滞后于世界的症结所在，只是没有机会捅破这层窗户纸罢了。其实这是被别有用心的人炮制的奇谈怪论误导了，误导了全院，误导了多年，真可谓是科研的“新成果”。具体是什么呢？一曰不要干扰论，二曰个人行为论，即在朝的不要干扰他的所谓解放思想，出现了偏差自己去承担，在野的不要干扰他的所谓静心养老，有了问题自己去负责，翻译过来说，就是不要抵制他们的自由化，不要介入老同志的求助，出了纰漏自己去兜着。在这种诡辩论的纵容和庇护下，某些人狐假虎威，摇旗呐喊；某些人放任自流，损公肥私；某些人乘虚而入，欲图不轨，等等。这使得学院颇受其害，使得员工深受其苦，内中受害尤甚者莫过于回家“静养”的老同志。

讲到这儿，崔羽喝了口水润润嗓子，而此时此刻，会场静得几乎能听出呼吸的声音来，人们在等待着他继续讲下去。他终于激动地赞叹道：“掩饰‘两论’的这层窗户纸而今已被捅破，是何许人所为呢？他就是曾经与大家朝夕相处、同舟共济的所谓好管闲事的新时代的包公陆坦同志！”

在热烈的掌声和叫好声中，人们不约而同地把目光集聚到前排就座的陆坦身上。

崔羽十分感慨，他呼吁“两论”应该休矣，劝“两论”的炮制者们也该站出来拨乱反正了，他呼吁大家本着程铁夫提出的“错的改过来，丢的捡回来”的精神，就从老干部工作先改先捡吧。为什么？因为那里是灾区中的弱势群体，而且又是元老的大本营、人才的大宝库。人们知道，生命之所以能存活下来又延续下去，那是天意所赐。就人类而言，乃是长辈对晚辈以尽无私的哺育之道为己任，而晚辈对长辈又以无私的孝敬之道为天职的结果，人类在这个本善大爱之中循环往复、生生不息地生长着、进化着，人们若要相互依存，应当像古人说的那样上善若水、厚德载物才行，不是吗？至善之水利万物而不争，厚道之人能自宽而大度，人的道德底线应该是己所不欲勿施于人，要力争做一个言之有物、行之有格的人才行啊！而我们的某些人又怎么样呢？他们的尊老精神何在，道义何在，人性何在，良心何在，党性又何在？他们把长辈们打入了冷宫，不管不问，这让长辈们怎能“静心养老”呢？难道说这一切还不值得我们好好地深思吗？常识告诉我们，人，原本是善良的，但这不等于没有邪恶的存在，有其美必有其丑，有其善必有其恶。人们当然是清楚的，竞技场上没有失败者，也就没有了胜利者，问题就在于，失衡的时候要敢于自觉地、主动地去调整、去理顺、去平衡、去飞跃！人们尽管无法改变过去，但是可以创造未来嘛！

崔羽以戏言结束了他的讲话：“我这个服务员还没服务就发牢骚、讲怪话，请各位老师批评指教。不过，我还是有信心当好服务员的！谢谢，谢谢！”

全场起立鼓掌，经久不息，看来，他的人格确实征服了向善的人们，征服了持不同意见者。

崔羽一再敬礼答谢。

程铁夫请各单位要在讨论理解的基础上，自愿报名挂职或定岗，并将情况限三日内汇总到党办。

第十三章

按照部署，各个部门都在讨论党委的《决定》。老干办的建制已宣布撤销，赵倩委托张泽明临时主持一下他们的讨论会，岂不知，大家好像不需要主持人似的，争先恐后地议论起来了。这个说，在学院还是第一次开这样精彩的会；那个说，这个会开得太过瘾了……你一言，我一语，热闹非常。大家正在无拘无束地议论着，很想直接听听讨论情况的崔羽和赵倩一起来到了老干办。人们看到崔羽他们来了，会场的气氛更是沸腾了，人们全都站了起来，搬凳子的搬凳子，倒水的倒水。一阵忙乎之后，崔羽问道："姚书记没来吗？"

"啊，他参加党办的讨论会去了。"张泽明赶忙回话。

"方才在门口听你们讨论得挺热烈，是谁在发言？请继续讲吧！"崔羽说道。

田锋告诉崔羽，是大家在瞎议论，他自己也确实有不少感想。就说今天的大会吧，在本院是史无前例的，领导的话讲到人们心里去了。这些年来，大家是在被窝里耍拳——有劲使不上，有人动不动就抛出个"不要干扰"来愚弄人，动不动就甩出个"个人行为"来蒙蔽人，说到底，就是让你宁可闲待着也不准给老同志干点儿事。可他们自己倒是没闲着，成天紧忙乎，不是拉帮结伙、封官许愿，就是假公济私、吃喝玩乐，也真到了好好清算的时候了。

提到老干部工作，张玉梅的心一阵阵酸楚，他们的命运和老干部几乎没有什么两样，几个人成了编外人员，成天也是没人管、没人问的。这些年大家同样都是在冷宫里混日子，今天总算是熬到头了，让“两论”早早和大家换换位置吧，请它们也到冷宫里去尝尝滋味！

为人厚道而直爽的刘顺在“冷宫”中虚度年华，他的棱角快被磨光了，只好人云亦云地跟在大家的后面安生度日，反正也没几天就该回家了。但他听了《决定》和领导的讲话后，心灵深处受到了冲击，觉得自己就是在岗还有一天的时间，也得跟上这个大形势，要像一个士兵那样，立得稳，停得牢，站好这最后一班岗才是！

崔羽带头为他鼓掌叫好，并问道：“你们还有谁没发言？都讲一讲嘛！”

没发言的还有张泽明、王连生和李静，李静凡是会上发言都是撤后的，何况她前边还有两个一向是先发言的头头，而王连生从崔羽进到办公室他就躲到一角去了，因为他在工作组时期曾经替姚铭盛给崔羽送过贿品，有一面之识，很怕被当众抖搂这个事，就躲躲闪闪地回避崔羽的目光。会议临时主持人是张泽明，由于大家都在自主地发言，没有人等他的开场白，他也就索性不想讲什么了，可当听到崔羽的提示，进退两难的他一转念又怕王连生乱放炮，也不好意思以主持人的身份让李静发言，只好硬着脑皮应付场面，说：“这个大会开得好啊，是我怎么也想不到的。有人说让‘两论’到冷宫去，让它到哪儿我都不会反对。但是，炮制者确实不是我。作为下属，我不是推卸责任，到什么时候也得听领导的，让干什么就干什么，让怎么干就怎么干，这是遵守组织纪律啊。”

“张主任不争不夺‘两论’的发明权，风格堪称高尚啊，”田锋听得刺耳便戏言反驳，“不过，人并不都是这样谦虚，许多时候是播音员听广播——自己听自己的！”

张玉梅将了王连生一军，提出请他给讲一讲，吓得王连生伸不得头，缩不得脖，半天憋出了一句话：“我同意张主任的意见，他代表了！”

崔羽果断地说：“是非曲直自有公论，现在下结论为时尚早，但不要以混乱的逻辑来混淆视听。我希望大家要用积极的眼光向后看，有利于吸取历史教训，目的是为了更好地向前看嘛！你们谁给讲一讲今后怎么干好吗？”

“这得请我的小妹妹李大主任给讲了！”张玉梅戏言道。

李静觉得也该是她发言的时候了，她腼腆地左右看看，而后讲了王志远和武梅都是怎样相继离世的，她痛心地质问：“能说他们的死和我们的不作为毫无关系吗？显然不是，谁都无法否认他们是‘两论’误导下的牺牲品。就某些领导人来说吧，他们是置老同志的疾苦于不顾，置老同志的死活于度外，而自己却在一掷千金地忙乎着吃喝玩乐、行贿送礼，请问，这些人的职责哪儿去了？道德哪儿去了？良心又哪儿去了？正值人们束手无策的时候，修心的‘法术’终于出现了，党委的《决定》像紧箍咒似的敦促着人们走向正路。所以说，这个《决定》的内容是我做梦都盼望的。人们可以想象，偌大个学院，能将老干部工作作为重点，这真是智慧和魄力使然。只要老干部工作这扇门一打开，不仅还了这一工作本来面目，而且必将是一通百通、全盘皆活。”

“你看怎样才能实现这个愿望呢？”崔羽插话。

李静脱口而出：“一切都是事在人为，只是决心要狠、用人要准、步子要稳。在服务中心的队伍里，按照党委专兼结合的精神，应保证适当的固定力量，尤其是骨干力量，才有利于工作承前启后的延续性。以上想法供领导参考。”

李静的发言引来一阵又一阵的掌声。

崔羽高兴地说：“看来大家都赞成你的意见，那就照办！”

这时电话响了，李静接听后告诉张泽明，陆坦请求明天上午给总支安排个会议室，“三委”要开个联席会，讨论落实《决定》和崔羽的讲话精神。

崔羽要参加明天的总支会，让张泽明转告姚铭盛也去听听，并让赵倩和李静搞个服务中心的架构方案，征求总支意见。赵倩告诉大家明天都去参加总支会。

散会后，崔羽让赵倩到他的办公室商定了几个事：机构设置要从需要出发，多尊重李静和总支的意见，他们是实践者和体验者；现有的人员去留自愿，岗位自选，要多给他们些关怀和安慰，留下来的，最好能发挥他们的骨干作用；第一批人员要选得好一些，有的人可以作为固定岗留下来，也听听总支的意见。崔羽还建议他物色培养些好助手，让他们在风口浪头上摸爬滚打，锻炼成长。赵倩认为李静就是个好苗子，她不仅对事物看得透彻，想得深刻，更是个讲道德、有爱心的女孩子，崔羽对她的情况已有耳闻和目睹，除了赞成赵倩的看法外，他还特别赞赏李静能以理服人、不惧权威的品格。当崔羽听说她的男友在一个新的汽车公司创业时，便让赵倩过问一下这个事，学院可以在技术上给这个单位提供某些有偿服务，例如搞协作等等。同时他又委托赵倩给办两件事：一是让车队把部里给他配的丰田新车找个买主，准备换换型号，再把学院给他配的车转给老干部用，他还嘱咐赵倩，这两辆车的事不要对外人讲；二是已经委托人在设计老干部活动室，让赵倩接过去做些安排，协同后勤选址，资金到位后尽快上马。赵倩对车的处理很是不解，他问道："你把车都处理了，上下班怎么办？"

"啊，这你就不用管了。我问过，学院的通勤车就在我们家附近路过，很方便，有什么急事临时给我派个车就行了，从明天起就执行。"

"这可不行，院里的中层干部都有专车，你……"

"我怎么啦？我可以搞个试点嘛，摸摸情况，听听反映，这有什么不好的呢？"

"你这个事在程老那里就通不过，我只好找他汇报了！"

"老赵啊，不能这样，不能这样，咱俩的事咱俩去办，你怎么能去请泰斗来吓唬我呢？"

赵倩很是无奈，只好亮了底牌："你这样做实在是让我左右为难了，本来是程老不让我向外讲，在你来之前，因为没有像点儿样的车配给你，他下了死令把他坐的红旗车换给你了，你这样做会伤了程老的心啊！"

崔羽沉默了一会儿深情地说："啊，原来是这样，看来老人惯孩子的习惯是不容易改的。老赵啊，就这么办吧，你也别吵别嚷，再把车给换过来，另一台给老干部用。"

赵倩带着崔羽的嘱托很不情愿地离开了崔办，他找李静谋划老干部服务中心的机构和人员安排去了。

老干部总支的联席会按时召开了，全体工作人员列席了会议。听说崔羽要到会，委员们个个提前到场，高兴地期待着。姚铭盛也提前来了，唯独他坐在那里心情沉重，忐忑不安。昨天参加党办的会，火药味十足，有人要求把"两论"的炮制者抛出来看看。据张泽明跟他讲，老干办的火药味更浓，可谓全院上下都在批“两论”。自己成了过街的老鼠，人人都在喊打，崔羽又让他参加今天的会，分明是让自己来示众的。他越想越觉得无路可走了，斜眼窥视了一下对面，正巧陆坦和汪远在议论着什么，他不由全身紧缩，打了个冷战，又一转睛，看到李静和田锋在说什么。不过他对李静的看法是喜忧参半的，尽管她总是和自己唱对台戏，可救驾的也总是她，真可谓成也萧何败也萧何……罢罢罢，想不了这许多，听天由命吧，权当自己是块滚刀肉算了。

崔羽在赵倩的陪同下，踩着钟点进入会场，大家起立鼓掌，崔羽敬礼答谢。人们坐定后，会议主持人汪远说：“院领导到会指导，老干办的同志也都来了，大家欢迎！”他带头鼓掌，然后继续说：“昨天院里的大会，就等于为我们开了个专场，老干部工作的春天终于来了。我们可以围绕党委的《决定》和崔羽同志的讲话，谈感想，讲看法，出主意，怎么说都行。这样吧，先请崔羽同志给开个场怎么样？”

在热烈的掌声中，崔羽说道：“各位老前辈好！请不要客气，我是来听会的，听好听的话，听刺耳的话，总之，你们讲什么我都想听，但主要还是想请大家帮我们出主意、想办法。汪老说春天来了，如果是这样，那我们该播什么种子？怎样播撒种子？就是说，怎样做好老干部工作？怎样才能把学院工作搞上去？汪老啊，我的开场白说完了。”

“请铭盛同志再给说几句。”汪远客气地说。

姚铭盛原本是打算来受审的，听到汪远一声“请”，慌忙回话：“啊，啊，我没有什么好讲的，崔书记代表了。不过……我在场要是会影响前辈们的发言，我可以回避一下。”

陆坦忙说：“不会，不会，你这话可就说远了。”

“是啊，”汪远说，“你要不说别人接着来吧。”

季士羽说：“我给接个场吧。看来，学院的春天真的来了，否则怎么会有学院老干部工作的春天呢？它的重要标志，是崔羽同志的讲话吹响了埋葬‘两论’的号角。我们在感谢崔羽同志的同时，并没有忘记感谢所谓好管闲事的陆坦同志，这‘闲事’让他管得惊天动地！”

“我也啰唆两句心里话，”郝天说，“我同意老季的看法。书记的讲话，是我在学院从未听到过的声音，讲得好啊，好就好在老同志终于有了依托的靠山，好在有了存在的位置，好在有了应有的肯定，一句话，好就好在有了老年人的尊严！”

盖世云说：“别看《决定》寥寥数语，这可是个大手笔。要做好这篇大文章谈何容易，要看到浮动的人心，要看到人为的阻力，要看到久寒的冰冻，要看到存在的荆棘。打开这个局面的良方妙药，应该是在温暖人心的同时，必须风樯阵马、同心勠力、大刀阔斧地踢开绊脚石，蹚出新路子！”

张旭东说：“几位的意见很好。我认为从强化老干部工作入手打开学院工作的僵局，这是人们始料不及、技高一筹的举措，它体现了以人为本、以史为鉴的理念，是化解阻力、凝聚动力的奇思，也是挖掘潜能、拨正航向的妙想，我不仅表示赞成，也甘愿薄力相济。”

“党委的《决定》，”王江亭欣喜地说，“既让人饱尝了温馨，又让人增强了信心，是个理想的选择点和切入点。接下去，如果在科研立项上，能以己之长优势攻坚，必将会收到突破一点、花开一片的硕果。”

林森谦和地说：“崔书记把残烛之人誉为宝库，似乎言尤为过，实不敢当。要说还有点儿剩余精力倒是真的，已有的知识还不算老化滞后，某些领域尚具有赶超世界科技尖峰的可能，在现今东风劲吹的时候，也正是我们这些老朽伸展四肢、释放余热的大好时机。”

崔羽不时地记着笔记。

在这个空隙时间，陆坦接着说：“大家的感受深刻务实，《决定》确实体现了开创性的精神，书记的讲话又针砭了时弊，弘扬了传统，令人叹服。在当前的情况下，致力于抓收心，抓安抚，抓调整，抓强化，自然成了时不我待的焦点，又把传承尊老美德作为抚平心灵的润滑剂，把实施温馨工程作为攀登高峰的原动力，这是难得的一味仙丹妙药。眼前大家急于看到过河的桥搭得怎么样了，服务中心应尽快立起新摊，派出精兵，委以强将，如果在工作中需要老干部的党群组织做点儿什么，只要能办得到，我想大家是不会袖手旁观的。”

崔羽放下手里的铅笔说:“老赵啊,服务中心的机构你们研究得怎么样了?能给大家讲一讲吗?”

“李静同志拟了个草案，请她给汇报一下！”赵倩说。

李静先是做了说明，昨天晚上下班前她和赵倩研究了个方案，还没来得及向室里汇报，只好提请大家一起讨论了。

全称：高新科技学院老干部服务中心。

机构、职责和编制如下：

暂定编19人。

正副主任各1人，在学院党委的领导下，统筹学院老干部的服务活动。

咨询室：档案管理，政策研究，答疑解惑，工作协调，器材配管，定编8人（含工人4人）。

文建室：安排相关学习，组织文体活动，宣传文体动态，定编3人。

温馨室：传授保健知识，维护身心健康，定编4人。

参事室：管理人才档案，安排参事活动，定编2人。

在日常应急的大型活动中，室与室、人与人之间，要统一调动，通力协作。

李静汇报完了，汪远征求服务中心与会人员的意见，大家认为完全符合老干部工作的需要，都表示同意。

涉及人员安排，崔羽对现有的人员强调了去留自愿、宽限对待的原则；不足的专职人员，从申报者中选任补齐；专职人员的选定，还要请长辈们推荐，根据李静的建议，挂职人员可占三分之一。他的话音一落，人们争先恐后地表态，只要老同志欢迎、党委信任，一定要以李静为榜样，坚守岗位，脚踏实地把党的温暖送到老同志的心坎上。听着大家的发言，张泽明和王连生心里很是矛盾：说留下吧，怕老同志不要；说走吧，又没有个落脚的地方，真是进退两难，不容选择，只好低头不语，听天由命了。对此，崔羽看在眼里，心里有些犯嘀咕，连着补充了一句，说他方才讲的去留包括原老干办的所有同志，没有例外。

陆坦听了崔羽的解释后，马上回应道：“如果各位不嫌弃我们这些男男女女、耄耋之人的话，希望原有的同志能全留下来，我相信老同志会举双手欢迎你们的！”

全场响起了雷鸣般的掌声。掌声平静之后，汪远兴奋地说：“如果大家没有什么补充的话，请崔羽同志给讲一讲！”

“也好，”崔羽爽快地说，“各位老前辈的训导，见地宽阔，感情深厚，对我是实实在在的教育，也强化了我的信心。我来学院之前，左部长问我，你到学院头三脚往哪儿踢啊？我毫无顾忌地汇报说，从抢救那里的老干部工作入手推动全局。为什么？学院的根就在这里，大家都是立国号、建国勋、树国格、扬国威的功臣，没有你们哪儿来的本学院，没有你们哪儿来的遍布科技领域的尖兵？人们应该想到：桃李花开遍山野，园丁辛勤浇灌时！”

与会者激动不已，掌声一片。崔羽道谢之后继续说：“所以说，这是学院的根，是学院的人才大宝库，老院士、老专家、老学者，可谓数量多、门类全、水平高，有些领域的高端科技至今还掌握在‘三老’手里，不发掘，不利用，不传承，这本身就是一个极大的资源浪费，甚至是对人才的扼杀。我们急于为‘三老’铺路搭桥，就是想抢救历史，抢救事业，把科技领域的接力棒传承下去，发扬光大！”

张旭东急忙插话：“有书记的这句话，我们这些人就是挤干压净全身的油水也心甘情愿！”

“这正是我们的心愿，”盖世云说，“只要党委一声令下，哪怕是上刀山下火海也在所不辞了！”

“我代表院党委谢谢老前辈的鼎力支持！”崔羽起身敬礼说，“这是就事业而言，就现状而言，是要量力而行的。要从本源来说，就是要把尊老的孝道一代一代地传递下去，弘扬下去，因为老之将至，是谁也回避不了的现实，只是要时刻记住这里还有自己才是。谁都清楚，孝道是中华民族的传统美德，千百年来一直流传着‘父母在不远游’和‘父母离世，守孝三年’等等佳话，这是血脉亲情的自然流淌，其甚者近乎盲从愚孝，无需多怪。到了现代，它的外延已经受到了不可避免的冲击和碰撞，而它的亲情孝道的合理内核也跟着遭到了某种损伤，岂不令人痛心和惋惜！自然，这里的绝大多数人是为了生计，不得不带着孝心远离父母来到异国他乡，或学府取宝，或职场拼搏，使得孝心难以成全。怎么办？好在先贤已为我们开了处方，在《孝经》里就强调了每个人不单要孝顺父母，还要爱天下人，这叫大孝。而这种大孝大爱绝不会凭空而降的，它需要人们代代传承。所以，作为一个单位或团体，必须采取有效措施，常抓不懈地宣传、教育和培养，大力倡导在职在位的人要弘扬大孝大爱的敬老之风，让真情博爱去抚慰身边的老人，尽心尽力地去替代亲情的空当或错位的部分，让远离子女的长辈们悉数得到尊老、爱老、敬老、养老的慰藉，同时也为游子们的内心忧虑减了压，为解决孝心不能成全问题注入了新意，谱写了新篇！”

季士羽按捺不住内心的激动，他说：“真是高见，高见啊！这样一来，老年人单纯依赖子女尽孝的心理定式也将逐步弱化，这让颐养天年多了一分温馨，少了一分忧虑。”

“是这个意思，”崔羽说，“但并不是什么高见，正是基于这一想法，党委才决定在全院上下选聘专兼结合的老干部工作者。这里需要注意的是，切不可轻信一时冲动的宣言。正如古人所云：‘慷慨捐躯易，从容就义难。’这就要求对入选的人做好耐心细致的工作，也请长辈们帮助把好这个关。好吧，耽误大家时间了，谢谢各位前辈们！”

在热烈的掌声中林森突然发问：“崔书记，恕我直言，你这头三脚堪称精彩，可是你打算怎样治理这所学院呢？”

崔羽稍加思索，说道：“这位长者试题出得好。我主张以爱治校，以严治校，以法治校，因为爱心是师德的基础和内核，一个缺失爱心的导师是无法培养优秀的人才，同样也无法造就领先于世的科技成果的。”

王江亭忙问：“你说的‘三治’该怎样具体理解？”

“啊，”崔羽谦和地说，“可惜我现在只有个简单的框架。所谓以爱治校，就是看我们的老师、我们的职工对父母、对长辈、对学生、对他人有没有大爱，有没有真爱；所谓以严治校，就是看环节严不严密，学术严不严谨，规矩严不严格；所谓以法校治，就是看目标准不准，章法明不明，运筹顺不顺，并且要在全院上下实施以具体指标为准绳的聘任制，干什么就拿什么报酬。在未来的实施过程中，有劳前辈们来给出诊把脉。”

郝天越听越兴奋，他想，这真是个大手笔，很清楚，老干部工作的春天原来是孕育在学院工作的春天里的，不难看出这是个深谋远虑的战略啊，学院有救了，学院的老干部工作有救了，学院的夕阳自然也就该红了！

快到中午休息的时间了，可会场的气氛还是那么热烈，大家就像有满肚子话怎么也说不完似的。这时只剩下张泽明和王连生坐在一边不吭气，汪远没有逼着他俩发言，他知道有姚铭盛在场也不便说什么，就灵机一动，请姚铭盛给讲讲收场的话。而往日快言快语的姚铭盛，锋芒早已不见，坐在那里想心事，却不知说什么好，在汪远的再三催促下，无奈地说道："我实在是没有发言权，我只是觉得前辈们讲得深刻动人，崔书记讲得深邃感人，我是自惭形秽、无地自容啊！"他站起来给大家敬礼说："我姚铭盛是有愧于各位了，在此给前辈和同志们赔礼啦！我请求大家能给我个自省自悟的机会，力争早日成为前辈们的真情服务员，谢谢！"

崔羽带头鼓掌说："铭盛同志的话，我们不仅理解，更是深信不疑。我们在岗的人都应该成为前辈们的真心、真爱、真情的服务员，把它作为职责和神圣义务去履行。"

"好吧，请赵倩同志给讲一讲。"汪远说。

"长话短说，怎么也没想到今天会受到这么深刻的教育，这是一堂活生生的德育课，我准备把录音放给全体教职工听，放给全体学生听，以便认真学习理解，具体消化落实。"

陆坦从总支的角度向各支部提出了三点意见：一是尽快把各种文体活动组织起来，二是有条件出山的请报个名，三是把中层会和今天的会议精神传达下去，请老同志振作精神，为学院战胜暂时困难献计出力。

汪远又请服务中心的其他同志给讲一讲，几个人推来推去，最后落到了李静头上。她只好从命地说道："我在学院前前后后快十年了，不客气地说，今天还是第一次听到众多前辈和领导讲了这么多触动心灵、发人深省的睿智言语，我必将铭刻在心，享用一生。至于眼下的工作，在新机构搭建之前，应做到不等不靠，言必信，行必果，积极配合老干部总支的部署，立即掀起热潮，用行动去体现真情，用大爱去实践敬老。请多指教。"

汪远最后感叹道："大家讲得好啊，这些年我也是第一次听到这么多的金玉良言。就说崔羽同志的讲话吧，真是用心良苦，坦荡而不浮躁，砭弊而不过分，善诱而不放纵，仿佛让我从中看到了学院的美好前景，看到了夕阳在彩虹中放射出的灿烂光芒！好了，散会吧！"

崔羽送走了老同志来到了程办，他告诉程铁夫会议开得挺好，大家完全对党委的《决定》表示理解和支持，许多老同志也能夸张，说老干部工作的春天来了。程铁夫说一点儿也不夸张，这两天他觉得学院的春天也来了，前后左右、浑身上下都觉得热乎乎的，大家应该趁热打铁，一鼓作气来个开门红。崔羽很是赞赏程铁夫的想法，他说老干部工作会上已经定了，马上行动，同时他又介绍了姚铭盛在会上要求给他个反省自悟的机会。程铁夫说，巧了，部里刚刚来过电话，建议让他去党校学习，如果院党委同意，就直接通知本人准备入学。两个人商量了一下，认为部里的建议恰逢其时，在处理尚未决定之前，留在岗上也无法开展工作，当即拍板放行。崔羽电话找来姚铭盛，由程铁夫传达了部里的决定。姚铭盛对此并没感到意外，他说自己最近已经预感到会有这一天，只是没想到这一天来得这么早，于是，他爽快地表示无条件地服从组织决定。两个人鼓励他一定要学有所得，以新的精神状态迎接未来。崔羽还请他在入学之前和张泽明、王连生好好谈一谈，让他们放下思想包袱，轻装上阵，再让他俩把缺少的两件赃品早早讲清楚，争取从轻处理。

第十四章

老干部服务中心的架构方案很快就批了下来，党办指定李静负责组建事宜。为了尽地把架子搭起来，以适应当前热火朝天的工作需要，李静在坚持白天的正常工作外，利用早晚的时间草拟各部门的职权细则、岗位职责以及具体任务和实施方案，审视已报上来的申请材料。周末的晚饭后，她回到宿舍也没心思休息，继续伏案忙乎她的起草工作，正忙得焦头烂额的时候，忽听到急促的敲门声，她开门一看，原来是男友何山夫不期而至。李静又是高兴又是埋怨："快进屋！怎么事先也不打个招呼？"

"给你个惊喜还不好吗？"

"什么惊喜？这分明是偷袭！"

"你怎么认为都行，反正我是来啦。"

李静赶忙帮助何山夫脱下外衣，拿着洗脸盆到洗漱间去打洗脸水。何山夫站在写字台前翻看着摊放在桌面上的职业资料、机构方案，还有部分申请名单等等。李静端着脸盆进屋说："快洗脸吧。哎呀山夫，你敢偷看我的绝密材料！"

"什么乱七八糟的，你怎么像个搞人事工作的？"

"搞人事工作不好吗？"

"好，好，你看给我安排个什么角色？"

"你呀，你给我当丈夫吧！"

何山夫边洗脸边戏言道："啊，当丈夫不如当情人。"

李静拍打着何山夫说道："去你的，你净想偷情啦！"

何山夫擦完脸放下毛巾，面对李静两手搭在肩上说："你看我，看我的眼睛里有啥？"

李静以为他眯眼了，用手扒着眼睛看来看去，没发现什么异物，便说道："啥也没有啊！"

"有啊，"何山夫调侃地说，"是西施，西施，你怎么会看不到？情人眼里出西施嘛！"

"你真坏，闹了半天你净想西施啊！"李静说。

何山夫突然抱住李静吻了又吻，还断断续续地说什么："难道你不是西施吗？东施也凑合着吧！"

说归说，笑归笑，自从何山夫所在的公司决定开发绿色能源汽车以来，他就担任了攻关小组的领头人，这个有智慧、有谋略的事业型青年不负众望，在短期内一举突破了机械部分的关键部件的难关，而当下的燃眉之急是绿色动力问题，他深知要破解这个难题，没有母校能源专家相助是迈不过这道坎的。当李静知道了他的来意之后很是激动，一阵喜出望外，想不到眼前这个以机械技术见长的未婚夫，脑袋还不算"机械"，更没有僵化，竟敢碰撞世界级的攻关课题而不墨守成规。然而，这在何山夫看来，不过是开拓者穿着旧鞋蹚新路罢了。

说巧也巧，此时此刻的学院为了打胜翻身仗，在崔羽的带领下，正在调动千军，挖掘潜能，并以"三老"出山为突破口而铺路搭桥。李静自然是眼前一亮，何不请几位"三老"来个院企挂钩呢！她心里有了底数，便戏弄何山夫说："这可不是个小事啊，我可以牵这个线，成了有什么奖赏？"

"这个么……这好办，成了就奖励你个丈夫，不成就罚你做我的媳妇，怎么样？"

"得了吧，你就知道没完没了地要弄我。山夫啊，我看有个人非他莫属，你们应该请孙大可去坐镇。"

"哎呀，你不是开玩笑吧？像这样泰斗级的人物我们的小庙怎能容纳得下啊？"

“这你就别管了，可以包在我的身上，我还想给他当个红娘呢！这样吧，我争取最近先和他沟通沟通再说。”

“怎么，要当红娘，你有准目标了吗？”

“有，这个人你应该认识，是信息专家乔妍老师。”

何山夫拍拍脑门说：“啊，知道了，她不是教务处李正道的老伴吗？怎么离婚啦？”

“不是，在不久前她老伴因病离世了。”

两个人东扯西唠的，若不是何山夫饥饿的肚子咕噜咕噜地提醒，恐怕连晚饭都忘吃了，李静只好陪同他又去了老地方——小吃一条街的清真馆。

这几天申请到老干部服务中心挂职的人基本上报齐了，有的申请专职，有的申请兼职，有的部门申请包干，等等，从报名的踊跃劲来看，学院的老干部工作已引起了人们应有的重视。一早上班，依据现有的情况，赵倩和李静对人员做了细致推敲和初步安排，下午便向崔羽做了请示。为了慎重起见，崔羽找到了熟悉人事情况的姚铭盛，一起到程办向程铁夫汇报。开始姚铭盛怕担额外的嫌疑，借口准备学习不想介入人事安排的事，在崔羽的一再邀请下也就不再推辞了。

赵倩在汇报了全院上下踊跃申请的大好形势后，明确提出原有的六个人全部留下，再补上十三个人（含工人），逐步形成三分之二的固定岗，留下三分之一为活岗，安排人员轮流挂职。

姚铭盛看在崔羽对他信任的情分上良心有所发现，很快也就恢复了常态，听了赵倩的汇报后他先表达了看法，认为这个安排的指导思想是无可挑剔的，如果出于公心来考虑，张泽明和王连生最好调离老干部工作，因为他俩也都存在着与自己相类似的问题，尽管以往工作中失职的责任都在他。程铁夫觉得他的意见还是挺坦率的，表示赞赏。而崔羽却不以为然，他说姚铭盛的看法是可以理解的，至于功过是非眼下还是先放一放才好，再说赵倩他们的想法充分体现了多换思想少换人的精神，可以给某些同志哪里跌倒哪里爬起来的机会，是可取的。他的意见还是蛮有说服力的，大家都表示同意，不过姚铭盛已看个明明白白，为了攒个明智，便主动地叮咛了一句，张、王二人的现任职务应一律撤下来，做个一般的工作人员就行了。接着姚铭盛的话题，赵倩提到原有人员的安排，他说按照姚铭盛的意见，除了张、王二人之外，其他人可以安排到各室做个副职。姚铭盛不仅赞成这个意见，还表示了歉意，因为这些人几年来老和他唱反调，受到了他的无端压制，现在应该给他们正名了。这里最突出的就是李静，她每一次的发言都是和他唱对台戏，而且有理有力，实践证明她是对的，这样的干部他主张应该破格使用，做个中心的副主任，主任助理也行。刘顺已经过了任实职的年龄，可定个副处级调研员，主持室务工作。

程铁夫和姚铭盛有同感，尤其是李静，他认为她有本事而不傲慢，有胆识而不妄为，是个心地善良、胸怀豁达的好苗子，要精心培养才是。赵倩正要继续汇报其他人员的安排，崔羽摆摆手制止了，让把这个选择权交给各室负责人。程铁夫连声叫好，说就是应该多走点儿群众路线，可以少犯毛病啊！剩下一个关键问题就是服务中心的主任由谁来担纲，本来这个事崔羽事先已经和程铁夫、赵倩沟通好了，此时此刻他看姚铭盛的情绪挺好，所讲的意见也是客观求实的，想提出来再听听他的看法。没想到姚铭盛对这个人选倒是没有了准主意，想了半天才吞吞吐吐地点了赵倩的名字，他虽然觉得这是个理想的人选，可又担心党办的空缺一时也难解决。崔羽心想，这真是英雄所见略同，他很怕程铁夫受到姚铭盛的影响变了主意，就立即拍板定了，暂时可以兼职，党办的事冯一夫多担当点儿，姚铭盛所经手的事，在学习期间由他来负责处理。程铁夫觉得崔羽的担子太重了，希望自己也分担一点儿具体事务。崔羽关切地说："使不得，使不得。左部长说过，他欠了您老颐养天年的债让我来还。您老也是我的服务对象，要劳累了您老我就没法交差了。今后您给我们把关定向、实施督导就行了，具体事只管吩咐我们来干。"

程铁夫的眼睛湿润了，他老人家沉默不语。

正在几个人静思默想的时候，崔羽突然说道："啊，我这儿还有个先斩后奏的事向程老汇报一下。在来之前，我请人设计了个老干部活动室，作为服务中心的基地，最近交给赵倩同志经办，争取和服务中心的人事安排一并交党委审定。"

“哎呀！”程铁夫惊讶地问道，“这可是个大事，资金怎么解决？”

“在左部长的支持下，从部里暂借的，定下来早选址早开工，再给六十五岁以上的高龄老人和行动不便的人每家装个一键呼，以保证他们生活的方便和安全。”

“啊，一键呼可以交给科研办去搞嘛，”程铁夫高兴地说，“这么说我也能够享受享受这个待遇了。”

“我还有个想法，”崔羽说，“争取近期给教职工搞一次体检，先离退，后在职，经费由我来筹集？”

一向妄自尊大的姚铭盛越听越有点儿坐不住了，他的心如浪潮起伏翻滚，在崔羽面前，突然觉得自己是那样渺小，崔羽想到的事自己从没有想过，崔羽做到的事自己更没有想去做，许多时候都是背道而驰的，有愧于众老，有愧于教工，也真的需要好好清理一下自己的思想了。他长长地叹了一口气说道：“此时此刻我不知道该说什么好，但我知道我欠的账也太多了，只好等我学习回来去弥补吧。”

“不说这些，”崔羽关心地鼓励他说，“虽然好汉不必总说当年勇，但也不要言必称走麦城嘛！程老说得好，大家都要向前看才是。好吧，程老啊，争取铭盛同志入学前开个党委会好吗？把这些事抓紧定下来，便于早安排、早实施。”

程铁夫立即表示同意，姚铭盛虽然有些迟疑，想借故拒会，听到程铁夫的果断表态，也就顺势作罢了。

自从崔羽到任以来，姚铭盛的精神一蹶不振，颓废到了极点，就像末日临头了一般。而最近几天，特别是今天，他的心情有所缓解，崔羽一会儿让他找张、王谈话，一会儿让他参与研究中心的人事安排，一会儿又是鼓励他向前看，这说明崔羽不是要抛弃他而是对他有所期待、有所信任。于是，他回到办公室电话约张、王二人面谈，想听听他俩都有些什么想法。其实这二人是各怀心思的，张泽明多少还是有些自知之明，从赵倩让他主持老干办原有人员讨论中层会的精神之后，就再也没去党办上班，一直在忙乎老干部的事，不是组织唱歌，就是安排跳舞的，心想，要是真能把自己留下来干点儿具体事就算是吉星高照了。可是让他心里不踏实的还有王连生给自己的一件饰品——这东西准不是好处来的，需要早一点儿和王连生说说清楚。而王连生心里虽是忐忑不安，却是怨气多多，尚有某种侥幸心理支撑着他，可眼下只能是走一步看一步了，要好自然也是想留下来混日子。两个人来到姚办，互相简单说了几句关切问话之后就转入了正题。姚铭盛暗示缺少的两件贿品说道："咱们送礼的事，现在已经是秃头顶上的虱子——在那儿明摆着，是个藏不了、捂不住的事了，争取在我上学之前把它闹清楚，免得节外生枝出麻烦。"

心怀鬼胎的王连生故意岔开姚铭盛的思路说："姚书记你是兼纪委书记的，懂得这方面的规定，你说怎么交代就怎么交代，我听你的。"

张泽明敲着边鼓提示他："这是个顺理成章的事，好汉做事好汉当，我们下边兜着就是啦，和领导没有关系。"

王连生已听出来是要他承担责任，忙说道："我的意思是交代到个什么程度，当然，都算在我的头上也没有啥！"

张泽明解释说："说得对，算在谁的头上也没有关系，我想，姚书记也不会眼巴巴瞅着让我们进'红墙'就是了。"

姚铭盛试探性地追问道："责任都在我，不过咱们要交代就得来个爽快的，比如说，少了两件东西是怎么回事？"

王连生巧辩说："这不太可能，是说错了吧？要么就是崔羽没全交出来，实在不行都算我的得啦！"

"哎呀，"姚铭盛已听出点儿破绽，东西十之八九是装进了王连生的腰包，所以他强调说，"这可不是随便算谁的，一个叫行贿，一个叫贪污，是不同的两回事啊，就是谁也得把它说清楚才行。这样吧，你俩回去沟通一下再说，越快越好，这个事已经涉及处理问题，至于你们俩的工作安排要争取留下来才好，当然了，还要有当平民的思想准备。"

张泽明听着有些发急，丢掉乌纱帽已经是不在话下了，可别再因为个饰品连个落脚的地方也给整没了，所以他表示要听姚铭盛的，回去和王连生想办法搞清楚，尽快有个结果，争取保住这最后的一条路。王连生虽然也是这么想的，但他心里一点儿底数都没有，怕是留在服务中心迟早也得被陆坦给赶走了，在他看来，这一切的一切都坏在陆坦的手里，而眼下又无计可施，只好走一步看一步了。就这样，两个人带着十分不安的心情离开了姚办。

在姚铭盛和张、王谈话的同时，赵倩离开了程办就让李静通知田锋、张玉梅和刘顺到小会议室开会，再请陆坦到会，研究服务中心的人事安排问题。当人们到齐后，赵倩先是告诉大家，除了中层以上骨干由党委选任外，其他人员的挑选崔羽让各室来定，接着又介绍了报名情况，说明了人事安排的指导思想，即把岗位职责的需要和每个人的专业特点、兴趣爱好结合起来考虑定夺。

田锋等人听了赵倩的介绍深有感触，认为领导讲群众路线绝不是一句空话，就连人事这样的大权也能交给下边，这说明崔羽确实是来当服务员而不是来耍权威的，让人觉得再不好好干点儿活，对谁也是交代不过去的。他们请赵倩转告领导只管放心好了，他们不仅要在老干部工作的岗位上干下去，还要干得像点儿样，让老同志满意，让院党委放心！

赵倩说一定如实转达同志们对老干部工作的热爱、对党委工作的支持，并代表党委感谢大家的美意善举。赵倩又重申了党委对原有人员全部留任的决定，同时党委委托几位为各室的召集人：李静负责咨询室，田锋负责文建室，张玉梅负责温馨室，刘顺负责参事室。在安排其他人员的伊始，田锋提出先把张、王二人的岗位给定下来。李静把王连生留下搞车管。刘顺左右瞅了一下，把张泽明留下了。张玉梅开玩笑地说，还是老革命和小革命有风格啊！接下去，在陆坦的参谋下，各室的人选很快也就定了下来，并且连第二梯队的人选也都物色好了。不过陆坦倒提出了个问题，这些人的自身条件都不错，可他们毕竟是缺少思想准备啊，如有可能，在确定之前党委最好找他们分别谈一谈，让上下都有个主动权。心直口快的张玉梅调侃着，陆主任就是陆主任，啥事总能想到别人的前面，不过也不怕，大势所趋啊，这些年老干办的人都不愿意在这儿干，不是也得干吗？田锋认为以前只是无奈之举，而今时代不同了，此一时彼一时，现在谁能到服务中心为老同志服务，会觉得无上光荣！李静以切身体会讲了思想起伏的动因，只要肯猫下腰为老同志办点儿实事，就能与前辈们亲密相处，这正是培养感情的过程，也是深化传统美德的必由之路。以前人们之所以思想不稳定，那是因为大家的灵魂被封锁在“冷宫”里，而今则是被放置在温室里了，客观上就有一种温暖如春的亲切感和亲近感。

陆坦对这些看法给予了高度的肯定，认为这些认识恰是对历史唯物主义“时势造英雄”的最好诠释。

赵倩很是惊叹，他觉得人们的体会是那样准确，评价又是那样贴切，这岂不是锦上添花吗！接下来他请大家再给推荐个秘书的角色。在人们互相观望的时候，陆坦提到了一个大家不太熟悉的年轻人，他叫胡亦立，为人厚道、文静，还有内秀，适合当个秘书。在他的提醒下，赵倩突然想起了系里报名时他还附了一封信，便翻出来念给大家听：

尊敬的院党委：

听了崔书记的动员，我颇有感触。和许多人一样，我的童年和少年是在两代亲人无私的哺育下成长的。而今，当我练硬了翅膀，正是该在他们的膝下侍候的时候，我却为了生计，又不得不远离亲人故土，奔波在异地他乡。好在他们在本地养老机构的精心善待下得以安度晚年，这在很大程度上安抚了我不能亲尽孝心的愧疚和思念。如果组织上委我以专事敬老的使命，那是我抚平心灵的愧疚而求之不得的。谢谢！

申请人：胡亦立

大家一口气听完了这封朴实无华的信，心潮翻滚，思绪多多。陆坦赞扬这封信道出了所有晚辈们的心声，有伦理，有境界，有新意。当人们静下心来细细一想的时候，不难发现，天意告诉我们，在动物的世界里，凡是同类无一不是以血脉亲情相助相济而延续生命的。而作为高级动物的人所不同的是，除血缘亲情以外，他还知道人类之间要有公爱、博爱、真爱的存在，这就成了偌大个社会和谐相处的纽带，成了人们代代相传的美德。

李静听得出神，如果不是赵倩提示把他留下来，她似乎都忘记了秘书的岗位是她所负责的咨询室的职责之一。

人员定岗定位比较顺利地安排就绪，赵倩想讲几句收场的话散会。这时田锋关切地问起服务中心的正、副主任定了没有，能不能给透露点儿信息。赵倩告诉大家还没定，如果在座的有适当人选也可以推荐嘛！于是，大家你一言我一语地议论起来了。刘顺建议主任的票投给赵倩，副主任让李静兼干。张玉梅说还是老革命有眼光，就这样定了吧！田锋挖苦张玉梅过把嘴瘾嫌不够，还要"夺权"啊，不过他认为这个意见还是挺靠谱的，最好能给汇报上去，请党委去定。陆坦点头赞成，他还补充了一点儿切实的意见，就是李静最好先给主任当个助理再说，多走几个台阶有好处，大家鼓掌表示同意。

赵倩说一定如实汇报，刚想说散会，只见张泽明和王连生开门问道："你们开会啊？我们俩……"

"你们俩快进来！还没散会，请坐！"赵倩说。他接着把开会的内容和人员安排复述了一遍，并客气地告诉他俩暂时就不挂什么职了，先委屈一下，对整个安排有什么意见只管提出来。

"我都同意，"很怕把自己甩出去的张泽明听到还给他安排了岗位，挂在半空的心一下子落地了，连忙回话，"不委屈，不委屈，能把我留下来就是个照顾，谢谢你们了。以往都是我不好，对不起大家，今后请多帮助点儿。"

别看王连生平时怨气十足，傲气冲天，可他对自己是半斤还是八两倒是有数的，知道自己除了方向盘之外，别的什么也玩不转，此时此刻听说把他留下来搞车管，这正合他的本意，脸色马上由阴转晴，喜形于色，像鹦鹉学舌似的重复着张泽明的话，又是道歉，又是赔礼，又是悔恨的。不知怎么，这些令人谅解、同情、怜悯的话语，到了他的嘴里就变味了，让人越听越觉得飘浮、怪异、肉麻。

张玉梅听得有点儿烦，说道："免了吧，还是看行动吧。"

陆坦宽慰地说："高姿态是令人钦佩的，值得欢迎。人生之路没有笔直的，人必定要在弯弯曲曲、坎坎坷坷之中磨炼自己，走起来自然是很累的，既要防左又要防右，一路走来就得像司机那样，左一下右一下地调整着方向盘，稍有不慎，就会跑到邪路上去。可以断言，人世间，就是贤人志士不犯错误也仅仅是个可能，而犯错误却是肯定的，何况你我。不必过忧，错了，认了，改了，还是条好汉嘛！”

赵倩希望大家记住陆坦的话，每个人都要具有既讲是非又讲宽容的胸怀，还要学会心地坦荡地做人，要分清青红皂白地从事，要懂得舍己无求地交友。同时他又通报了拟建活动中心、安装一键呼和搞体检的事，让大家有些思想准备。另外，崔羽把学院配给他的车已转给老同志使用。

“咱家的车档次不够啊，听说部里给配了一台高档车。”王连生突然挑剔地说。

赵倩立即意识到，他这个信息是从车队听到的，因为前几天崔羽委托他让车队联系个买主，说是要把部里配的一台丰田车给卖掉再换个车型，这是不是他的本意现在还拿不准，需要看个究竟再说，所以他提醒王连生：“我们一定要吸取教训，不清楚的事咱们可不要乱讲，哪儿来的什么档次不档次的。你知道吗，他到任这些天是坐院里的通勤车上下班的，你说这算什么档次？有什么急事外出都是临时给派的车，还不让告诉院领导。”

“哎呀，”李静忙说，“要是这样，他的车咱就别要了。”

田锋感叹道：“看看，这才叫领导。在条件允许的时候也能和大家同甘共苦，我们其他的领导怎么样？是说到了呢，还是做到了呢？不知他们要往哪里领又往哪里导啊！”

“好了，陆老还有啥事？没有就散会！”赵倩说。

“还有个事，”陆坦说，“老年合唱队练得还不错，学会了几首歌，现在还学着扭秧歌，你们谁出面给指导指导？”

田锋回应道：“按分工这是我的事，我来个猪鼻子插葱——装装相吧，争取服务中心成立大会时出个专场！”

散会时，已是晚上下班的时分，李静和王连生商量出车送送陆坦，王连生有些不爽快，原本就是打算练练腿脚的陆坦，看到他这副样子，一边推辞一边抬腿就走了。

王连生带着复杂的心情直接回到家里，可以说这是他几年来回家最早的一次，进屋后和谁也没打招呼，扑进卧室一头趴在床上，紧闭两眼想心事：真倒霉，小乌纱帽没戴几天就给摘了，还得受个黄毛丫头管，这个穷地方真没法让人待下去！可是话又说回来了，自己这两下子能干啥？想来想去也只好在这儿听吆喝了。王连生的爱人夏云涛倒是个朴实无华、通情达理的人，她对王连生常年早出晚归颇有疑惑，很是反感，可是对他今天能早回来却不打个招呼倒觉得他有些反常，她一边往桌子上端饭端菜，一边让孩子喊他爸吃饭。王旭喊了几声也没见影。夏云涛觉得有什么不对劲，就从餐厅来到卧室问个究竟："是哪儿不舒服还是在外边吃过了？"王连生爬起来气哼哼地蹦出一句话："现在哪儿有管饭的，都让那个姓陆的给折腾完了！"

生性就好斗的王旭也跟着他妈过来探个究竟，问姓陆的又怎么啦。夏云涛不让小孩掺和大人的事，他不听。王连生就像找到出气筒似的，说："真没办法，就是那个姓陆的把我的乌纱帽给整没了，还得听个黄毛丫头李静使唤，太窝囊人了！"

"李静是个什么干部？"夏云涛问。

"原来是个副科级，排在我的后边，现在一下子弄个副处级，我倒成了副科级干事，你说这上哪儿去讲理！"

夏云涛问道："你们张主任呢？"

"他，他比我还惨，从处级给撸到科级干事，和我做伴了。别说我们俩，就连姚铭盛也交代工作进党校了。"

夏云涛有点儿紧张："你们这些人是不是犯啥事啦？"

"啥事？这不新来个书记嘛，还不是一朝天子一朝臣！"

夏云涛心想：有人压着他点儿更好，省得他没早没晚地胡混！

第十五章

今天在教学大楼阶梯教室召开学院中层以上党政领导干部大会，离退休的党群组织成员和“三老”以及服务中心的全体工作人员列席了会议。会议在程铁夫的主持下，由赵倩传达学院老干办更名的批复和服务中心各室负责人任命的决定：李静为咨询室副主任（兼），田锋为文建室副主任，张玉梅为温馨室副主任，刘顺为副处级巡视员、参事室负责人。程铁夫又宣布了党办主任赵倩兼任中心主任，李静代理中心主任助理。在全场一阵又一阵的热烈掌声之后，副院长于祥宣布了恢复孙大可、季士羽、王江亭、张旭东等人院科委委员的职务，同时兼任相关学科的顾问。

接下去是个人发言。第一个是赵倩，他敬礼后说，自己是老干部工作战线的新兵，还不知道头三脚往哪儿踢，但是有一点他知道，关爱老前辈要像对待自己的亲人那样精心才是，要做到阳光行政、群众监督，让工作的美好印象在前辈们的心目中永不消失！接着是冯一夫代表与会者表态，他说自己不配作为代表发言，好在大家有个共同的心愿：关怀老人，贵在众人；不是亲人，胜似亲人。他建议在服务中心的统管下，实施多元化的管理，层层负责，人人尽力。

恰巧这时室外锣鼓喧天，鞭炮齐鸣，那震耳欲聋的声音渐渐逼近，赵倩心里有数，这是田锋他们组织的老年秧歌队送喜报来了。崔羽和程铁夫闻讯后立即让赵倩引领秧歌队边扭边进入了会场。人们站起来高喊着欢迎的口号，两位老同志抬着喜报架放在讲台上，另一位老同志高声诵道：

喜　　报

尊敬的院党委：

正值本院老干部服务中心成立之际，请接受我们的衷心祝贺！令人欣喜的是，它标志着本院冷酷无情的寒冬终于走了，老同志沐浴阳光的暖春终于来了！在这盛世融融、享年切切的时刻，我们不能不看到，这是教职工奉献和博爱精神的彰显，是领导者传承孝道的丰碑，是老干部政策引领的航标。毋庸置疑，你们所倡导的新时代的孝道观，开创了新型养老观的先河，它必将激励我们焕发青春的活力，把余热发挥到伟大的科技事业之中，同时也将为你们明天的休闲生活蹚出一条更加宽阔平坦而光辉灿烂的大道！

学院全体离退休老同志

即日

在掌声中，崔羽双手接过喜报，边敬礼边表示感谢。

接下来是陆坦代表老同志发言。他说自己是老同志里的新兵，不配作为代表发言，因为在位的时候很少想到自己也会有老去的这一天，所以对老同志的疾苦也从未挂在心上，深感惭愧。可是今天自己居然老了，于是也就想到，如果能够得到别人的关怀该有多好啊，当礼遇和尊重真的来到身边的时候，又觉得受之有愧，因为这些正是自己在位时该做、能做而没有做的，我真心忏悔，在此只能表示自己的歉意！人们可以想象得到，人老了怕寂寞，怕孤独，怕冷脸，怕失落，多求于人是必然的，但有一点还是应该相信的，他们的企盼是有限的，给一点儿阳光就觉得灿烂无比。可以告诉各位，老者们并不想无所事事地躺在安乐椅上倚老卖老，在今后的休闲生活中，他们希望力争做到自理、自立、自信、自强，以自爱去求得尊重。人们知道，人的生命是脆弱的，而人的意志却是坚强的，就是说，生命的长度是有限而不可控的，而生命的宽度却是无限而自主的，老年人要力争以生命的自主之宽去弥补生命的有限之长，这才是生命之意义所在。

全场掌声雷动!

掌声之后，崔羽在程铁夫的引领下健步走上讲台，他谢过前辈，谢过与会者说道：“大家看到了，党委仅仅是完善了一下老干部工作机构就受到了前辈们如此的鼓励，我们有什么理由不好好为他们服务呢？我虽然没有发言权，但是我很愿意在各位面前亮亮丑。在起初的日子里，我曾一度是不敢来的，为什么？三个字：怕困难。左部长告诫我，哪里有创业的人，哪里就有希望。本院创业的人是谁？是在座的各位老师，是全院的教职工。然而我们永远也不能忘记创业的奠基人，他们就是学院离退休的老前辈，没有他们就没有本院，没有他们就没有本院的后来者。年轻人可以年龄的优势作为发奋的资本，但是我们应该知道，人并不仅仅拥有生理年龄，还有心理年龄、智理年龄，而后者也正是长辈们的优势所在。所以说，挖掘前辈的潜能，发挥长者的优势，以激发他们生产精神产品和物质产品的能量，这个重任就历史地落在了我们这些后生的身上，我们这样做了，也就圆了陆老方才讲的以其生命之宽补其生命之短的遐龄之梦吧！”

崔羽端起杯子抿了一口水继续说：“人们冷静一想不免有些担忧，社会上流传着一种顽症，那就是‘常见不怪’。比如说，‘家家都有老，人人都会老’，这个严肃而庄重的社会现象是连三岁孩子都知道的常识，却往往被人们所忽视。有人把‘老年人的今天就是我们的明天’只当成一种时髦的口头禅，在需要的时候拿出来亮亮嗓子而已。还是陆老讲得好，别等自己老了的时候才想到，哎呀，原来人还会老啊，那样对人、对己都是悔之晚矣。人，一定会老，这是个不争的事实，所以说，老年人不仅是家庭的老年人，也是社会的老年人，归根结底是年轻人的老年人，因此，博爱也就应当存在于每个人的心中。‘百善孝为先’是中华民族德文化的核心，人不仅要孝顺家中的老人，也要孝敬身边的老人，孝敬社会的老人，这是一种真情至上的仁爱、大爱、博爱。谁都知道，孝道的传承既靠经年的说教，更靠行为的影响来实现。俗话说得好：‘赤心长辈悦，自有后人孝。’而生活在博爱之中的长辈们，首先又应该受到曾经共同追求过理想的群体的尊重和爱戴，这不仅是道义上的慰藉，也是无法割舍的情谊，谁如果把它仅仅视为职业的责任也太小看它了。”

崔羽最后提高了嗓门发出了心声："拜托各位了，让我们以崇高的良知为老人们多奉献些爱心，多化解些疑虑，愿他们在安闲温馨、健康快乐之中享受盛世晚年吧！"

掌声此起彼伏，经久不息。

程铁夫在结束语中说，几位的发言让他很感动，尤其是崔羽的讲话，令人受益匪浅，他代表老同志表示感谢！同时希望各部门尽快拿出个敬老活动方案，和服务中心沟通后实施。他又向与会者通报了姚铭盛离职学习的决定，他分管的工作由崔羽接管。

中层会后，各部门传达精神，回放录音，制订方案。服务中心马不停蹄地召开了全体会议，赵倩介绍了新老成员的情况，表示欢迎和祝贺，李静公布了人员安排：

主　任　赵倩（兼）

副主任　（空）

主任助理　李静（代理）

咨询室　李静、胡亦立、王连生、曲直、展玉飞、周明礼

文建室　田锋、于德水、石磊、方琼

温馨室　张玉梅、王杰、陈素平、薛梅

参事室　刘顺、张泽明、苗林

编制 19 人，现有 18 人，尚缺 1 人。

至于每个人的具体分工，赵倩让各室去定。鉴于多数人初次从事老干部服务工作，他建议请原有的同志给介绍情况，传授经验。正在这时，崔羽推门进屋，听说是介绍工作经验，他高兴地坐下，说自己也是个新兵，要听听老兵的敬老课。他这么一提示不要紧，几个老兵互相推辞。田锋打破了僵局刚要发言，全场连鼓掌带叫好，把他吓得赶忙纠正说："搞错了，搞错了，我算个老兵倒是不假，不是自贬，我可没有资格开这个场，我是想提个建议，请真正的老兵——我们年轻的领导李静同志给新同志上敬老课！"

会场轰动了，这个说同意，那个说民意不可违，把个小有名气的李静搞

得有些羞涩、无所适从。在崔羽等人的催促下，她只好乖乖地站起来敬礼说，过奖了，过奖了，作为老同志的守护者，自己虽然算是个小老兵，但是岗没站好，未尽职责，有愧于各位前辈，深感不安，不过，有责任向各位老师和领导汇报工作情况和自己的看法。在领导让她就座后，她具体汇报了老同志中各种职务所占的比例，充分肯定老同志保持了共产党员的先进形象，热情赞扬老同志展现了长者应有的风范。

话锋一转，她着重强调了如何关怀老同志的问题。她说前辈们不仅需要直系亲属的关爱，更需要单位在职的人给予安抚。他们对老干部工作的要求很简单，就是要在顺心、宽心和省心上下些功夫，让前辈们都能在温馨和谐的氛围中过好每一天。就是说，老年人不仅需要人性化的服务，更需要亲情化的慰藉。在这个崭新的课题面前，老干部工作者应该做到守岗有热情，服务有真情，状态有激情；在工作中起码要当好“八大员”，即落实政策、答疑解惑的联络员，上传下达、维护知情的宣传员，广泛沟通、统筹管理的协理员，化解矛盾、开阔心胸的调解员，起居住行、生活琐事的守护员，平衡饮食、延年益寿的保健员，筹划活动、人人参与的组织员，参事资政、发挥余热的助理员。

崔羽放下笔问道：“在实践‘八大员’的过程中需要注意什么问题？”

李静重点强调：“要充分体现出我们的服务思想、服务作风和服务质量，力争做到宣传党的关心关爱要大张旗鼓有深度，传达党的关心关爱要满腔热情有温度，落实党的关心关爱要扎实较真有力度，让前辈们在细微之中感受到党的温暖、国家的关怀、晚辈的爱戴！这里最重要的是，老年工作者首先要弘扬为老年人尽孝道的博爱理念，领悟‘做人不敬老，禽兽比他好’的人伦道理，倡导‘干部不敬老，不能当领导’的用人标准。”

鼓掌的，议论的，人们赞不绝口。部队转业的文艺工作者方琼说：“李主任讲得太好了，朴实真切，很有指导意义，我们起码知道了该怎样迈步了，最好能印发个材料给大家。”

护士出身的薛梅说：“我和李主任是同龄人，听她这么一讲深感惭愧，没想到老干部工作还有这么多的学问，她讲得头头是道。在今后的工作中，我要以她为榜样，好好发挥我这个护士的作用。”

田锋越听越懊悔，他说自己和薛梅一样，也觉得惭愧，都是在同样的逆境中走过来的，她想过的事自己没想过，她办过的事自己没办过，她说出来的话也是自己说不出来的。但是，自己还得好好地活下去，要心服口服地在她领导下为老同志干点儿实事，实践才能出真知啊！

触动心灵最深的要算是张泽明了。他急忙表态：“说句掏心窝子话，最差劲的就是我，自己不干也不让别人干，我是老干部工作的绊脚石，在这里一是向各位赔礼道歉，二是感谢给我悔改的机会，三是看我今后的行动吧！”

赵倩看时间不多了，便请崔羽讲话。崔羽说：“让我再一次祝贺服务中心的成立！今天是个偏得，听了一堂生动的践行课、专业课和道德课，是理论和实践的结合，有高度，有深度，听起来好懂，行起来会干。我想，我们每个人如果都能像李静那样，在自己的岗位上探索出一条路，讲出个一二三，我们学院的工作上几个台阶都是可能的。她的实践告诉我们，机遇一定会留给有准备的人，但愿我们都能成为这样的人，只是每人需要有更多的爱心，包括爱岗之心、爱业之心、爱人之心、爱老之心。这是李静告诉我们的最最宝贵的经验，她所弘扬的博爱理念、她所领悟的做人原则、她所倡导的用人标准，其核心都没离开这个‘爱’字，这是原动力，就是这个缘故，使老干办原有的同志困境不后退，逆境不渎职。李静是他们的代表，她曾陷入因领导阻挠、虚度年华而险些被男友舍弃的窘境，却不远离众老半步，她在为老人伸出援手而遭到无端斥责时坦然大度、据理力争，她俨然成了挤不垮、压不弯的人。可是她在众老面前，却是个俯首帖耳的孺子牛，老人的悲欢离合成了她的情结，老人的酸甜苦辣成了她的牵挂，这是一种大德大善大孝大爱啊！所以有人说，又恨她又怕她又得服她，拿她毫无办法。我看，她这样的人完全可以成为我们身边的行为榜样，有了她那样宽阔的胸怀，寸土可以成为广袤无垠的原野，在这块平凡的土地上，可以耕耘出凡而不俗的佳绩来。有在座各位的无私奉献，我深信你们的大爱一定能撑起这片蓝天，你们的孝心一定能温暖这方沃土！”

会场沸腾了，人们个个像出征前的士兵，摩拳擦掌，整装待发。赵倩在会议结束时强调各室要讨论落实崔书记的讲话精神，深刻领会树立爱心的重要性，把它作为今后工作的指导思想。同时要学习借鉴李静的工作经验，她的“八大员”界定了工作的职责范围，体现了她的核心思想——博爱。所以，在工作中一切必须“老”字当头，唯“爱”是从，端正服务态度，夯实服务作风，凸显服务质量。最后他让胡亦立把录音尽快整理成书面材料，发给各室，发给全院各系部。

最后李静布置了六件具体事宜：一是老同志体检，二是集中药费单据报销，三是活动室征求老同志意见，四是扩大文体团队，五是问卷调查，六是参事登记，并要求各室提出具体安排意见，以便审定后付诸实施。赵倩宣布散会。

在全院各部门讨论落实的同时，老干部党总支也召开了扩大会。与会者一致认为老干部党群组织的工作要跟上当前的大好形势，主动与服务中心配合好，尽快打开老干部工作多年来半死不活的僵化局面，把老年人力所能及的有益活动开展起来，以激发他们的青春活力，早日融入时代赋予老年人的欢歌笑语品夕阳、赏心悦目享晚情的大潮中去。大家正在热议的时候，赵倩带领中心的全班人马进入会场，列队敬礼，并齐声喊道：祝老同志健康长寿！老同志不约而同地起身鼓掌。当大家坐定后，中心的同志一一做了自我介绍，而后各室又明示了工作职责和分工，希望总支和老同志监督他们的工作。接下来，讨论会在汪远的主持下继续进行。张旭东说，看来崔羽是个务实的人，才来了这么几天就把学院这锅冷水给烧开了，在学院经费吃紧的情况下，又建活动室，又搞体检，又报药费，这是哪儿来的钱啊？这也太难为他了。盖世云认为学院最近的变化确实是很大，不过是真是假还得看看再说，新官上任往往都是三把火。郝天补充说，是这样，刚上任的官都不错，姚铭盛开始不是也挺好吗，可他温床睡久了也就不想再起来了。这里的关键就在于还得有人管管这些管人的人，办法嘛，就是从上到下，一级抓一级，再从下到上，一级盯着一级，不要等着掉进深渊才呐喊，少吃或不吃那些后悔药，一旦出了问题，别让那些官官相护的人在浑水之中溜之大吉。季士羽同意郝天的看法，他说搞科研的人有幻想是智慧的本能，不过在生活中只能讲现实，如果崔羽能三把火四把火地烧下去也没有什么不好的，问题是他不烧火的时候能有陆坦式的人站出来点他的火就好了。王江亭称赞说，讲得好，可是要知道，被蛇咬过的人总会“怕”字当头，其实真应该想开一点儿，走一步看一步嘛，有时就是失了足也不一定全是有意的，先别心冷，要允许人家换条路再走。当然啦，凡事不该过三才是。

会场热闹起来了，人们就现象议现象，就现实说现实。

陆坦觉得该讲一讲自己的看法了，他谢过季士羽的赞许后说，人们对崔羽存有怀疑是正常的，因为大家都是饱受折腾的，不过从他点的三把火来看，都在风口浪头上，在理在道，顺天顺地。大家知道，学院这几年有股歪风邪气，人际关系远了，人心散了，缺少向心力，缺少战斗力，少的没有奔头，老的没有想头，人们只能是得过且过，优游混世。而崔羽临危受命，当仁不让，他远处着眼，近处着手，决意拨开老同志工作之门。尽管我们还没看到他的四把火五把火，但是他的行为轨迹已经告诉我们，他思想是端正的，治学是严谨的。自然，他的压力也是很大的。在职的有人说他顾老不顾小，是本末倒置，不务正业，也有人说他丢下小车坐大车是收买人心，等等。其实人们可以冷静地想一想，人家放着部长的椅子不坐，为什么还要跑到咱家收买你？恕我寡闻，平生还没听说过有这样的领导，如果不是他的脑袋进水了，那恐怕就是他有收买人心的意图。好了，顺便提个建议，鉴于老干部党群组织开展工作的需要，应该给“三委”委员办个培训班，有个三五天就行了，以提高大家对党建的重要性和群众自我管理的必要性、自觉性的认识。与会委员表示同意，请中心的领导请示党委，争取在体检之后实施。赵倩完全赞成这个建议。

讨论会很快过去了两个小时，汪远提议散会，择机再开。他小结说，大家的发言很好，客观、实在，肯定了老干部工作的良好开局。这要感谢党委，感谢崔羽同志，感谢服务中心的同志们和全院的教职工。大家在困境中首先想到了老同志，想到了老干部工作，实属难得。至于学院存在的问题，自己也有不可推卸的责任，在邪路上下滑的姚铭盛正是自己当年所器重的人。好在今天来了援兵崔羽，大家也都关心他究竟会怎么样，我看现在要下结论虽然为时尚早，但从他烧的几把火来看，此人应该是个品德好、思路宽、工作实、魄力大的好领导。所以说，我们对他不光是要看，更要伸手去帮，否则对不住他的一片苦心啊！不多说了，陆坦同志办班的建议很好，也很及时，是不是等“三委”改选完了再办比较合适？现在请服务中心的领导给讲一讲吧。

赵倩说，没有什么好讲的，请前辈们看我们的行动吧！

第十六章

于祥和刁玉琢在程办正商量科研事宜，崔羽和冯一夫也来了，刁玉琢见状知道必是领导有要事，起身欲回避，崔羽忙挽留他一起听听情况。他说姚铭盛的处理部里已经批回来了，与院党委的意见出入很大，免去党委副书记、纪委书记职务，降为副局级待遇。正巧，赵倩和李静找崔羽有事也来到程办，崔羽又重复了一下对姚的处理后，希望能给他安排个合适的地方。李静倒觉得姚铭盛还是个有用的人才，再说服务中心正缺个副主任，便提议让他给赵倩当个助手。程铁夫有些疑惑，说他一向都不重视老干部工作，老同志免不了会说三道四的，这会影响姚的情绪，再说他本人也不一定愿意去。于祥认为这个反差确实是太大了，不过，对姚铭盛的悔改来说也许是件好事，如果他能接受，也未尝不可。崔羽听到这个折中的意见眼前一亮，认为是可取的，既能磨炼人又能发挥他的一技之长，于是便问赵倩敢不敢要。其实赵倩也是个惜才如命的人，何况李静还主动提出要接纳姚铭盛，所以他毫不犹豫地表示尊重领导的决定，倘若能够到位，一定要尽力为他创造个发挥积极作用的条件和环境，请领导只管放心。有了这样一个良好的氛围，崔羽自然也就好下决心了，可他在老院长的面前习惯于用请示的口吻表明态度，说明他倾向于祥的意见，也赞赏赵倩的想法，能不能给姚铭盛一个在哪里跌倒就在哪里爬起来的机会，只是刚免职不便立即任职。而程铁夫原本是担心大家反对，当他听了几个人言趋一致的看法，他表示完全同意大家的意见。李静边听边想，心中已经有了安排姚铭盛岗位的谱，最后听说定在服务中心时，她爽快地提出，可不可以安排他到咨询室搞老干部工作政策研究？崔羽十分高兴地说，这个安排太合适了，并请大家暂时要保密一下，等姚铭盛结业回来听听本人意见再定。崔羽又让赵倩说说他们要研究的事。赵倩转述了总支关于“三委”办班的建议。崔羽连声说这个建议提得好，具有全局意义，老干部总支先作为试点吧，好好总结经验，择机在全院铺开，这对于增强党支部的战斗堡垒作用十分重要，请程老审定。程铁夫说，这是自己从未想过的大好事，非常赞成崔羽的意见，眼前的困难就是经费怎么办。赵倩说总支的意见是在院里办，不需要经费。于祥和刁玉琢耳语了几句说，院里会议室放不下这么多人，还是到外边办吧，经费先算在科研的账上，等厂校挂钩赚了钱再给补回来。崔羽看看程老说，既然都同意就定了吧，地方由他联系，顺便请教授以上的“三老”一起去休养几天，吃住要安排得好一点儿。服务中心大多是新兵，可以全体出马，这也是一次很好的拉练。科研经费一分也不要占，费用由他想办法解决，再没有钱也不能亏了老人，天大的困难有在位的人顶着嘛！

崔羽问还有什么事。李静立刻问于祥，何山夫单位求援的事不知行不行。没等于祥回话，崔羽说道，这个事都知道了，于院长说女婿家的事一定得给办。于祥笑着说，他们今天向程老汇报就有这个项目，准备成立个五人小组，请孙大可院士出山当顾问。刁玉琢补充说，如果老同志里还有谁能参加就更好了。李静已有准备，她觉得机会到了，忙说她要给推荐个人，就是信息专家乔妍老师。大家都表示欢迎，崔羽还格外强调了一下，听说她不久前走了老伴，劝她早早出来散散心是个好事，这个事情就交给李静去疏通吧！程铁夫要求服务中心把能出山的教研人员名单早点儿报上来，赵倩答应后和李静离开了程办。

两个人回到服务中心商量了几件应急的事，召开了各室主任会，请陆坦列席了会议，对老同志的体检做了具体研究安排。陆坦建议患有明显疾病和六十五岁以上的老同志最好直接到市医院检查，免得折腾两次，还费钱。张玉梅恍然大悟，她说道，还是陆主任想得周到，室里说了半天也没拿出这个好办法，看来这是缺少亲情化的服务思想啊。李静强调了这次体检活动要以温馨室为主，注意安全，会后给大家印发个时间表。赵倩传达了办班的建议已获批准，而且崔羽认为这是个具有全局意义的好建议，强调要作为试点班总结经验，择机在全院铺开，还要请教授以上的“三老”也一起去休养几天。至于办班地点他决定到外面去安排，经费由他来解决。陆坦听了深有感触，他赞扬这种高效率的工作作风是少见的，但同时也觉得很不好意思，没想到自己的一个小建议竟然带来了这么大的破费，真有些不忍心再给崔羽增添什么额外负担。李静劝他别想得太多，最好抽点儿时间去踩踩点，早早定下来好做些准备工作。赵倩要求各室在抓好体检和其他活动的同时，要积极配合总支的“三委”改选，再把要出山的人员名单尽快地报上来。

散会后，李静送陆坦到楼下，边走边告诉他何山夫单位求援的事定了，除了孙大可以外，她又推荐了乔妍。陆坦的脑海里突然闪现了个念头，问李静是不是想当红娘。李静会意地笑了，戏言她没有当红娘的资格，只是想借这个机会让他们联络联络感情，也希望陆主任帮他们撮合撮合，如果成了，猪头也有他的一半。陆坦乐呵呵地说不敢当，不敢当，便踏上了回家的路。

这几天的活动排得满满的。方琼同时给合唱队和舞蹈队做辅导，候车去体检的人都围拢过来看热闹。不多一会儿张玉梅喊体检的人出发，工作人员身前身后地搀扶着老同志上车，个别身体差的人由王连生和曲直用小车接送。

到了医院，人们在各医务科排成队，等待着采血、检查、心电图测试……一些人不时地议论着，有的说，这可是多年也没享受过的待遇了；有的说，学院不是困难吗，怎么舍得给大伙搞体检呢；有的说，听说新来的书记谱还挺大的，嫌学院配的车档次不够转给老干部用了……这些嘀嘀咕咕的议论显然是不明真相的，不过，其中有的纯属诋毁性的谣传，例如车的事。跑前跑后的李静，看乔妍检查完了，便拉着她的手到一边问她知不知道学院要请老专家参与科教活动的事。乔妍说不知道，自从李正道走了之后，也没有心思过问这些事。李静觉得乔妍的精神状态正是需要别人关怀她的时候，最好的办法就是像崔羽说的那样，让她出来散散心比什么都好，于是，劈头就将了她一军：“乔姨，您老能不能给姑娘一点儿面子？”

“看你说的，不给谁的面子也得给你的面子啊！”

“乔姨说话可得算数，我可给您报名参加科研活动啦。”

“哎呀，不行啊，我除了搞点儿信息还能干啥？”

“对，就干您这个老本行，重点是能源方面的！”

“你快拉倒吧，谁还能用得上我？”

李静听口气有点儿门，就向她做了具体介绍，特别说是崔羽点名请她出来参加活动。乔妍听了很感动，问小组几个人，老的都有谁。李静说，说是有两个老的，另一个老的和她一定会合作得很好，让她猜猜看。

“你这丫头净拿我开心，知道了，能源方面十之八九是老院士孙大可。”

“乔姨神了，您老希望是他吧？到底帮不帮我啊？”

“神什么，在能源方面他是唯一的权威。不过这事我说了也不好使，谁知道孙老要不要我这个不成器的帮手？”

“那我不管，现在就看您老答不答应，要不答应，一会儿我就找孙老说您不愿意和他合作！”

真真假假，把个乔妍闹得很无奈，只好满口答应下来：“好好好，听你的还不行吗？真拿你没办法！”

李静激动之下，像个孩子似的，在闹闹哄哄的人群中抱住乔妍连声说谢谢，谢谢，并告诉她马上就去找孙大可说这个事，可不兴反悔了。

李静转了一圈，在站队的人里没发现孙大可，结果在大厅的一角看到了孙大可和几个人坐在一起闲唠，便上前问他们怎么不去检查。孙大可把李静让到身边坐下开玩笑地说：“看样子我们几个还算是好人，早早地就把我们给放了。”

此话一出，惹得几个人大笑不止。李静趁机郑重其事地告诉他们，第一批厂校挂钩的科研小组成立了，是试制绿色能源轿车，聘请孙大可和乔妍为小组的顾问。没想到“混双”老光棍凑在一起成了敏感的话题，季士羽赞扬李静会办事的同时，还戏言也该给他找个伴。没等李静回话，孙大可打趣地说，怎么，你打算喜新厌旧啊！转了话题又说李静这个丫头是在开他的玩笑。林森倒觉得发现了新大陆，认为他们俩还真是般配的一对，嘱咐李静给烧烧这把火，李静弦外有音地说：“哎呀，这种事孙老哪能信得过一个黄毛丫头！”

“别客气，”孙大可忙说，“哪有办好事还信不过的！”

季士羽冲着李静添油加醋地说：“李静听着没有？现在已经有了百分之九十九点九九的可能了，好啊，到时候可别忘了请我们喝喜酒啊！”

几个人正唠得热闹时，李静看到薛梅在大厅里慌忙地走来走去左瞅右看的，像有急事在找谁，便起身过去问个究竟。原来薛梅正在找她，转述着心脑血管科大夫的埋怨，要找领导商量几位病重者住院的问题。李静跟着薛梅来到主任室，薛梅介绍后，老大夫斜瞅了一眼自语着，怪不得病情这么严重才来检查，年轻的领导怎么能知道老同志的疾苦啊。脚前脚后跟进屋的张泽明听到这话有些良心发现，忙说这事不怨她。而李静的眼睛湿润了，告诉大夫是自己失职了，如果需要住院治疗的话，马上就办手续。李静看了看名单，深情地向大夫敬礼致谢，赞扬了老大夫的高尚医德，表示一定要好好学习他一丝不苟的精神。三个人离开后，薛梅主动请缨办理住院手续，并提出一包到底，然后又怪罪这些老大夫也太厉害了，斥责人都不看脸，劝李静不要往心里去。而李静可没这么想，她倒觉得老大夫的认真负责是令人敬佩的，从他那里得到了一条千金难买的宝贵意见，就是遇事要会换位思考，这对年轻人尤其是老年工作者来说更为重要，如果不能站在前辈们的位置上去思考问题，那就什么也干不成了，就是干了也只能是隔靴搔痒，和不作为毫无二致，甚至会起到反作用。薛梅打心眼儿里佩服李静，她在替人受到了指责的时候，却首先想到了有职不尽的危害，她在替人受到了挖苦的时候，却首先想到了换位思考，李静真是她心目中的标杆！

在体检进行到一半时，先期检查结束的，李静请张玉梅安排车辆先送回家，她和薛梅等人留下来收尾。

当全部结束后，李静和薛梅来到温馨室找到张玉梅，三个人一起向赵倩汇报了应马上住院治疗的石成、温海波、沙石玉、肖克静四人的病情，赵倩同意由薛梅立即办理住院事宜。李静回到咨询室屁股还没沾凳，胡亦立转告她刁玉琢来过电话，让快点儿回话。李静一听就知道这是厂校挂钩的事，其实这个事她比谁都着急。她操起电话问个清楚，原来是五人小组定了，组长牟成舟，副组长的名额给公司，成员付大伟，顾问孙大可和乔妍，让通知公司尽快来院签订协议。李静连忙与何山夫通了话。听说有孙大可，又有乔妍，还要尽快签订协议，何山夫乐得不知说什么好了，激动得在电话里来了个飞吻，不假思索地约定在明天十点赶到学院，他想，这要是让董事长谷月知道了，恨不得今天就去签了才好呢！李静放下电话又给刁玉琢回了话，当即决定明天请孙大可和乔妍到院部会议室，科研小组全体人员与公司来人见面并参加签字仪式，而后向赵倩做了汇报。赵倩让李静和刘顺负责安排，要他俩善始善终参加仪式活动。

第二天李静早早上班清扫了办公室，还不到八点钟她坐着曲直的车来到了乔妍居住的楼前。一眼看去，乔妍在楼前走来走去，她今天的心情格外好，不知是怕耽误了时间还是别的什么原因，提前半个小时就下楼了。她看到李静下车来到身边，很怕别人看透了她的心事，没等李静说什么，赶忙解释自己刚刚下楼呼吸呼吸新鲜空气。李静已猜透了她的急切心情，便扶着她上了车，几分钟的工夫到了孙大可的楼下。李静请乔妍下车领着她上楼，乔妍疑惑地问道："不是到院部吗？一早到这儿来多不好。"李静说这是事先约好的，就连拉带拽地让她进了屋。孙大可见状很是茫然，一边请她们到客厅坐下稍等，一边穿衣服说，怎么提前了也不告诉他一声。李静说："孙老不急，不急，时间没变。怎么，俺们到您老家坐一会儿还不欢迎啊？"

"哪里，哪里，就是不欢迎你也得欢迎乔老师啊！"

"我还有这么大的面子啊？"

"何止面子，这次科研组的成败就靠你了，我怎么敢不欢迎你呢！"

李静高兴地说："二老谁给谁的面子我不管，反正是给我面子啦，我代表何山夫谢谢二老了！"

"你听听乔老师，这么多年还是第一次听到有人感谢我们，太难得了。"

"您老可别把我拽上，我是跟您沾光的。"

李静这时佯装想起什么，站起来说道："哎呀，差一点儿给忘了大事，二老在家稍等一会儿，我得马上到收费口去接公司的人，很快就回来接你们，不见不散！"

"不如一起走吧！"乔妍不解地说。

李静说："不行，不行，我得抓紧点儿时间！"

"啊，她是去接何山夫，咱们去是不太好，等就等一会儿，服从命令听指挥吧。再说，现如今哪有老的不听小的呢？"

李静嬉笑地说："这就对了，这就对了，回头见！"

不到九点，李静赶到了收费口，车掉头后，李静下车站在道边等着，只有几分钟的时间，一辆宝马轿车从收费口出来停在李静身边，车上同时下来两个人。何山夫把董事长谷月介绍给李静，二人互相握手致意。李静问怎么来得这么早，谷月毫不掩饰地回答，自己平生第一次到这么高的学府来，为了开这个眼界，他说也不怕别人笑话，急得他昨晚上一夜都没好好合眼。几个人寒暄了一阵子，李静到收费站办公室借用电话告诉刁玉琢客人提前到了，十分钟后见，又回到车边请谷月上车，车在市区拐了几道弯，来到学府大楼。谷月下车还没来得及浏览学府雄伟别致的全貌，便止步在迎客的众人面前，李静忙把谷月介绍给刁玉琢等人。牟成舟指着何山夫故意逗李静怎么不把他介绍给大家。谷月当真，忙说他是公司项目组组长何山夫工程师。大家哈哈一笑，付大伟握着他的手说，我们好像是认识。刁玉琢解嘲地说，是开玩笑，山夫是学院当年的尖子生，他拒绝留校投奔在董事长门下。大家说说笑笑地走进了会议室，于祥接待了他们。李静和刁玉琢耳语了几句便示意接孙大可和乔妍去了。

再说孙大可，李静离开他们家之后，就对乔妍说："乔老师，李静这个丫头心眼儿真多，看来咱们不是她的对手啊！"

"这倒是真的，"乔妍瞟了孙大可一眼说，"不过这孩子人好，心眼儿好，是个小精灵鬼啊！"

"你这段时间在哪儿住的？"

"偶尔也到姑娘家住几天，听李静说要参加院里的科研活动，哪儿也去不了啦。倒也是，一个人混日子在哪儿都一样。"

"你说得是。回家的女人要好过得多，文的武的，家里家外都不怵，在哪儿都过得去，全能啊。光棍汉就远不如你们了，不服不行啊。这几年我是甘拜下风了，家里的事全不及格，越来越觉得自己离废品站不远了。"

“可别这么说，实在不行就雇个保姆呗！”

“我说过几次了，孩子不同意，他们说要尽快给我找个伴，我也不好违抗，就默认了。”

“孩子孝顺啊，必是有了中意的人啦？”

“海霞给我透过话，我说了你可别生气。”

“您看您，我怎么会生气呢！”

“是这样，她说就按你这样的条件给我找。”

乔妍低下头羞涩地说：“哎呀孙老，您这不是高抬我了吗？就凭您老的条件可不能答应。”

“那倒是啊，可我不答应这不也高抬了我吗？”

“您老太谦虚了，说句心里话，像我这样笨手笨脚的人就是给您老当个助手也不中用了。”

“不敢当，不敢当，你能与我合作这就帮了我的大忙啦，我都不知道该怎样感谢你才好。”

“别这么客气好吗？您老既然不嫌弃，我就冒昧地当把助手试试吧！”

“真难得你这一片心意，我先谢谢你了！”

“受之有愧，有愧啊。孙老，时间不早了，咱们是不是该下楼等着？”

“好，这就走！”

在楼前没等几分钟，李静他们就赶来了，连声喊着请上车。车刚启动，孙大可问道：“公司的人到了吗？”

李静说：“到了，是谷月董事长带着何山夫来的。”

乔妍若有所思地说：“哎呀，都是些头头脑脑的大人物，像我这样的老人家去不好吧？”

“乔姨，”李静为她自豪地说，“要是没有这个机会，他们想见您老还不一定见得着呢！”

“看你说的，把我当成什么人啦！”

“啊，那恐怕得算是皇后啦！”孙大可戏言道。

李静弦外有音地说：“这一点儿都不夸张，谷月董事长把孙老确实是当成皇帝来恭请了，把他高兴得昨天晚上一宿都没合眼。”

乔妍的脸顿觉火烧火燎，她对号入座地否认道：“你可不能移花接木，我可没有当皇后的资格！”

“这可是孙老封的啊！”李静笑着说。

在说说笑笑中很快到了院部大楼，只见于祥和谷月等人聚在门前迎接。牟成舟快步上前打开车门，李静扶着乔妍，何山夫扶着孙大可下了车。于祥忙给谷月介绍说：“这位是能源老专家孙院士，这位是信息老专家乔研究员。”

像盼星星、盼月亮似的谷月忙上前又是敬礼又是握手，自我介绍说：“我叫谷月，是个靠天靠地靠人靠物的买卖人，请二老多指教！”

“彼此彼此，”孙大可回应道，“我也是个靠天靠地靠人靠物的人，所不同的是我是个教书匠，请董事长多见谅！”

谷月说：“孙老自谦了，您的高徒何山夫没少说过，您不是靠天靠地的人，而是一位顶天立地、厚德载物的育人巨匠、能源泰斗，是我们晚辈久仰敬重的大师！”

“哎呀，这不是在断我的后路吗？让我再往哪儿走啊？”

人们在谈笑声中簇拥着两位老专家走进会议室，落座后，互相又客气了一阵子。谷月恳请老专家多关照。孙大可说领导有话，女婿家的事要比娘家的事多用心才是。于祥赞扬了谷月在百忙中亲自来院商谈协议，必将给厂校挂钩带来无限生机，他在介绍了科研小组的成员和说明给公司留了个副组长的名额之后，祝贺协作成功。谷月当即拍板由何山夫代表公司出任小组成员，他热烈祝贺厂校挂钩要像鲜花一样绽放得绚丽多彩。

协议签字后，于祥转告谷月，崔羽原打算要见他们，因部党组开会不能脱身，深表歉意，他还一再嘱咐要像对待亲家那样照顾好各位。人们在掌声中离开会场来到了教职工餐厅共进午餐。

第十七章

离退休人员体检结束后，在赵倩的主持下，服务中心召开了全体会议，请卫生院院长丁晓川介绍情况，崔羽在冯一夫陪同下到会听取汇报，老干部党群组织负责人列席了会议。丁晓川讲，在六百多人中，查出轻度脑血栓五例，心脏病七例，高血压十九例，前列腺肥大等各种常见疾病二十多例，占总人数的百分之八左右，其中应立即住院治疗的有四例。接下去她做了些具体说明和分析，认为就总体情况看还算可以，不过有些人的病情恶化是因为缺医少药无钱治疗所导致的。在她汇报之后，崔羽肯定了这次体检活动搞得很好，基本上摸清了老同志的健康状况，有利于建立健康档案。但同时他指出，治病是需要钱，可是许多时候不是光用钱就能办得到的，比如说，你远离或者是板着脸去对待老同志，或者是皮笑肉不笑地故作姿态去对待老同志，就是给他个大元宝也不稀罕，因为你的心不诚，心诚则灵嘛！尤其是在精神赡养逐渐转化为主流的今天更是如此。人们都在讲德、讲善、讲孝、讲道，其真谛是什么？是仁心，是至爱。说白了，就是要求人们对老人不仅是要给饭吃、给衣穿，而是要真心实意地让他们生活无忧才是。如果你的条件不具备，给得少些，给得差些，那也好，因为你尽心了，尽力了。倘若老人因病需要钱，就是砸锅卖铁也得治，因为他们是我们的父辈甚至是祖辈，哪有不给自己的老人治病的道理！有的人说没有钱，其实啊，你少跑几次夜总会，少吃几次大盘子，少开几次私车，少送几次贿赂，恐怕多少钱都能省得出来！

归根结底是你拿着老人的疾苦当儿戏了。护士出身的薛梅听得出神，好像忘了这是领导在讲话，她毫无顾忌地插嘴说："对，体检那天，医院的老大夫就是这么批评李静主任的，说她这个年轻领导不得病也不过问老同志的疾苦。李静眼含热泪乖乖地认错，感谢老大夫的高尚医德，过后不但不推卸责任和埋怨大夫，反而告诉我从批评中得到了一条重要收获，就是在工作中一定要学会换位思考问题才行。"听到这话，丁晓川坐不住了，她揽过责任，当众自责，说该受批评的是她而不是李静，客观上是缺少资金，缺少医药，而最缺少的正像崔书记方才讲的那样，是主观上的爱心。自己从不关心老同志的生活，也很少过问他们的健康状况，这不仅仅是失职、失责，更是失德、失情，要吸取这个教训。最感到刺心的莫过于张泽明，李静在医院受批评时他在场，李静主动揽过责任的事他也目睹了，在激动之下他说，这事谁也不怨，责任全在他，丁晓川也好，李静也罢，全是替他背了黑锅。几年来，自己就知道围着个别人的屁股转来转去，对老同志的疾苦自己不闻不问，熟视无睹，还阻拦别人过问关怀。他站起来给李静、给陆坦等人一边敬礼一边说，对不起同仁，对不起领导，更对不起老同志。

崔羽一向认为人们说的错话、办的错事就像自己的影子一样，会伴随着人们的一生，聪明人应当早澄清、早认账、早改悔、早见效，而丁晓川、张泽明身上就显露了这个好的兆头。所以，他热情地鼓励他们要记住自己身上的疤痕，抚平心灵深处的创伤，同时又大加赞扬了为他人受过的李静，说她具有做人的良好品质和美德，这种委曲求全的精神不是所有的人都能做得到的，可贵的是她不仅做到了，而且从中净化出智慧的养料为人享用。于是，他联想到了有位哲人说过的话：一个人倘若能主动承受某种委屈，那是一种智慧。眼前的李静不就是这种智慧的化身吗？如果能有更多的人像她那样站在孝道的高处，想在博爱的实处，立在真情的深处抚慰众老，无疑，这智慧的火花必将化为和风细雨飘洒人间，滋润着长者的心田。

会场中爆发出一阵又一阵的热烈掌声，这掌声意味着什么？是肯定丁晓川揽过的勇气呢，还是张泽明认错的态度？是欣赏李静担当的精神呢，还是赞赏崔羽仁爱的品格？也许都是吧，也许部分是，不，也许全不是……啊，那么这掌声也许就是人们美好的期待吧！

会场稍微肃静，陆坦讲了“三委”培训的事，鉴于学院的经费紧张，总支还是主张在家办班，疗养也就免了，少说也能节省五万块钱。崔羽听罢很感动，说老同志总能体谅学院的困难，但他还是坚持出去办，让赵倩派人带着他的亲笔信去温泉山庄找孔院长联系一下，看在老人的分儿上，说不定能给点儿优惠，部分“三老”顺便去休息几天不变。另外，服务中心刚成立，留两个人值班，其他人全去，既能照顾老同志的吃住行，又能直接听听他们的呼声，研究些工作办法，也算是培训了，走的时候告诉冯一夫，请院领导送行。他还强调，今后走访要常态化、制度化，不要等年节假日一阵风，要让老人时时感觉有孝心，处处感觉有关爱。陆坦代表老同志一再表示感谢，崔羽摆摆手说，老的对小的不说感谢的话，这是晚辈人应当应分要做的事。

散会前，赵倩代表中心感谢卫生院对工作的关心和支持，表示今后要携手做好老干部工作。他要求各室认真贯彻领导讲话精神，力争打主动仗，不等不靠，不拖不延，让党的关爱时时滋润着老同志的心田，让党的温暖处处融化着老同志的心结。李静提议最好近期和总支一起到温泉山庄去联系一下，早早定下来，改选完了就成行，赵倩和陆坦都同意。

在热烈的掌声中，赵倩宣布散会。

晚上下班人都走了，王连生按事先约定来到张泽明办公室，他劈头就问崔羽这个人怎么样，把个张泽明问得一时间不知从哪儿说起。这到底是什么意思呢？崔羽来的时间虽然不长，可以说全院的人对他都有好感，要说他不好吧，自己也真的一条也讲不出来，要说他好，倒是随口都能说上几条，想来想去便反问王连生是怎么看的。还没等他张嘴，性急的王连生倒是自问自答了：“啊，不用说，你一定会认为他挺好的。其实这个事、那个事都是假象，谁有粉不往自己脸上搽？他唱这些高调，就是用来蒙蔽人的。”接下去他把卖车的事叨咕了一通，说他损了公肥了私，比姚铭盛还姚铭盛。张泽明吃惊地问他是听谁说的，他说是车队的人传出来的，十拿九稳。对此，他原本打算自己偷偷摸摸写个检举信，可是又一想，不对，一旦事后张泽明知道了非说他独占了好事不可，也就只好问问张泽明想不想跟他一起签个字。张泽明听了这个传言半信半疑，表示这个字可不能随便签，也劝他不要轻信那些道听途说的东西，闹不好是要担责任的。自以为是的王连生哪里听得进这些话，也就不勉强他了。不过这阵子他对张泽明越来越有些想法，左看右看总觉得不大顺眼，又是认错，又是道歉，干这干那，满起劲的，看风使舵。王连生心中不悦，便以讽刺的口吻问他表现这么积极到底要图个啥，还不照样一撸到底！而张泽明听到他的这些说辞很是反感，认为自己这些年也真的是跟错了人，干错了事，害人又害己，尽管是这样，上下左右还是用期待的眼光看待他，李静为自己揽过，赵倩肯收留他，崔羽还热情地鼓励他，再不好好干点儿活对得起谁啊！王连生也不得不承认，李静对他也挺好，赵倩也不错，可是他们和陆坦打得火热，所有的事都坏在他的手里，把姚铭盛整去学习了，把他和张泽明的乌纱帽给整丢了，下一步不知道还要闹出什么花样来。而这些人又是跟着崔羽这个“倒爷”跑的，等着瞧吧，围着他的屁股转来转去会有好戏看的，其结果是“狗咬狗，一嘴毛”，戏就散场了。张泽明无心和他纠缠下去，劝他好自为之也就回家了。

李静根据党委问卷调查的精神，决定召开个部分老同志座谈会了解情况，她征得赵倩的同意，定在今天上午九点准时开会。早饭后，她和王洁来到会议室整理桌凳和打水泡茶。一切准备就绪，只见司机和工作人员搀扶着老同志走进会场，当大家坐定后，李静说，她受主任委托召开今天的座谈会，没有题目，没有框框，请前辈们敞开思想，讲什么都好，讲休闲养老的经验和体会，讲日常生活的感受和想法，讲自己存在的困难和要求，讲对老年工作的意见和建议，等等，想说什么就说什么。

李静的开场白之后，稍作沉默，与会人员便打开了话匣子，无拘无束地议论了起来。有的说，这么些年也没听到有什么人过问这些事，现在好像太阳从西边出来了；也有的说，别说是过问，连个领导的影子都没见过；还有的说，这些年也就是李静还能隔三岔五地来看看老同志，问这问那的。季士羽更是感慨万千，说自己这个委员白当了，是个有名无实的摆设，没尽职，没尽责，随波逐流了，要检讨也有自己的份。不过，他话锋一转说道，倒不是推卸责任，以前你就是想干点儿啥也不行，小胳膊是扭不过大腿的，而今崔羽来了，他像一股强劲的暖流，驱走了学院的寒冬，带来了盎然的春意。大家你一言我一语，讲着身边的故事。有人说，我院赵某人去年和一个女人喜结良缘，今年因病住院时，女方偷偷地把他几万元的存款取出来拿跑了，当他儿子找到老干办求助时，领导说上头有话，私家的事不便过问，无奈之下，家人自己找到了女方，把她打得死去活来，险些出了人命。还有人说，我院的老年人活得提心吊胆，上不着天，下不着地，太累了，组织上连点儿起码的安慰都没有，许多人也只好把精神寄托在蹲墙根、压马路上，在嘈杂声中孤苦伶仃地混日子。一时间会场沉闷了，肃静了……

听着人们的发言和议论，李静的心紧缩了一下，打了个冷战，她想让大伙轻松轻松，趁机转换了话题。她提醒说，请各位前辈想一想，在老干部政策方面还有些什么没落实的地方，只管提出来好了，该解决又能解决的，我相信院党委一定会给个满意的答复。有人说这个问题提得好，正是大家所关心的，只是说不清楚，因为从来也没有人传达过都有些什么政策，你说这上哪儿知道落没落实啊？学院对老同志的事一向是漠视不理，有事找到他们的头上，一问三不知，甚至抵触不满。就说调整工资吧，也不下个方案，暗中操作，扣什么、补什么也不告诉你，给你多少算多少，结果是错误百出，害得大家到处找，把群众的知情权都给剥夺了。有的希望老干部工作部门适当安排一些力所能及、有益于身心健康的活动，以填补老人内心的空虚感和失落感。有人说，许多老人的子女不在身边，他们把精神抚慰寄托在所属单位，这样做既顺应了现实，又弥补了子女的遗憾。也有人认为，偌大的社会，谁也离不开谁，人们无不在亲情、爱情和友情之中而游离，而奔波着，无不在互帮互助之中而生活，而存在着，作为单位的老干部工作者更应责无旁贷地承担起这个历史使命。

听了大家的意见，李静很是内疚，她站起来给大家深深鞠个躬说："听了前辈们感人肺腑的话语，我李静在岗不守岗，在职不尽职，很是惭愧，在此给各位赔礼了！"

"不是这样，不是这样，"季士羽说，"以往工作中存在的问题不仅和你没有关系，相反，你倒像是老同志的亲闺女，身前身后地转来转去，给我们这些暮气沉沉的老年人带来了活力，让我们有了希望，有了奔头。你啊，像一团火，走到哪里，哪里就风风火火、暖和和的。只要是老同志的事，你宁可受批评也要给办，太难为你了，我代表老同志谢谢你了！”

“季老，我可不敢当。”李静说，“我知道，我对前辈们欠账太多，即使是偶有所为，也远不足挂齿。说句心里话，我在这儿不是想求得某种原谅，只是想，如果能在众老膝下受到熏陶，净化心灵，这应该是我最大的心愿。”

李静在道谢之后，讲了立即要做的三件事：一是把各位的发言根据录音整理出书面材料印发给大家学习，二是搞个老干部政策汇编印发给离退休老同志，三是把服务中心的职责分工印发给大家，便于联系和监督。

最后她请王洁大夫给大家讲了健康知识，重点讲了饮食方面的“五色均衡”，即日常生活中食物不要缺了白色（米面杂粮）、黄色（豆蛋类）、红色（动物蛋白）、绿色（蔬菜水果）、黑色（海带、黑米）等，要保持五色均衡，远离现代的富贵病，要切记“宁可少沾甜咸香，也要亏嘴求健康”。

散会后，李静安排工作人员和司机送客，她留下乔妍说，崔羽安排教授职称以上的“三老”到温泉山庄休养，让她和孙大可做好去休养的准备，这一两天和“三委”办班一起动身。乔妍表示感谢后也告诉李静，孙大可说他儿媳妇要给他找个老伴，自己参与小组科研活动，夹在当中生怕闹出是是非非，会影响人家的续婚。李静闻听此言心中大喜，这不正是她朝思暮想唯恐不得的“是非”吗？真是天赐良机！再说，这种八字还没有一撇的事乔妍竟能坦言相告，这已暗示出离吃猪头的时间已不远了，她想尽快找到谢海霞问个究竟。于是，李静便以喜悦的心情劝乔妍不必疑心这个担心那个，要是出现说三道四的事，解释权就包在她的身上。其实，她早就盼着这一天早日到来呢！

送走了乔妍，李静来到赵倩办公室要汇报座谈会的情况，正赶上主任和陆坦、张旭东为培训班踩点刚回来，商量培训项目和出发时间。几个人交换了意见，陆坦把决定明天九点召开总支联席会的事用电话向汪远做了汇报。之后，李静安排车送走了陆坦和张旭东，又让胡亦立给委员们下达开会的通知，她随赵倩向崔羽请示汇报去了。

第二天早晨上班前，李静和胡亦立早饭后提前来到会议室，整理桌椅板凳，准备接待工作。不到九点，在工作人员的扶持下，委员们一一就座，服务中心的同志也都悉数列席了会议。会议是在汪远主持下进行的，先是陆坦介绍了踩点情况，接着张旭东就办班的目的、要求提出了建议，然后由赵倩传达了崔羽的意见，要点有三：一是住室宽松，饮食任选，“三委”和“三老”年事已高，一定要安排好，要有营养配餐；二是半学半休，讲求实效，以身边的陆坦同志为榜样，学习他离岗不离党的崇高的事业心，把党支部建设成真正的战斗堡垒；三是服务到位，善始善终，服务中心的同志们，要以身边的李静为标杆，学习她坚持原则不屈不挠的精神，把学院的敬老事业健康地开拓下去！

当赵倩传达完三点意见后，全场爆发出一阵又一阵的热烈掌声。有人表示感谢领导，有人说标杆立得鲜明而及时，有人说不要辜负了党委的关怀，要学有所获地凯旋！

大家经过热烈的讨论，通过了办班的建议。散会后，陆坦和张旭东来到服务中心，与赵倩、李静一起安排房间以及安全、医务等事宜。即将结束时，冯一夫来见赵倩，说崔羽和迟来春要去医院探望石成几位病人，希望老干部总支和自管会的负责人也能同去。李静提议请温馨室立即安排，她负责调车。一切准备妥当，人们来到门前等待领导。

崔羽等人从楼里出来，他要和大家同车去。张玉梅听了特别兴奋，第一个喊道：“欢迎，欢迎，请领导上车！”

“哎呀，”崔羽笑着说，“就是不欢迎我们也来了！。”

在说说笑笑之中，崔羽先请张旭东上了车，请陆坦上了车，然后他和迟来春上了车，大家也都跟着上了车。薛梅说她要当一把向导，便自动坐在副驾驶座位上和司机说些什么，车缓缓地驶出了院区来到了大街上。在车上，人们谈论着总支联席会的盛况，谈论着学习班立的标杆如何恰到好处，谈论着到温泉山庄的食宿安排情况……一时间，人们觉得有着说不完的话。

“咱们到医院的见面礼准备了吗？”崔羽提示道。

其实谁有粉都想往自己脸上搽，只是怕给囊中羞涩的领导添乱子，都不便张这个嘴罢了。既然崔羽发话了，薛梅第一个尖叫了起来，说最好每人给送一束花，这事可以交给她去办。张玉梅考问她："你说说，给他们送什么花好？"

"讲清纯一点儿的，是迎春花，要是再讲点儿情操、讲点儿高贵的，要算是菊花了！"薛梅如是说。

"咱这是去看病号啊？"张玉梅又跟问了一句。

"这个嘛，好办，那就送上一束杨贵妃，既是安抚又是慰问，如果嫌它不够挺拔，再加上一束傲立在雪中的冬梅也就是了！"薛梅滔滔不绝地叨咕着。

"你说梅花选什么样的算好啊？"张玉梅追问不舍。

"这可有学问了，"薛梅有些神秘兮兮地说，"欣赏梅花讲'四贵'：要是看枝干，贵斜不贵正，贵老不贵嫩；要是看花朵，贵少不贵多，贵浓不贵淡。选花束的时候，只要挑选深色的也就行了。"

人们听得出神，公认她是个花卉的行家里手。一阵掌声之后，张旭东戏言道："要是这样，就不必到花店去买了，把薛梅留下就足矣！"

"说得好，"冯一夫赞叹不已地破解说，"雪（薛）梅者冬梅也，雄姿更加挺拔高贵，还不受春夏秋冬的限制！"

人们笑得前仰后合。这时车已停稳在住院部的门口，赵倩说："说归说，笑归笑，该买还得去买啊。"说完，顺手从腰里掏出五十元钱递给薛梅，"那就委托你啦！"

一边的李静跟着下了车，和薛梅一起选购去了。

李静她们很快就买回来了，薛梅带路，直奔主任室，从那里知道了四位老人的病情诊治概况，然后在大夫引领下，先是来到了老院士温海波的病房。崔羽握着他的手深表歉意，祝愿他尽快治愈疾病，早日康复。温海波对领导的关怀很是感激，表示一切听从安排，只是冷不丁给圈起来不大适应，要是没有什么大事，就早早放他回家算了，惹得在场的人大笑不止。崔羽安慰他既来之则安之，病治好了，就是不想走大夫也不肯留的。

当薛梅打开原院长、院士肖克静房间门的时候，只见他站在床边，一手扶着床，一手拿着尿壶，吃力地接着尿。她赶忙提示来人在外稍等，一个箭步跨到肖克静的身边，不容分说地抢过尿壶边接着尿边埋怨他为什么不喊护士来。一时间尴尬无比而又无力挣脱的肖克静，只好乖乖地顺从了。小解之后，薛梅又给他擦拭干净，这才让来人进屋。崔羽和迟来春两人各握着肖克静的一只手，帮他侧卧在床上，连声说受罪了，受罪了。崔羽劝他一定要接受护士的照料才是，就是轻度血栓也不要大意，高龄人最忌讳磕磕碰碰。

薛梅领着众人来到老院士沙石玉病房，这个情绪不稳、高血压三期的老教授，听说未曾谋面的新领导是个孝道楷模，今天又要来看望他们，精神了许多，早早从床上爬起来在沙发上正襟危坐地等候着。当人们拥入病房时，赵倩一一介绍着领导，沙石玉立马站了起来，目不转睛地盯着崔羽说："你就是李静常说的崔书记啊！我终于见到你啦。想奏个本，你可别不愿意听，你可不可以先别管我们这些残烛之人，先集中精力把学院给挽救过来吧，这是个无价之宝啊！"

"感谢您老关心学院胜于关心自己！"崔羽紧紧握着沙石玉的手请他坐下，说道，"您老说得好，可是您老想过没有，学院的元老们是不可再生的资源，是不可替代的国宝，如果不先挽救他们，我国的一部完整的科技史就要在我们后生的手里沦落为断代史，到了那个时候，喊天天不应，叫地地不灵，人们只能是望洋兴叹，悔之晚矣！"

沙石玉听了这番话，感慨自己只知其一不知其二，这位新领导果然是看得深，谋得远，称得上技高一筹、不同凡响啊。于是，他在赞不绝口地称道的同时，又像个请战的士兵说道："倘若需要提供工程方面的拙见，鄙人是肝脑涂地在所不辞！"

"您老献身科技的精神同样是我们后来人取之不尽、用之不竭的宝贵财富，"崔羽说，"不过，眼下奉劝您老得用对后人负责、对历史负责的胸怀治病养身，尽早康复，事业在呼唤着您，未来在期待着您啊！"

当人们离开病房时，李静到沙石玉身边问他家里有没有什么要办的事。沙石玉吞吞吐吐地说没有什么事，如果时间允许，给他家报个信，帮他安慰安慰老伴也就行了。李静怕他情绪不稳引起血压的大幅波动，就满口答应这事包在她的身上，劝沙老静心养病好了。

到了石成的病房，石成躺在那里闭目养神，听到来人的声音，精神抖擞，意欲起身。崔羽等人赶忙上前安抚道：“您老躺着，我们是带着全院师生员工的情意向您老问候来了，让您老受苦了！”

“谢谢，谢谢，”石成颇有些感慨地说，“这几天薛梅总和我叨咕，学院来个好领导，有希望了！可是我想，你们一定要吸取姚铭盛的教训，设法把学院给挽救过来！”

坐在床边的崔羽握着石成的手说：“您老说得是，我们当小辈的全靠你们传帮带了，发现我们有啥毛病，随时敲打点儿，免得你们打下的江山毁在我们的手里。”

“我说过，”石成越说越有气，他坐起来缓口气说道，“就说这个姚铭盛吧，天是老大，他是老二，谁也不在他的眼里，虽说他不能代表所有领导，可他毕竟是一个脓包啊！有时我在想，一个孤儿出身的人不会轻易忘本的，可他吃喝玩乐比谁都凶，罪过啊罪过！也倒是，现如今这事也不能全怪他，当初选择姚铭盛怨我没长眼，平时对他又是大撒手，要检讨的第一个人就该是我。”

崔羽怕他气大伤身，赶紧扭转了话题，说道：“您老的话我记住了，一定照办。咱们再换个话题怎么样？听大夫讲，您的身体没有太大的问题，但是需要好好恢复一下心脏功能，养他几天再考虑下一步的治疗方案。”

离开住院部之前，崔羽一再向大夫表示谢意，并恳请他们要给予长者们最好的治疗，又嘱咐服务中心的同志们，在工作中要沉到下面去，摸情况不要单靠问卷，李静的座谈会方式就值得效法嘛！

离开住院部，探视车满载着一曲祈祷老人健康长寿的歌缓行在回归的路上，那歌声，那祝福，荡漾起伏，从车窗的缝隙中飘向无际的远方……

第十八章

李静的求知欲望是以追求完美为目标的，求索无止境，吸收无名分，只要是有用的方案，哪怕出自庶民之手、政敌之手，一概取之为我所用，反之，不实用的方案就是出自友人之手、名人之手也从不恭维。她是个典型的拿来主义者，这和她平时不优亲厚友、不树私敌的品格是一脉相承的。她试探性地将问卷调查改为了座谈会的形式，收到了一定的效果，并得到了崔羽的首肯，但她并不满足于现状，又在崔羽强调工作要"沉下去"的思想启发下，广开思路，探索不止，对服务中心摸排情况及时地做了调整，采取了聚会座谈、个别走访为主，辅以问卷调查、电话联系等多渠道的方式进行，要求各室下去时撒大网、一把抓，回来后过筛子、再分家。

一个星期天，李静走访到老干部王丹阳家时，受到了她儿媳妇曾辉的热情接待。尽管是第一次见面，曾辉对李静并不觉得陌生，因为她婆婆没少提过李静在老干办时如何受屈不从、宁折不弯，现在又当上了服务中心的领导等等，虽然都是年轻人，可曾辉早就对她产生了某种好奇心和神秘感，默默地敬慕她几分。因为这个缘故，她早就想见李静一面，顺便向她说一下婆婆的故事，算是自暴家丑、以平内疚吧，可一拖再拖，总也没碰到个好机会。巧了，今天她倒不请自到，真是天遂人愿。

"我们是初次见面，请原谅！如果我没看错的话，你应该是曾辉嫂子吧？"李静握着曾辉的手说。

乍一见面就能点出她的名字，这不能不使曾辉感到惊讶，顿生相见恨晚之感。她随口应声道："妹子名不虚传，慧眼识真伪，我是尚家长媳曾辉，见到你非常高兴！"

李静和尚家人一一握手寒暄，说明自己是奉命家访，随便走走看看，请大家随意才是。曾辉示意婆婆王丹阳，她要和李静单独谈谈，王丹阳毫不介意地满口答应，说年轻人要在一起多沟通、多交流，这是个难得的机遇，她要到楼下遛遛腿去，要不了几分钟就能回来。

在客厅里，曾辉毫不见外地打开了话匣子，就像对亲人诉说着从未说过的隐私话，把憋在心底的酸楚滔滔不绝地发泄出来。

曾辉大学毕业后被分配在一个设计院搞建筑设计，是个爽快利索、小心严谨的人，也是个孝老相夫的好媳妇，尤其是她对上初中的女儿要求严格，从不马虎。这种恨铁不成钢的心情，应该说人皆有之，可以理解，而美中不足的是，她的方法似乎过于刻薄。懂事的女儿尚进好学向上、一丝不苟，由于长年累月的母女磨合，女儿对妈妈的指指点点早已习以为常了。可是近期以来，作业多，压力大，奶奶总是陪她在客厅做那些无休无止的作业，常常发现她随手往地上扔些纸屑或不慎洒些水。照常理，这算不得什么事，可在干净利索的妈妈眼里，成了不能弃之不管的行为，所以时不时地斥责。尚进开始接受，继而麻木，后来不理，就这样一来二去，尚进产生了逆反心理，有时听到指责不仅不改正，反而还特意往地上丢点儿什么，以发泄怨恨。对孙女的行为，对儿媳的批评，婆婆看在眼里，疼在心上，她不是要庇护孙女的毛病，而是不赞赏儿媳直来直去的生硬方法。怎么办？以后再碰到类似的情况时，婆婆就婉转地把事给揽了过去，说以往都是自己不慎把地给整脏了，再不要怪罪孩子啦。曾辉有些半信半疑，后来发现这是在庇护孩子，于是对婆婆渐渐地产生了不满情绪，认为她这是在孩子面前充白脸，让自己去当黑脸。终于有一天爆发了"内战"，曾辉指责婆婆不该对孩子阴一套阳一套，婆婆一言不发静静地听着，还不时地点着头。尚进越听越有气，她替奶奶抱不平，站起来冲着妈妈说道，你对奶奶太无礼了，难道说让我对你也这样无礼吗？王丹阳深忧风向不对，告诉尚进不能用这种口气和妈妈说话。曾辉听到女儿的反击，听到婆婆的善诱，马上意识到自己不冷静，失言了，立刻自省，因为她进了尚家的门快十五年了，婆婆是她心目中的偶像，凡事百依百顺，这样当面发脾气指责婆婆还是第一次，只好乖乖地听着女儿的倾诉。尚进说她喜欢奶奶的批评方式，不管多大的事，只要是从奶奶嘴里说出来，就像个“变压器”，她用降压的方式帮助减压，让人打心眼儿里服气，同样的事，要是从妈妈的嘴里说出来，却像个“喷水枪”，把人呛得喘不过气来。曾辉说，当她听到女儿讲这番话的时候，突然觉得婆婆高大了许多，而自己却渺小得可怜，连女儿都不如，当即眼含热泪扑向婆婆和女儿，三个人相拥在一起，好半天曾辉才说出一句话：妈妈太伟大了，女儿是妈妈的好孩子！婆婆风趣地说，你说反了，自己早就是个肥胖矮小的老太婆了，是个“伟”而不“大”的人。婆婆又安慰说，一个人从小有什么样的经历就会塑造什么样的终身性格。她说自己打小就是乖乖听别人的话长大的，所以这一辈子就成了个唯唯诺诺没有出息没有主见的人，曾辉和孩子就不同，有刚性，有棱角，有创见，早早就显露出是一块能够成就事业的好材料，劝她们不要轻易相互伤害，而要倍加珍惜亲情。尚进擦着眼泪说，奶奶是伟大的，妈妈也是伟大的，自己要向她们那样，学会做个懂事的孩子。

一场不过是芝麻大的家庭风波就这样圆满地结束了，可它留给人们的回味也许不止这些。

李静擦着湿润的眼睛听完了曾辉讲的故事。她像一个评委在点评参赛选手似的说道，婆婆的海量胸怀、曾辉的即省自悟、尚进的切身感受，三者融合在一起，抚平了母女间的沟沟坎坎，理顺了婆媳间的恩恩怨怨，绘成了一幅净化人们心灵的画卷，令人赏识，余味无穷！

李静谢过曾辉的款待和信任，又来到住院治疗的沙石玉家，在他老伴方敏的引导下，查看了居室庭院。这是一栋老式的四合院，虽然显得陈旧一些，但室内外层次分明，干净利落，院中的花池由于季节的缘故少了五颜六色，可那些枯谢的木本花卉，依然坚强挺拔。堂屋为沙老夫妇栖身之处，西厢房为沙丘小两口儿落脚之地，东厢房为沙老的书屋，门房成了储藏室，各个房间的摆设虽简陋，但整齐有序。老两口儿育有一女一男，女儿在国外，同住的儿子沙丘与儿媳徐亚光生有一子，叫沙鸥。在日常生活中，一家老小和睦相处，其乐融融。转了一圈之后，李静跟着方敏来到堂屋，向方敏介绍了沙老的病情，告诉她大夫确诊只是血压不够稳定，调养几天就可以出院，请家人放心好了。不过李静倒是多了一份心事，她联想到，沙老既然是因血压不稳住进医院，是不是家里有什么窝心的事引起的？她就试探地问道："阿姨，也许当小辈的多嘴了，沙老住院前家里是不是碰上什么不顺心的事了？"

方敏打了个冷战，她觉得李静问得如此突然和肯定，必是已经有了些什么耳闻，既然是这样，也就没有掩饰的必要了。原来近来儿子儿媳小两口儿为分居的事闹了矛盾，儿媳提出要单过，理由是别影响老人的休闲生活，儿子极力反对，主张留在父母身边照顾养老。

"最后怎么定的？"李静关切地问道。

"啥也没定就把老伴给气进医院去了。"

"哦，是这样，如果我没说错的话，您二老是不同意他们出去立户的吧？"

"你想想看，十多年在一起帮他们忙前忙后的都没嫌影响，现在什么也不用我们帮，怎么还能说嫌他们影响呢？"

李静想，事情总该会有个起因吧。她问道："阿姨，你们以前还有过什么摩擦的事吗？"

方敏否定了，从徐亚光来到沙家十多年，两位老人和她都没有红过脸的时候，对自己的孩子也没做到那样。她想了片刻说："啊，他们小两口儿拌嘴的时候倒是有，我这是家丑外扬了！"

"阿姨，要是觉得不便就别讲了。"

"其实都是些鸡毛蒜皮的事，没有什么便不便的。"她就毫不隐讳地讲了一件两年前的事：有一天，儿媳妇徐亚光眼含热泪对她说，沙丘提出要和她分手，希望公婆出面劝阻他儿子，以求和好如初。方敏说，她当时听到这话，脑袋涨得都要爆炸了，十多年来，沙丘和徐亚光相敬如宾，和睦相处，在生活中，一家老小同甘共苦，这突如其来的不悦，纠结着全家人的心，这到底是怎么啦？

"二老和沙丘大哥谈得怎么样？"李静急着想知道谜底。

"我们俩冷静下来商量了一下，主张不要马上找他谈，最好是不干预，冷处理，免得弄巧成拙，南辕北辙。理由有三条：一是事情的起因平平，只是年轻人争胜好强的一时冲动，不会导致什么严重的后果；二是沙丘有点儿主见，不喜欢别人掺和他的事，再加上脾气倔强，点火就着，也不便于别人轻易介入；三是寄希望于两人自行化解为好。”

“啊，原来是这样，有道理，有道理，二老处事有方啊，以后的结果怎么样了？”

方敏这时略有些激动，她说和老伴俩耐着性子静观其变，可是没过几天的工夫，突然接到徐亚光一个要好同事的电话，她近乎气愤地大诉其苦，大抱其怨，说她在电话中因劝导沙丘而受到斥责，希望当老人的挺身制止他的不可理喻之举。不用问，她这个要好同事的介入，有悖二老的初衷，无异于油火喷水，雪上加霜。方敏当即力劝她不要掺和其中，以免适得其反，她的同事也未置可否，只是“啊啊”了几声把电话挂断了，显然是表示不满。可是让人怎么也没想到，仅仅隔了两三天的时间，徐亚光和沙丘竟然手拉手地去上班了，所有这一切，像梦幻般地回到了平静如水的往日。方敏说这把老伴乐得连续几天满地走圈圈，虽然徐亚光没有回话，可行为本身就是最好的说明，尤其是当老人的，也无心介入什么，更没想问他们个究竟，只要他们能够牵手同行比什么都好。按理说事情到此也就该圆满地完结了，可是不然，打这以后，在日常生活中方敏发现徐亚光对他们不像以往那样亲近孝顺了，有明显的疏远迹象，甚至在某些琐事上开始挑剔。而沙丘是个事业上细心、生活上粗心的人，对徐亚光这些微妙的变化毫无察觉，直到现在对她提出单立门户的所谓理由还信以为真，只是孝心驱使他极力反对罢了。

李静仔细听完了方敏的诉说，她提出可不可以和徐亚光聊一聊，想知道她的感受和想法。方敏对她的想法很赞赏，也很感动，和她一起来到西厢房。徐亚光见到李静特别高兴，两个人握手寒暄，方敏让她们坐下唠，自己到院子里活动去了。

“大嫂如果不介意的话，我想了解一下你要出去立户单过的想法。”李静一针见血又是那么亲切地扑向主题。

徐亚光是个聪慧而敏感的女性，虽然感到这话有些突然，但这等于传递了李静和婆婆谈话的内容，所以她十分赞赏地说：“李主任，我们虽然是初次见面，但觉得一见如故，嫂子打心眼儿里佩服你的坦率直爽，但是我知道，你想了解并不等于赞赏，你有你的想法，我有我的缘由。”

“谢谢嫂子的大度宽容，不过嫂子和我的距离大了点儿，要是能给我拿掉乌纱帽的称谓，你就是我真正的嫂子啦。”

“好好好，是我的大妹子还不行吗？”

“这还差不多！咱们开门见山吧，嫂子想和老人分居这很正常，这是我们当代年轻人身上的一些共性，但是它导致我们误读了老人的良苦用心，伤害了婆媳之间的感情，影响了家庭中的和睦关系。”

徐亚光不解地听着李静口若悬河般的陈词，心想她哪儿来的那种大仙解卦似的玄妙神情，她没有插话，想继续听下去。

“恕我直言，两年前沙哥向你提出分手的事还记得吧？”李静看她不言语，突然发问。

何止记得，两年来，它像魔鬼似的缠着不放，就是它，才引发了今天要分居的想法。徐亚光的眼睛湿润了：“记得。”

“嫂子，对不起，不该提起那些不愉快的往事。”李静给她擦着眼泪说。

“妹子，不瞒你说，就是因为这件事我对公婆记恨到今天，怎么也没想到会是这样。”

“啊，不用问，你是在猜疑公婆不能一碗水端平，极力庇护他们儿子吧？其实这是外人强加给你的想法而已。”

“妹子，你认为我是个随便听信道听途说的人吗？”

“那倒不是，如果我没说错的话，那时你有个要好的同事是不是介入了这件事？”

不错，徐亚光和这位同事是形影不离、无话不说的经年至交，她毫不掩饰地说道：“有这事，我深信她不会骗我的。”

“说得对，我也认为她没有骗你，只不过她把主观猜测悉数地转嫁给你了。”

“那为什么我的同事因为规劝沙丘和我和好而受到斥责时，他们不仅没

有一点儿同情的表示，反而让她回避这个事呢？很清楚，随便什么人一听就能猜测出，这是为了庇护自己的儿子不得不用瞒天过海的损招来搪塞。”

“嫂子我想请教你个问题，如果嫂子是那个同事，碰上了这样的事和沙丘哥这样脾气暴躁的人，你打算怎么办？”

徐亚光思量了片刻说：“这个嘛，我想我还没傻到她那个分儿上，明知是个宁折不弯的人，怎么会硬往他的枪口上撞呢？俗话说得好，好汉不吃眼前亏，我只能是退避三舍。”

“你的同事并不傻，只是好心办了错事。如果公婆那时也找沙丘哥批评几句，那不是更惨了吗？说不定你们这个家早就四分五裂了。好了，还是说嫂子吧，你真是个明辨事理的人，给我指明了破解家庭僵局的方法，这就是：以刚克刚，两败俱伤；以柔克刚，求全良方。你的公婆和你的想法一样，正是基于对沙丘暴躁脾气了如指掌、对嫂子刚柔性格兼备的信任才不赞赏任何人的干预，也包括他们自己，其结果是避免了一场无谓的纠葛，保全了你们的破镜重圆，否则你们还会有今天吗？这如何谈得上褒了谁、贬了谁呢？看来嫂子心里比谁都有数。”

“说得是，后来我和沙丘和好了才发现，公婆倒是没有褒谁或贬谁，可我总是疑心不说话不等于他们没有话，这和说了我的坏话是不是没有什么两样呢？”

“要这么说，嫂子，我就不客气了，这应该是思维上的偏见。按照你这种逻辑推理，也完全可以反过来推想，不说话就等于说了你的好话，行不行呢？”

“啊……也许是吧，这么说我是狗咬吕洞宾——不分好坏人了。不过……如果是这样，那他们当时为什么不给我个回话，让我记恨了这么长的时间呢？”

“嫂子想过没有，你正在气头上，公婆找你说明不让你的同事掺和这事，这和你当时的想法正好相反，你能听得进去吗？再说，你在缓和之后不是也没给公婆回个话吗？不管你当时是怎么想的，我认为你们这样悄声自圆都是无可挑剔的，结果就是最好的证明嘛！”

“这么说是我错怪了公婆？但愿是这样的。”

“请嫂子再想一想，两年前公婆对你怎么样，两年后你提出自己要立门户他们又怎么样？”

“这个嘛……怎么说好呢？一言难尽，人心都是肉长的，他们对我比对待自己的姑娘还好，听我说要出去过，把老公公气得住进了医院……妹子，请你转告二老，这回撵我我也不走了！”徐亚光顷刻间泪流满面，深感羞愧。

李静在安慰徐亚光的同时，也跟着流下了兴奋的眼泪，她像揭秘似的说：“嫂子，难怪阿姨说你是个重亲情、孝公婆的好儿媳！不过，解铃还得系铃人，你说好吗？”

“妹子说得在理，我听你的。就是这事让我惭愧得太揪心了，没脸去见公婆。你想，两年来我的离心离德，是我不念亲情、娇生惯养、孤芳自傲的必然结果，今天看来，夫妻间、亲友间、老少间，冲动是滋事的魔鬼，任性斗气是离散的祸根，我真得好好反省自己了。”

“说得太好了，嫂子不愧是有自知之明的人。嫂子的觉悟警醒了我，鞭策了我，对我是个偏得，我真得好好谢谢你才是！”

“妹子你别客气啦，嫂子悔之晚矣！现在最渴望能有一服后悔药治治我的心病才好。我倒想起了一句老话：友谊不容草率断绝，再恢复也会留下症结。”说到这儿，她又掩面哭泣，痛心疾首。

“嫂子说得不错，可是这要因人而异。对沙家二老的为人，你体会得应该比谁都深，两年来就算是你对他们有所慢待、有所失礼，可他们还是不愿意让你们出去，这不正好证明了也是一句老话：天下只有不孝的儿女、没有记仇的爹娘。嫂子你说不是吗？不过，倘若子女对父母逆心不孝，忘恩负义，甚至恩将仇报，这是父母最痛心、最伤心的事啊，因为在亲情里亲而无情，那是连个路人也不如的。”

徐亚光腾地站起来对李静说：“妹子，我不知该怎样谢你才好，你要是早来个十天半月的，我老公公就不会住院了。走！请妹子帮我找婆婆悔过去！”

到了堂房，徐亚光抱住婆婆大喊了一声：“妈妈，女儿错了，该打该罚怎么都行，可我永远也不会离开你们的，除非二老不要我了……”

李静带着喜忧参半的心情离开了沙家回到办公室，把事情在中心的中层会上做了汇报。赵倩十分感慨地肯定说："李静同志不愧为我们身边的好榜样，在工作中，她总是带领我们闯新路、辟新径、开新域、立新规。她的访谈告诉我们，在我们的工作中，对老同志不仅要有政治上的服务、生活上的服务，还要有思想上的服务，就是说，要力争全方位地解除老同志的后顾之忧。他当即决定把这两个情况整理成书面材料，印发给有关人员学习参考，同时他又下达了个通知：老干部活动中心马上开工，要求各室安排好轮流参加义务劳动，工作劳动两不误。

人们正在热议的时候，陆坦急三火四地找上门来，他说从小道听说活动中心开工了，怪罪服务中心为什么不告诉老干部一声，他说总支临时碰了一下，这么大的事可不能袖手旁观，要求参加些力所能及的劳动，重活干不了可以干点儿轻的，哪怕是象征性的也好，比如说搞点儿宣传，或送点儿开水什么的都行。赵倩解释，说是对老同志保密吧也谈不上，但是崔羽同志有话，为了安全起见，千万不要惊动老同志参加义务劳动。赵倩好说歹说也拗不过陆坦，只好答应李静给出台车，请部分老同志往工地送点儿饮用水。

老干部活动中心选址很慎重，离闹市区不能太近，离学院老同志居住区也将不能太远，为此组成了有老同志参加的考察小组，经过反复踩点比较，最后将地址选定在新城区六顺广场的一角。"六顺"是以广场辐射出的六条马路为标志、集群众智慧而命名的，有"六六大顺"的寓意。这里地域开阔，前景看好，是个未来的新兴商业繁华区。

开工这天，没有鞭炮响声，没有奠基仪式，没有宾客盈门，没有领导讲话，只有红旗招展，只有师生出席。当听到工程总指挥"开工"的一声号令，那机械轰鸣的音响，汇成了一曲振奋人心的交响乐，整个大地震动了，整个工地沸腾了，瞬息之间，呈现出一片人头攒动、车水马龙的壮观景象。按照施工的要求，今天的任务是个体力活，主要是挖基槽，人们在白线上一字排开，刨的刨，钻的钻，挖的挖，铲的铲。地表还是照顾大家的，基本上都是些年久的淤积土，半米以下却隐藏着难啃的风化石，是个铲不动、钻不得的"硬骨头"。

在工地上，师生各半。院领导除了年岁大的程铁夫以及老教授之外，都列在轮流出工的名单上。由于今天是个开工日，院领导例外地悉数到场，大家都在争着抢着干，虽是初春季节，仍有寒意，不过几个回合下来，人们陆陆续续地脱掉了毛衣或棉衣，就这样也不行，不多一会儿，人人口干舌燥，个个汗流浃背。许多劳动小组进度还挺快，已经见到了风化石，而党办的劳动小组女的多，岁数大，力量相对弱一些，不过他们中的崔羽还得算是好劳力，会干活，有耐力，不愧为下过乡的老知青。他抡起镐头有模有样，嘴里还不时地哼着“哎嗨哟啊……哎嗨哟啊……”，给自己提气加力。现在土层下面已经露出风化石，一镐下去只是个白点，有时刨到石缝上还算好，能啃下几片碎石，真有点儿像蚂蚁啃骨头。

“各位老师同学们，老干部给我们送水来了，请休息一下喝点儿水！”李静高声喊着。

又累又渴的人们听到“喝水”的叫喊声，一窝蜂似的拥了过来，当发现人多碗少的时候，又互相礼让，这时只好一碗水你一口我一口地轮流着喝。

冯一夫是党办劳动小组的组长，他下令就地休息，等待喝水。崔羽看到陆坦老两口儿拎着暖水瓶走过来了，忙上前问候：“劳驾二老了，真不好意思，看来我的工作疏忽了，不该惊动老同志啊。”

李静怕责怪别人，赶忙回话说：“责任在我，是我说话不注意给走漏了开工的消息。”

崔羽接过陆坦斟满的一碗水戏言道：“谁的责任我不管，我就知道口渴的时候是需要喝水的！”惹得大家笑声不断。

崔羽边谢边喝了一口说：“这样吧，我先喝水后检讨。好了，咱们也发扬一下长征的精神，每人一口轮着喝怎么样？”话音一落，他把碗递给了别人。

第十九章

时间如流水，姚铭盛三个月的党校学习生活就该结束了。在他进党校之前，崔羽曾委托他找张泽明和王连生谈话，尽快弄清缺少的两件赃物，可是至今也没有个下文。这个事不弄清，直接涉及张、王的处理问题，他让冯一夫和赵倩俩立即找张、王两人谈话，尽快说个明白。冯一夫来到赵倩的办公室，把崔羽的意见一五一十地复述了一遍，赵倩一边点着头一边拨通了支部副书记田锋的电话，告诉他一起和张泽明谈赃物问题。张泽明听说主任找他不敢怠慢，急三火四地敲门进屋，见到是党务的人在场，他意识到是处理问题，没等坐下就急着说道："领导都在，有事请讲！"

"快坐下！"田锋给他递上一杯水说。

"老张啊，"赵倩开门见山地说，"我们几个人受党委委托和你唠一唠送礼的事，从你写的检查材料上看是不是还有遗漏的地方？如果有，最好抓紧时间来个竹筒倒豆子，实事求是地交代清楚，这样才能一身轻地投入到工作中去。"

赵倩单刀直入的质问，使张泽明顿时想到了准是关于那两件礼品的事。本来姚铭盛入学前曾让他找王连生谈一谈，完全可以打个主动仗，可当时王连生约他闲唠时就想提这个事，因他不赞成要检举崔羽卖车问题，结果话不投机也就放下了。现在他手里有王连生给的一枚戒指，他想，讲吧，又讲不清楚，不讲吧，组织上过问了，越等越被动，还是主动讲了好。他说："是我错了，当初太贪心，收到王连生给的一枚戒指，他想来个浑水摸鱼，一笔算在崔书记的账上，至于缺的另一件礼品我就不知道了，也没听王连生说过。”

“另一件礼品你估计能在谁的手里？”冯一夫问道。

“跑不了姚铭盛和王连生他俩，可能性大一点儿的还是王连生，因为他平时就是个爱占小便宜的人。”

“你果然是个爽快人，”赵倩肯定地说，“看看还有什么要补充的没有？”

“我自己的事就这些。再有……再有就是王连生的。前几天他找我说，崔书记私自倒腾小轿车，要我和他联名检举，我对他说，没有根据的事可不能乱说，他有些不大满意，要自己举报，闹了个不欢而散。”

“你这样做是对的，”冯一夫说，“最好尽快写个补充材料，连同戒指一起交给赵主任。”

“请你们放心，明天我就交上来。”

送走了张泽明，赵倩又给李静挂了电话，让王连生说清送礼的事。王连生自从被摘了乌纱帽之后，他的气一直都不顺，尤其是当他耳闻崔羽有所谓倒腾轿车的事之后，更是牢骚满腹，怪话连篇，说什么小贪围着大贪转，不愁没有保护伞，又是什么你贪他贪我也贪，谁要不贪白不贪……他心存侥幸，信口雌黄，听李静说主任找他有事时，毫不在乎，到了赵办，推开门便问道：“你们找我有什么事啊？”

“坐下说吧，”赵倩客气地说，“这几天走访有收获吧？”

“哪儿来的收获，人家不相信能解决什么问题。”

“啊，你是怎么看的？”赵倩问道。

“我也是这么看的，不过是走走过场。”

赵倩严肃地说：“咱们工作人员都没有信心，怎么能让老同志有信心呢！”

“怎么会没信心呢？”冯一夫插话，“从崔书记来了之后学院变化很大，你不是也看到了吗？”

王连生固执地说：“新官上任都是三把火，姚铭盛当初不是也挺好吗？现在怎么样？该走邪路还是会走邪路，其实你们看得比我还清楚，不是吗？”

田锋认真地记着笔记，很怕他翻手是云覆手是雨的。

“咱们今天先不讨论姚铭盛的问题，”赵倩拨正话题质问道，“现在要问你项链和戒指到底哪儿去了？”

“这事你们应该去问问张泽明！”王连生推卸地说。

“至于问谁不问谁那是组织上的事，你就不要管了，”赵倩果断地说，“现在是在问你！”

王连生从赵倩的话里听出已经问过张泽明了，而且也意识到张泽明推得一干二净，所以他气哼哼地说：“张泽明不够意思，不敢承担责任，我给过他一个戒指，项链在我手里，什么时候要我就什么时候交。”

“啊，争取明天把补充材料和项链一起交上来吧，”赵倩又鼓励他说，“你的态度还不错，这就对了，看看还有什么问题需要补充的？”

“我的事就这些了，可是……”王连生意犹未尽地说。

“可是什么？”赵倩说，“有话只管讲嘛！”

“要我说啊，你们这些人都被蒙在鼓里了，比我的事大上多少倍的都不管，只抓芝麻不管西瓜，眼睛就盯着下边。”

冯一夫说：“你的意见提得很好，作为兼顾纪检的具体工作人员我虚心接受并表示感谢；作为问题就得有证据了，只要有证据，不管是什么人，不管是芝麻还是西瓜，都应该抓！”

“有没有证据我不管，反正我是举报了！这事你们可以去问问崔羽，部里给他配的丰田新轿车哪儿去了？”

“你知道哪儿去了吗？”冯一夫追问。

“他给卖了，不信你们可以到车队去查嘛！”

“只要这事有根据，你有权举报，”赵倩说，“还能立功受奖，要是乱讲那是要负责的。好了，就谈到这儿吧。”

王连生离开后，冯一夫很惊奇，说他怎么一点儿也没听说过这个信息，赵倩只好把开始经他手找车队卖车的情况说了一遍，一旦有了买主，崔羽让直接与他联系，以后介入了老干部工作就再也没有过问。田锋认为这里不会有什么问题，如果真是倒腾车，就不会兴师动众地办这个事。赵倩同意这个看法，不过他还是嘱咐冯一夫要留心一下这个事的结果。

追赃的前前后后搞得王连生很是恼火，他觉得当初看错了姚铭盛和张泽明，在关键的时候，要么洗刷自己，要么一推六二五，逼着别人上刀山下火海，这简直是损到家了。晚上下班的时候，他带着一肚子怨气回到家，坐在餐桌的一头生闷气，瞅着饭菜一点儿食欲也没有。夏云涛看着愁眉苦脸的丈夫说道："你这几天怎么啦？不好好吃饭，不好好睡觉，是不是有啥事瞒着家里？"

王连生没有吭气。

"我爸是不是有病了？"儿子王旭认真地说，"要不上医院看看去吧！"

王连生从嗓子眼儿里挤出一句话："你才有病，饭也堵不住你的嘴！"

王旭猜测说："不用问，这准是那个姓陆的又整你了！"

夏云涛说："小孩子瞎说些什么！"说完伸手去摸王连生的脑门："也不热啊？"

王连生推开夏云涛的手说："你不要管闲事好不好！"

"好，好，好，我不管，"夏云涛生气地说，"我去找你们姚书记管，成天围着他的屁股转，结果连个乌纱帽也转没了，也好，总算闹个一身轻，免得半宿半夜在外面鬼混！"

王连生看到夏云涛生气了便说："算了，算了。"饭也不吃了，他起身到卧室趴在桌子上写补充检查。夏云涛收拾完餐桌回到卧室坐在沙发上看书。王旭怕父母吵架，特意到他们卧室门口瞅了一眼，夏云涛看到儿子忙告诉他快回自己房间写作业去，随手关上了门。王连生写着写着放下了笔，问她前些日子给她的项链哪儿去了。夏云涛是个有正义感的人，当初就觉得这东西来路不明，放在抽匣里一直没戴它，于是就吓唬王连生，说是朋友结婚随礼啦。王连生瞬间脑袋老大，拍着大腿连声说："完了，完了！"

夏云涛继续捉弄他："什么好玩意儿，不就是个玩具嘛！"

"哎呀我的小妈，你可把我给坑了，那不是水货，是几千块钱的金货啊！给谁了，快要回来吧！"

夏云涛火上加油："送人的东西就像泼出去的水，怎么能要得回来呢？除非你告诉我这东西是怎么来的。"

王连生很是无奈，思索了片刻便谎称是收礼收来的，说什么现在人家犯事了，如果不还回去要跟着吃苦果子的。说到这个分儿上，夏云涛已悟了个八九成了，断定这东西不是好处来的，告诫他今后可不能再干那些歪门邪道的事了，如不改邪归正就不理他了。王连生听出这话里有转机，赶忙表示诚意，说自己过去是跟着鬼混就变成小鬼，今后一定跟着人走学做人就是了。夏云涛听他有点儿回心转意的意思，就让他闭上眼睛，伸手从抽匣里拿出个小包，还没来得及递给他，就被半闭半睁着眼睛的王连生一把抢了过去。王连生又是磕头，又是作揖，猛然又扑到夏云涛的身上，搂住脖子狂吻不止。夏云涛被这突如其来之举弄得昏昏然，飘飘然，好不容易挣脱出来，气喘吁吁地说："快睡觉去，让孩子看见多不好！"

王连生有些激动地坦言："说真的，这项链你要是拿不出来，我可怎么活啊！好老婆，你先躺下等我一会儿，还有几行字就写完了，明天得交上去！"

"你写些什么，是不是检查？这纯粹是自找苦吃！"

"啊，说得对，你放心好了，今后保证不再写这玩意儿就是了，再写这玩意儿就是个小王八！"他边说边用手比划着。

再说王旭，他回到自己的房间也没专心写作业，而是在谋划着如何替他爸爸出这口"怨气"。他是在读的初中生，由于常年家庭失教，渐渐养成了厌学打斗的恶习，成了打架斗殴的铁哥们儿头，经常结伙惹是生非，干些歪邪不轨的事。在校内，动不动给存放的自行车扎个眼、放个气，窃取老师的教案，写个恫吓女生的字条，等等；在校外，到小卖店拿拿摸摸，起个哄，打个群架，等等，就这样，以王旭为首的几个同学成了管区派出所的挂号人物。此时此刻，他反复琢磨如何给陆坦点儿颜色看看，让他知道知道小哥们儿的厉害劲，一阵胡思乱想，终于计上心来，等找他的铁哥们儿一起见机行动。

下个周一，"三委"委员就要去温泉山庄办班了。这阵子王连生总在想，服务中心只要留下两个人就有自己，真是没办法，人到了不走运喝水也塞牙，只能乖乖地听摆布。可他又一想，也该想开点儿，自己心里服气的领导李静最应该去办班，可人家还主动请缨在家照顾中心的日常工作，自己又算个啥？于是，他就只好无奈地守岗待命了。

李静打算在办班的人走了以后，和王连生一起继续走访老同志和跑医院看病号。可是这两天她最惦记的是孙大可和乔妍的婚事。现在看得出来，两位老人之间已互有好感，没有什么大的沟沟坎坎，眼前就是不知道他们的子女是个什么动向，应该抓紧给落实下来，如有可能，可以委托人在他们随办班疗养期间给进一步撮合撮合。为了摸清底数，晚饭后她来到孙大可家走访，谢海霞见到了李静格外热情，紧握着她的手不肯撒开，问长问短，像是有什么隐情在里面。孙民端水送茶，殷勤接待，把个李静搞得受宠若惊、不好意思。李静赶忙开口问道："大伯在忙什么？"

"刚下楼散步去了！"孙民回话。

"听我爸夸你升大官了，可别把嫂子给忘了！"

"嫂子真能开玩笑，一个芝麻官哪值得大伯夸！"

"这可是真的，"谢海霞颇有感慨地说，"我爸很少夸人，可是提起你来就没完没了，好像你当多大的官他都没有意见。妹子不瞒你说，把你夸得我都有些嫉妒了！"

"那好办，"李静戏言道，"这顶乌纱帽送给嫂子啦！"

"哎呀我说妹子，这帽子你可不能乱扣啊，你不知道嫂子长个穷脑袋吗？"

"说归说，笑归笑，你们喜不喜欢乔阿姨这个人？"

提到乔妍，孙民来了精神，第一个开了腔："要说乔姨啊，何止喜欢，谢海霞还要给我爸牵线当红娘呢！"

一时间李静乐得不知说什么是好，她拽着谢海霞的胳膊晃来晃去地问道："这是真的吗？嫂子快说说看！"

谢海霞立刻意识到，闹了半天，李静就是为这个事而来的，真是英雄所见略同，便脱口而出："妹子，你是不是要抢我的猪头啊？"

"不敢，不敢，我怎么能抢过你们俩呢！"

孙民有些担心地说："这个事怕是一厢情愿，听说乔姨比我爸小十几岁，人家能干吗？"

"这恐怕不是什么问题，"李静胸有成竹地说，"如果不怕我抢你们的猪头，乔姨那头就包在我的身上啦。其实啊，咱们打开窗户说亮话吧，乔姨就怕你们有什么想法。"

“我说李主任啊，”孙民腾地站起来拍着大腿说，“如果你不是在哄骗我们俩，这可真是‘踏破铁鞋无觅处，得来全不费工夫’啊，好了，好了，猪头就给你们俩吧！”

此时此刻的小两口儿乐得都要跳起来了，李静瞬间成了他们家的座上宾。这些年来，也真苦了这家人，母亲误入邪道拖累了全家人不说，更是拖累了他们的老爸，好日子一天没过过。要是这事一旦成了，老的在生活上能够互相照应，共度晚年，小的在事业上可以专心致志，有所成就，真是天赐良缘，老小齐美！不过李静有话在先，现在老年续弦者闪婚闪离的较多，其中多半是财产纷争所致，为了善后起见，有必要来个“先小人后君子”的约定。她建议婚前财产各自所有，婚后财产共同享受，并立个合法协约付诸公证。她的建议一出，当即得到了孙、谢两人的高度认同。谢海霞赞赏说：“妹子真像个领导的样子，难怪我爸总夸你是个人才。”

李静谦虚了几句，当她意欲离开时，小两口儿一再乞求她多帮忙，等母亲周年一过，帮他们搞个仪式，早早地把这事给办了，大家也就了了这份心思了。

李静如释重负，步履轻盈地离开了孙家，消失在夜幕中。

第二天上午，她马不停蹄，满怀喜悦的心情准时来到了陆家赴约，她向陆坦介绍了去何山夫单位科研组的成员，又讲了几位住院老人恢复的情况，说他们近期就可以出院，大夫要求他们在家继续休养，不宜远行，其中石成需要留院再养几天，准备做心脏介入术。接下去她又滔滔不绝地说孙大可和乔妍的婚事有了意想不到的进展，说明了孙民和谢海霞已早有此意，只是没有机会说出来罢了。薛洁听得动情，说道：“也是，你乔姨这个人没说的，人品好，脾气好，是个人见人爱的人，这两个孩子真有眼力！”

“你薛姨说得对，”陆坦说，“这两个孩子确实是懂事，他们不仅眼尖心细，思想也特别开通，真是难得。要这么说，现在是万事俱备，只欠东风了！”

李静高兴地说：“陆叔，也可以再乐观一点儿想，东风也不欠了，只差捅破遮挡东风的这层窗户纸了。”

“这怎么讲？”陆坦不解地问，“难道他们俩已经走到一起了？”

李静明确地说："也可以这么讲，不过两位老人很谨慎，他们曾背靠背地明确表示过，双方都在疑虑对方的态度，尤其是子女们会不会从中作梗，所以也都不便挑明婚姻之事。"

"原来是这样啊，"陆坦说，"现在就等于米已经下锅了，只要点把火就行了，是吧？"

"陆叔说得是，我就想求您到了学习班时，给点了这把火，告诉二老，孙民和谢海霞心目中的继母就是乔阿姨。剩下的就是乔阿姨女儿李阳春那头还没沟通，我最近争取找她落实这个事。陆叔您看行不？拜托了！"

"好啊，点火的任务我想我是可以胜任的。最好你再跟何山夫通个话，等他们疗养回来到了公司以后，多给创造点儿方便条件，把火烧得旺一些再旺一些，免得煮成了夹生饭！"

"看你这些鬼点子，也不怕李静笑话！"薛洁羞涩地说。

"阿姨说远了，哪有小孩笑话大人之理！陆叔，这段时间走访还在继续，有些收获，等办班回来也就差不多了，那时再向总支汇报。去山庄的医务和会务，车辆和保卫都安排好了，等周一走的时候，崔书记要院系领导夹道欢送！"

陆坦听了欢送的话，打心眼儿里有些不安：就去办个班还这么兴师动众的，未免是小题大做了吧！他颇有些感慨地说："李静啊，我看人要算是个怪物，当人家不理你的时候，我是烦闷委屈、愤懑不平，当人家高看你一眼的时候，我又觉得受宠若惊、问心有愧，我是不是太难伺候了……罢罢罢，座上宾总比阶下囚的滋味要好多了！"

"陆叔多虑了，这是长者们受之无愧、理所当然的！"李静起身说声"叔叔阿姨再见"就离去了。

转眼间周一到了，早晨上班的第一件事就是为办班疗养的老同志送行。不到九点钟，院系领导提前来到院部楼前，冯一夫喊着并不标准的整队口令，人们一字形地站了两排，精神抖擞地在等候着送行车的到来。不到十分钟的工夫，只见两台大客和一台中巴车缓缓来到楼前停下，送行的人顿时不停地挥手致意。打开车门，赵倩和李静赶忙跳下车，然后又陪同崔羽等院领导分别登上车，和老同志一一握手话别。孙大可第一个站起来说：“我们是无功受禄去享受，真是过意不去啊！”

崔羽忙说：“哎呀，前辈们都是功德无量之人啊，理所当然！不过不是去享受，而是去享‘寿’，要是离开了享‘寿’，我们的享受也就没有什么存在的意义了。所以说，‘三委’前辈们要半休半学，不要搞得那么紧张，‘三老’前辈们要全休全养，来个精神上的大放松，尤其是孙老和乔老更要休息好，回来之后还要代表学院到女婿家去看望‘亲家’呢！”

车厢里充满了笑声、掌声和欢呼声。崔羽等院领导轮流到每个车厢看了一遍，并拜托工作人员一定要照顾好老人，把安全时刻放在心上，祝前辈们健康快乐，尽兴凯旋！

送行的车在徐徐地移动，送行的人在频频地招手，车渐渐地远去消失了。当送行的人已经散去后，李静还站在那里迟迟不肯离去，她是在默默地祈祷着、祝福着。

温泉山庄离城区不过百八十里的路程。柏油马路并不宽，但对开有余，也很平坦，这里最夺人眼球的要算是路两旁密植的参天白杨，把个马路顶端遮得严严实实，车行其间，随季节的转换，会有着异样的感受，或似在天伞的保护下闲情地漫游，或似在逶迤的山野里飘然地穿越，或似在葱翠的长廊中品味着画卷……令人赏心悦目、心旷神怡！

当送行车行驶到大约三分之二的路程时，人们透过树干的间隙，隐隐约约可以看见，在起伏的山峦中琼阁林立，那就是大家今天落脚的名声在外的温泉山庄。突然间首车靠道边停了下来，后车也就跟着停下，赵倩让胡亦立通知大家就地休息十分钟，有人说，这真是人性化服务，再多坐一会儿腰腿都硬了，下车都困难。这时不知是谁大喊了一声：下车换换新鲜空气吧！瞬间，道边站满了人，有的伸腿，有的扭腰，有的唠嗑，有的吸烟喧闹。之后，在工作人员的搀扶下，大家又陆续上了车，每辆车核准了人数，赵倩方下达了继续前进的命令。

不到二十分钟的工夫，车开进了温泉山庄的宽敞大院，下车后人们集中在大厅，等候胡亦立和服务员安排房间入住，陆坦一再嘱咐把孙大可和乔妍安排在相邻的房间，便于互相照应。疗养院孔宪德院长上前与赵倩、陆坦、张旭东握手寒暄，表示欢迎之意。当大家入住妥当后，赵倩召开了服务中心全体人员紧急会，重申了学习上要服从总支的安排，生活上要照顾老同志的要求和对疗养院有什么需求意见集中起来统一交涉，下午全体工作人员参加总支召开的大会。

李静送走了“三委”回到办公室，她在想，孙大可和乔妍的事已经委托陆坦给捅破这最后一层窗户纸了，祝愿他们能早早有个佳音。而沙老家的事也有了个圆满的结果，这两件大事的完成她怎么也没想到会是如此顺利。她在庆幸之余，不能不想到沙石玉，应该让他老人家尽快分享到这个喜悦才是。也巧，就在这时她接到医院的电话，要求去人商定几位老人出院的事。听到这个信，李静着急了，她找到王连生出车，马上去医院探视。

在住院部，主治大夫向李静逐一介绍了情况，除了石成最近需要做个心脏介入术外，其他几位都可以出院回家休养，尤其是沙石玉，昨天老伴和儿媳妇来看他，老人家特别高兴。李静在安排王连生办理出院手续的同时，她在大夫的引领下，探视了几位老人。最后来到沙石玉的病房，沙石玉见到李静时，紧紧地握着她的手说不出话来，哽咽了好一会儿才说道：“丫头啊，我……我不知道该怎样谢你才好，你给我们家解除了几年的误会，让我放下了心头大包袱，我代表全家人谢谢你了！我儿媳妇说了，她要是早些天见到你，我恐怕就不用住医院了，真得好好谢谢你，谢谢你！”

李静的眼睛挂着泪花安慰沙石玉说：“大伯可别这么说，有幸能为您老办点儿举手之劳的事，这就像为自己的父母尽孝一样，怎么还能见外呢？何况大伯还弄颠倒了，倘若您老已经感觉到如释重负的话，那是因为徐亚光嫂子解除误会的结果，大伯不该谢我，而是我要谢谢嫂子才对啊。”

一旁不明真相的大夫听得又出神又糊涂，但从长者近乎谜语般的道谢中，早已嗅到了眼前这位弱小的女子肯定是一位令人肃然起敬而又受人仰慕的人。大夫为了满足自己的好奇心，就恳求沙老在方便的情况下给他破解这个谜底。这时王连生找上来，打断了他们的谈话，他告诉李静出院的手续办完了，该回去安排个车下午来接他们回去。李静起身说声“下午见！”便离开了住院部。

第二十章

姚铭盛在学习班，前期表现还是不错的，对自己的错误有一定的认识，并有悔改的诚意，结业前突然间有点儿反复，原因很简单，他从后勤部门听说崔羽有倒腾轿车的事，而且千真万确，便产生了动摇的思想，认为天下乌鸦一般黑，这些新干部纯粹是些高调不离口、大棒不离手的道貌岸然的伪君子，倒不如他时不时地还说点儿真话，亮点儿真丑。对此，他有心找张泽明试探试探学院的风声又作罢了，觉得张泽明现在跟得太紧，有些靠不住了。只好在周六的晚上，把王连生约到家里问个明白。而王连生自从被摘了乌纱帽之后，他的气一直都不顺，再加上从贪图礼品的事认识到姚铭盛和张泽明一样，不敢承担责任，对他们是满肚子怨气。不过这回姚铭盛能找到他说事，又觉得还算是够意思，便很高兴地按时赴约了。他见到姚铭盛的第一句话就是喊怨诉苦：“你不在家我是干受罪了，丢了乌纱帽是小事，什么好事也没有我的份，连个‘三委’办班都不让去，一会儿让干这个，一会儿让干那个，在李静的领导下，净当小媳妇啦，你快点儿回来给我做主吧！”

“李静对你怎么样？”姚铭盛关切地问。

“她对我还挺好的，大事小情都和我商量着办。就是张泽明那小子不怎么样，虚头巴脑的，净装好人了。没想到他长个滚珠脑袋弹簧腰，把些乱事推得一干二净的。”

姚铭盛夫人孙丽有些心灰意冷地说：“我看你们都没有什么好兆头，这个事那个事的，乌纱帽一个也剩不下！”

姚远听他妈这么一说有些警觉，认真地问道：“你们都犯啥事啦？怎么会这么惨？”

“啥事？这还用问吗？”姚铭盛偷梁换柱地掩饰说，“还不是一朝天子一朝臣，总会有几个像陆坦那样整人的人跳来跳去，历来如此！”

“这事很难说，”王连生突然来精神了，他说，“我告诉你们学院有个特大新闻，听说崔羽倒腾轿车，具体情况不太清楚，我已经写匿名信举报了，走着瞧吧！”

姚铭盛说：“你也知道这个事？看来你的信息还挺灵通的，我问你，他上下班坐什么车？”

“他刚上任时学院给配了一台车，他转手给了老干部用，自己坐通勤车上下班。”

“大家什么反应？”姚铭盛问。

“那可多了，有的说这是收买人心，有的说他和群众打成一片，有的说学院怎么来了个傻子，等等。”

孙丽惊奇地说：“他是不是精神不正常啊？”

姚铭盛说：“说错了，他既不彪也不傻，其实就是收买人心。我告诉你们个准确信息，他刚来的时候，部里给配了一台新的丰田轿车，他转手就给卖了，你们说这种行为还不严重吗？”

“对对对，我听到的就是这个事，真是无风不起浪啊，这么说我举报对了！”王连生高兴得几乎要跳起来。

孙丽眼前一亮，说：“这不是犯罪吗？可够得上撤职查办啦，你看吧，整人的人历来都没有好下场，这么说你们学院将来会有好戏看啦！”

“我爸说他不彪不傻，要我看这倒是个真正的傻子，要不然他的胆子还这么大啊？”

“这个事十分准确，”姚铭盛信心百倍地说，“我是干什么的？听到信就举报了！”

王连生乐得不知说什么好了，忽而说姚铭盛立功受奖的时候到了，忽而说他一定能够高升官职的。两个人越唠越有些忘乎所以，越唠越有些离谱，姚铭盛最后说：“放心吧，天无绝人之路，这还有什么说的，有福同享，有难同当嘛！”

王连生像打了强心剂似的，有点儿飘飘然。第二天见到李静便好心好意好言好语地劝告她，不要跟陆坦靠得太近了，他不仅“好管闲事”，还总是好整人，把姚铭盛给整进了学习班，现在又和崔羽搅到一块儿去了。李静听得不顺耳，疑惑他哪儿来的这些信口雌黄。要说他对陆坦不满倒也没有什么奇怪的，因为在他的脑子里早有成见，可对崔羽又要疑神疑鬼、捕风捉影地说三道四，这倒是值得警觉的。于是她耐着性子反问王连生陆坦错在哪儿，没有他捅开学院的马蜂窝，谁知道里面裹些什么东西，再说党委让姚铭盛去学习又有什么不好的？崔羽怎么啦，他虽然来的时间不长，学院已经开始大变样了，这些都是大家看得见摸得着的，总不好昧着良心说瞎话吧。一席话问得王连生张口结舌不知说啥是好，想了半天支吾道：“这……这恐怕你还不知道吧，崔羽刚上任的时候，部里给他配了一台高档轿车，你看见他坐过吗？”

李静愣了一下说：“没见过，也不知道有这回事，我就知道他把学院配的车给咱们用了，他每天上下班坐通勤车。”

“这些都是假象，”王连生肯定地说，“那纯粹是收买人心，其实啊，他早就把车给卖了！”

“王老师，咱们可不能说这些不实的话，闹不好这叫诬陷好人，还得负法律责任哪！”

“你说得是，我开始知道这个事还没有十分把握，后来从姚书记那里得到了证实。”

李静顿时从迷离之中醒悟过来，原来他的这些阴阳怪气是从姚铭盛那里来的，便说道：“这么大的事你早就应该向组织上汇报才是，不管是听谁说的啊！”

“汇报了，我是写匿名信举报的，连姚书记都检举了。”

“在姚书记告诉你之前，你是从哪儿知道这个信息的？”

“你就别追问了，是车队的人传出来的。”

“王老师，咱们哪儿说哪儿了好吗？这种没有证实的事可不能到处乱说，你看还有什么事要讲的？”

“没有啦，我没乱说，啊，我和张泽明说过。”

“好了，谢谢你的信任，咱们继续走访吧！”

早上刚刚上班，冯一夫就接到科技综合部秘书处的电话，让他转告程铁夫马上到部里去一趟，部长有要事约见。程铁夫知道后有点儿发愣，不知有什么要事，莫非是让崔羽离职回部？这不太可能，他来了不过半年的时间，局面刚刚打开，教研刚刚起步，怎么会呢？他暗下决心，就是部长有这个意思，也要赖着不放他走，至少是原定的一年之内。

部长左言是个直性子爽快人，他握着程铁夫的手说：“程兄你好！快坐下，听崔羽说你老兄领导有方，学院现在是人心思变、人心思教、人心思改啊。可喜可贺，我代表部党组向你表示感谢！”

“部长让我来不是说这个吧，”提起学院的变化，程铁夫有说不完的话，他说，“要说这个也不该是张冠李戴啊，我怎么敢贪天功为己有呢？倘若崔羽不去，我敢说最多还是老样子，说得难听一点儿，不知滑到哪里去了。自从崔羽到学院挂职以来，他处处以身作则而求致远，事事循规渐进而不固守，很快就出现了欣欣向荣的大好局面。搞小自由的放弃了，搞歪门邪道的收敛了，离心力正朝着向心力转化，以老带新，以研促教，学好开始形成了良好风气，全院上下赞誉声不绝于耳，可以说没有人不佩服他的，我是甘拜下风了。而且在他的带动下，我这个朝气不足、暮气有余的大老头子也给卷进了轰轰烈烈的教改的大潮之中。”

程铁夫的肺腑之言，左言倒是听得出神，这一老一少的搭配，真是天衣无缝。他按捺不住内心的兴奋说：“你老兄可够谦虚的了，这么说崔羽大有谎报军情之嫌啦？好了，好了，今天请你来确实不是想谈功论过的，要和你沟通另外一件事，你听到过关于崔羽的负面风声没有？”

“哪儿来的负面风声？不是什么人在编造笑话吧？”

“不是笑话，是有人写来举报崔羽的匿名信。”

“举报什么事？是不是有人要兴风作浪呢？”

“举报毕竟是举报，事出有因嘛，还是要引起重视为好。”左言说着顺手把一个信封递给程铁夫，让他自己看看。

程铁夫战战兢兢地抽出信纸摊开，左看右看不得其解，崔羽怎么还能倒腾轿车？真是岂有此理！这分明是不怀好意，他脱口而出：“很显然，这种人是想搅浑水从中摸鱼，他们也不想一想，离奇的谎言是不攻就会自破的，崔羽他上哪儿去弄轿车倒腾啊？”

“啊，不过这事就很难说了，”左言冷静地说，“无风是不起浪的，我想知道他现在是坐什么车上下班的。”

程铁夫不好意思地说：“实不相瞒，学院眼前有些困难，只好给他配了一台旧车，真是慢待他了。”

“这么说还真有点儿问题！”左言有些不情愿地说，“是这样，在他去学院上任时，为了减轻你们的负担，部里给他配了一台新丰田车，他说只要车不要司机，这车你见过吗？”

程铁夫听了有点儿不敢相信自己的耳朵，也是不情愿地说：“这个嘛……没见过，看来还真是事出有因啊！”

“不错，我的基本看法是崔羽不是这样的人，”左言话锋一转说道，“但是，人是会变的，你看怎么办好呢？”

“最好是部里纪检部门插手，俗话说得好，自己的刀削不了自己的把，这绝不是推卸责任，不过……不过我希望要爱护干部啊，请部长明示好了。”

“老兄啊，你爱护干部的思想是一贯的，就冲这一条我也得委托你去处理，你看怎么样？”

“哎呀，”程铁夫无奈地说，“我只能服从领导的决定，不过也请领导放心，我程铁夫不会再无原则地去庇护什么人了，历史教训足够我借鉴的啦！”

“好，就这么定了。另外你们马上着手总结一下打翻身仗的经验，在即将召开的院校会上交流一下。”

“这事我就不谦虚了，反反正正都有些冒尖的东西。”

谈话算是结束了，左言挽留他中午吃个便饭再走，而这时的程铁夫哪里有吃饭的心思，别说是便饭，就是八大碗酒席对他来说也没有吸引力了。他在想，一旦崔羽真的出了问题这可怎么办啊，太令人惋惜了。于是，他赶忙推辞说：“不行，不行，谢谢部长的好意，重任在身，不敢懈怠，我得赶紧回去弄个水落石出，早早给部长回话。”

程铁夫从部里回来，一头扎到党办问冯一夫，听没听说过崔羽轿车的事。冯一夫误认为是崔羽把轿车转给老干部用的事，心想既然部长都在追究这个事，也就不好继续隐瞒下去了，再不说明就把老院长给搞被动了，便回答说：“听说过，是崔书记不让告诉你。”

程铁夫顿时脑袋老大，怎么也没想到还真有问题，就板着脸质问道：“难道说你们还订立了什么同盟吗？”

冯一夫看老院长不高兴，也就跟着严肃起来，把他知道的情况做了汇报：“完全可以这么说，既然您老问到我了，也不好再保密了。事情是这样：崔书记听说老干部的车不够用，就把院里给他配的车转给老干部用了，他自己坐通勤车上下班，公出办事临时派车。”程铁夫听了一阵心酸，但是又觉得文不对题，全是所答非所问，只好继续追问：“关于车的事就这些了吗？”

冯一夫检讨地说：“我知道的就这些，这事程老就批评我吧，是我没安排好，让您老跟着操心了。不过，崔书记不让讲也是好心，他怕影响领导用车问题。”

“这事你怎么看？”

“这是崔书记公而忘私的精神最动人的展现，我非常赞赏。可是，作为一个领导者，如果他前不怕狼，后不怕虎，进而能够大刀阔斧地紧缩学院专车就更令人折服。就学院来看，所有的中层以上干部都有专车，形成了庞大的车队，一年下来，私用、维修、工资等费用不下几百万，岂不惊人！”

“真是不算不知道，一算吓一跳！”

“这仅仅是笔经济账，政治账就更难算清了，这会引起学院内部互相攀比，人心涣散；学院外部与世隔绝，民心疏远。”

程铁夫很是感慨，他赞许说：“你取道法家的思维，以循规蹈矩、直线求胜，而崔羽效法儒家的思维，以楷模示范、曲线求果，其实你们是独辟蹊径而殊途同归啊。”

“谢谢您老的斧正。我是有眼不识泰山，看错了崔书记的锦囊妙计。实际上，在他的影响下，党办和服务中心已经取消了专车，一律坐通勤车上下班了。”

“好啊，这是一个变革的举动，大家要审慎而行。你们既然已经立起了榜样的标杆，我想，要不了多久，这种做法就会像燎原的野火那样，燃烧到学院的每一个角落。好了，这个事咱就说到这儿吧。我再问你个事，你听没听说崔书记来的时候部里给配了一台小车？”

“这，这可没听说过，要是有这事，我想我应该知道。”冯一夫刚刚从赵倩和王连生那里知道点儿这个信息，但是，出于职业的要求，对道听途说没经核实的只言片语，他不会像鹦鹉学舌那样做汇报，他准备到车队问个清楚再说。

程铁夫想，这真是见鬼了，部长亲自告诉的事还能有假吗？肯定不会，他吩咐冯一夫讲策略一点儿询问一下有关人员，看看都有些什么反映，再就是把自己的车派给崔羽用，不要告诉他是怎么回事。冯一夫面有难色，他说第一件事可以完成，这第二件事怕是不好办了，因为崔羽曾多次嘱咐他在衣食住行各方面一定要照顾好老院长，说这些老前辈是不可再生的国宝，学院再困难也不能亏待了他们，所以，他还是坚持不变为好。而程铁夫却斩钉截铁地告诉他，就这么定了，崔羽不问就算了，要问，就说是新调整出来的旧车，程铁夫要自己去找于祥商量，顺路搭坐他的车上下班。冯一夫怎么也拗不过他，只好无奈地顺从了。

正当程铁夫向于祥说明情况时，李静领着何山夫进屋了。何山夫带着公司董事长谷月的口信，专程来催促科研组到任，见到两位院领导在研究工作，敬礼问好后欲退出。程铁夫告诉他们不要走，没有什么保密的事。他们刚坐稳，程铁夫问李静：“崔书记的车给老干部用了吗？”

“是啊，已经好长时间了。”

“看样子你们都对我保密啊，一夫也是我方才给问出来的，结果是让崔羽同志坐通勤车上下班，这对外派的同志也太不礼貌了，就这样人家谁还愿意到你这儿来啊？”

李静提出把车再退给崔羽，于祥摆着手不赞成，他说："不行，不行，服务中心那么多的人，一台车怎么行？我的耳朵也够背啦，一夫他怎么不早说呢，把我的车派给他用就行了，我可以去坐班车嘛！"

"这个事不能怨他，是崔书记封了他的嘴，怕影响其他人用车。这样吧，你的车不要变了，我的车比你的还要好一点儿，已经让一夫安排给崔羽用了。我想搭你的车上下班，既是你的专车，也是我的班车，明天咱就执行怎么样？"

"不行，不行，"于祥极力反对说，"不能影响您老用车，崔书记知道了要讨麻烦。他给后勤开会时反复强调要关心职工生活，关心科教人员，关心老同志，一定要照顾好老院长，他是学院的掌门人哪。您老听听，我们还敢这样做吗？"

"这有什么敢不敢的，你要同意就这么定了，我先搭几天再说。好了，好了，就这样吧！李静啊，你们两位要向于院长汇报什么事，要是不保密的话，我也听听。"

李静客气几句赶忙让何山夫向领导汇报来意。何山夫站起来敬礼说："我代表谷董事长向老师问好！方才听了老师的一席话，我深悟了什么叫做人的楷模，什么是长者的风范，老师的话深刻感人，学生铭刻在心，今生不忘。我受董事长的委托，是来向老师紧急求援的，想请科研小组马上投入设计，尽快做好绿色能源轿车立项的准备，等孙老他们疗养回来再复核审定，这样可以多争取一点儿时间。学生冒昧了，请老师原谅。"

"你们的精神可嘉，你们的建议可行。"于祥鼓励说，"我现在就通知牟成舟他们，立即跟你一起走马上任，你看怎么样？崔书记在送孙老他们疗养时说过，疗养回来好代表学院去看'亲家'，你转告谷董事长，碰到什么困难不要见外。请程老给我们讲一讲。"

"好家伙，你比年轻人还风风火火，今天就不要走了，晚上请于院长给你们准备个便饭，既是为山夫接风，也是为牟成舟他们出征饯行，李静可别忘了好好陪陪女婿啊。"

程铁夫辞谢了于祥邀他晚上到场的盛情，说道："你是全权代表，祝他们明天一路顺风，旗开得胜！"

李静和何山夫谢过老师，喜形于色地离开了于办，在门口恰好碰上了要找程铁夫的冯一夫，她突然想起了王连生反映崔羽轿车的事，在走廊的一角向他做了简要汇报便离去。这时程铁夫从于办出来，和冯一夫碰个对面，问他有啥事。冯一夫说轿车问题已有点儿眉目了，要汇报汇报，跟着进了程办。程铁夫顾不上坐下就问道："这么快就有眉目了，快说说看。"

"确实是有卖轿车这个事，后勤部门有不少人知道，姚铭盛和王连生不仅知道，还写匿名信检举了。"冯一夫顺顺气继续说，"那是在两个月之前，崔书记找到车队队长说，部里给配了一台丰田车，自己不大喜欢，要卖掉它换换品牌。没过几天，给找了一家实力雄厚的民营企业老板，崔书记要直接和他谈，最后的结果就不清楚了。"

"后勤方面还有什么别的线索没有？"

"您老说得对，我从车队出来又到了财务处想找点儿线索，也没有。不过他们说几个月前收到崔书记交了一张现金支票，是某企业转来的一百万，也没说明什么钱，只告诉会计这笔钱没有他的签字一分也不能动。"

"一百万！丰田车也卖不了这么多的钱啊？这两件事好像有点儿挂不上钩，你没问问这钱花过没有？"

"问了，从账上看，之后他批了几笔钱，一笔是老干部积压的药费和住院费二十多万，一笔是老同志体检费五万多元，给'三委'培训预支了五万元，还剩下不到七十万元。"

"啊，我说我手里压了一年多的药费前几天给报了。一夫啊，你看这样好不好，你亲自找那个企业查一下，看看这是一笔什么钱，一定要把证据拿到手，越快越好。"

冯一夫遵照程铁夫的意见，仅用了一天的时间就将事情查个水落石出，把调查报告和复印件准备齐全后，向程铁夫做了汇报。程铁夫听了十分感动，连声称赞崔羽是个少有的好干部，他决意申请嘉奖，并在冯一夫的陪同下，急不可耐地来到部里。他见到左言便理直气壮地说："部长，我们是来给崔羽同志申请嘉奖的！"

"哎呀，你们是来报喜的啊，请坐下讲，坐下讲！"

程铁夫让冯一夫把调查报告呈给左言看，左言摊开材料说道：“你这也不是申请嘉奖的报告啊？”

程铁夫立即补上一句：“啊，这好办，把‘调查’二字改成‘嘉奖’就成了。”

左言从头到尾看了两遍，还不时地点着头，心想，就是我们那一代人也不是都能做得到的。他沉思了片刻说：“真是个难得的好干部，难怪您老兄要给他嘉奖。我还想知道，你们班子研究了吗？其他人都是怎么看的？”

程铁夫一一做了说明，在事情没有结论之前，他不想在院里公开这件事，只想让部领导尽快知道这个佳音。接下去他讲了自己的看法，他认为举报的问题已经清楚，说是无中生有也行，说是事出有因也可，这事剥掉了假象就是令人敬佩的善举。可以试想一下，当崔羽发现老干部缺车用时，就把学院配给他的车转手给了老同志，这是学院的领导想都没想过的；后来知道学院资金紧张，特别是老同志的医疗费无钱报销时，他就把部里配给他的车抵押了一百万用作专项开支，这同样是院里没有人能做得到的。所以说，崔羽的品德、崔羽的举措，堪称人们身边的活雷锋、领导干部的好榜样，如果这样的标杆不表彰，除非是人们的心灵被扭曲了。

听到这儿，冯一夫急着插嘴：“开始崔羽是要把车卖给这家私营公司，当老板知道这位学院领导是为老同志筹集医疗费时，惊讶得感动不已，当即拒买，情愿无息暂借一百万。崔羽再三不肯，就把轿车改作抵押物，老板只好无奈地收下封存，并告诉崔羽，轿车可以随时取走。”

“他上下班坐什么车？”左言问道。

冯一夫回话：“他一直是坐通勤车上下班的，还不让我们声张，尤其是要对院领导保密。程老最近知道后决定搭于院长的车上下班，让我偷偷地把他的车安排给崔书记作为公出用车。”

左言疑心地问道：“事情是不是都查实了？不管是谁，都要一是一、二是二啊，可不能有半点儿的差错啊！”

程铁夫听出左言不大放心，似乎也含有某些庇护之嫌，他释疑说：“请部长放心好了，这么大的事是开不得半点儿玩笑的，我们得用起码的人格来做保证。再说，这桩事是我们党办副主任冯一夫同志亲自查访的，我相信他不会滥用职权的。不过，为了慎重起见，建议部纪检部门再复查一下就更有把握了，免得出现什么差错。”

“哎呀老兄，我们谁都不要神经质好吗？不要再复查了，请你们回去给部里打个经费追加报告，至少得把车给赎回来嘛！再建议学院党委认真地讨论一下，拿个具体处理意见报上来，你们看这样行不行啊？”

“谢谢部长的明示，”程铁夫激动地说，“我们立即照办。至于处理嘛，主导思想我已汇报过了，具体点儿说，就是说明情况以正视听、公开表扬予以嘉奖，而且要在全院上下开展学习崔羽同志关心长者、践行孝道的活动！”

“好好好，看来你老兄已是成竹在胸了。当然，你的意见内核是合理的，他以人为本、敬老至上的行为，正是中华民族‘百善孝为先’思想的生动体现，值得我们好好弘扬和传承。但是，他私下卖车或抵押，毕竟不是合理合法的，这同样是一种违纪行为，是要受党纪约束的。还是请你们先拿个意见吧，再请纪检部门给把把关，咱们上下结合起来，妥善处理好这件事，目的要达到本人能深省，群众受教育，纪律显尊严，就这样吧？”

程铁夫既高兴又沉重地离开了左办。

第二十一章

李静的工作记事板上清楚地记载着，再有两天“三委”培训班就要结业了。崔羽事先有话，结业前要去看看老同志，不知有没有什么变更。李静下班前找到了冯一夫问个准信儿，商定明天早晨一起去请示。

第二天上班前，李静陪同冯一夫早早来到崔办，进门一看，崔羽正在打扫卫生，两个人二话没说，抄起家伙参加了进来，擦桌的擦桌，泡茶的泡茶。一阵忙乎之后，崔羽问李静，是不是该到温泉山庄看看老同志了。冯一夫说，李静就是来请示这个事的。李静给他俩边递茶水边汇报：“是啊，‘三委’班后天就要结业了，看看崔书记打算什么时候去？”

“你看什么时候去好啊？”

“这里有三个时间可供选择，”李静扫了一眼冯一夫说，“一是明天去后天早晨回来，二是后天去一起回来，三是明天早晨去下午或晚上回来。”

崔羽听得出神，这么简单的一个时间让她给分出了三个层次，真是个敬业的好苗子。他问道：“你倾向哪个时间？”

“第三个，早去晚归，可以给领导节省时间。”

“我赞成李静的选择。”冯一夫说。

“啊，如果我没记错的话，这应该叫优选法。”崔羽肯定地说，“事情不论大小巨细，许多高见都是在相比较中而凸显的，你们的意见该是优中之优了，我服从就是了。走，咱们一起向程老汇报去，做好明天早晨出发的准备！”

程铁夫正和主管教学的副院长迟来春研究教改问题，看到崔羽等人进屋便让大家坐下。崔羽以恳求的口吻征求可否占用十分钟汇报个事，两位院长异口同声地说没问题，没问题。崔羽介绍了情况之后，要听听两位院领导有些什么嘱咐一起带去。程铁夫觉得大事小情全靠崔羽忙乎了，自己是敷衍塞责、无功受禄，内心深感愧疚。而崔羽的看法恰恰相反，他认为只要有了程老给撑腰掌舵，自己怎么干心里也就有谱了，胆也大了，再说年轻人多忙乎点儿具体事是理所当然的，怎么能忍心让前辈们陷到事物堆里去呢？迟来春感同身受，他认为有了程老这样的主心骨，又有崔羽这样的好班长给带头，自己干起工作来心里也就有数了。

“你们不是要捧杀我吧？别说我老了干不动，就是我没老的时候也远没有崔羽同志那样的能量和魄力。好了，不说这些，你代表学院党委鼓励鼓励他们，把老干部的党群工作重视起来，把学习好好抓一下，要活到老学到老才行。人的精神只能饱满不能空虚，这是人的生命存在的起码价值！”

迟来春拜托崔羽给老同志请安问好，崔羽表示一定如实传达院领导的祝愿、期待和嘱托。

程铁夫安排冯一夫和李静陪同前往，再让保卫处派个精明强干的人去。崔羽说就按程老的吩咐办，不再耽误时间了，明天早晨六点准时出发。说完，几个人便离开程办分头准备去了。

天刚蒙蒙亮，车提前来到崔羽的楼下，几个人在车里静候着。冯一夫为换车的事有些不放心，再三嘱咐司机宋扬，千万不要在崔羽面前把这事给说漏了，李静他们也心领神会地点着头。几分钟后，只见崔羽精神抖擞地快步走出楼门，车里的人赶忙下来问过早安，便请崔羽上车。冯一夫和保安坐在崔羽的两边，李静坐在副驾驶座上。车启动后，崔羽问身边陌生的保安：“你叫什么名字，多大了？”

“报告首长，我叫吴天，二十二岁。”

冯一夫解释说：“他就是保卫处派的保卫干部。”

“哎呀，”崔羽愣了一下说，“好正规啊。你是什么学校毕业的？”

“我是少林寺的学徒。”

崔羽惊奇地看了吴天一眼戏言道："这么说我是打不过你了，你习武多少年啦？"

"不多，才十五年。"

"好家伙，你总不能出生就练武吧？"

"有的比我早多了，三四岁就开始练了。"

冯一夫介绍了吴天的概况，说他硬软功齐备，不带器械也能对付三五个人，气功是他的绝技，不怕打，不怕击。李静听得出神，她惊奇地回头看着吴天戏言道："你可真了不起，不过在后边可别打我啊！"

崔羽握着吴天的右手说："吴天啊，我可以看看你的胳膊什么样吗？"

"可以，"吴天把衣袖撸到上边说，"请首长检查！"

这时宋扬索性把车停在道边，大家好奇地看着吴天粗粗的圆圆的胳膊，像根柱子似的。李静把手伸到后边说："我攥一下胳膊行吗？"

吴天抬起胳膊说："攥吧！"

李静攥着胳膊"哎哟"了一声说："太硬了！"

话音刚落，惹得人们笑个不止。在笑声中，车徐徐地启动了，突然间，崔羽若有所思地问道："这台车是谁的？"

宋扬机灵地说："这是临时派的公用车。"

"不对吧，你是不是给程老开车的？"

宋扬对答如流："对，对，以前是给程院长开车的，现在他换人啦，我开公用车。"

冯一夫对宋扬滴水不漏的回答心中暗喜。

崔羽又问："你这辆车还算有点儿档次，回去把它换给程老用。一夫啊，这事请你落实。好了，谁给唱个歌吧。"

宋扬说："我给你们放个歌吧。"他伸手拿出一张人们熟悉的《我们走在大路上》插在音响里，声音一出，几个人都夸他选得好，车内的歌声铿锵有力、悠扬悦耳，人们随着旋律轻声地哼着。车外的物体一闪一闪地呼啸而过，在不知不觉之中，温泉山庄的群楼高阁映入了人们的眼帘。宋扬兴奋地喊了一声："你们看，山谷中的楼阁就是温泉山庄！"

其实啊，这个地方对崔羽来说并不陌生，先前他曾陪同领导疗养来过几次，这里的青山、这里的绿水、这里的草木、这里的沙池，还有那群山环抱中的放射型的阁楼，他再熟悉不过了。这里的一切，无不令人赏心悦目、流连忘返，于是他想到，今后应该安排学院的“三老”轮流来这里休养生息，放松身心，让前辈们有张有弛地过好每一天。

在崔羽深思无语的瞬间，车已驶进了疗养院的院内。李静第一个下车找到赵倩，并让胡亦立通知老同志到大厅等候，因为崔书记专程看望大家来了。赵倩见到冯一夫就埋怨，怎么事先也不来个电话。李静帮腔解释，是崔书记有话，不让惊动大家。说话间，老同志倾巢而出，来到楼前，见到崔羽就像见到了久别重逢的亲人，有的上前握手，有的问长问短，把崔羽围个水泄不通。陆坦提议给大家照张相，李静忙整理队伍，工作人员回屋搬凳子。正在这时，崔羽看到疗养院孔宪德院长来了，上前握着他的手，一再感谢他对老同志的关照，邀请他一起照个相。赵倩跟着来到工作人员的最后一排的位置，崔羽向孔宪德表示歉意，委屈他和自己站在后边了。而孔宪德受宠若惊，他觉得能和老人、部长在一起照张相，站在哪儿都是个偏得。李静整理好队伍，连声请书记院长到前边就座。崔羽说他和孔院长商量好了，这是服务人员最合适的位置，请拍照吧！孔宪德赶忙随声附和着，是啊，是啊，部长说得好，快照吧！照完相之后，赵倩告诉大家，可以利用饭前的时间分别照几张相，还可以随意交谈，然后他和陆坦以及各室负责人跟随汪远到他的卧室向崔羽汇报情况。崔羽上前扶着汪远走进房间。人们坐稳后，崔羽问候汪远辛苦了，大家辛苦了，他代表院党委，代表程铁夫向各位表示慰问和请安。而汪远却觉得问心有愧，他说在座的其他同志确实是辛苦了，自己纯粹是来享受的。这时孔宪德进屋说：“崔部长，我来请示个事，今天中午多准备了几个菜，略备了点儿酒水，算是疗养院孝敬老人的，可不可以提前用餐？”

“过格了，过格了，”崔羽起身客气说，“我代表学院，代表老同志谢谢疗养院，谢谢孔院长！汪老行不？我看盛情难却啊，从命吧。现在是不是休会，下午提前碰头怎么样？”

“好啊，谢谢孔院长了，就按你说的办！”汪远说。

午饭后大家稍事休息又回到汪远的房间。汪远今天格外精神，他在里屋打了个盹就来到外屋等着开会，崔羽劝他多休息一会儿，他摆着手推辞不用，还说中午喝得正好，要再多喝一点儿就要趴窝了，要他汇报也汇报不了啦。赵倩汇报了主要情况后，崔羽说："老赵啊，我看具体情况就别讲了，培训班每天的简报我都随时看了，非常好。汪老啊，你们看这样行不行，大家帮我出出主意，今后让我为老同志干些啥事好，我好在会上给大家表个态啊！"

汪远听了这番话感到挺意外，哪儿有这样实在的领导，难怪老同志这么信得过他，便脱口而出："崔羽同志啊，你不愧为务实派。说实在的，这几天大家情绪高涨、思想活跃，多年来也没这样开心过，都说有你在这儿谁也不担心自己的晚年了。可是又一想，你毕竟是个兼职的，拔腿走了说不定院里还是老样子，怕是好景不长啊，也许这是杞人忧天，算了，算了，听天由命吧。看看你们谁再给开第二枪吧！"

会场一时沉静了下来。直言快语的张玉梅左瞅瞅右看看，开会总不能无声无息地打哑语吧，她有点儿耐不住了："报告，我说两句行吗？"

"就缺你这第二枪了！"刘顺鼓励说。

"那好，要我说嘛，敬老是人人有责的，专干要敬老，学院的人都要敬老，不如来个双轨制或多轨制的规定，把它制度化了、常态化了。这样一来，就是想不敬老也难哪！"

田锋边鼓掌边说："你这第二枪打了个十环，但是，得有一个长效的领导机制做保证才行。"

崔羽不时地点头记着笔记。

"敬老不光是要管他们健康生活，"少言寡语的刘顺说，"还要管如何消磨他们的剩余精力，比如说，组织些健身活动，或者发挥他们的一技之长等等，既创造了物质价值，又创造了精神财富。"

张玉梅半开玩笑地说："哎呀，还是老革命看得透啊！"

该是坐在靠边位置的李静发言了，她带有剖析性地说："从古到今，一提忠孝，都说不能两全，我认为现今得分开来讲。从狭义上看似乎是这样，而从广义上看那就可以两全了，方才几位的发言就是个例证。倘若远离父母的人都能把为亲人尽孝之心倾注在身边的长辈身上，这就是我所理解的现今的忠孝两全观。所以说，我们不能简单地固守狭隘主义的尽孝理念。但是，前提是组织上如何培育每个人的尊老之心、敬老之意，这在我看来尤其重要，而且应把恪守孝道作为选用人才的重要条件之一。”

崔羽赞扬说：“讲得好啊，送你十二个字：古命题，创新意，开先河，惊天地。你可够得上孝心的守护神了。不过，你把实现这个人本主义新理念的球，和前几位的发言者一样，一脚踢进了我这个无力阻挡的大门，不免令我有些束手无策。好在大家及时给指明了方向，我深信，我们可以同舟共济地接受这种挑战，从某种角度上看，一定会收到谋事在人、成事也不在天的效果。”

张旭东颇有感慨地说：“正像崔羽同志点评的那样，这些同志的发言顺情在理，令人振奋。尤其是李静的发言，讲了我们这些人所讲不出来的话，是个崭新的理念，很有导向作用和引领作用。她破解了老年人依赖子女的情结，开辟了年轻人尊老尽孝的广阔天地。其实啊，老年人已是与世无争、与人无争之人了，虽然远没达到‘人到无求品自高’的境界，但已接近无欲无求的地步了，只是残留了一点点的欲望，那就是求个安度晚年、欢度晚年，不要虚度晚年。啊，如果说还有的话，那就是高雅的奢望，谓之健康长寿。不过老年人最忌讳的是遭冷脸、看白眼、坐硬板，也许是这些人的自尊心还没有完全消失的缘故吧。而今学院有了崔羽这样的好领导，有了李静这样的好后生，应该是我们这些老朽的福分了！”

崔羽说：“张老讲现实，讲未来，讲真情，讲哲理，令人深省！不过请张老宽心才是，那些啃老、冷老、厌老、弃老的无情弊端，该逐步地销声匿迹成为过去，而取而代之的必然是真情博爱了。”

陆坦听着大家的发言和崔羽的点评，心里一股又一股的暖流在涌动着，他想，学院老干部工作的春天真的来了，可这春天是在严寒的冬天里迸发出来的，历史的创伤不可忘。他站在总支的角度，认真地总结了学院几年来老干部工作中的教训，概括了四句话：一个封闭，即上不传，下不达，封锁愚民；两个误导，即不要干扰和个人行为；三个不管，即不管组织活动、不管生活疾苦、不管政策落实；四个脱离，即脱离组织自以为是、脱离实际高高在上、脱离职责不务正业、脱离监督为所欲为。归结起来是四个字：守摊营私。要避免重蹈覆辙，他提出了三条良策：一是构建权威性的长效领导机制，二是实施统管下的多元敬老，三是将恪守孝道作为用人选干的刚性标准之一。

陆坦的看法，得到了在场人的高度认可，崔羽认为他概括准确、剖析深刻，建议赵倩把这些发言整理一下发一期专刊，让学院中层以上领导人手一份。然后他请汪远给收个场。

“该说的大家都说了，”汪远说，“我最想说的是，让我们学院的春天更加温暖起来，让这里的老同志在温馨的春天里享受晚年吧！好了，方便方便开大会去。”

会议厅里，“三委”委员早已到齐了，就连“三老”也主动要求列席了会议，大家都想听听崔羽的讲话。汪远在崔羽的搀扶下走进大厅，与会人员站了起来，震耳欲聋的掌声响个不停。汪远请大家坐下，他直接走上讲台说：“同志们开会了，在培训班即将结束的时候，崔羽同志专程来看望我们，请大家表示热烈欢迎和感谢！”

在掌声中，崔羽起身敬礼致意。

然后，陆坦敬礼说：“汪老让我做个学习小结，实在是做不了，我只能代表总支讲几句套话，算是个结束语。”接下去，他强调了遵照崔羽同志的意见，大家在半休半学中度过了难忘的五天，最大的收获是强化了共识，那就是：离岗不离党是党员的灵魂，退休不褪色是先师的典范，休养不休学是长者的风采，弱身不弱志是晚年的自强。最后他号召大家以自尊自爱去赢得人们的敬重和拥戴！

陆坦的小结反映了老同志的心声，引发了大家的共鸣。

为了帮助老同志不断净化思想，升华境界，张旭东传达了总支提出的十个思考题，供大家在修身养性中学习参考：

一、如何践行保持晚节、欢度晚年？——端正心态、享受生活，体现平和的养老观。

二、如何理顺养老中的人际关系？——互相尊重、彼此善待，体现友好的平等观。

三、如何发挥老年人剩余的精力？——参与活动、重在奉献，体现多彩的余热观。

四、如何对待休闲生活中的自由？——心有方圆、行有法度，体现规范的自由观。

五、如何提倡科学生活、文明养老？——倡导新风、不蹈陈规，体现脱俗的科学观。

六、如何固守共产主义信念？——与党同心、终生为民，体现坚定的理想观。

七、如何展现社会活动中的公德意识？——互帮互让、与人为善，体现和谐的道德观。

八、如何获得老年人的幸福感受？——心境豁达、心理健康，体现心灵的幸福观。

九、如何看待老年人生活中的苦与乐？——酸甜苦辣、人生百味，体现包容的苦乐观。

十、如何面对染疾而终的窘境？——笑对百年、顺其自然，体现坦荡的生死观。

汪远刚想站起来请崔羽讲话，崔羽示意说：“汪老，您是不是要让我发言啊？好吧，我是带着班子领导和全院教职工来给各位问好的，祝福大家健康长寿！我听了小结和部署，想起了程老说过的一句话，不妨转告大家，他说老年人缺什么都行，就是精神不能空虚，因为这是生命存在的起码价值。无独有偶，方才两位代表前辈们公示的思考题目，仿佛让我看到了人类灵魂工程师活灵活现的灵魂，看到了贤达众老们不虚此生的求索，看到了长者们修身养性的践行，看到了前辈们自强不息的风范！”

掌声之后，崔羽重申了人们熟知而又陌生的几则现实理念。先说到对尊老爱幼的感悟。他认为这是个人本主义的千古命题，是经典的传统美德，也是中华民族的文明史迹。为什么要尊老呢？天意啊，因为老年人是年轻人的老祖宗，是人类进化的先驱者，是社会发展的奠基石，不尊爱老年人，社会就要倒退，历史就要逆转，这是天理不容的啊。可是，令人遗憾的是，在现今尊老的天平上，有多少子女在父母的身边寸步不离地伺候？可以说寥寥无几。然而，这不完全是子女的过错，乃是社会化大生产的进步所带来的必然产物。所以说，“父母在，不远游”的历史时代已一去不复返了，这是扭曲的，又是难免的，它是无情的，又是合理的。前辈们怎么办？只能是靠社会，靠社区，更要靠单位的真情博爱来关心老年人的物质和精神需求，这是不以人们的意志为转移的历史发展的必然。为什么要爱幼呢？幼童是家庭的寄托、国家的希望、民族的期待，也是历史的接棒者，不养不育不爱就要断了薪火。可是，同样令人遗憾的是，现今情况可谓厚养有余、育才堪忧。先人有“养不教，父之过，教不严，师之惰”的教诲，恕我直言，此训大可改成新版的《三字经》：“养之厚，育失德，教不严，课外课。”不是吗？尊老爱幼本是个常识，可如今许多儿童身上很难有让人感受到欣慰的言行，这就不能不唤醒人们对传承孝道美德的思考。尤其是我们这些后生，肩负起这一重大使命已是责无旁贷、刻不容缓了，否则必将成为历史的罪人。

再说说对移情博爱的认识。崔羽说，各位前辈都深明历史唯物主义的辩证法，对于认识新事物、接受新理念，一向是高度敏感的，令晚辈敬佩。同样，情感的世界也应该是随着客观现实的变化而转移的，我把它叫作移情博爱，无疑，这是我等后生真心实意所渴望的。就是说，奉劝前辈们不要把自己的酸甜苦辣一股脑儿地倾注在子女的身上，那样做不仅不现实，也必然会在生活中、在精神上造成两败俱伤，奉劝众老力争尽早从传统的观念中解脱出来，在亲情的依附中，给社会、给单位、给老年工作者、给那些不是亲人而胜似亲人的晚辈们留下一点儿信任感、道义感和亲情感的空间，也给某些心怀负疚感、悔恨感和责任感的人尽孝的机会，免得他们在无谓的等待中遗憾终生。

还有，对铺路搭桥的期待。老年人的情感转换是个痛苦的抉择，崔羽深知这一点，这也给他提出了新的课题，就是如何为老年人的移情搭好“桥梁”，让他们在不知不觉之中到达彼岸的天堂。显然，这个“桥梁”就是长效的领导机制，这个天堂就是甘为老人尽孝的孺子牛精神。在日常的休闲生活中，他要做到为老年人创造尽情释放潜能的良好条件，让他们可以“信步漫游云天路，楚河两岸展雄才”，也可以“迸发余热献绝技，引领来者攀高峰”，以铸就永不磨灭的丰碑。

会场掌声不断。崔羽讲到这儿，他引用了汪远希望学院的春天更温暖、更长久的话说，一朝被蛇咬，十年怕井绳，这很自然，对前辈们的这种心情不仅能理解，而且也是感同身受的。不过，他希望前辈们相信他一次，人们说得好，“鱼活水来鸟活林，人活心情草活根”，所以，他和他的同事们正力争在这个“活”字上大做文章，做好文章，为学院的春天升温而点一把火，为温暖的春天更加长久而呼风唤雨！

崔羽最后表态说：“各位前辈，我到任的时候向部长和老院长许下过诺言，那就是在学院党委的领导下，在全体教职工包括老同志在内的支持下，用一年的时间打个翻身仗，如果不能兑现，会就地免职，从头做起，请大家监督！我的话讲完了。”

汪远站起来紧紧握着崔羽的手说：“十分钦佩你崇高的敬业精神，感谢你对老同志的深情厚爱，我相信大家一定会全力支持你的，祝你工作顺利。散会！”

全场起立，大家都围上来和崔羽握手，感谢他的用心良苦，表示支持他的工作。听说他晚饭前要赶回学院，大家执意挽留，他说向程院长只请了一天假，要言而有信才行。他让李静留下来帮助收尾，要求给各家挂个电话，报个平安，明天把老人一一送到家，又向孔院长再三道谢。在众人的目送下，轿车徐徐地离开了疗养院，离开了温泉山庄。

送走了崔羽，李静安排胡亦立给各家挂电话，告诉家属老人们明天下午五时前到家。晚饭后，她急三火四地来到乔妍的房间，抱着乔妍不撒手，像久别重逢的母女在亲热，并直截了当地问她和孙大可的事怎么样了。乔妍看她急切的样子也没有回避，说陆坦当着我俩的面挑明了，还羞羞答答地揭了孙大可的“丑”，说他净说些难听的话，什么求之不得啦，想都不敢想啦，真是让人肉麻。李静听了心中大喜，趁机赞美孙大可，说他是个直性人，愿意掏心，喜欢打趣，应该给人家个明确态度。其实乔妍对孙大可比李静要了解得多，她说人家一片诚心，自己哪敢端什么架子，只好乖乖地上钩了。孙大可也不怕陆坦笑话，站起来拉着她的手，连声说感谢老妹子能容纳他这个糠萝卜，让她当场羞涩难当，李静兴奋不已地祝贺他们天降鸿福！

“乔姨，我有个大喜讯您老想不想听？”

“哪儿来的什么喜讯？”

“真有意思，谢海霞告诉我，有个人早就想给孙老当红娘了，这个人您老认识，猜猜看她是谁？”

“哎呀你这个丫头，我怎么能猜得出来？快说说看，别给我卖关子啦！”

“我告诉您吧乔姨，当海霞嫂子知道我的想法时，孙民说我抢他媳妇的猪头啦，您说这事巧不巧？我们三个人的目标不约而同地都指向了您老！”

尽管乔妍事先已有耳闻，但从李静的嘴里知道这个事，更加感动，她哽咽地从嗓子眼儿里挤出一句话：“真没想到，孙老家的老老小小还能容纳下我这个后婆娘，有其父必有其子，真是父善子孝、通情达理啊。好吧，李静啊，你可以替我谢谢孩子们，再转告他们只管放心好了，我到什么时候也不会占他们家一分钱的婚前财产就是了，必要时可以立个公证的字据。”

“乔姨，你们真是英雄所见略同啊，孙民他们也是这么说的，不占你们家的分毫之利啊。另外，他们说要请您理所当然地住进他们的家，而他们只要您老有话，随时都可以出去过。”

“出去过？那可不行，只要我在一天，他们就不能走，他们是孙老的骨肉，也是我的子女啊！好了，这一会儿净讲人家了，我们家的阳春能像人家这样可就好了。”

“会的，会的，”李静肯定地说，“乔姨，我说过，这事就包在我的身上好了，最近我就和她沟通。”

李静从乔妍那里知道了准信，心里踏实了，她离开乔妍的房间没急于去见孙大可，而是去找赵倩。为了节俭，赵倩和田锋、刘顺、胡亦立住在一个普通的大间里，在他们的带动下，其他工作人员也都住进了普通间，用赵倩的话说，什么时候也别忘了我们是服务员。几个人谈论着学习休养的感想，检查着离院前还有没有什么遗漏的事，李静简单地介绍了家里的情况。大家随意唠了一阵之后，李静又陪同赵倩去见陆坦。陆坦今天破例晚饭后没出去散步，在屋里整理用品，准备明天打道回府。李静见到陆坦也住在普通间就有些疑惑，赵倩告诉她，开始给他安排了套间，为了省点儿钱他执意不肯，就偷偷摸摸地给换了，还口口声声说要向工作人员学习。陆坦放下手里的活问李静，家里的老同志怎么样了，李静简单地做了介绍，讲了走访的情况，讲了住院的情况，讲了科研组到岗的情况，又讲了王连生举报崔羽“倒腾轿车”的事。提到车的事，赵倩是知头不知尾的，他讲了开始经手的情况后，陆坦敏感地意识到，如果崔羽心怀鬼胎的话，他怎么还能跑到学院公开找人联系卖车呢？再说，在学院经费吃紧的时候，最近还报销了这么多的费用，是不是和卖车有关系？李静说，姚铭盛告诉王连生他也举报了。陆坦断言，他们准是把捕风捉影的幻觉当成置崔羽于死地的法宝，他建议要早早向程铁夫反映，别让他被动了。李静说昨天向冯一夫反映这个事了，听他的口气党委已经插手过问了。李静说完了这个事又转了话题，她说：“从乔姨那里知道，她和孙老的事陆叔给挑明了，我代乔姨谢谢陆叔了！看来这猪头我是吃不上了。”

“不至于吧，和你陆叔二一添作五嘛！”赵倩说。

“那可不成，只能是陆叔和孙民两口子三一三十一了！”

“哎呀，无功岂敢受禄？李静啊，你费点儿心早早把他们俩的事给办了吧，别守那些陈规陋习了。”陆坦认真地说。

“只要陆叔有话，我就遵命照办。要是没有别的事，我想问问孙老什么时候能去公司。”

陆坦和赵倩都说没有事了，李静忙忙叨叨地又回到乔妍的房间，二话没说，拽着乔妍的胳膊就走，把个乔妍拽得摸不着头脑，出了这个门就来到挨着的孙大可房间，一边敲门一边喊道：“孙老！您看看是谁来啦？”

“啊，这一位好像我认识，是我的搭档吧，欢迎，欢迎！”

“您老认识就好，我就不介绍了。”

“这丫头净拿我开心！”乔妍羞涩地说。

三个人坐下后，李静介绍牟成舟和付大伟已提前去了公司赶制项目方案，等科研组人手齐了再研究上报。孙大可听了摩拳擦掌，很是着急，恨不得一步跨过去才好，于是他问道：“你打算什么时候让我们去啊？”

“这要看二老准备的情况。”

“我是准备好了，就等你的命令了。”孙大可说。

“我也准备好了，回去简单收拾一下就可以走。”

“那好，”李静弦外有音地说，“看来二老比我还着急，回去听信吧，歇两天咱就去。”

孙大可接着问道：“家里这几天都有些什么好消息啊？”

“有啊，”李静一想便明知故问，“孙老，孙民二哥告诉我，海霞嫂子要给您老找个伴，有这事吗？”

“哎呀，”孙大可瞟了乔妍一眼，假装不知情地说，“还有这等事，怎么没有人和我说呢？”

“这还不清楚，十之八九是想给您老个惊喜呗，啊……也许是怕您老知道了会喜新厌旧吧？”

“放心吧，就是天女下凡我也旧情不移啦，依然是喜旧厌新的，可是你总得告诉我她是谁啊！”

“这事您老请教乔姨就知道了。”

“可别问我，还是问孙老他自己吧。”

其实谁也不用问，这是上天恩赐的良缘美梦啊！李静趁机下了毛毛雨，希望他们择个良辰吉日把事办了，让美梦早日成真！两位老人互相看看，未置可否。

乔妍立刻转了话题，请李静明天到家吃晚饭，让李阳春给准备。李静顺口答应去吃“阳春面”，可她又将了孙大可一军说：“这可不能没有孙老啊，不过，孙老恐怕是不能去的！”

“啊，不客气，就看主人请不请啦！”

李静嬉笑地说：“好吧，乔姨可别忘了，一定要请孙老去。我就免了吧，崔书记说了，我回去还得送各位老人到家呢！”说着便起身扬长而去。

第二十二章

从温泉山庄回来的第二天，李静向赵倩请示送孙大可和乔妍去公司的事，她的意见是让何山夫开车来接一下。赵倩开始觉得这样做不大好，一个响当当的高等学府似乎也太小气了点儿，可他又一想，这里毕竟还有个“内线”的关系，也罢，就同意了李静的意见，并决定由李静去送行，一再嘱咐她请公司要照顾好这两位的工作和生活，多给他们一些方便，李静点头称是。然后她来到温馨室，正赶上开会，张玉梅站起来把她拉到自己的身边坐下，半开玩笑地喊着大主任驾到，有事只管下令。李静把送行的事说了一遍，薛梅趁机逗她，说她是想去偷仙果子吃，弄得人们哄堂大笑。好在屋里的人是清一色的半边天，李静没在意她的荤话，只是笑容可掬地告诉她，这两天别忘了去医院看看石成老人，再问问大夫什么时候给做介入手术。薛梅劝她放心地去就是了，家里的事她要听自己的搭档王洁大夫指挥，保证服从命令。王洁戏言道：“我让你上刀山下火海你去吗？”

“去！不过你得先把烈士证给我准备好了。”

李静离开的时候，故意凑到薛梅的身边，轻轻地掐了一下她的胳膊说：“你真坏！”

当何山夫在电话里知道两位老专家马上要到任的信息，高兴极了，没等李静告诉他怎么走，就说来车接他们，让晚饭前在宿舍楼等他，不见不散。李静提前几分钟下班，直接回到宿舍楼，等了不多一会儿，何山夫开着谷月的专用奥迪车来了，喊李静上车到小吃一条街每人吃了一碗面条，然后就去拜访孙大可和乔妍。在乔妍家，李静趁何山夫在客厅给乔妍介绍工作方案的工夫，把李阳春领到一个房间里，劈头就问她赞不赞成她妈再找个老伴。其实这也是李阳春心里最牵挂的事，只是还没有合适的人选。她告诉李静，前些天听她妈说学院组织了个科研小组，里面有一位不久前走了老伴的孙教授，她怕人家说闲话就不愿意参加，作为女儿不好深说什么，只能积极鼓励母亲别辜负了领导的一片心意，盛情难却啊，她也就勉强地接受了。提起孙教授，李阳春知道，前些年母亲在家没少叨咕他的人品如何如何高尚、学识又怎么怎么渊博，这就意味着孙教授在母亲的心里早就有个好印象，现在能够和孙教授合作应该是求之不得的，也是个难得的交流思想的好机会。李阳春回想起这些美好的回忆，认为此时此刻李静提到这个事或许是个不谋而合的机缘。于是她就硬着脑皮试探道："哎呀，这可是老人的终身大事啊，当子女的怎么好阻拦，还怕帮不上忙呢！妹子，如果你有合适的人，就费点儿心吧，大姐是感恩不尽的！"

从李阳春的言谈话语中，李静猜出了她的心思，知道她对孙教授也是有好感的，所以，就单刀直入地说："阳春姐，你要这么说，我就明挑了吧。如果你能接受的话，我准备把孙大可教授作为首选对象怎么样？"

"妹子，"李阳春不假思索地脱口而出，"我想我妈是会同意的，因为他们之间比较熟悉。"

李静心里托底了，就爽快地说："那好，这事就这么定了，不过，不过阳春姐得好好劝劝阿姨才是。"

她俩轻松地回到了客厅，李静问何山夫是不是可以走了，他看看乔妍说："可以，别影响阿姨休息，明天早晨见！"

第二天两个人早早就起来了，洗漱之后，把车的里里外外收拾得干干净净，然后顺路吃了早点，七点半准时赶到了乔妍家，只见母女俩已提前出来在楼前等着了。何山夫下车接过李阳春手里的提包，放进后备厢，李静上前搀扶乔妍上车，李阳春提醒她妈别忘了给孙教授问好，乔妍抹着眼泪告诉李阳春注意安排好家务，照顾好孩子。车启动了，拐了几个巷子还没停下，就看到孙民和谢海霞手提着箱箱包包的，孙大可紧随其后地走了过来。车刚停稳，李静第一个跳下车去帮拿行李，何山夫向老师问过早安后请他上了车，然后打开后车厢，放好了东西。孙民两口子趴在车门口给乔妍问好时，李静忙说：“乔姨，阳春姐求您给孙老带好怎么给忘了？”

“必要的提醒，必要的提醒。”孙大可嬉笑地解围说，“看来李静读懂了我们老年人的这本天书，健忘是我们这些老人的专利品嘛！”

车在孙民两口子“一路顺风”的祝福声中徐徐地启动了，乔妍满含泪水从车窗挥手喊着再见！

“乔老师请别见怪，”孙大可打破了一时的沉闷，“我方才说的健忘也许不包括你。不过，健忘虽是个缺点，可它也是个优点啊。常言说得好，‘没心没肺，活着不累’嘛！”

“您老客气了，在疗养院我请您开个参考书目，您一口气就背诵了几十种，难道这也是健忘吗？”

“也许这是我患了‘科癖症’的缘故吧！”

李静凑趣地说：“二老说得都在理，我看你们打不起来！”

“哎呀，不要挑动群众斗群众嘛！”孙大可说。

“明白了，难怪二哥两口子抢我的猪头您老也不管啊。”

“别计较啦，他俩吃猪头，你当红娘，这叫平分秋色嘛！”

“我看孙老太小气了，这得向阳春大姐取个经，人家告诉我，让我全权受理二老的结缘之事，这多么大气啊！”

“啊，是这样，好吧，我们俩全交给你算了。”

聊着聊着快到新区了，李静突然说道：“领导有话，我今天的任务是专程送二老赴任的，午饭后坐公交返回去，只好失陪了，请二老届时可得放行啊！”

“怎么，你把我们这个包袱甩出去就不管了？”

“孙老说得对，你怎么也得陪我们几天再走，不看僧面也得看佛面啊！”

“阿姨，在我的心里您二老都是佛，可家里的事一大堆，石老还在医院，这几天大夫要给他安排做手术，无论如何二老也得让我赶回去啊。”

还是何山夫的主意好，他说：“今天就是二老放你走，谷董事长也不会答应的。不如这样吧，明天早晨我送你回去，来回一个小时足够了，咱俩都不耽误上班，怎么样？”

“这个办法可行，”孙大可忙说，“三全其美啊，我说乔老师，明天早晨放行吧，否则咱俩就成不了佛啦！”

李静说道：“还是孙老善解人意，乔姨快投降吧！”

说话间，何山夫让大家看看前面道边都是谁。人们定神看去，原来是谷月和牟成舟等人。车停下了，大家下车握手寒暄片刻，又上车，在谷月的引领下，到达了公司招待所。服务人员一拥而上，把行李搬进二楼两个相连的套间里，一切安顿好了之后，人们聚集到孙大可房间。谷月一再表示歉意，说这里的条件差，如果不适应，可以到宾馆去。何山夫做了解释，开始已经安排在宾馆，让牟成舟他们给推辞了，他说二老事先有话，要安排在公司住，既方便工作又节省资金，董事长也就只好从命了。

“这就对了，”孙大可赞许谷月说，“我有点儿不客气了，我看我们的老‘亲家’是位正道而爽快的人，认常理，不作秀，办实事，有真情。就冲这一点，我们也得卖老命干点儿活才是啊，否则，我们是没法向我们的崔羽同志交差的。”

孙大可的一席话拉近了双方协作的友好关系。

“您老过奖了。各位在生活中如果有什么不便，请随时提出来，千万不要客气，谁叫我们是‘亲家’呢！”

“好说，好说，”孙大可既是商量又是决定地说，“董事长你看这样好不好，工作上客随主便，生活上主随客便吧，免得把我们给惯坏了。”

谷月敬重地表示要听从二老的吩咐，孙大可摆着手告诉他：“错了，错了，我们是听科研小组正、副组长指挥的。”

牟成舟忙说：“我和何山夫一定要当好指挥棒，而指挥权非二位老师莫属！”

谷月表示赞成，并告诉科研组今天休息，下午看看市容，明天向二老汇报。闲聊了一会儿，谷月提前领着大家到餐厅为两位老专家接风洗尘，格外多准备了几个菜。孙大可觉得有些过意不去，便感慨地说：“董事长太过了吧，既然是‘亲家’之间的走动，何必搞得如此丰盛。在这方面我建议咱们得向学院的崔书记学习，单位给他配了一台车，听说老同志缺车用，他转手就给了服务中心，自己竟然坐通勤车上下班。一个部级干部能够这样做，真是感人肺腑啊！”

“怎么还有这种事？太新奇了，等李主任给我们好好介绍介绍，我们年轻人是应该有这种艰苦创业的精神，接受前辈的告诫，下不为例。我也有个建议，在二老面前，我是个晚辈，今后管我叫小谷或谷月就行了，别再叫我官衔了。”

“你搞错了。你想过没有，听到别人叫某人科长、处长时，你还不一定知道他是干啥的，最多你会想象他是管一伙人的人，说不定心里还要打个冷战，这才是官衔呢。你就不同了，董事长是企业的象征、企业的标志，也是荣耀的身份，谁听了都会感到羡慕，所以，要大喊大叫才行，这就像管我们叫老师一样，我们高兴啊。如果你叫我们俩‘老东西’，我们就会生气了，因为我们俩不是‘东西’啊，你说是不？”

孙大可一番幽默的趣谈，开始人们严肃着脸聆听，末了捧腹大笑，尤其是李静，抱着乔妍的胳膊晃来晃去，两个人会心地笑个不停。在欢笑声中，谷月站起来，端着酒杯一边给孙大可等人敬酒，劝大家吃好喝好，一边说道：“好好好，我听孙老师的话，叫我什么都好，别叫我‘小东西’就行！”

人们又是一阵狂笑。在不知不觉之中，酒过三巡，已是饱腹尽兴了。孙大可让年轻人多喝点儿，他失陪了。乔妍随声附和，大家也只好就跟着退席了。

李静从公司回来直奔办公室，她刚整理完桌椅板凳，薛梅过来告诉她，今天上午要给石成做介入手术，赵倩和冯一夫陪同崔羽已经去医院了，要去的话，和他们室的人一起走。这时张玉梅在走廊大喊着：去医院的马上走啊！

在住院部石成的病房里，主治大夫让石柱代表家属在治疗单上签了字，然后陪着崔羽到病房和石成聊着什么。后去的人在门口等着，不多一会儿，只见四位护士小心翼翼地把石成抬到一张移动床上，打上了点滴，推去介入诊室。崔羽一行边安慰边跟在诊室门外等候。崔羽问石柱郝妈身体怎么样了，家里有没有什么困难需要组织上帮助解决的。石柱表示感谢，只是觉得郝妈的负担太重了，小两口儿插手的事她还看不上眼，家里的大事小情全是她一个人忙乎，过去只是照顾小的，现在是老小她全照顾了。要说雇个人，正好中了她的下怀，她就希望能有个人把她替换下来，准备早早回乡下的弟弟家去养老，很怕自己不能动的时候连累了石家。石柱说着说着眼睛红了，泪水唰唰地掉了下来。是啊，他是郝妈一手带大的，比亲妈还要亲，怎么能舍得让孤身一人的郝妈离开这个家呢，他曾一再表示要给郝妈养老送终，就这样一直拖着没再找保姆。崔羽听了感触很深，赞扬石柱做得对，可不能干那些忘恩负义的事。他转过身又告诉赵倩，服务中心今后要多过问些老同志家长里短的事，帮助他们化解纠结的事、难办的事、棘手的事，在生活上、思想上减轻他们的负担，让前辈们把日子过得朴实一些、充实一些、踏实一些，轻轻松松、快快乐乐地度过一生只有一次的晚年。赵倩扼要地汇报说李静最近按照他走访的要求已经这样做了，她帮助有纠葛的家庭解开了老少之间的疙瘩，消除了内心深处的隔阂，正在总结这方面的经验，准备在中心全面推广。崔羽正要问李静什么事，诊室的门打开了，前前后后不到一个小时，大夫告诉大家手术顺利，非常成功。崔羽上前握着石成的手，高兴地祝他早日康复。为了不影响石成休息，除了石柱和薛梅留下照顾外，其余的人都离开了医院。

陆坦从温泉山庄回来，晚饭后依然出来在楼间广场散步健身，这是他多年来养成的好习惯，可以说风雨不误。今天外边有些寒意，出来的人也稀稀落落。他走着走着，听到几个少年连喊带叫地向他身边跑来，最前边的一个上前抱住他的腰，连声喊着："叔叔救救我，那两个小孩要抢我的钱。"而另两个小孩也在喊，说这个小子抢了他们的钱，冲上来要给他点儿教训。陆坦被这个突如其来的举动给搞糊涂了，瞬时一想，不对，怎么会是一个人去抢两个人的钱呢？当时他不容多想，只是想甩开抱住自己的那个少年去拽另两个，结果是四个人搅成一团，乱打一通，而且拳脚都打在他的身上，其中一个边打边喊着"再管不管闲事啦"，顺手就往他的屁股上捅了一刀。三个少年拔腿要跑，陆坦"哎哟"了一声，伸手拽住了捅刀子少年的衣服不放，三个少年在挣脱中，只听衣服的撕裂声，互拉互拽地跑远了。广场的人闻声赶过来看个明白，有人认识是陆坦，问他是怎么回事。有人看他捂着淌血的屁股，挂了120，不过五分钟，急救车来了，人们帮护士把陆坦抬上车送往医院。

当大家散去后，一位长者在方才撕打的地方捡到了一个不起眼的红色塑料夹子，打开一看，有几块钱零钱，还有个学生乘车证，估计是打架时打掉的，他立即送去管区派出所。一位王警官接待了他，听完情况介绍后，他开车拉着长者去了现场，请他把证件放回原地。王警官让助手拍摄了现场，又听了围观群众的反映，知道伤者是高新科技学院刚退下来的陆坦，他俩即刻驱车去了医院。

陆坦的老伴薛洁知道后，立即给李静挂了电话。李静让她到楼下等着，不见不散，又联系了王连生马上出车去接赵倩和薛洁，她打的赶往医院。在抢救室门外，几个人急着知道伤势情况，王警官比谁都着急，因为同类案件在管区经常发生，他们的压力也很大。这时从里面出来一位护士，王警官忙问她抢救得怎么样了，护士说是轻伤，请家属放心，很快就会处置完。最揪心的薛洁总算是松了口气，李静还在继续安慰着她。又过去十几分钟，门突然打开了，大夫说是屁股上挨了一刀，不出一周就会好的。几个人跟着护士推着移动床来到了高干病房，王警官问大夫，现在和患者谈谈事情的经过行不行，大夫告诉他没有什么大的影响，就看患者是不是同意。陆坦接着话音高兴地搭了腔，一再说明不影响，就怕说不清楚。

“就说说主要经过吧，能说多少就说多少。”王警官说。

陆坦说了一遍之后很是疑惑：“既然是第一个小孩让我救他，为什么还死死抱着我不放，最后又为什么三人一起跑了呢？看样子他们准是一伙的，这里不知做的什么扣！”

“你以前见过他们没有？”

“没见过，啊，有一个好像在哪儿见过，说不准了。”

王警官从工作包里拿出几张照片递给陆坦辨认，其他人也都凑过来看个究竟。王连生从照片里看到有一张是他儿子王旭，他想，不会是他干的吧，要是他可就坏事了。陆坦看来看去直晃脑袋，说道：“都不像。”

“请主任再看看这个。”王警官把一个乘车证递给陆坦。

“哎呀，”陆坦左看右看说道，“这个倒是有点儿像捅刀子那个小孩，不过……我还是说不准，这事可不能乱说。”

王警官向陆坦做了简单的介绍，这个乘车证是在捅刀子的现场捡到的物品，主人叫王虎，是五中的学生，和同班的刘彬、王旭三个人是铁哥们儿，王旭是他们的老大，在管区经常惹是生非，打不得，骂不得，今天的事一定跑不了王旭。

“啊，是这样。”在王警官的启发下，陆坦若有所思地说，“当时我拽住一个小孩的上衣兜，他使劲挣脱时听到有撕裂的声音，这是不是他掉的就很难讲了。”

王警官认为这个情况很重要，对弄清案情将会起到重要作用，在表示感谢的同时，还一再道歉，说明因他的工作失职，让管区的人受到了伤害，然后和小张离去。

几个人又闲聊了一会儿，李静提出让薛洁和赵倩回去，她留下来照料一下，赵倩忙说今天晚上他在这儿，让李静赶紧送薛洁回家，明天另做安排。王连生早就坐不住了，听说要回去，第一个跨出了门，三步并作两步来到停车处，车启动后，急三火四地把两个人送到家。

王连生回到家已经八点多了，他一脚门里一脚门外怒气冲天地喊道：“王旭这个小兔崽子回来了没有？”

“没回来，”夏云涛诧异地问道，“你今天这是怎么啦？”

“怎么啦？陆坦被捅刀子进医院了！”

夏云涛越发觉得奇怪，以往总听他说陆坦如何如何地坏，今天怎么还倒关心起来了，便不解地问道：“陆坦被捅刀子与你有什么相干？”

是啊，陆坦在王连生的心里是没有半点儿好感的，好像事事都在绊他的脚，平时他总希望能有个什么人为他出出这口恶气才好，可从来也没想过捅他刀子啊。这桩丑事可闹大了，本来自己的小乌纱帽就没了，还背了黑锅，这又整个捅刀子的罪名，陆坦能轻饶了自己吗？就这么折腾来折腾去，离坐牢也就不远了。他越想越窝火，就脱口而出：“这个事准是王旭这小子干的！”

“怎么，你可不能往孩子身上乱扣屎盆子！”

“我扣好使吗？你不看看这孩子让你给惯成什么样了，都成了派出所的挂号人物！”

“你怎么怨我呢？亏你说得出口，派出所找我多次，和你说了你听了没有？你管过没有？回家就知道说别人的坏话，要找教唆犯我看就得找你！”

王连生有些服软了：“好吧，你不用给我定什么罪了，我和这个小东西一起进去就是了。”

夏云涛听到这话，当即瘫软在床上，豆大的泪珠顺着眼窝往下淌，有气无力地诉着苦：“这叫什么事啊，大的小的没有一天让人省过心的，不是斗气，就是偷鸡摸狗，这日子叫我怎么过啊！”

理亏的王连生这时不得不哄着夏云涛：“别哭了，别哭了，等找上门来再说吧！”

一场混战之后，王旭领着两个小哥们儿跑到一个小餐馆里充饥压惊、庆功表扬去了。功劳最大的是王虎，可是最惨的也是他，坏了衣服兜，丢了乘车证，损失惨重。刘彬埋怨他要是不捅刀子也就没有这个事了。这也正是王旭的本意，他原想来个乱拳齐发，给陆坦点儿颜色看，让他知道小哥们儿的厉害劲也就行了，生怕把事闹大了让他爸沾了包不好收场。不过几个小哥们儿还是互相鼓励着，尤其是王旭，他觉得不管怎么样，总算是给他爸出了一口气，晚上回去说不定还能得到奖励。三个人很快就吃完了饭，兴高采烈地各奔自家去了。

王旭回到家挺疑惑，怎么没有人吭气？于是就到父母的卧室看个究竟，一看，他妈在哭泣着，他爸板着脸。为了让父母高兴，他赶忙说道：“妈，别哭了。爸，告诉你个好消息，你的仇让我几个小哥们儿给报了。”

王旭怎么也没想到他爸他妈正为这个事在怄气呢，他见没有人吱声，就到王连生面前述说着方才教训陆坦的事，好让父母开开心。他说道：“爸，为教训那个姓陆的，我哥们儿王虎把钱包和乘车证都给打丢了，你给点儿钱就算奖励我们啦，行不？”

王连生实在是沉不住气了，他忽地站了起来，大吼了一声：“奖励，好啊！”话音未落就是一个耳光，把王旭打得有点儿丈二和尚摸不着头脑。王旭捂个半拉脸反问道：“你还讲不讲理了？帮你报仇还打我，那好，我现在就去告诉姓陆的，是你让我报复他的！”说完他背着书包就往外跑。夏云涛跳下地鞋都没穿跟到门口大声喊着：“小旭，小旭！你快给我回来！”

王旭的身影很快就消失在夜幕中。

守护陆坦一夜的赵倩早晨在外面喝了点儿豆浆赶到办公室，上班的时候，他和李静俩向崔羽做了汇报。根据李静掌握的情况看，其中的王旭如果不是重名的话，应该是王连生的儿子，刀子虽然不是他捅的，可这些黑点子跑不了他，据王警官说他是三人中的小老大。崔羽听了二话没说，让李静安排车到医院去看看，由于赵倩守护了一夜，崔羽没让他去。

李静让王连生出车，听说要到医院，他就迟迟疑疑地不大愿意去，可是又没有理由拒绝，只好服从。到了医院，冯一夫陪同崔羽下了车，王连生在李静的催促下不得不下车，躲躲闪闪地跟在后边走进了病房。没想到张玉梅领着中心的人先一步来了，崔羽握着陆坦的手一再安慰他不要上火，陆坦怕别人担心，特意下地走了几步给大家看看，说是小伤害，不碍大事。崔羽戏言道：“陆老受委屈啦，不过是不是树敌太多了，怎么连小孩也不肯放过你？”

“崔书记说得是，”陆坦也开着玩笑说，“连小孩都知道我的美名，捅刀子那个小孩边捅边喊‘还管不管闲事啦’，这叫咎由自取啊。还是古训说得好，善有善报，恶有恶报，事实证明了这是个不朽的真理，而且我的罪过还不轻，在老天爷那里都挂号了，真是上天有眼啊！”

王连生躲在人后面心里直打鼓，恨不得钻到地缝里藏起来，心想，这回该轮到他恶有恶报了。他越想越后怕，王旭这小子胆子也太大了，要是逮着他，真得好好收拾收拾，可是这一夜也没找着他，跑到哪儿去了呢？他不免又担心起来了。人们正唠得热闹时，王警官领了个少年走进了病房，他不是别人，就是王连生的儿子王旭。王连生对儿子的突然出现，又是惊，又是喜，又是怒，又是怕，说不清是什么滋味交织在一起，恨不得上前揪住他的耳朵咬一口才解心头之恨，可是他没敢这样做，他选择了躲闪，选择了回避，耐着性子等待着天命的到来。王警官在李静的介绍下，向崔羽报告着案子已经破了，为首的王旭是来向受害人赔礼道歉的。肯于认错的王旭，跪到陆坦的床前磕头说："陆爷爷，我错了，昨天的破事是我拉人干的，不怨王虎，要打就打我吧。陆爷爷，还能让我上学吗？"

陆坦歪着身子要拉他起来，王旭可有主意啦，哭天抹泪地说："爷爷要是不让我上学我就不起来了！"

"好好好，爷爷不会把你怎么样的，快起来上学去！"

王警官拽着王旭说："陆爷爷答应你了，快起来吧！这孩子还不错，敢做敢当，昨天晚上自己跑到派出所去自首，交代了事情的全部经过，他的目的说是为他爸报仇。"

"报什么仇？"崔羽惊奇地问道。

"我爸一会儿挨批评，一会儿又丢官，听说都是陆爷爷管闲事给整的。"

"你爸爸说的话你怎么知道的？"崔羽问道。

"是我爸在家当我妈说气话时我听到的。"

"是谁让你去打陆爷爷的？"

"是我自己。"

"昨天晚上回家讲没讲自首的事？"

"我从家里跑出来没敢回去，怕我爸再打我，王叔叔就让我在派出所睡了一宿。"

"既然你自己要这么干为什么又去自首呢？"

"惹完事回家要给我爸个惊喜，想要点儿赏钱给我哥们儿把损失补上，刚刚提个头，他火了，狠狠地给了我个嘴巴子，我特恼火，就跑到派出所去了。"

听了孩子的诉说，崔羽很是痛心，原来是这样啊，他询问王警官打算怎么办。王警官汇报说："他们同伙是三个人，还有王虎和刘彬，是同班同学。王旭是个小老大，不良行为长年不断，在所里是挂号的，如果再不采取点儿教育措施，这几个孩子就要成为某些人的牺牲品。今天来，一是认证一下施暴人，二是想听听受害人的意见。"

"啊，你们做得对，想法也很好，目的是挽救孩子，也是挽救大人。我们知道，人生有六大可塑期，这就是：童年讲立本、少年要机灵、青年讲干练、壮年要淡定、老年讲自爱、暮年要返童。不难看出，青少年之前是人生打基础的阶段，最忌讳的是误导，因为这个时期他们常常是自己管不了自己，好激动，好波动，好盲动，动起来很少顾及后果。就拿王旭来说吧，惹了祸之后，他爸一个耳光就能让他去自首，所以说，从行为的过程看，可气，从行为的结果看，可悲。不过，从这个十几岁孩子的错误中也能看到点儿亮光，那就是孝顺。他为了爸爸的利益不顾一切，这是亲情所致啊，问题是你不分青红皂白，不分是非曲直，这就盲动了，这就违法了，好好受点儿教育是完全必要的，也是及时的，只是不要伤害了他们的天性自尊才是，要爱护他们幼小的心灵和活力才好。”

崔羽讲到这儿，人们都在思索着什么。陆坦深情地说：“王旭啊，你听懂了没有？崔伯伯既是给你上课，也是给我上课，你要是能改掉身上的毛病，别说是捅了我一刀，就是搭上一条腿也是值得的。放心吧孩子，你陆爷爷不会和你过不去，咱们当崔书记的面建议王警官，立即撤掉这个立案，来个民不举官不究怎么样？不过，应该把这几个小铁哥们儿找到一起讲清利害关系，讲清如何立志做人，以后别再闹这些事啦，好好学习，早早成才，祖国的未来还在等待着你们哪！”

病房里的人在崔羽的带动下长时间鼓掌，有的人被感动得掉下了眼泪，王警官表示尊重陆坦的意见。王旭这时再次跪到陆坦面前，痛哭流涕地说：“谢谢爷爷，你们说的话我懂了，我好好记着，我要是再干那些破事，就把我给宰了！”

一直躲在门口忐忑不安的王连生突然从众人中挤到陆坦面前跪下说：“对不起领导，对不起陆主任，千错万错都错在我的身上。孩子他妈说得对，教唆犯就是我，我领罪了。”

“王老师，”李静拽着王连生说，“你爷儿俩别这样啦，有话起来说好吗？”

爷儿俩勉强地站了起来，王连生眼含热泪继续说：“陆主任，多年来我一直错怪了你，传瞎话，造谣言，总想中伤你，还有崔书记，我也没少说你的坏话，你们怎么处理我就怎么领了。”

崔羽站起来有些寒心地说：“从王旭的身上我们可以得到一个共识，那就是，有什么样的家长就会有什么样的子女，有什么样的老师就会有什么样的学生，有什么样的社会就会有什么样的后代。王连生也好，我们大家也好，咱们一定要从这里吸取应有的教训才是。当然，人不是神，哪有不犯错误的，关键还是那句老话，改了就好嘛！”

王连生搂着王旭说：“孩子，听伯伯的话，听爷爷的话，都是爸太浑了，把你给领到邪路上去了。请领导给我点儿悔改的机会吧，我要和孩子一起学做人！”

人们散去后，王警官把王旭拉到学校，向校方做了传达，并研究了教育方案。

王连生回到办公室，立即给到处找孩子的夏云涛通报了消息。当夏云涛在电话中知道孩子的下落时，两行热泪唰唰地掉了下来。

今天王连生下班准时回到家，一边帮着夏云涛做饭，一边诉说着事情的经过，在夏云涛的眼里，他从来也没像今天这样内疚过，他感到自己以往错怪了陆坦，错怪了崔羽，千错万错都是自己的错，今后他要和老婆一起教育好孩子。两个人正聊得起劲的时候，王旭领着王虎和刘彬进屋了，两个伙伴见到王连生就跪在地上为王旭求饶，说昨天的事老师已经讲了，不怨王旭……岂不知王连生的火早就消了，伸手把他们拉了起来，劝他们以后别再作妖了，要做个好孩子。王虎和刘彬频频点头答应着，他们怕影响人家吃饭，拔腿就要走，刚一出门正好和王警官碰个对面。原来，王警官正领着班主任宋老师和两个孩子的家长来商量向陆坦道歉的事。宋老师很是过意不去，她说学生做了错事，责任在老师，她一再向家长们表示歉意。王连生主动把责任全揽了过去，说自己没当好家长，让老师操心了，也让其他两个孩子都受到了牵连。王虎的家长是通情达理的人，他说各有各的账，大家都有责任，谁也脱不了干系。王警官对大家的支持非常高兴，他代表管区派出所表示感谢，最后几位家长商定，明天上午到医院看望陆坦，王警官说他出车接送。

赵倩和李静正在研究工作，秘书胡亦立领着王警官和五中的袁校长、宋老师来拜见，来意是表示道歉，同时要聘请陆坦为他们的校外辅导员。赵倩代陆坦感谢他们的盛情诚聘，并告诉他们陆坦一定会给个满意的答复。

陆坦住院快到一周了，据薛梅反映他老急着出院，赵倩便和各室负责人去看望他。在病房门口碰上了陆坦的老伴薛洁，她正要去问大夫什么时候可以出院。陆坦起身迎客，人们坐下后，赵倩劝他多住几天，他特意拍拍屁股说没事了，要是再待下去，这医院可就要变成养老院了，他想见好就回家。赵倩问他，五中要聘他为校外辅导员行不行？他戏言道："怎么还有这种事？扎一刀就升个官，要是多扎几刀我可就要官运亨通了！"

众人大笑，在笑声中，薛梅戏言说："主任要是怕官衔太多就给我几个呗，我还一个没有呢！"

张玉梅说："可真有你的，人家挨刀子你还眼馋，那好，等你挨刀子时我送你几顶乌纱帽！"

"主任说话可得算数！"

众人又哄堂大笑。

说归说，笑归笑，陆坦还是坚持出院，主治大夫让他趴在床上，边摁伤处边问他疼不疼，陆坦说不疼了，就是有点儿麻酥酥的感觉，大夫认为可以出院。陆坦听到这话，精神一振站了起来说："谢谢大夫，谢谢大夫，我跟你们一起回去吧！"

第五中学听说陆坦接受了聘请后，立即做了准备。召开全校大会这天，操场上的学子们在值日老师的口令下，横竖整齐地列着队。这时，只见校长袁丁陪同陆坦和赵倩等人从教学楼走出来，鼓乐齐奏，欢迎的声浪此起彼伏，主持人对客人一一做了介绍，全场向他们致以敬礼！

袁丁首先致词，她向陆坦表示慰问和道歉后，责备自己管理不到位，教育欠良方，引发了个别同学结伙滋事，伤害了陆老。而令人敬佩的是，陆老念其年幼，不咎既往，这是何等高尚啊！

在掌声中，袁丁代表党支部颁发了聘书，陆坦挥动着聘书说："亲爱的同学们，尊敬的老师们，这是一本重如千斤的聘书，我深知自己肩负着关心下一代的崇高使命，这个荣誉，必将使我奋发终生，享用终生。谢谢，谢谢！几句闲言，算是我不请自荐的感慨吧！"

接下去，王虎发言，他痛哭流涕地表示，今后要认错改错，不再当打手，要做个好学生。

王连生代表学生家长做了教育好子女的表态。

当主持人宣布散会时，学生们一窝蜂似的围了上来，请陆坦给签名。

第二十三章

转眼之间，姚铭盛三个月的短期轮训结束了。虽然时间短，还是有收获的，从他的思想总结以及组织鉴定来看，他对玩忽职守、拉帮结伙、行贿受贿、吃喝玩乐等思想蜕变的问题有一定的认识，对他来说，重要的是在今后的实践中改不改、怎么改。至于处理问题，他未免有些侥幸心理，总觉得自己是孤儿出身，也算是根正苗红吧，就凭这一条，组织上对他也得网开一面，最多也不过是像党委呈报的那样，给个察看，闹好了说不定警告警告也就行了。再说，一旦崔羽倒腾轿车的事东窗事发，也许他还有东山再起的希望，何不打个主动仗，暂且来个忍气吞声、负荆请罪呢？就这样，他在结业的当天就找到了崔羽报到，以探个虚实。崔羽见到他急于上班很高兴，劝他休息几天再说，可他又执意不肯。崔羽只好和他一起去见程铁夫。崔羽说："程老，铭盛结业了，今天刚回来就急着上班，您老看看他的工作怎么办好。"

敏感的姚铭盛听到这话，已经意识到，不仅自己没有了原职，恐怕更严厉的处分还在等待着他去承受。崔羽这时把姚铭盛的处分决定递给了程铁夫，请他宣布。程铁夫接过批复文件，他的手颤抖了，他的视线重影了，他看看文件，又斜视了一下姚铭盛，刚要张嘴说明受部党组的委托宣布决定，话在嘴边又改口道："你自己先看看吧！"

姚铭盛一目双行地看了一遍又一遍，他有些不相信自己的眼睛，真是撤销自己党内一切职务吗？真是降为副局级调研员的待遇吗？尽管他有思想准备，可是这和党委上报的意见反差也太大了，一切就像泡影那样破灭了。他低下头抽泣着，好半天才从嗓子眼儿里挤出几句话："一切都完了，一切都完了，咎由自取啊。对不住石老的启蒙，对不住程老的栽培，也对不住崔羽同志的开导，坏就坏在贪得无厌、鬼迷心窍上，坏就坏在歪门邪道、心术不正上，我也成了某些人兴风作浪的保护伞，害人又害己，这真是脚上的泡——是自己磨出来的。到了今天这个地步，我都不知道在学院今后还有没有自己能走的路。"

"有！"崔羽果断地说，"是好汉就不要怕栽跟头，哪里跌倒哪里爬起来嘛！"

姚铭盛思索了一会儿说："好吧，就让我到老干部服务中心去，到李静领导的部门去，那里就是我姚铭盛栽跟头的地方。"

"果然是条好汉，"崔羽怎么也没想到他会做出这种选择，高兴地赞扬道，"我十分佩服你的勇气。程老啊，是不是可以兑现呢？"

"既然可以自己选择，那就应该兑现，不过你要尽快地把负疚感化为责任感，在老干部工作中有所建树才行！"

"嘴说的不如脚走的，看我的行动吧！"

崔羽让他在家好好休息几天，等在一定的会议上宣布完了再到任。

送走了姚铭盛，崔羽来到服务中心，正碰上他们召开支委会，就把姚铭盛的处理决定和工作安排向支委会做了交代，并要求大家一定要关心爱护他，给他创造个良好的工作氛围。接着，大家研究了对张泽明和王连生的处理问题，为了讨论的方便，李静把会前和赵倩商量的意见传达了一下，建议分别给予党内警告处分。其他同志都说太轻了，有些宽大无边，这不足以起到扶正压邪的作用，尤其是王连生，捕风捉影，造谣中伤，纯粹是韩信伐楚——明修栈道，暗度陈仓，他们主张给他留党察看的处分，张泽明最轻也得给他个严重警告。在大家争执不下的时候，崔羽强调了教育人、挽救人的意义，说明了举报倒车是事出有因的，刺伤陆坦不是王连生的本意，他打孩子就是证明，崔羽表示赞成赵、李二人给出路的意见，对犯错误的人不要一棍子打死，还是施之以宽待为好。田锋等人打心眼儿里佩服领导们宽宏大量的心胸，最终还是统一了看法，统一了思想，按照从轻的意见上报党委审批。

当崔羽知道了陆坦被五中聘为校外政治辅导员时，非常高兴，他说请老同志讲讲传统美德，讲讲创业经历，讲讲历史丰碑，讲讲时代使命，这是多么好的政治课呀，这位校长真是有头脑，也会抓时机，我们得好好向她学习才是！

下午上班的铃声刚响过，程铁夫到崔办说，左言让秘书打来电话，定在三点钟约见他和崔羽，看看还用做点儿什么准备不。崔羽胸有成竹地说，如果是汇报学院的工作，那由他负责，要是别的什么事就得请程铁夫把关定向了。而程铁夫却另有想法，是不是为轿车的事要调崔羽回部啊，要是这样可就麻烦了，学院的局面刚刚打开，眼前，至少是眼前还没有合适的人选替代他，想到这，他顺嘴问道："要是让你回部工作那可怎么办啊？"

"不会的，不会的，"崔羽信心十足地说，"程老放心好了，如果因为我没尽责大家不满意，那应该是就地免职，这可是我当初给您老和部长许下的郑重诺言啊！"

"这就好，这就好。"程铁夫还是心不托底，有些语塞。

下午两个人按照预定的时间到了左办，屁股刚沾沙发，左言就开门见山地说："请你们俩来是想传达一下崔羽同志的处理问题。"

"啊，是这样，那好，只要不是把他调离学院就行。"程铁夫急不可耐地恳求说。

"如果给他处分你还敢要吗？"

"只要组织上不调他走我就敢要！"

崔羽一听是对自己的处理问题，便恳切地说："部长请讲，组织上怎么处理，我就怎么领，我崔羽会服从组织决定的。"

左言把纪检组讨论的三种意见复述了一遍，一是党内警告，二是批评教育，三是通报表扬，最后决定通报批评，吸取教训，好事要办好。

"这个决定是组织上对我的照顾。"崔羽诚心地说，"我当时这样做是明知故犯，组织上怎么处理我也不敢有什么怨言。我那时也有些侥幸心理作祟，认为什么时候有钱了再买台车顶上也就行了，好在组织上早发现，早制止，早挽救。不过钱花了不到一半，余下的立即冻结上缴。”

左言沉思了，这是个多么好的干部啊，他问道：“程兄，你看还需要复议吗？”

“请部长放心，组织上的结论我只能是老老实实地接受。但是，我想说，崔羽同志是犯了一个清白的错误，他宁肯受处分也要去背这个黑锅，这一点谁都能理解，但这绝不是谁都能做得到的。”

“说得是，让人感动，让人敬佩，也让人惋惜啊。好了，如果你们没有异议就这样定了吧，找个时间分别宣布一下，学院那边定个时间告诉我一声，由部里负责再在《内参》上发个通报，怎么样？”

“学院那边就别麻烦部长了，请程老代为宣布就行了。”

“只要你同意，我是愿意请程兄帮忙的。”

“哎呀，”程铁夫讪讪地说，“如果你们都不嫌我越俎代庖的话，我也只好代行了，最近就召开个中层会，连同姚铭盛的处理决定同时宣布。”

“姚铭盛对处理决定是个什么态度？”

“认识挺好，”崔羽说，“对处理决定心服口服。”

“不过，你们俩的错误性质可不是一回事啊，”左言对崔羽说，“得好好帮帮他，要培养个合格的干部太难了。”

“部长宽容我了，五十步是不能笑百步的。”

“我不想反对你对自我的严格要求，这样认识也许是有益无害的。啊，姚铭盛的工作是怎么安排的？”

“崔羽同志鼓励他在哪儿跌倒就在哪儿爬起来，他就主动选择了到老干部服务中心为老同志服务去。”

“好啊，这个选择是明智的，也有点儿悔改的诚意，由不尊老到想着敬老，不容易。请你们告诉他，不要患得患失，要脚踏实地挽回影响嘛！看看你们还有什么事？”

“我没有了，”程铁夫高兴地说，“请部长放心，我们回去照办不误！”

崔羽起身，表示他也没有需要请示的问题了，两个人便离开了左办。

姚铭盛很勉强地在家待了几天，心里总是不踏实，去的地方倒是自己选择的，可是那里的人能欢迎吗？尤其是多年来受他无端阻挠的隔层下属李静，而今能接受他这个被领导者吗？这些问号在他的脑海里全是没有答案的，这不免让他的心凉了半截。正是人到了败走麦城这一步，只能厚着脸皮去面对这一切了。于是他壮壮胆子便来到了服务中心咨询室，李静见到他十分热情，佯装不知情地打着招呼："姚书记来了，是不是快结业了？"

"已经结业两三天了。"

"现在老干部工作挺忙的，希望姚书记多来指导。"

"哪里，哪里，学都不知从哪儿学起，今后还得靠你们多帮助我呀。"

李静深感姚铭盛像变成另外一个人似的，几天不见，让人刮目相看，又稳重，又深入，又谦虚，不愧是老师。她真心实意地说："姚书记客气了，老师什么时候都是老师，学生就是当了先生，在老师面前还是学生。"

刚聊了几句，薛梅敲门进屋了，看见姚铭盛赶忙打招呼，然后她说石成马上出院，请李静给安排个面包车去医院。姚铭盛惊奇地问石成怎么啦，李静扼要地介绍了一下情况，姚铭盛也要跟车去看看。李静特别高兴，她说："手术时崔书记去的，出院时你再去，真是善始善终啊！"

在医院，姚铭盛紧握着石成的手一再表示道歉，说这段时间进党校学习没来看他，请多多原谅，李静也帮着解释。但姚铭盛在石成心里留下的阴影却无法驱散，他只是冷冷地回了声谢谢，说看不看都一样，自己一时还死不了。姚铭盛心里明镜似的知道这是在说气话，就一个劲地检讨以往都是自己太浑了，求他给晚辈一个改正的机会。

几个人忙着拿东西，姚铭盛和石柱搀扶着石成走出医院上了车，很快就到了石家。郝妈给大家斟水泡茶，李秀敏在卧室喊着要出来看看老伴，薛梅闻声去搀扶她到客厅。李秀敏见人便说："哎呀，这阵子我们家的门槛都让李静和薛梅给踩平了，大事小情全麻烦她们了，还有新来的崔书记，来这儿就像到了自己的家一样，这是多年也没见过的事。"

冯一夫起身说："大婶，您老好，崔书记到部里开会去了，他委托我们来给二老请安问好！"

李秀敏表示感谢，她又指着姚铭盛问道："这位是新来的领导吧，我怎么觉得没见过？”

姚铭盛站起来还没开口，李静忙介绍说：“李奶奶，这是学院党委姚书记，他去学习刚回来，在家休息还没上班，听说石老出院就来看望二老了。”

李秀敏平时从石成那里多次听到过这个名字，对这个人打心眼儿里有些反感，而今天见到的这个姚铭盛怎么和以往听到的大相径庭，莫非这是又一个姚铭盛？不会吧？也许是……算了，算了，别管是哪个姚铭盛，人家毕竟是好心好意来请安的，连说了几声谢谢就坐下了。

“怎么，大妈的身体有些不适啊？”姚铭盛尴尬地问道。

“是啊，一身毛病，又是高血压，又是糖尿病，关节也不好，是个‘十不全’，家里这些年全靠郝妈忙乎啦，真有些对不住她。”李秀敏说着说着泪流不停。

“大妈，是我不好，没及时来看望您老。”

“咱们不说这些好吗，”石成不想再听这些烦心的事，说道，“她郝妈啊，能不能给我们准备个午饭，哪怕是便餐也好，让同志们打打牙祭吧！”

冯一夫站起来推辞说：“石老，这可不行。姚书记啊，咱们走吧，石老刚出院，得好好休息休息。二老保重，有事找我们好了，千万不能客气。”

离开了石家，冯一夫告诉姚铭盛，明天上午八点三十召开党委会，请他准时参加。其实姚铭盛心里很清楚，一个撤销党内一切职务的人，党委委员自然也就跟着消失了，怎么还能让他参加党委会呢？他疑是冯一夫给搞错了，反问之后才清楚，这是崔羽让他参加的，也就只好勉为其难了。

在崔羽的主持下，会议传达和讨论了三件事：一是老干部活动室即将竣工，涉及内部装备购置的事宜；二是敲定敬老的六项规则；三是有关人员的组织处理问题。第一个发言的是活动室施工负责人周福泉，他提议先给活动室定个正式的名，便于内外有个统一的称谓，于是大家你一言我一语地议论起来了，有的说叫老干部活动室，有的说叫老干部娱乐厅，还是迟来春敢想，他说要是不怕大的话，就叫老干部文化宫。这个意见一提出，立即得到了与会人员的充分肯定，大家认为这个名起得好，即古朴又气派，完全符合建筑物的形体结构。赵倩听了很高兴，他还提出请人给写个牌子，竣工时搞个剪彩仪式，再请老同志出几个节目，可以把仪式搞得节省、热闹一些。崔羽非常赞成，他当场就请程铁夫给题字，而程铁夫又把球给踢了回来，他说崔羽是题字最合适的人选，没有他操心费力地张罗，哪儿来的什么宫啊殿的，这时大家也都跟着往崔羽身上推。崔羽拗不过，急中生智，说由他出面去请部长左言题写，顺便再申请点儿经费，这件事算是落下了尘埃。涉及内部装备事宜，有人提议联系厂家直接进货，可以保质、省钱，崔羽拍板定了，他反复强调了质量第一，就是要饭吃也不吃冷的。敬老六条规则方面，大家一致认为完全符合学院的情况，是个拨乱反正的好规则，予以通过。

接下来要讨论几个人的处理问题。崔羽首先宣读了服务中心党支部关于对张泽明和王连生处理意见的报告，在讨论中，大家认为给个警告处分太轻了，就连姚铭盛也是这么看的，他说自己今天是列席党委会的，本来是没有发言权，既然到会了，就得表个态，这两个人的错误固然是由他引起的，到什么时候也不能推卸这个责任，但各有各的账，同时他俩也是帮派中兴风作浪的得力帮凶，至少也得给个严重警告甚至察看的处分。多数人赞成他的看法，而赵倩却不然，他还是本着给出路的精神，坚持原来的意见不变。崔羽从多数人的话里话外意识到，大家是借着“倒卖车案” 的不实要维护自己的威信，以强化王连生的所谓诬陷。鉴于这种情况，崔羽认为自己就是有一百个理，也不该得理不让人，甚至是以大压小、以上欺下，何况自己又是此事的违规犯错者，而王连生不过是因风而起、闻风而动的，纯属事出有因啊，在这种时候，作为他们的顶头上司，首要的是反思自己，说得好听一点儿，也可谓王连生是讲究原则嘛，总得维护和传承个好规矩！此时此刻，人们在震撼中恍然大悟，一致表示同意支部的意见。崔羽当即在支部的请示报告上挥笔签上了“党委同意支部意见”八个大字。

程铁夫要传达两个批复文件，他先是传达了对姚铭盛免职降级的决定。与会人员沉默了片刻，于祥问姚铭盛的工作是不是安排了，如果没安排，可以到他主持的科研办去，迟来春请他搞教学研究。姚铭盛听了异常感动，怎么也没想到，在自己走下坡路的时候，竟然是曾经被自己无端压制和架空的人站出来要拉他一把，这无异于救人于水火之中。他一再表示感谢之后告诉大家，按照崔羽同志“哪里跌倒哪里爬”的意见，已经选择了老干部服务中心，那里就是他洗心革面、重新做人的最好场所。这时崔羽提示他，如不合意，完全可以重新选择，他极力摆着手表示维持原意，说自己决心已定，没有必要朝三暮四地挑挑拣拣了。

程铁夫要传达的另一件批复是对崔羽的处理意见。由于请示的初衷和批示的结果大相径庭，所以，他双手拿着文件，迟迟不肯开口传达，与会者愣着神静静地注视着他，好一会儿他才不得不哽咽地说道："我手里这是……这是对崔羽同志的处理决定。"这时他想了许多，想到了报销药费，想到了教职工体检，又想到了崔羽坐通勤车上下班……他实在是不愿意把这样的处理决定和崔羽连在一起，他再也念不下去了。崔羽看在眼里，急在心上，他站了起来，礼貌地请程铁夫休息一下，并从他的手里拿过文件给大家宣读，当读到末尾"通报批评"四个字时，还特意加重了语气。与会者不解地议论了起来，迟来春认为部里应该多考虑考虑学院党委的意见，多体谅体谅下面群众的感受才是，也有人干脆提出再重新申报，附上群众舆论和要求。崔羽郑重地做了解释，介绍了部党组和纪检组以及左言的意见，然后他强调了党纪只能严肃不能庸俗，只能强化不能软化，在党的纪律面前，任何人都没有也不能允许例外，任何人都不可以也不准许感情用事，唯有遵照党的刚性铁纪用事才足以除弊端、少遗患，他深深地感觉到对他的处理已经是宽大为怀了，万万不可松绑，否则，无异于放虎归山，其后患是无穷的。

当崔羽的所谓倒腾车的真相大白之后，曾为此举报过崔羽的姚铭盛有些坐不住了，他心潮翻滚、激动不已、痛心疾首、羞愧难当，越想越觉得自己是那么黑心、那么丑陋、那么渺小，真是无地自容了。他豁然站起来说："我姚铭盛心服口服，百闻不如一见，今天我从崔羽同志的身上看到了什么叫真正的舍己为公，什么叫人格高尚。好了，请大家看我今后的行动吧！"

"言过其实了，"崔羽赶忙说，"如果你不是在捧杀我，那我怎么敢担当呢？但我相信你是一条好汉，我愿意和你携手并肩，尽快走出阴影，把有限的精力奉献到无限的科技事业中去！"随后他建议近期召开个中层会，请程铁夫主持并传达处理决定，他要在会上做检讨。程铁夫不假思索地答应明天上午就开。

散会后，赵倩向李静和党小组组长田锋介绍了党委会的意见，并决定立即找王连生和张泽明谈话，传达党委的决定。先找来王连生，赵倩开门见山地问他党委能给他个什么处分，他毫不掩饰自己的想法，能给个留党察看就谢天谢地啦，他说原先室里的人都给得罪了，又得罪了领导，是不会有好果子吃的。赵倩顺手把批示递给他，当他看到崔羽的签字时，痛哭流涕地表示感谢，说自己这些年净当小丑啦，害人又害己，再不好好做人，连老婆也不会放过他的。李静鼓励他不要灰心，今后干事不要只看人，是对是错线上分。赵倩让他回去告诉张泽明来一趟。几分钟的工夫张泽明来了，当他看到批文时，眼睛湿润了，他怎么也没想到会有这样宽容的结果。赵倩又正式告诉他免去了行政职务，他说自己早有这个思想准备，一切服从组织安排就是了。

中层党政领导干部联席会还邀请了老干部“三委”和“三老”列席了会议。会议是在教学楼的阶梯教室召开的，冯一夫等人早早来到门口负责接待签到，原定八点三十开会，人们提前十多分钟就到齐了，这是以往的大会所罕见的。

院领导集体走进教室，在前排就座，后进教室的是崔羽和程铁夫，紧跟着的是姚铭盛。姚铭盛踏进门想到后边去，就被崔羽拽住了，便顺势坐在他的身边。会议是正点开始的，程铁夫迈着教师上课般的健步走上讲台，他扫视了一下全场，人们端坐无语，肃穆候听。他宣布开会了：“今天，会议的主题是，宣布对几位同志的处理决定，不过，不过我希望这样的会在本院还是空前绝后为好！”几句开场的话说完了，他先请冯一夫传达了党委对张泽明和王连生的处理批复，接下去，程铁夫亲自传达了科技综合部等有关部门对姚铭盛的处理决定，与会者正交头接耳议论纷纷的时候，他又宣布了对崔羽的处理批示。刚刚念完了题目，会场一片哗然，一些人甚至情不自禁地喧哗着：真是人心隔肚皮，光看表面可不行啊，谁能想到崔羽刚来了这么几天就这样，这个学院算是好不了啦……人们无拘无束地议论着，要在往常，程铁夫就会喊几声“肃静”，而今天他却一反常态，站在讲台上一声不吭，可谓“任凭风浪起，稳坐钓鱼台”。其实他理解人们的心情，有意让大家发泄一下积压已久的郁闷。稍后，人们自然也就静了下来，他这才把全文给念完了，跟着就是解释，说这个时期以来，他和大家一样，许多事情是被蒙在鼓里的，包括差的事、坏的事，更包括奇的事、好的事，一旦这层窗户纸被捅破，看到了事情的真相，难免有些大惊小怪。就说说崔羽私下倒腾轿车的事吧，他的车不算少，有两台，可是，当他听说老干部缺车用的时候，二话没说就把学院配的车转给他们用了，后来又听说老干部的医药费常年压着没有钱报，又把部里给他配的新车作抵押借回一百万，报了药费，搞了体检，办了培训，而他自己一直瞒着院领导坐通勤车上下班。有一次到部里开会，他在门前碰上后勤的“半截美”让捎脚，被部里的门岗给堵在了门外……他有点儿讲不下去了，站在台上擦着眼泪。

“我建议组织上撤销对崔羽同志的处理决定！”有人喊道。

“应该把老干部的车给退回去！”老同志喊道。

“宁可我们的药费不报也不能让崔羽同志受处分！”许多老同志站起来喊着。

会场骚动了，人们的热血沸腾了，麻木许久的神经复苏了，沉睡有年的良知唤醒了。程铁夫抹去泪水，慷慨陈词：“同志们，我们只要能冷静下来思考的话，没有理由不相信，美梦即将成真，理想必将变成现实！如果说崔羽同志的善举是一道无形的动员令的话，那么同志们的激情就是一篇有形的宣言书。让我们在朝的和在野的勠力同心，奋发图强，力争在困境中尽快闯过难关，在峡谷中尽早走出迷途。好吧，顺便再表个态，我今天算是正式提出取消我的专车，继续和于祥同志坐小班车。”

程铁夫的表态并不亚于正面的号召。冯一夫站起来声明，服务中心和党办在崔羽坐班车的同时就取消了专车。这时，周福泉站起来向大家通报，经过与院领导和中层部门沟通，提出如下倡议：由于工作需要，除了崔羽和程铁夫配专车外，其他院领导实行小班车制，中层干部暂乘通勤车上下班。与会人员以热烈的掌声予以通过。

坐在崔羽身边的姚铭盛，急着站起来请求发言，程铁夫同意后，他三步并作两步地走上讲台，还没站稳脚跟就给众人鞠了个九十度的大躬，然后忏悔自己对不起大家，对不起崔羽，说自己是咎由自取。他说一个人不珍惜自己存在的价值也就没有了存在的价值，而自己就是这样一个多余的人，这就像他一味地追逐自己名字的谐音“要名声”一样，不过是个身败名裂的连体儿，实在是可恨、可悲、可怜！

最后他郑重地表示说：“今后看我的实际行动吧！”然后再一次行了个九十度的大礼回到座位上去了。

身边的崔羽立即站了起来，带头为姚铭盛的悔改诚意鼓掌，然后请程铁夫休息一下。他走上讲台频频敬礼，一再表示感谢前辈们的宠爱和关怀，感谢大家的理解和宽容，他愿意和姚铭盛一起，共同努力，从教训中汲取营养，不心灰，不意冷，不自暴，不自弃，迎头赶上。当然，崔羽深知一个人的错误是这个人一生中最大的遗憾，可是人们也知道，一个人躲不开遗憾就像无法躲开自己的影子一样，所以说，在失衡的时候，只能是变遗憾为强悍，变被动为主动。这里崔羽无意掩饰过错，也许没有遗憾的人生是贫乏的人生，是有缺憾的人生。有位哲人倒是说得形象、辩证而深邃：“山因风雨而朗润，梅因霜雪而傲然，荷因污泥而高洁，人因遗憾而多彩。”不过这种“多彩”的遗憾，自然不是那些有意识的越轨，而是认识性的谬误，同时又能使人在自我的剖析中严于律己、引以为戒，如此这般，他依然可以闲看庭前花开花落，漫随天外云卷云舒。这么说是不是怂恿人们姑息过错呢？差矣，只是因为挫折会伴随着人们一生的缘故，它的所谓多彩，也只能是孕育在吃一堑长一智之中了。

崔羽的检讨，亮丑不怨天，刨根不尤人，博得了全场的理解和掌声，人们相信他会站得高，看得远，走得稳。他在感谢大家的同时，又重申了党纪的严肃性，他说：“在纪律面前，喜怒哀乐都是一样的，它不讲高低，不讲大小，不讲情面，不讲关系，所有的人、所有的事，只要是犯忌了，都要以纲纪为准绳，乖乖地去反省才是明智之举。至于程老说的善举，应该是指那位宽宏的老板，他不把买卖变成抵押，我就更难看了，他不拿出一百万，你要感谢都找不到人。好了，今天算我交了‘学费’，今后在大家的监督下，一定力争少犯这种低级庸俗的错误，少干这种丢人现眼的傻事，谢谢！”

全场起立，掌声热烈。

崔羽敬礼后请赵倩宣读了党委关于敬老的六项规则：

一、在解决全院一次性解决不了的遗留问题时，本着先离退后在职的原则，从速从优妥善处理。

二、对走访探视患者，服务中心要和系部配合进行，凡“三老”和重患，应有院领导参加。

三、对老同志的走访联系实行中心包片、系部包户，让老同志不超过十天就能闻声或见人。

四、对鳏寡孤独和子女不在身边的空巢老人，每周都要有人走访问候或电话联系。

五、凡涉及老干部政策的落实，有关部门要主动掌握和兑现，不准漠视、推诿和滞后。

六、凡院务的主要活动老同志有知情权，对有关重大问题的决策，应主动咨询老同志的意见并充分发挥他们的余热。

在实施上述规则中，要做到“六到位”：思想认识到位、感情投入到位、责任意识到位、工作举措到位、组织保障到位、财政支持到位。

程铁夫要求各部门认真传达会议精神，讨论情况及时反馈到党办。

第二十四章

晚上下班的铃声响过，人们陆续地离开了办公室，唯有李静在焦急地等待着何山夫约会的电话。他也没告诉她是什么事，只说是要给她个惊喜。李静心不在焉地翻看着文件，消磨着等待的时间。突然间电话铃声响了，何山夫连珠炮似的向她报捷：电动轿车总体设计方案已经大功告成，正要报批投产，在待批期间，给科研组放假两周，明天中午饯别，董事长委托他午休后开车送行。李静听了特别高兴，连声表示祝贺，这不仅是科研组为学院长了脸，他的男友也为公司立了功，她的脸上也有光彩。特别是当她得知孙大可和乔妍相处得形影不离、密不可分的时候，即刻心生一计，向何山夫这个那个地一一做了交代，并提醒他千万不要走漏了风声，也不要告诉两家的子女。何山夫心领神会，赞扬她的这个“科研成果”不亚于电动车的设计方案，真是“诡计多端”，满口答应照办不误。

李静放下电话又分别与赵倩、陆坦和刘顺做了沟通，他们也都高兴地答应听从安排。

第二天下午四时许，李静先一步来到乔妍居住的楼前等待着送行车的到来，不多时，赵倩和刘顺来了，紧接着就是陆坦老两口儿走了过来。几个人闲聊了一会儿，李静介绍了科研小组的首战成果，又讲了孙大可和乔妍婚恋的顺心如意，大家很是兴奋，都主张早早把事给办了。正唠得起劲时，车到了，李静上前打开车门，请孙大可和乔妍下车，并祝贺他们初战告捷。李静仔细一看，不见了牟成舟和付大伟，问何山夫怎么回事。何山夫说车路过他们家门口时下去了。孙大可觉得有些蹊跷，要说来的人是欢迎他们的吧，又觉得不像，再说怎么能跑到乔妍家门口来欢迎啊？这时薛洁拉着乔妍的手，一边祝贺，一边让她快进屋休息。乔妍刚一迈步想起了她的搭档，顺口说道："孙老到家坐一会儿再走吧？"

陆坦逗趣地说："看样子大嫂是不欢迎我们啦！"

"别挑礼了，别挑礼了，"孙大可着急地向着乔妍说话，"天不早了，我们赶紧走吧。人老了像小鸟，到了晚上就找窝啊！"

早有思想准备的何山夫忙以请教的口吻说道："老师，来到乔老师府上越门而过好吗？哪怕稍坐片刻赏个脸，我再送各位老师回家也好！"

大家都说越门而过是不礼貌的，赵倩说："不走了，不走了，还等着吃乔老师的晚饭呢！"

孙大可正犹豫不决的时候，李静拽着他的胳膊撒娇地说："孙老一向都说老的要听小的话，今天怎么不算数啦？"

"啊……啊……我说过这话吗？好，算数，算数，走吧！"

乔妍听说孙大可等人要登门做客，喜出望外，健步如飞地上楼开门，进屋就问何山夫："你不是说通知李阳春准备晚饭吗，她怎么没来？"

"哎呀，对不起乔老师，"何山夫佯装歉意地说，"这事让我给忙乎忘了，孙老师家也没通知，还好，反正咱们现在也到家了，只好请两位老师原谅啦！"

乔妍的家是个三室一厅的户型，客厅和餐厅相连，还算宽敞，家里的摆设虽然简陋，但很整洁，像点儿样的家具要数电冰箱和一台东芝牌小电视机。而真正的家产得算是藏书了，她腾出个大房间作为藏书室，室内中间放了一张写字台，三面顶天立地的书架放满了古今中外的科技名著，堪称智库。人们踏进门便一头拥入藏书室，随意翻看着。薛洁陪着乔妍烧水，擦拭桌椅板凳。李静在何山夫的耳边嘀咕着什么，然后下楼去了，不过十分钟的工夫，她领着酒店的小姐进屋了。酒菜饭齐备，何山夫忙给大家斟上啤酒，请大家就座用餐。当人们坐稳后，赵倩先开了腔："我给孙老和乔老说明一下，这是李静同志为二老准备的晚餐，算是接风洗尘吧，请！"他站起来举杯祝贺二老马到成功。

陆坦端起杯子一语双关地戏言道:“老薛啊,这可是喜酒啊,咱们一定得干,来,祝贺两位旗开得胜!”

“谢谢,谢谢,”孙大可回应道,“李静啊,你知不知道搞科研的人为什么总会受骗?”

“孙老,”李静敬重地回答,“这个嘛,做小辈的不敢妄言,我就知道科学家是求真务实的典范,理所当然地要受到人们的尊重和爱戴。”

“不敢当,不敢当,不过骗局常常就孕育在求实之中。我对你乔姨说过,我们俩拴在一起也不是你的对手,这不,今天又受骗了吧?好在今天的‘骗局’是为我们好,受了骗还得表示感谢!好吧,干啦!”

话音一落,大家满堂大笑,将杯中酒水一饮而尽。

李静再一次举杯说:“祝二老首战告捷,荣归故里。祝叔叔阿姨心宽神爽、好运常在。干杯!”

“喝得爽,喝得爽。”孙大可感慨地说,“我代表……我代表我自己向各位男男女女、老老少少表示感谢!说句心里话吧,自从崔羽来了,我们这些昏昏待毙的老东西也跟着复活了,不怕各位笑话,就连谈婚论嫁这种年轻人的专利我们也要跃跃欲试地赌一把。”

“孙老是说酒话吧,”李静忙回应,“谈婚论嫁早已没有年龄界限了,哪儿来的什么专利!”

何山夫以赞扬的口气揭着老底:“本来不该对老的品头论足,可这段时期以来,我发现孙老完全够得上是老年人新潮的代表,有新理念,有新作为,有新风范,很值得我们年轻人效法。”

“山夫啊,”孙大可以攻为守地说,“还有个分量最重的一‘新’怎么给我漏了?”

陆坦赶忙补充说:“如果我没说错的话,应该是有新时尚!”

“好,好,好,”孙大可乐呵呵地肯定说,“知我者陆兄也。不过这新时尚的内涵,恐怕得由信息专家来诠释了!”

大家笑得前仰后合。在笑声中,乔妍说:“在我的信息库里还就缺少这个条款，这得由李静给补上。”

李静毫不示弱：“乔姨的信息库里不是没有，是陆叔说得太经典了不好懂，应该翻译成新动向！”

人们边吃边喝边聊，已是酒足饭饱，李静不想拖延时间，便给何山夫递了个眼色，两个人站了起来。李静说：“在座的各位是我们俩的老师和父辈，又一手扶持我们成长，这份比亲人还要亲的情谊，我们将永远铭记在心，视为尊老敬老的原动力。我俩提议：为祝福老师健康长寿干杯！”

赵倩也是不想拖延时间，他站起来说：“好吧，我们来个杯中净怎么样？二老刚回来，需要早早休息。”

孙大可喊着“理解万岁”，建议伙食费在谁家吃谁就给报销，他要打道回府了。

“孙老，”陆坦弦外有音地说，“这个事是不是应该主随客便，得让我们先撤吧？”

李静认真地说：“陆叔说得对，一车坐不下这么多人，还是请客人先走吧。”

赵倩心领神会，他要和刘顺跟车挤一下走。

乔妍很是通情达理，也主张要请客人先走才是。

孙大可顿时有点儿发愣，他左看右看，该走的人怎么就剩他一个了，难道说自己也变成主人了吗？既然乔妍也是这个意思，就只好勉强地说：“也罢，送客！”

大家热情握手话别。

在楼下，赵倩让李静坐车去送陆坦两口子，他和刘顺离家很近，走一走几分钟也就到了。刘顺叮嘱李静快走，争取早早把孙大可接回家，李静不愿意扩大这个信息面，便笑嘻嘻地告诉刘顺一会儿就回来接他。听到这话，薛洁就催促何山夫快走吧，争取早早返回来。车刚启动，陆坦说薛洁也是个容易受骗的人，要是接他的话，不如一车拉走算了。薛洁这时大梦方醒，心想：难怪孙大可说他和乔妍拴在一起也不是李静的对手，果然是这样，真是百闻不如一见啊。

送走了客人，孙大可很是疑心，要是车回来他们怎么不留个人啊，于是对乔妍说："这事不对啊，车还能回来吗？说不定我们又受骗了。"

"不会啊，"乔妍自我安慰地说，"你先别大惊小怪的。"

"好，好，我就在这儿等车，你不撵我走就行！"

"这帮人是有点儿怪兮兮的，还能开这个玩笑吗？"

"这东西可没有个准，李静这丫头满脑子鬼道道，当然了，人家这是好心好意办好事啊！"

乔妍羞涩地自言自语："要是……这可怎么办？"

两个人正在迷惑不解的时候，电话铃声响了。乔妍忐忑不安地拿起了电话，一听是李静，赶忙说孙老马上就下去。李静慌忙地说车出了点儿小毛病，正在修理，怕是去不了啦，今天晚上就别让他走了，明天另派车去接他，请他们多多原谅才是。孙大可急忙拿过电话说："李静啊，车怎么啦？不对吧，准是你又做扣来骗我，等明天要找你算账的，真拿你没办法！"他放下电话说道："怎么样，我说又受骗了她还笑，实在不行我自己打个车回去吧。"

"这么晚了，你还要回去吗？"

"难道你敢留我住下不成？"

"你要是真走了，我的心恐怕这一夜也不会放下。"

"好吧，不走了，有闲地方吗？如果没有，我就在沙发上将就一宿吧！"

"闲屋倒是有，得现收拾，要不嫌弃你就睡在我的床上，我到闲屋去住。"

"也好，不过太委屈你了。"

两个人从客厅起来到卧室，乔妍简单地整理了一下房间，放好了被褥，然后告诉孙大可洗洗脸早早休息，转身要离开卧室去收拾闲屋。孙大可站在乔妍的身后，突然抱住她说："你还走啊？不想给我做个伴吗？"

"如果你愿意的话，我是不想走的，只是这个事来得太突然了，这都是李静惹的祸啊！"

"突然来自必然，祸里福兮将至，这应该叫水到渠成的大好事，你说为何是祸啊？"

"什么好事，是你老想好事了吧？快放开我，洗洗脸早早休息，明天早饭后李静还要来接你回家呢！"

一个星期天的上午，在冯一夫和李静的陪同下，崔羽偕夫人鲁明、儿子崔小羽到石成家走访。中途，崔羽让王连生把面包车停在菜市场门口，他领着儿子买了青菜、鲜鱼和水果等，在车上陪伴鲁明唠嗑的李静，赶忙接过东西放置好。到了石成家，崔羽紧紧握着石成的手请安，鲁明上前问好，研究生班快毕业的崔小羽活泼好动，边敬礼边喊着："石爷爷大福大贵！"李秀敏听到嘈杂声心急火燎，在李静的搀扶下走出了卧室，崔羽抢前几步扶着她的一只胳膊来到客厅坐下。李秀敏很是过意不去，这些领导大礼拜天也不休息，还惦记着来看望他们。而崔羽却亲切地告诉她，大妈这么说有些见外了，他们到这儿来就是到家了，既来休息了又看望了老人，说着说着又问起郝妈哪儿去了。石柱到厨房喊着郝妈，扶着她来到客厅。这位憨厚淳朴的老人，冷不丁看到这么多的领导，眼睛都有些发晕，更不知道说什么好，只是笑呵呵的。崔羽和鲁明拽着她的手问好，并请她坐下休息一会儿。李秀敏有气无力地把郝妈拉到自己的身边坐下，她告诉客人，这个家就靠郝妈支撑着，她是这个家的功臣，带大了小的，又忙乎两个老的，刚说了几句话，就情不自禁地掉下了伤感的眼泪，说自己后半辈子是还不清这个债了，就靠柱子他们去还吧。石成看老伴越说越伤心，就岔开了话题，告诉石柱，今天是个好日子，他大哥、大嫂和小侄子都来了，让他到饭店要几个菜，大伙在家热闹热闹。石柱和媳妇柳絮穿上外衣就要走，被崔羽给拦住了，说午饭已经有安排，让尝尝他的手艺。平静下来的李秀敏问道："崔书记，你多大岁数了？"

"大妈呀，不是我挑礼，哪有父母管子女叫官衔的，今后就叫我名字好了。我还有个小名叫小锁子，就是怕生多了养活不起，让我给锁住的意思。好了，大妈怎么上口就怎么叫好了。啊，对了，四十出头了。"

李秀敏听到这儿，心潮翻滚，十分感慨。四十多年前，她跟随老伴在山东老家打游击时生了个儿子，因无法随军，便托付给一个老乡抚养。后来由于兵荒马乱的也就失去了联系，解放后找过多次，受托人早已不在了，儿子哪儿去了也没有人知道。就这样苦苦地找了四十多年，等了四十多年，至今也没有个音讯。如果，如果他还在人世的话，也就像崔羽这个年龄。石成毕竟是从战争的风雨中走过来的人，有伤不言疼，有泪不轻弹，何况是些家长里短的事，他就好言好语安慰着李秀敏道："已经说好了，今天是个团聚的好日子，最好是只思甜不忆苦，给大家个好心情。"崔羽赶紧接过话茬说道："对对对，大妈，咱们先思甜吧，你看石老身体恢复得多好啊！"

"还算好吧，"石成风趣地说，"手术前我到马克思那里去报到，没想到他不见我，我就只好回来了。"一席话惹得大家满堂大笑。

石成是学院的元老派，又是创始人之一，从部里到学院，不管老的还是少的，人们对他都很熟悉，也很敬重。尤其是从综合办出来的崔羽，对石成可以说是了如指掌，如果能得到石成的指点和帮助，那是难能可贵、十分荣幸的事，何不趁此良机请教个一二？他说："晚辈到任半年多了，由于您老身体欠安，晚辈不便打扰，而今您老身体康复，如果真把我崔羽视为家人，该是不吝赐教了。"

"那我就不客气了。其实你到任之后的情况，李静他们没少讲。弘扬美德，传承孝道，很是让人感动啊，就是我们这些过来人也不得不敬佩，至少我是做不到的。人们都在说，学院老干部工作的春天来了，我看你这是'曲线救院'哪，打的是隔山炮，震的是座山虎，倡的是高科技，圆的是复兴梦，真是一箭多雕、用心良苦啊！毫不夸张，我坐在家里也都感觉到学院春天的暖和气了！"

"您老过奖了，晚辈不敢当。过来的人是事业的奠基者，不仅是社会物质财富的创造者、积累者，更是社会精神财富的生产者、延续者，我们这些站在你们肩膀上的后生，没有理由不把前辈们从小家庭中解脱出来，归还给大社会，让你们最大化地享受充满真情博爱的尊重和孝敬。"

冯一夫还做了解释，说崔羽正在把学院作为大社会的缩影，努力为老年人创造颐养天年的乐园。李静也讲了她的感触，她说崔羽的新理念，就是开导老年工作者和所有在职的人一定要把身边的老年人作为自己的亲人长辈去孝敬。

"这两位比我说得明白。"崔羽谦和地说，"但这不是什么创造，更不是什么新理念。如果石老赞成的话，我崔羽愿意奔着这个方向和大家一起去努力。"

"好，好。"石成兴奋地说道，"有雄心，有谋略，志向高远啊。倘若你们不嫌弃的话，我们就把这老骨头交给你们啦。哎呀，问题是基础不行啊，困难太大了，姚铭盛这些人把个好端端的学院给糟蹋完了，教学上不去，科研往下滑，元气伤透了，人心散了架……不过也别都怨他，其实还得怨我当年没长眼，竟然选了这么个接班人。”

李静解围：“请石爷爷宽心好了，学院在变，大家在变，姚书记也在变，他经过党校学习回来判若两人了。前几天他还没上班，听说您老要出院，就要去接您。”

崔羽又强化了李静的看法，说姚铭盛是条好汉子，不仅认识了错误，还表示自己在哪儿跌倒就要在哪儿爬起来。经过他俩的提醒，石成也觉得姚铭盛是有些变化，起码有点儿人情味了。不过，他认为对这样的人还是严格点儿要求有好处。他本来是孤儿出身，靠国家给拉扯大，怎么也没想到作起妖来什么都给忘了，竟然扔了要饭棍就去打叫花子。

崔羽赶忙提醒石成，说他老人家有话在先，今天是个团聚的日子，只思甜不忆苦，得兑现承诺啊！李秀敏告诉崔羽等人，说这老头子像坐了病似的，一提起姚铭盛，他的气就不打一处来，叨叨咕咕没完没了，一会儿说他不争气，一会儿埋怨自己选错了人。崔羽怕勾起更多的不愉快，就扭转了话题，劝二老休息一会儿，他要和夫人鲁明露一手，请郝妈做灶外指导。李静和柳絮帮助打下手，冯一夫和石柱陪石成唠嗑，几个人按照自告奋勇的分工各行其是，一桌实实惠惠的午餐很快就摆上了餐桌。当人们就座时，石成对李秀敏说：“老伴啊，你今天是不是该行点儿善了，把藏的好酒奉献点儿给我们怎么样？”

“看在孩子们的面子上可以，但是你得受限制。”

“大妈啊，”崔羽为石成帮着腔：“您老的家规好严哪，既然我们有面子，是不是放宽点儿政策啊？”

石成胸有成竹地说：“不必了，她只管政策，不管对策！”

人们在说说笑笑、温馨和谐的气氛中共进了午餐。

姚铭盛在家待了几天觉得有点儿无聊，像热锅上的蚂蚁，在屋里走过来转过去的，他想，与其无所事事地在家待着，还不如提前上班算了，于是他操起电话告诉李静明天他要上班了。李静听了很高兴，在他的提醒下，找来胡亦立和王连生帮忙清理小办公室，除了桌椅板凳等大件留下外，其他办公用品、资料和书籍一律搬到大办公室去，并让胡亦立再给准备一套办公用品。王连生问给谁用，李静告诉他们，姚铭盛老师明天来上班，是给他准备的。王连生直晃脑袋，说这真是天大的笑话，谁到这儿来都行，就他不该到这儿来，老干部还不把他给轰跑了才怪呢！而胡亦立也有同样的担忧，但是他清楚，院党委之所以这样安排是有理由的，不是轻易可以改变的，所以他建议李静应该和大家说一说，尤其是要做好老同志的工作，千万别闹出什么笑话来。李静觉得这个意见是积极的，特别是对一个受到撤职降级处分的人来说，更要为他创造个良好的环境，以增强改正错误的信心。

上班的时间到了，服务中心的工作人员陆续地来到了会议室，李静和薛梅给大家倒水。几分钟的工夫，只见赵倩陪着姚铭盛进入会场，赵倩没等坐下就说道："开会了，姚老师大家都很熟悉，不过我还得介绍一下，根据他本人的意愿，党委决定让姚老师来服务中心工作，请大家欢迎！"

全场爆发出热烈的掌声，还伴随着"欢迎欢迎"的口号声，李静喊得格外响亮。

站在一边的姚铭盛受宠若惊，很是感动，他立即给大家鞠了个九十度的躬，然后习惯地用左手戳了一下眼镜，说道："谢谢，谢谢，我知道，像我这样的人是不该受到欢迎的，因为我曾经伤了大家的心，其中包括张泽明和王连生同志，我姚铭盛在这里给你们赔礼了！"

赵倩请他坐下讲，他眼含热泪坐下说："我对不起大家了，但是，我愿意在你们的帮助和监督下，在有生之年为老同志尽微薄之力，以消除影响，挽回损失。"

赵倩劝他不必过纠结于以往，相信他会在今后的老干部工作中闯出新路子，收获新成果。接下来他又告诉大家姚铭盛被安排在李静主持的咨询室工作，重点是研究落实老干部政策方面的事宜。李静当即表示欢迎他到职指导工作，同时给他介绍了各室负责人。其他人员也都一一做了自我介绍。

会议的开场白之后，赵倩正式传达了中层会议的精神，由于各部门负责人列席了会议，回来之后又做了传达，所以，大家对几个人的处理意见并不陌生。赵倩侧重强调大家都要从中吸取教训，在党纪面前谁也别开玩笑，那是一条红线，踩不得的！李静非常赞成赵倩的警示，她又本着崔羽的讲话精神，告诫已经踩了红线的人，一定要记取前车之鉴，不要轻视或者忽视了事后反省，它们往往会更加警醒人们的头脑，起到意想不到的作用。

“从道理上讲也许是这样吧，”姚铭盛知道李静这是在安慰他，说道，“可是对违规犯纪的人来说，绝不应该以此为借口而宽恕自己，起码这是我应该做到的。”

赵倩谈到了敬老的六条规则。他说这个规则的起草人是李静，得到了崔羽的首肯，党委也顺利地通过了。不难想象，倘若无米下锅，他无论如何也是做不出来这碗饭的。尤其是保证六条规则实施的“六到位”，精辟而亲切，深刻而务实，操作起来就不是凭借空话了。在讨论中有人说，这六条就是让我们当好老同志的亲人，把他们的事当成自己的事去办；有人认为，关键是得让老同志保持好心情，时时无后顾之忧，才能无忧无虑地过好每一天；有人提出，要消磨老同志的剩余精力，就要为他们寻找挖掘潜能的机会，创造发挥余热的条件。李静重点谈了落实老干部政策的想法。她认为老干部政策是老干部政治待遇和生活待遇的综合标志，是享受政策成果的显示仪，是解决遗留问题的刻度表，是体现亲情关爱的一杆秤。把好政策关，维护好权益，让老同志不折不扣、不拖不延地享受到政策允许的待遇，这是老干部工作者的天职。为了落实好老干部政策，她细化了三条意见：一是汇编已有的政策规定（在进行中）；二是对废除的原规定、重做的新规定、补充的新规定等等，一律标注调整的内容或增补的标准、时间等；三是按人头编制细目，积极主动地为相关部门提供落实政策的依据和人员情况。

姚铭盛听完了李静的发言很是激动，他觉得这项任务好像是咨询室应该承担的，说得再具体一点儿，这活就是他应该干的，所以他提出来可不可以交给他来办。姚铭盛的这种主动请缨的精神感动了每一个人，感动了赵倩，他号召大家要向姚铭盛学习，遇事要敢于担责。提到落实老干部政策，他说这是咨询室的主打任务，也是服务中心的重要课题，每个人都要围绕不断落实老干部政策做出贡献。姚铭盛觉得有点儿不好意思，说自己不了解情况，没想到这项任务是服务中心的看家宝，自己揽这个差事有点儿自不量力了。

李静心知肚明，在现有的人员中最具备承担这项任务的能力的还就是姚铭盛，便婉言请他主导这项工作，自己负责为他搜集资料，当好助手。说到这个份儿上，全场鼓掌，姚铭盛也就不好再推辞了。

新从事老干部工作的转业文艺女兵方琼十分纳闷，原以为老干部工作就是搞点儿蹦蹦跳跳说说笑笑的事就完了，闹了半天还有这么多的说道，看来这个工作还真有点儿干头。心理医生陈素平三句话不离本行，顺嘴插了一句，还是李静说得在理，对老同志的政策不落实好，谁还会有心思去蹦、去跳、去说、去笑呢？护士出身的薛梅听出了门道，她赞扬陈大夫不愧为心理医生，隔着肚皮就能看到别人心里在想什么，太厉害了！一席话逗得大家哄堂大笑。

会议开得严肃活泼，有纲有目，在会议结束前，赵倩通报了活动室即将竣工的事、命名的事、装备的事、演出的事等等，然后他又强调了各室的工作安排一定要细化到便于操作的程度，特别要重视联系走访，在工作中不仅要抓好外在有形的行为活动，更要善于消除内心世界的无形障碍，把老年工作渗透到每家每户的门庭里，把亲情关爱灌输到每位老人的心坎中。他介绍了崔羽走访石成家的感受，认为走访不仅知道了家里的许多情况，而且学院当前的工作走向还得到了石成的充分肯定，增强了人们进一步实施的信心。还有李静，她在走访中发现和弄清了王丹阳的婆媳恩怨，化解了沙石玉婆媳之间的误会。如果说帮助老同志解决福利待遇的生活赡养是老干部工作的重要内容，那么及时为老同志驱散内心郁闷的精神赡养就是老干部工作的宗旨和核心，要做到这一点，李静有十个字的工作体会供大家借鉴，即热心、贴心、真心、耐心、细心，他建议大家不妨把它作为亲情服务的座右铭，在轰轰烈烈的外功和扎扎实实的内功的结合中取得成绩。

姚铭盛是个敏感而有悟性的人，他十分感慨地说：“关于如何为老同志服务，今天是我听到的第一堂课，实在是额外的收获，我愿意继续听下去、干下去！”

在热烈的掌声中，大家散会了。

第二十五章

姚铭盛到任后，可以说起早贪黑、披星戴月、手不释卷地阅览资料、钻研业务，如饥似渴地吸吮着养料，还不时地向田锋等人请教。今天他想从李静身边的人那里淘点儿“金”，就找到了胡亦立，而胡亦立提示他不如找李静给介绍介绍经验，准能得到些做好老干部工作的要领。姚铭盛何尝不这么想，两个人一商量，胡亦立就出面把李静请到姚铭盛的办公室。说明情况后，毫无思想准备的李静并没推辞，她坐下之后略为客气了几句，理顺了思路，但是她却不想多讲，生怕自己的浅薄误导了别人，只好从谈感想的角度扼要地讲了三句话：一是把老同志视为自己的父母以尽孝敬之心，二是把为老同志办的事当成自己的事尽心尽力，三是把老同志的喜怒哀乐作为自己工作的晴雨表。姚铭盛听了如获至宝，一字不漏地记了下来，这正是他想要知道的核心问题。当李静问他讲没讲明白的时候，他赶忙说讲得清楚，听得明白。别看他嘴上这么说，其实他的心里直打鼓，提到父母，这不正是一个孤儿的短板吗？还好，这短板瞬间又成了长板，就是说，所有的前辈们自然就成了他的父母。想到这儿，他越发觉得李静虽然讲得不多，却讲得精辟，讲得高明，讲得巧妙，原本就不敢小视的李静，此时此刻在他的心目中突然变得更加高大了，今天算是让他认识了一个真正的李静，难怪以往她对老同志那么精心，那么倾心，又是那么痴心，难怪老的少的亲的疏的没有不服她的！罢罢罢，看来这三条足够自己在老年工作岗位上参悟学习了。而胡亦立颇有同感，惊讶不已，连声说真是偏得，然后与李静离开了姚办。

李静回到自己的办公桌，没一会儿就接到何山夫的电话，说申报的方案很快就会核准，谷月得到这个信息，急着请科研组的人提前返回，争取第一辆车早早下线。李静放下电话向赵倩做了汇报，决定让刘顺明后天送行。赵倩顺便问了一下李静，文化宫剪彩时可不可以为老同志准备个午饭。李静认为很是必要，只是觉得这会给领导增加压力，她眨巴眨巴眼睛，突然心中升起了一丝希望：实在不行到何山夫单位拉点儿赞助。赵倩晃晃脑袋，觉得不妥，这对于一个新上马的单位来说无疑是个雪上加霜的事。李静赞成这个看法，但不死心，她想让何山夫探探底细，实在不行再向院领导申请。说到这个分儿上，赵倩不免动心了，就让李静随车前去公司探听个虚实，酌情而定，只是不要难为人家就好。

带着这个意向，李静找到刘顺，商定明天早饭后就出发，请刘顺今天早早通知有关人员做好准备。晚上李静给何山夫挂了电话，对赞助的事也下了"毛毛雨"，何山夫并没感到什么意外，当即表示这事包在他的身上，也算是有了个好兆头。

早饭后，李静和刘顺坐着王连生开的面包车挨门挨户地跑了一圈，人齐了，大家坐在车上互相问候，说笑不断。孙大可说他这几天在思考一个问题，现在的设计方案，能量空间不小，有潜力可挖，要力争在第二代产品中突破一下。付大伟认为老师的想法太超前了，现有的方案已接近世界水平，在同一起跑线了，再突破哪怕一小步比登天还难。孙大可不反对学生的想法，因为这是人们正常的思维逻辑，但是，有时候跨出去也许是很不规范的一小步，奇迹就会出现了。孙大可的卓见引起了乔妍的共鸣，她像评论家那样发表着宏论高见，说孙大可一语破的地开了天窗，这是科研中另辟蹊径的必然结果，心理学家把它叫作思维移项法，就是说这条路走不通再换一条路去走，有时人们也把它誉为奇思妙想。听得出神的李静被勾起了童年的记忆，小时候她从科幻电影里知道，没有幻想就没有科学，她请教孙大可是不是这个意思。孙大可告诉她是这个意思，不过幻想并不都是空想，应该说它是实实在在的物像幻觉，突破的是现实，开拓的是未来。请试想，飞机是怎么来的？是人们想上九天才有的；潜艇是怎么来的？是人们想下海洋才出现的。这里重要的是，人们如何不断地变换思维，把不可能变为可能，把短处变成长处，把废物变成宝物。李静边听边注视着前方，突然喊了一声，前面那个人像何山夫！大家定神看去，果然是他。牟成舟戏言，还是李静的眼睛尖啊！

车在说笑中停下了，李静告诉众人不要下车，只见何山夫迎面走了过来，他趴在车窗上向大家打招呼问候着，李静让他带路先行，车又启动了。

到了公司招待所，在服务人员的帮助下，大家各入其室，随后服务人员又给李静、刘顺等人另开了两个房间。人们稍事整理，都集聚到孙大可的套间里。谷月在何山夫的陪同下来和大家见面，一阵寒暄之后，他向众人通报筹备工作进展顺利，争取尽早组装提前下线，只是觉得没有诸位专家坐镇壮胆心里不踏实。孙大可开着玩笑说，论年龄他最大，论胆子他最小，惹得人们哈哈大笑。唠了一会儿，谷月陪同大家到餐厅共进午餐，当人们坐定后他忙解释，怕到外面用餐二老不高兴，只好在家多准备了几个小菜，给各位接接风，洗洗尘，大家委屈了，请多加担待才是。孙大可说他这样做是对的，何必客气，这些人早就把公司当成自己的家看待了。何山夫给大家斟满了酒，谷月站起来说："好吧，既然都是自家人，二老就是我们的家长了，这第一杯酒祝二老生活愉快，健康长寿！干了！再满上，这第二杯是祝兄弟姐妹们万事如意，事业有成！干了！"

李静站起来给大家斟满了酒说："请原谅我借花献佛了，我代表学院的服务中心感谢谷董事长的盛情款待，祝董事长的事业发达，财源滚滚；祝二老寿比南山，福如东海；祝各位老师旗开得胜，马到成功！干杯！"

谷月为了感谢李静的美意，立即回应道："请大家别挑礼，我得专敬李主任一杯。听何工说，李静在事业上给了他全力支持，这就等于给了我谷某人全力支持，这杯酒要祝贺你生活美满，工作顺利！干了！"

李静见机行事，觉得试探虚实的机会来了，她谢过盛情后说："谷董事长，我和刘老师来肩负着两个任务，一是护送科研组人员，二是代表学院邀请您参加老干部文化宫的落成剪彩仪式，不知道董事长能不能赏这个脸？"

"去，去，一定去！"谷月欣喜地说，"我还真犯愁找不到理由去见崔书记呢，这不正好嘛！听何工介绍，他是一位‘公共孝子’，这是真的吗？”

孙大可如数家珍地讲了坐通勤车的事、抵押车的事，等等，说崔羽这一切都是为了老同志着想，怎么也没想到，为这些事还受到了通报批评。谷月听了十分惊讶，一个身居高位的领导，为给老同志解困宁可自己受处分也在所不辞，他感动地说：“我谷月自愧不如，佩服，佩服！李主任，剪彩活动我是非去不可了，学院的困难就是我们公司的困难。为了老前辈，我得学崔书记那样尽点儿孝心，每人一份礼品，再请老人吃顿饭，十万块钱够不够？不够再给补上。”

在座的人听了都不敢相信自己的耳朵，瞬间，李静的脑袋更是涨得老大，激动得不知说什么好了。她红着眼圈站了起来，哽咽地说道：“谢谢，谢谢，谢谢董事长，你的孝心和善举我们领了，您也令我敬重今生。不过，如此厚礼我等不敢轻慢收受，请董事长酌情才是。”

“不要客气，我自有安排。这样吧，剪彩活动的经费我包了，下线的第一辆车留展，第二辆车赠送给崔书记，费用算是广告费，这是我权限内的事，请董事会追认。何工，你看怎么样？定了吧！”

何山夫对谷月的慷慨并不感到特别意外。作为公司的高工，又是董事会的成员，何山夫经过和谷月几年的打拼磨合，对他心地正直、坦率无华的品德可谓了如指掌。他业务上精益求精、诚信至上，生活中关心下属、友善待人，在员工中享有很高的威望，在客户中被誉为守信的商贾，所以，他的“践勤求精，诚信善待”的企业精神，正是他做人品格的浓缩和外延。于是，他起身拉着李静向谷月举杯道谢，表示赞赏，在场的人跟着一哄而起，同声致谢祝酒。

谷月对于轰动性的恭维不大习惯，忙请大家坐下，岔开话题，请大家下午自由活动，并建议何山夫最好出车拉着大家观赏市容。李静表示应该尊重董事长的建议，不过她要下午返回学院，没想遭到了乔妍“报复”性的阻拦，人们跟着像起哄似的附和着，李静孤立无援，寡不敌众，只好无奈地答应明天一早赶回去。乔妍的举动也给孙大可报了“一箭之仇”，把孙大可乐得像个孩子，手舞足蹈地直叫好，跟着提出，酒过三巡他该退席了。谷月理解，可是牟成舟觉得欠妥，怎么也得敬恩师一杯才能心安，他站起来举杯说：“且慢，我是二老的不才弟子，多蒙栽培，今天借酒致谢，请看在多年追随的分儿上，赏个脸，祝二老永远年轻！”

“这话说得比‘万寿无疆’好听，”孙大可风趣地说，“革命人就是要永远年轻嘛！”

“在我们的接触中，孙老一向是平易近人的，真值得我们后生学习和崇敬啊！”谷月赞叹道。

“董事长好眼力，”付大伟说，“我们是在他老人家一手栽培下成长起来的，他总是不厌其烦地循循善诱，从未让人感觉到他是大院士、大科学家。”

“学识浅薄的人都很轻浮！”孙大可说。

李静说道：“孙老过谦了，您老是一位著作等身、学富五车的科学泰斗，是我们后生永远的先辈。”

“我说李大主任啊，”孙大可戏言纠正道，“我可有点儿不谦虚了，你说我著作等身，难道说我长得就那么矮吗？我看你这丫头是不是只见物不见人啊！”

话音一落，大家满堂大笑，李静站起来毫不示弱地补充说：“后生不敢妄言，您老不仅著作等身，而且人品也犹如山峰啊！”

“危险了，危险了，你把我送到尖峰上，还让不让我活下去了？要知道，在山尖上再往哪儿走都是万丈深渊啊，我求你给我留一条生路好吗？总得让我有机会欣赏一下年轻人是怎样薄古厚今的吧！”

乔妍已开始关心孙大可的起居了，既然要退席，不如早早去休息，就变相地催促道：“怎么样，我们去喝茶吧？”

李静心领神会，与何山夫扶持着二老回到卧室休息去了，其他人也只好跟着散席离去。

晚饭是何山夫陪着大家吃的，饭后人们又聚集在孙大可的套间里喝着茶，唠着嗑。不多一会儿会计来了，他把一张十万元的现金支票当众交给了李静。人们议论起来了，这个说谷月谈吐爽快，那个说谷月出手大方。孙大可认为这份功劳里可不能忘了山夫啊，没有他技术上的贡献，谷月的胆量恐怕也就没有这么大了。何山夫说：“您老言过其实了，如果没有各位老师的支持，可以肯定地说，现今的一切不过依然是个幻想而已。在这里，我应该代董事长感谢老师们的辛勤耕耘才是。”李静双手紧紧拿着支票感慨道：“你们感谢谁我不管，我要感谢这里所有的人，尤其要感谢二位老专家率领小组在荆棘中辟路、在探索中开拓，他们不愧为导师的楷模。至于这钱要不要、怎么花，我先带回去请示领导再定吧。”

大家觉得李静讲得在理，就这么办吧。刘顺提议早早休息，明天好赶路，于是人们散去。李静跟着何山夫来到他的办公室兼卧室，两个人坐在沙发上唠着唠着又扯上了钱的事。何山夫劝她还是如数收下好，反复说明谷月的赞助是真心真意的，再说这些钱在他的眼里不过是小菜一碟。何山夫告诉李静，谷月许诺，等他俩结婚时给买一套一百平方米的房子作为礼物。李静听了这话坚定了收下赞助的信心，她反问何山夫这钱怎么用好。何山夫戏言道：“怎么用？啊，这可是你李主任的权力啊！”

“别说那么难听好不好？不管怎么说，纪念品得给落上公司的款，你说呢？”

“看来你还没吝啬到贪天功为己有的地步。”

“说归说，笑归笑，给董事长准备一份什么礼品好？”

“这个么，我看给他送个有点儿档次的金笔也就行了。啊，是不是还得有我一份啊？”

“怎么，你还要啊？”

“没有我的份？明白了，你是怕我只见物不见人吧！”何山夫伸手把李静紧紧地搂在怀里说，“那好，我就来个只见人不见物吧！”

“好了，好了，”李静撒娇地说，“我得回去休息了，明天还得早早起来赶路呢！”

何山夫抱着李静不撒手，吻了又吻，间歇时吐出一句话：“往哪儿走，不怕我只见物不见人吗？”他起身抱着李静走进了卧室，灯也暗了下来……

早晨上班之前，李静三个人从新区回来直接到了办公室。刚整理完了桌椅板凳，赵倩来了，他让李静找刘顺一起到他的办公室去。当李静汇报完了情况后，赵倩对她能拿回来赞助并不感到意外，意外的是，怎么也想不到能拿回来这么多的赞助，就是搞两次剪彩也绰绰有余，看来李静的面子也够大的了。刘顺跟李静走这一趟既觉得大长了见识，更对李静有了进一步的认识：她不仅面子大，就是在场面的应付上也让人刮目相看，谈吐自如，随机应变，不空挡，不掉架，真是个好苗子。他补充道："李静的面子确实是大，仅仅是请谷月参加剪彩仪式，谷月就主动赞助十万元，要是不够还可以再补，费用他全包了。"

"刘老师夸张了，"李静腼腆地说，"我哪有这么大的面子，谷董事长是听了崔书记的敬老故事才激发了善心。不过我得向主任检讨，我擅自打着学院的旗号邀请人家来参加剪彩活动，这太冒头啦，再说，不经请示就接受人家这么大数目的赞助也是不应该的。"

赵倩认为李静这两件事办得没有什么不妥，反而启发了他，何不再请几家单位来助兴呢？算了，等汇报完了再说吧。然后他告诉李静和刘顺，明天九点钟各室领导会在会议室参加总支召开的"三委"会，李静建议最好全体都能列席，这不仅便于掌握情况，也是难得的思想教育机会。刘顺赞成，赵倩表示同意后，李静立即通知了各室。

第二天不到九点钟，"三委"委员陆续到会了，工作人员忙这忙那的，个个争先恐后，尤其是姚铭盛，一会儿搀扶老人，一会儿倒水送茶，往日的那种盛气凌人的架势不见了，先前的那种令人发惧的派头没有了，代之以少言亲和、朴实殷勤待人。与会者用惊奇的眼神窥视着他，这个前后判若两人的姚铭盛，他的表现是真心还是假意？当然，大可不必管它，人们所需要的，应该是从他细枝末节的行动中耐着性子去寻求更多的客观答案，而不是一时一事。

会议开始了，主持人汪远讲了会议的主题是讨论落实学院中层会议的精神。他首先请赵倩传达了两件事：一是姚铭盛的工作安排；二是文化宫剪彩活动，每人一份纪念品，中午会餐，费用由李静"化缘"来的赞助解决。大家正热议着剪彩活动安排时，冯一夫进屋与赵倩耳语了几句，赵倩向汪远请假后两个人就离开了会场，原来是崔羽请他和新华社记者安娜见面，要商量采访的事。安娜是个资深的女记者，她从内参上看到了通报批评崔羽的一篇报道，觉得很怪异，就带着好奇心找上门来采访崔羽。当她知道老干部“三委”正在开会时，临时改变了主意，把专访改为集体采访，想听听老同志的反应。赵倩知道了安娜的来意后非常高兴，告诉她老干部会也在讨论这方面的内容，安娜觉得真是不谋而合，崔羽也就只好听从安排了。于是，赵倩陪同崔羽和记者来到会议室，面对与会人员高声喊道：“汪老，新华社记者安娜女士要到会采访，请大家欢迎！”

与会人员不约而同地站起来鼓掌欢迎，安娜不愧是资深记者，她走进会场沉着冷静，敬礼致谢，然后站在桌前，像会议主持人似的说道：“请坐，请坐。各位前辈好，同志们好，我是新华社记者安娜，是向各位请教来了！”

又是一阵热烈的掌声。

大家坐好后，崔羽说：“打扰你们开会了，记者本来是要找我了解情况的，听说你们在开会，她改变了初衷，要在前辈们面前让我亮相献丑，我就只好乖乖地服从啦。”

讨论会摇身一变成了采访会。安娜开始了她的采访：“首先让我祝福学院的老前辈，你们是幸运的，最近我在内参上看到一位为老同志谋福祉而受到通报批评的领导，他就是你们大家早已熟悉的兼本学院党委书记的崔羽同志。现在我想请崔副部长回答几个问题可以吗？”

“当然可以，请记者女士不必客气。”

“在众人面前谈处分问题不会介意吧？”

“要是介意就不会明知故犯了。”

这时各办公室的人闻声而来，倾室而出，大家挤满了会议室的里里外外。

安娜问道：“内参上同时刊发了你和另一位内容截然不同的处分决定，恕我直言，你的心理平衡吗？”

“我当部长的面检讨过，五十步是不能笑百步的，处理轻点、重点是改变不了违纪的性质，都是因错误而受罚，也都是党纪所不能容忍的。”

会场中突然有一位老同志激动地说：“不一样，不一样，纪律的性质虽然改变不了，可是错误的性质是不同的，一个为自己，一个为他人，动机不同，目的不同，本质不同，绝不可同日而语啊！”

会场气氛热烈，发言争先恐后。陆坦回忆说，自己在学院干了一辈子，还是第一次听说有人为了挽救低迷中的学院挺身而出，主动请缨，宁可离开高位找苦吃，宁可赤心敬老挨批评，宁可舍己为人背黑锅，仿佛让人又看到了战争年代的人民子弟兵，露宿街头不扰民，忍饥挨饿惠群众……都说男儿有泪不轻弹，只是没到伤心处，刚强了一辈子的陆坦当众掉下了眼泪，他有点儿讲不下去了。活跃的会场寂静了，沸腾的气氛凝固了，高昂的情绪沉默了……

“谢谢前辈们对我的关爱和鼓励！”崔羽腾地站起来敬礼说，“我已经意识到，人们愿意用放大镜来看我崔羽做的那点儿该做的事，我也在想，人们为什么就不能用显微镜来看看我崔羽做了哪些不该做的事呢？就亲情而言，恨之切乃是爱之深，这才符合人之常情啊。当然了，这里得有个前提，如果前辈们还能把我崔羽视为亲人的话。”

崔羽坐下，刚刚抹去眼泪的安娜也站了起来，她敬礼后说：“今天，我与其说是来采访的，不如说是来聆听各位的教诲的，这实在是令人感动、受益匪浅。谢谢各位老前辈，谢谢崔部长，这里洋溢着的亲情与大爱，正是人类社会和谐的纽带，我一定铭刻在心。好吧，我想请问崔部长，你为什么到学院一上任就急于优先解决老同志的问题呢？”

“问得好。”崔羽几乎是不假思索地回应道，“可以说有三点理由：其一，这里的‘三老’曾有过被一刀切的遭遇，我想在心理上给他们些抚慰；其二，人才资源的浪费是不可挽回的，我想趁机抢救一下；其三，古训告诉我们‘百善孝为先’，我想倡导人们把家庭的孝道观拓展成社会的尊老观，在生活的实践中，让真情博爱去融化年轻人想尽孝而又远不可及的心结。”

“部长阁下好厉害啊！”安娜深有感触地说，“你是想来个一箭三雕啊！请问，你所说的社会尊老观，可不可以理解为年轻人像孝敬父母那样去孝敬身边的老人呢？”

崔羽肯定地回答说：“你比我说得明白，既深刻又形象。社会的尊老观应该成为晚辈们人生观的重要组成部分，把孝敬老人尤其是身边老人的行为视为天职，把小家庭放在大社会中去陶冶、去融会、去升华，这种理念，不仅符合主观现实的愿望，更应该符合客观的发展方向。”

会场骚动了，有人插话：“这个倡导完全符合实际，我就依靠不上远离身边谋生的子女，如果别人再不管，我就成了有子女的孤家寡人了。”

又一位老人说道：“这个倡导太高明了，我们这些老年人应该尽早丢掉幻想，不要把自己拴在子女的战车上去跑，搞不好两败俱伤。”

安娜疑惑地问道：“这两位老人提出了一个尖锐的问题，那就是，一旦出现了两不管的现象怎么办？”

人们把目光自然投向了崔羽，他毫不迟疑地解释道：“这是个十分严肃的课题，也是个客观存在的沟坎。我们知道，人们观念上的转变是根本性的转变，是很难的，何况从观念到行动还有着相当的距离。这里的关键在领导，在措施，在监督。”

安娜赶忙追问：“部长讲的‘三在’应该做何解释？”

“啊，可不可以这样说，所谓在领导，就是带头人往哪儿领、往哪儿导。李静同志有句名言，她说‘做人不敬老，禽兽比他好；干部不敬老，不能当领导’。这话说得多么好啊！所以人们才会感慨犬贵护主之举、虎从驯导之音、鸦有反哺之孝、羊知跪乳之恩，禽兽尚能如此循天守义，何况人乎？何况干部？更何况领导？但是她给我们留面子啦，在这里，我们应该理直气壮地再加上两句：‘领导不敬老，道德好不了；高干不敬老，江山必难保！’”

会场内外，顿时爆发出震耳欲聋的掌声，在掌声中伴有高亢的叫好声。稍作肃静，崔羽继续说：“人的一生可以不伟大，但不可以不道德。李静的主导思想不过是选任干部的起码要求。怎么选？我想起了唐朝以后主张‘求忠臣必于孝子之门’的箴言。为什么？理由很简单，一个从政的人如果连父母都不孝不爱，他怎么能爱其他人，怎么能爱天下的人呢？他又怎么会清廉为官呢？这是不可想象的。所以，以孝敬之心为遴选的尺子，这恐怕要成为学院今后育人选干的风向标，或谓之措施之一吧。至于监督，在敬老行为方面，我们强调的是前辈们的把关定夺，实施阳光海选，一票否决制。”

安娜紧追不舍：“这个动议很是令人鼓舞！还有，你的养老新理念的实施，起主导作用的核心是什么？”

“是老年人情感依附的所属单位（小的单位是行业系统），这样做还能充分发挥已有资源的作用。”

“为什么要这样定位呢？”安娜问道。

“我想请问安女士，”崔羽反问道，“你的祖籍、亲人在什么地方？”

“在南方！”

“你想过没有，我们许多老年人的子女和你一样，他们为了饭碗、为了活命，在生产高度社会化的当今，不得不流落在山南海北或异国他乡，他们对亲人的关爱在很大的程度上只能寄托在大社会的某些细胞中，而不是笼统的大社会中，你和你家的老人恐怕也不会例外吧？”

“这真是个不言不明、不言自明的理念，”安娜像大梦初醒似的说，“那么请问，部长对贵院的老年人安度晚年是如何打算的？”

“对不起，先和你商榷，把‘安’字易为‘欢’字怎么样？就是说，让老年人在学院这个单位的养老模式中，切身地感受到一切是从‘老’字出发，全方位、高质量、最大化、快节奏地满足他们合理的欲望和应有的需求，以免留下无法弥补的遗憾。”

在一片掌声中安娜肯定地说：“这是个不可多得的美好蓝图，但愿它像鲜花一样绽放不败！请问，这种‘单位’的养老模式，它的内涵是什么？”

“这是需要认真探索的课题，很难过早地下定义。但它至少应该遵循以人为本、与老为善的思想，完满地体现出亲情化、个性化、公寓化的温馨，将一切纳入老干部工作管理中，为老年人创造一个雅静的休闲环境，让他们在亲情般的关爱之中颐养天年。”

人们议论纷纷，赞叹不已，有的说这描述得简直就是天堂，有的说这是安乐窝，还有的说他要第一个报名入住……

安娜在祝愿理想早日变成现实的同时，又提出了一个令人担忧的问题：“部长想过没有，现在您是兼职，倘若有一天您卸任兼职回部，这新理念的实施会不会半途而废呢？”

“啊，最终的结果我是无法知道的，但是我可以告诉你，一旦半途而废，说明这个养老理念它不符合社会的现实，至少是不符合学院的现实，废了它又何必大惊小怪呢？”

一位长者慷慨地说：“不会的，此理念科学，长者欢迎，理想在这里必将成为现实。再说崔羽同志又是一位不尚空谈的好领导，我深信，他就是有一天回到部里也不会丢下大家不管的，因为凡事他总能躬亲求索，善始善终。”

“谢谢您老的鼓励。人们知道，一个领导者的起码功能就在于不断明示、理顺下属敬业实践的主攻方向，不断树立、激发下属勤政忘我的楷模标杆，不断更新、制约下属亲民廉洁的刚性举措。不具备如此功能的领导者，往好里说，那只能算个本分务实的从业者，何况我离后者还差得甚远呢！”

安娜说：“部长过谦了，不过您为领导者的功能所下的定义颇耐人寻味，也为记者洞察分析领导行为、采编报道领导事迹立下了全新的标准。怎么样？今天的采访算是告一段落吧，机会难得，我受益匪浅，深表感谢！如有需要，我将跟踪采访下去，不知部长和前辈们意下如何？”

“欢迎啊，有你这样的资深记者，我们是求之不得的。”

崔羽的话音一落，老同志起立鼓掌，李静给记者一一介绍参会人员，大家握手话别。当听到姚铭盛的名字时，安娜愣了一下：“哎呀，如果不是重名的话，你应该是内参上提到的那一位姚老师吧？”

姚铭盛握着记者的手说：“没错，很惭愧，我就是学院的‘阴影’姚铭盛。”

“不是阴影，”安娜纠正道，“斑点而已。姚老师愿意的话，给说几句话吗？”

“为私欲受处分那是咎由自取，为前辈们献爱心也受处分，这对崔羽是天大的不公，我给崔羽同志赔礼道歉了，给前辈们道歉了，给同志们道歉了！”

安娜劈头问道：“姚老师，在你‘下滑’的日子里，啊，请原谅我的用词不当，想没想到会受到今天的处分啊？”

“你说得非常准确，我怎么会介意呢？说句心里话，我也曾多次想过，只是一闪念而已，现在我已经意识到，一个人在蒙昧的时候会看不到智慧，在邪恶的时候会忘记正义，在卑劣的时候会抛弃善良，在愚蠢的时候不免会玷污了真理，当然，这里主要的还是侥幸心理在作祟。”

“说得好，说得深刻。请问，你的侥幸心理是什么在支持着？”

“上下左右的保护网。当然了，最终还是自己织的网套住了我自己。”

安娜关切地问道：“在未来的征途上你打算怎么走？”

“用扎扎实实的脚步走下去！”

全场以热烈的掌声对他给予鼓励。

“好样的，不失为勇夫的壮志！”不过安娜还是有些疑惑地问道，“听说你的岗位是在你曾经失职过的老干部工作部门，你不觉得反差太大了吗？”

“很大，但是，我想这是我将功补过的最好选择，也深信长辈们不会抛弃我的。”

又是一阵热烈的掌声，姚铭盛被感动得热泪盈眶，频频敬礼，连声道谢。

安娜又问：“我还听说，今后你要在你的学生领导下工作，这是真的吗？”

“千真万确！”

“也许我不该再问了，你的心里能平衡吗？”

“该问，该问。要面对现实，努力平衡，这就像许多老师曾经一度在我这个不争气的领导手下工作过一样，何况这位学生又是我特别钦佩的！”

“你想不想听听你这位学生讲点儿什么？”记者问。

“如果她愿意的话，这是我求之不得的！”

安娜扫视了一下会场问道：“这位领导在场吗？”

岂不知站在她身边并为她一一介绍的就是她要找的领导——李静。李静向记者敬礼说：“我就是不才的学生李静。”

在安娜的脑海里，这个领导者一定是个十分威严而又强势的人，怎么竟然是个柔弱秀美的女子，于是惊讶地说：“原来是你！这么年轻有为的领导啊，请讲几句话好吗？”

李静腼腆羞涩而得体地说：“我不知道该讲什么，我只知道姚老师是我永远的老师，学生也深信老师将会给学生留下更多更多的美好记忆！”说完她给姚铭盛敬个大礼，然后紧紧握着他的手说：“学生欢迎老师不吝教诲！”

姚铭盛早已湿润的眼睛又流下了悔恨的泪水，有些长者也跟着掉下了感动的眼泪，突然间爆发的掌声从室内传到了室外，传到了天空，传到了很远很远的地方……

不时地擦着眼泪的安娜哽咽地说："一语千斤，感人肺腑啊！"她站在那里迟迟不愿离开，还想听听人们说些什么。

"我也想留几句话，"汪远十分感慨地说，"人不犯错误仅仅是个可能，而犯错误却是肯定的，这早已成为人们的常识了。可是人犯的错误乍看起来是五花八门的，其实归结起来无非就是两种：一是认识性的错误，这种错误改起来容易一些；二是意识性的错误，恕我直言，这种错误改起来困难要大一些，他需要刻骨铭心、洗心净脑，而且又需要长期修炼才有可能做得到。奉劝铭盛同志不要灰心才是。"

张旭东受到启发说："我想起了一位诗人的名言：'有的人活着，他已经死了；有的人死了，他还活着。'但愿我们活着的人还没'死'！谨以此作共勉。谢谢！"

在掌声中，姚铭盛深深鞠了一躬说："谢谢，谢谢，学生有生之年不敢再忘记老师的教诲和关爱！"

崔羽紧握着汪远的手说道："我感谢二老的教导，一定要把它作为自己的座右铭，刻在心，见在行，力争做到'敏于事而慎于言'，多反思，少犯错，多自省，少责人。好了，谢谢记者同志，欢迎再来！"

安娜惜别说："今天的访谈是我记者生涯中最感人、最难忘，也是最不寻常的一幕，我不愿意离开这里，我愿意再来，将来我是有请必到的！"

在掌声中，安娜拉着李静的手依依不舍地走出了会场。

第二十六章

学院的老干部文化宫工程正在抓紧收尾之中，以迎接竣工剪彩的到来，而老干部准备的合唱、模特、舞蹈、太极等文体节目，在各室的通力协作和紧锣密鼓地精心排练下，基本上已经成形了。按照计划的要求，今天要进行最后一次正式彩排，场地定在文化宫。

服务中心的全体人员在赵倩的带领下悉数到场，大家既是观众又是评论员，既是指导又是裁判员。

整个演出是在方琼的主持下进行的。演出顺利结束后，田锋主持了现场评论会，人们首先肯定了这次演出出乎意料地成功，演员的自我感觉也是良好的。在大家充分肯定之后，本来只想看热闹而不愿意多说话的姚铭盛，没想到被田锋点名请他讲讲观后感。他习惯性地戳了一下眼镜，无奈地讲了四个“一点儿”：化妆要再略淡一点儿，舞蹈动作再泼辣一点儿，模特表演再大胆一点儿，大合唱再和谐一点儿。他说稍加调整就是一场完美的演出。

人们说他讲到点子上了，专业出身的方琼也有同感，不过她告诉大家，在正式演出时，有灯光音乐的配合，又有场内热烈气氛的烘托，这四点不足就可以得到补救了。

田锋最后请赵倩给点评，而赵倩说自己外行，就是看热闹了，倒是想了几句打油诗献给前辈们：“群舞似嫦娥，模特赛天仙，太极柔克刚，高歌冲霄汉。”大家鼓掌叫好。田锋说有了，姚老师的“四点”和赵主任的“四绝”

就是今天评价彩排的小结啦！

方琼建议，最好在新场地跳个交谊舞再散场，这个建议立即得到了大家的积极响应。胡亦立给放了个慢四步的舞曲，方琼首先邀请田锋下场，在他俩的带动下，老老少少的人们像滚雪球似的陆续登场一试。跳着跳着，方琼觉得田锋跳得有模有样，无可挑剔，这也引起了在场的人们的注意和惊羡，一曲下来，大家围了过来，七嘴八舌地赞扬田锋跳得好。这时的田锋，说他胖也就喘上了，他说自己当年在部队是抱着凳子练的，到了地方，一个偶然的机会，碰上了一个跳得比他好不了多少的舞伴，跳来跳去跳疯了，就把舞伴给跳成老伴了。

人们尽情地跳了几个回合也就散场了。

看了节目的彩排，赵倩和李静的心里有了底数，信心也增强了，两个人带着李静起草的剪彩活动方案，去向崔羽汇报，争取早早定下来好做最后的冲刺。崔羽看了方案直点头，他认为既隆重又节俭，是可行的。方案中有一些事项涉及党办、后勤和科研等部门，他拿起电话请来于祥和周福泉一起商定，重点说明了剪彩活动的经费“亲家”赞助了十万元，接下来又让李静介绍了方案的梗概，并决定一项一项地研究落实。其中的纪念品是半导体，崔羽的意见是能找个挂钩的厂家定制，学院再适当投入些技术，质量上就能得到保证。于祥是这方面的主管，他完全同意这个意见，他说他与半导体制造公司的展翔经理非常熟悉，可以交给他去办，不过他有些担心，一旦其他单位也有意赞助的话，纪念品的落款该怎么办？崔羽说于祥的预见可能性很大，稍加思索之后，他建议增加纪念品，每人两件，请何山夫单位改赠别的东西。大家都表示同意，李静他们恰好也早有赠送金笔的设想，顺口就提了出来，得到认可。至于受赠的对象，崔羽明确表示只限老同志和来宾，几个人没有争议。

午餐的人数是按八百八十人安排的，其中老同志六百人、中层二百人、部队文工团五十人、外宾六人、工作人员二十人，预计九十桌，每桌二百元，共一万八千元；金笔六百六十支，每支预计五十元，共三万三千元，总共支出约五万一千元。

崔羽认为这个数是可以承受的。关于演出的节目，他主张联欢，党委成员出个小合唱，中层也出几个节目，再加上文工团的，这样可以减轻点儿老同志的压力，整个时间不要超过两个小时。秩序维持和安全保障等工作，周福泉表示由他负责安排，也包括鞭炮和车辆的准备。为了协调一致，崔羽建议以服务中心为主组织一个指挥小组，经过议定，赵倩和冯一夫为正、副组长，刁玉琢、李春满、李静为成员。

老干部文化宫剪彩的时间定在重阳节，其他一些具体问题，崔羽责成指挥小组去定。

早晨上班后，王连生出车拉着赵倩和李静去接陆坦。在车上，赵倩向陆坦介绍了昨天领导定的几件事，说现在是去落实午餐地点和订购金笔。简单议论之后，大家采纳了王连生的意见，先看就餐地点，午饭后再去金笔厂订货。提起吃吃喝喝的事，这是王连生的长项，尤其是就近的几家酒店，他几乎都光顾过了。他拉着几个人要去的地方是坐落在市郊城乡接合部的一家颇有特色的酒店，它既具有下里巴人的土气，又具有阳春白雪的洋气，其优势一是大，同时可以纳客千人，二是艳，馨香扑鼻的花卉可以助酒尽兴。说话间，车在一个宽阔的停车场停下。好家伙，名不虚传，迎面是座古色古香的三层宫式楼阁，引人注目的门庭上方悬挂着偌大的黑地横幅牌匾，上面镌刻着美食名人题写的四个阴文金色大字：花园酒家。此番情景，真是令人顿生“酒香不怕巷子深”之感。

在王连生的引导下，几位刚踏进门楼，两位穿着古朴的年轻服务员笑容可掬地迎面施礼招呼：“欢迎光临！”

酒店的服务像接力赛跑，大厅的人只要听到“欢迎光临”的迎宾语，就会一个接着一个地喊着“欢迎光临”。这时，只见一个负责人模样的小姐走过来敬礼说：“欢迎光临！如果我没记错的话，这位是高新科技学院的王先生吧。就餐请往前走，订餐或住宿我可以为您服务，我是大堂经理，工号005。”

王连生赶忙把赵倩等人一一介绍给经理，然后大家被领到一个组合的小餐桌前坐下。赵倩左瞅右看，怎么不见大餐厅？他急着问道：“你这里有大餐厅吗？”

“啊，这是个屏障组合餐厅，全撤掉屏风，可以容纳千人。”经理已经预感到这是学院要为老人预订重阳餐，便彬彬有礼地回答道。

“怎么你们这里还养花啊？”少见多怪的李静问道。

“这是个大型花卉种植园，”经理解释说，“我们的‘花园酒家’就是以此而得名的，而且实现了花店互养的目标。各位领导如有兴趣，我们可以先浏览一下花园和客房好吗？”

闻听此言，几个人不约而同地站了起来，跟随经理走进了玻璃隔断的花园。扑鼻而来的花香越来越浓烈，怎么也没想到，酒店是被左右和后身三面的花池包围着的，里面的设施高度现代化，自动控温，自动喷水，自动控光，只有为数不多的人在整理着准备投放市场的各种盆花，其中自然少不了顾客在选购馈赠品或惠价品。赏花之后，大家来到了有上百张床位的客房。每个房间的设施不等，供客人任选入住，内中硬床、软床、大床、小床皆备，部分房间还设有火炕式的小通铺，床底温暖而不见火洞，原来是电热采暖。轮椅拐杖随用随取，房间的一键通随时可以与餐厅、医务室和大堂取得联系，最大化地凸显了人性化、个性化的服务，令人耳目一新。

在经理的引领下，几个人又回到餐桌前就座，经理客气地询问：“各位领导是为老同志预定会餐的吧？”

“大姐真是好眼力，”李静又好奇又佩服地问道，“你是怎么知道的？”

“啊，是各位的身份和举动告诉我的。你们是老干部工作的领导，到本店来又急着寻求大餐厅，而且重阳节也即将来临，我猜想应该是这样。”

“神了，神了！”李静赞叹不已。

“担当不起，李主任能告诉我就餐人数吗？”

李静把预计数告诉了她，准确数待临近时再通知。

会餐的形式，经理介绍了三种：一是自助餐，二是自选餐，三是固定餐，价格从一百元至三百元不等。大家议论了一会儿就订了二百元的自选餐，并照八折优惠。

大家谢过后，经理邀请他们中午在本店免费用膳，按照方才点的菜适量品尝。

在候餐的间隙，几个人对这位经理赞不绝口，赵倩说她通情达理，处事果断，人情味颇浓，和李静有些相似之处，善用心，会用脑。陆坦认为这话讲得不错，但是，她们俩的动力源是截然不同的，这位经理是在职场中的价值取向驱动下拼杀出来的，而李静却是由她的爱心奠定了她的有心，她干什么就愿意去琢磨什么，所以，她能在老干部工作中把前辈们视为父母去孝敬，渗透了浓郁的亲情。李静并没这么想，她从这位经理身上看到了自己的不足，那就是对老年人的服务只有亲情是不够的，应该像人家那样周全细致，在老干部工作中应该把亲情化、人性化和个性化三者融为一体，这样才能把工作做深做透，做到老人的心坎上。

陆坦赞许她凡事总会一分为二地剖析自己，这是许多人不具备的，人常常会忘记一句格言：满招损，谦受益。

也就是个十分八分的工夫，饭菜齐备，另有啤酒，陆坦边品味便频频点头称赞菜品表里如一、货真价实。当几个人酒足饭饱时，经理带着服务员来了，向每人赠送一捧香花："薄礼，薄礼，不成敬意，请笑纳，只希望提前五天定准人数。"

几个人谢过后，李静问经理是否交押金，经理说学院是讲信誉的，也就免了。大家寒暄之后，手捧香花离去。

车回到市区，拐了几条街道，在事先问好的海马金笔公司门前停下。进屋后，营销部经理得知是高新科技学院订货，热情接待，随即请客人到经理室，介绍了公司的概况，说公司虽然技术上一流，但属于新成立的单位，恳请关照。一阵寒暄之后，当听说要定制近七百支金笔时，这位年轻的女经理很坦率，主动提出给予优惠，至于优惠多少，这要看笔的档次，在她权限之内的，中档五十至百元的，最高优惠百分之五；高档二百元以上的，可优惠百分之十。听她的口气优惠的幅度弹性很大，李静想趁热打铁再争取一下。经理并无难色，只是说她可以马上去请示主管经理。不多一会儿，主管经理出来接待了，他说和部门经理商量过了，既然是为老年人准备的馈赠礼品，而且又是亲自光顾本公司，应该照顾，中档按百分之十、高档按百分之十五优惠。他一再声称这是个跳水价，几乎无利可图。陆坦表示感谢后提议，扣掉优惠，中档每支笔最好别超过五十元，高档别超过一百五十元，这是事先的预算。经理说可以，双方没有争议，也就定了下来。李静把金笔的落款和交货的时间一一告诉了经理，其中五支高档笔落上学院的名。

王连生把陆坦、赵倩送回家，又把李静送回办公室。刚一进门，胡亦立转告李静，上午王栋来电话，要请她去一趟，说是有急事请她帮个忙。李静听到这个信，很是着急，她知道王栋的子女不在身边，独自一人生活，到底出了什么事呢？她找姚铭盛商量，决定马上到王栋家问个明白，并请姚铭盛一起去看看。姚铭盛二话没说，跟随李静坐着王连生的车来到王家。王栋看到姚铭盛也来了有些戒心，李静介绍之后方有所缓解。从谈话间知道，王栋前些年走了老伴之后，去年在小区健身场认识了个女人叫刘桂兰，他怕声张，没办理结婚登记手续就领到家里同居了，开始还算挺好，后来女方的儿子娶媳妇向他借两万块钱，王栋只给拿了一万，女方嫌少不满意，打这以后总找碴。这样的人甩不掉又过不好，这种丑事还不好意思向外嚷，王栋实在没办法可想，就给张泽明挂了个电话，想求他帮助调解调解，可还没提具体事就被回绝了，张泽明说领导有话，不让掺和家务事，只好窝窝囊囊地拖到现在。到了昨天，刘桂兰一声没吭地走了就没回来，今天早晨经过查看发现，抽匣里的五万元存折不见了，身份证不见了，肯定是被她偷走了，王栋讲着讲着老泪横流。王连生不时地窥视着姚铭盛，而最尴尬的也是姚铭盛，他忽而戳戳眼镜，忽而摸摸鼻子，似乎手脚都没有地方放了，好一会儿，终于从嗓子眼儿里挤出几个字：该掺和。该掺和，李静看在眼里，酸在心上，在劝说几句之后，忙给岔开话题问道："存款密码刘桂兰知道吗？"

"知道，这些事平时都没背着她。"

"您老过于信任她了。"姚铭盛惋惜地说。

"说得对，我们虽然是非法同居，可我是真心对待她的，家里的大事小情什么也没瞒着她，真是人心隔肚皮啊！"

"您老报案了没有？"李静问道。

"没有，一早才发现，上班就给你挂电话问问怎么办。"

姚铭盛问道："在哪个银行存的？"

"是中行。"

“说不定早就取走了。”半天没吱声的王连生急切地说。

李静一行拉着王栋直奔管区派出所报了案。王警官查了户籍底卡，然后和他的助手一起来到中行看录像，录像放了一遍又一遍，可王栋直摇头，就是不见刘桂兰这个人。行长劝大家别急，她分析无非是三种情况，一是没来取款，二是在别的分行取的款，三是别人代她取的款。在姚铭盛的建议下，又查看了近几天的取款记录，看看取五万元的有几笔。经核查，果然昨天支出了一笔，银行又重放了领取五万元的录像，大家一看是个年轻小伙，疑是刘桂兰的儿子。王栋说没见过她儿子。王警官说咱们要趁热打铁，于是向行长借调了录像带，就这样，几个人饿着肚子摸着黑，直奔刘桂兰家，警车打头，王连生的车紧随其后。到了楼前，李静让王栋坐在车上等着，其他人跟着警察上楼敲门，开门的正是刘桂兰。

“我们是管区派出所的，如果我没认错的话，你是刘桂兰吧？”王警官看到刘桂兰严肃地质问道。

刘桂兰听到点自己的名字时，知道事发了，顿时心慌意乱腿发软，差一点儿瘫在地上，语无伦次地回应道：“刘桂兰？啊……我是，我是，你，你找她，不，找我什么事？”

进屋后，王警官问道：“你家都有什么人？”

“啊，有儿子和儿媳妇。”

“听说你又找了个老伴，过得怎么样？”

“哎呀，哎呀，这可是没有影的事，瞎传啊！”

“妈，来客人啦？请里边坐！”这时从卧室出来个小伙子说道。人们一眼就认出来了，他就是在银行取款的那个人，于是，几个人不约而同地警觉起来，助手和王连生堵住了门口，姚铭盛和李静像一面墙似的站在那里，早就做好了防备。王警官看到年轻人出来很是惊喜，单刀直入地说道：“杨柳，来，大家认识一下吧，我们是管区派出所的，有事需要问你，希望你能积极配合一下，好吗？”

“我……我能知道什么事？”杨柳装傻地结巴着。

“你在银行有存款吗？”

“没有，没有，我是个穷光蛋，哪有存款！”

“你最近替什么人到银行取过款吗？”

杨柳下意识地摸摸后脑勺说：“哪有这个事？”

“这事你要说准，可不能替别人去担法律责任啊！”

“俺儿子可是个老实人，从来也不干那些狗扯羊皮的事。”刘桂兰打着掩护说。

“我妈说得对，谁还能找我帮这个忙。”

“好吧，”王警官斩钉截铁地说，“请你娘儿俩跟我们走一趟，看来不到黄河是不能死心的！”

到了派出所，王警官的助手放了录像，这娘儿俩看到杨柳取款的镜头顿时慌了神。王警官严厉地问道：“认识这个人吗？这回该死心了吧！”

杨柳扑通跪到地上说：“我错了，这事和我妈没关系，都是我一手谋划的，求求警官，请放我妈回去吧！”

母子俩双双戴上了冰凉冰凉的手铐子。

在回去的路上，姚铭盛因愧疚而自责：“责任全在我！”

王栋也在自责：“麻烦各位啦，谢谢！此时此刻我真悔恨自己当初不该这么轻率，不过请你们放心，虽然往日我没有保持好晚节，但今后一定要有个保持晚节的样子！”

第二十七章

经过相关部门的核准，批文已经下达，一款全新的绿色能源轿车即将组装下线。谷月委托何山夫出面邀请学院领导出席剪彩仪式，以壮声势，兴隆生意。李静接到何山夫的电话就向赵倩做了汇报，两个人又立即去请示崔羽，当崔羽反问谁去好时，李静建议最好是赵倩陪同崔羽去。其实吧，主管领导去也就是最高的档次了，为什么还要提出这样的建议呢？李静就把赠送车的事做了解释。崔羽听了当即回绝了，他说这明明是贿品，哪是什么赠品，可不要让他再受二次处分了。赵倩同意这个看法，便提议请刁玉琢和李静陪同于祥赴约，崔羽同意了，并请他通知于祥。

李静晚上给何山夫回了话，何山夫听说明天九点前于祥等人能赶到时，乐得不知说什么好了。李静又把崔羽拒受赠车的事让他转告谷月，并谢谢他的好意。

将近八点时，王连生开车拉着李静去接了于祥和刁玉琢，李静嘱咐王连生慢点儿走，九点以前赶到就行。在车上，李静客气地告诉于祥，本来是应该赵倩陪同二位前去，由于剪彩准备工作脱不开身，就委托她来了。刁玉琢说她来是正好，这是“一举两得”啊。于祥也跟着说这是对的，同时让她帮着说服谷月免去赠车的事。李静满口答应下来，可她又关切地问起半导体落实得怎么样了。刁玉琢说定了，也是赠送，而且是特制的微型多功能收音机。李静听到这个大喜讯高兴极了，连声说代表老同志感谢领导，会餐时要多敬几杯。

“你不是说敬老人人有责吗？怎么又变成私有的啦？”一向谨慎的刁玉琢戏言道。

其实作为主管部门的李静这么客气客气是无可挑剔的，没曾想引来了麻烦，李静也不示弱地回应道：“对不起，刁老师可是学生的导师啊，怎么还能教学生钻空子呢？”

你来我往地戏言着，几个人大笑了一场，于祥补上了一句：“李静啊，李静，你果然厉害！”

王连生突然感慨道：“俺们服务中心的人没有不服李主任的。”

“是啊，她早就名声在外了。”于祥又说，“好了，不说这个啦。李静啊，仪式之后科研组的人怎么办？这次最好能定下来，你可以问问山夫他有些什么打算。”

“好，我照办。”

“还有个事，”于祥关切地问，“孙老和乔老的婚事怎么样了？如有可能，早早帮他们把事给办了吧。”

“可以说进展顺利，亲密无间。”李静回答道，“啊，我猜想是于院长馋他们的喜酒了，那好，回来选个吉日就给办了，不过有个条件，于院长得给他们当主婚人，这就定了吧。”

“老刁啊，你教唆学生立见成效，她无孔不入，沾边就赖，这差事本来是崔书记的，她给张冠李戴了。”

几个人唠得正热闹时，王连生喊了几声：“何工，何工！”

车靠道边停了下来，下车后，何山夫忙给老师敬礼，说谷月在家接待区里的客人，委托他来接迎老师，请多包涵。一阵寒暄之后大家上车，直奔公司招待所。在房间等候的孙大可等人见到于祥来了，忙请进屋暂歇喝茶，牟成舟代表小组汇报情况，然后大家在何山夫的陪同下来到公司会议室。谷月迎门握着于祥的手直喊院长辛苦了，主任辛苦了，有失远迎，请原谅！大家起立鼓掌，记者们争相抓拍着镜头。就座后，谷月给大家一一做了介绍，接下去引入会议正题，他说道：“尊敬的专家，尊敬的院长，尊敬的各位领导，尊敬的朋友们，本公司的绿色能源轿车在大家的共同努力和支持下，已试制成功，首车定于十一时下线。请公司副总工程师何山夫介绍产品性能和未来的走向。”

在一片掌声和拍照声中，何山夫介绍了概况，他说下线的本款车是以两位老专家大名的尾字“可妍”命名的，也是取“科研”二字的谐音。众人叫好，表示认可。这第一代的轿车，百公里耗电是八度，费用仅为普通油燃料车的六分之一，时速八十公里，配有快速充电器。从发展走向看，第二代轿车或许能使再生制动系统充电量大幅提升，以实现行进中连续充电、连续行驶，或许研制新型电磁板，例如软体变形板、凸凹麻面板、车体全罩板等等，可以倍增采光性能，实现高能量、低价位、连续行驶的目标，时速将达百公里以上。

概况介绍之后，谷月郑重宣布：“董事会研究决定，下线的第一辆车留展，第二辆车作为礼品赠送给学院崔书记。听李静主任讲，崔书记把部里和学院配给他的车，全部奉献给敬老事业啦，而自己却坐通勤车上下班，实在是令人感动啊！”

“这是真的吗？”在掌声中一位记者疑惑地问道。

于祥按捺不住内心的激动：“千真万确！”他代表学院祝贺绿色轿车试制成功之后，如数家珍地诉说着崔羽的人格魅力、创业精神、孝道思想、敬老事迹，并邀请有兴趣的记者前去做专题采访，他负责接待。

孙大可急切地解释说，崔羽同志用部里配的新车做抵押，借钱给老同志报销药费、安排体检，为这件事还受到了部里纪检部门的通报批评，都上了内参。于祥借着孙大可的话音又转达了崔羽的祝贺和感谢，说赠车的事崔羽知道后，一再表示谢绝，他说这明明是谷董事长好心好意的“贿品”，哪是什么礼品？他恳请董事长照顾他一下，能不能别再让他受第二次处分啦！

人们听了孙大可的说明和于祥转达的崔羽的谢绝，惊讶不已，心情不平，实在觉得别扭，鼓掌吧不对，他是受了处分的，不鼓掌吧也不对，他是为了敬老而受到处分的。正在大家不知所措的时候，谷月站了起来，他激动地打破了僵局，宣布把车转赠给学院老干部服务中心，接着又传达了董事会的第二个决定：把原策划的剪彩仪式给简化了，不喝酒，不送礼，像崔羽那样，把省下的钱捐给学院作为老干部活动经费，但愿到会的领导和友人能够担待和理解。

与会人员掌声一片，终于释放了郁闷的心情，在掌声中有人喊道："理解，理解，完全理解！"原来此人是新城区主管工业的领导。他说："剪彩仪式通常的做法是吃饭喝酒，收礼就走，而你能讲敬业，讲敬老，打破常规，破除陋习，这很难得。你是一位不可多得的'双敬'企业家，和崔部长一样，受人敬重，就凭这一条，今后在我职权范围内的事，没有什么人会给你下绊子就是啦。祝贺你一帆风顺，大功告成！"

又是一阵掌声。

"谢谢领导，过奖了。"谷月说，"今天的午饭虽说没有酒席，但饭还是要吃的，大礼包免了，纪念品还是要给的，如果这点儿心意也不接受，就等于不给我谷某人的面子了。"

在掌声中人们议论纷纷，有人说给大家准备个盒饭也就知足了，有人说别开生面的仪式是个绝妙的信息。一位记者回应着，真是英雄所见，散会就可以发这篇稿子……

剪彩的时间到了，在何山夫的提示下，谷月宣布散会，大家跟随他来到组装车间。车间里悬挂着红底白字的标语和彩旗，远远看去，在第一辆车的前面挂着红色大花球，很是耀眼。在司仪的安排下，参与剪彩的各方代表人士在车间的末端横列一排，正中是孙大可和乔妍，左右是于祥和区领导，其次是谷月和何山夫，刁玉琢、李静和科研组的其他人员早已离开现场躲避了。这时长长的彩绸已展现在领导面前，十几位身着鲜红旗袍的姑娘双手端着彩盘依次站立。孙大可发现自己和乔妍也站在剪彩的行列中，便拉着乔妍的手急切地说道："哎呀，这个活是领导干的，不是咱们的差事啊，快点儿走开吧！"

他的话语和举动，领导们看在眼里，急在心上，于是，拉的拉，拽的拽，谷月更是放了狠话："二老要是不剪彩，咱们今天宁可停机不下线，请二老留步吧！"

于祥也将了他一军："二老要是离开的话，我也奉陪！"

众人也跟着喊道："说得对，二老不剪彩也就没戏了！"

孙大可知道是寡不敌众了，只好乖乖地回到原地，并对乔妍说："言重了，言重了，真是民意不可违啊，咱俩还是就范吧！"

众人大笑不止。

剪彩之后，在服务人员的引导下，人们兴高采烈地到餐厅吃盒饭去了。

中午稍事休息，科研组的人照例来到孙大可的套房，在牟成舟的主持下，商量小组的去留问题，于祥和刁玉琢参加了会议，李静和王连生列席旁听。何山夫传达了谷月的设想，就是在攻克轿车第二代产品的同时，着手研发绿色能源大轿车。人们听了为之一振，这个既大胆又现实的想法引起了小组尤其是于祥等人的重视，他们认为谷月的设想属于学科前沿，此人不愧为企业家中的精英。其实李静最清楚，这些点子都是出自孙大可和何山夫之手，而谷月，确切一点儿说，他是一位有胆有识又敬业的优秀企业家。当于祥要听听孙大可的意见时，孙大可激动地表示，如果科研组用得着他的话，为破解世人瞩目、众人期待的科技尖端难题，就是倾注残年的一腔热血也在所不惜。他的话，振奋了在场的人，牟成舟等人说要奉陪到底，乔妍感动得红了眼圈，几乎掉下了泪珠。刁玉琢趁势表态，如果小组力量不足，随时可以增员。于祥最后拍板说："好啊，我们赞赏谷董事长的设想，可以续签协议，就这么定了！"

何山夫还转达了谷月的建议，如果院领导同意继续合作的话，应给科研组半个月的休整时间。提到放假，于祥嘱咐李静，趁此良机回去选个黄道吉日，把二老的梦给圆了！李静乐得都闭不上嘴了，她说："各位听到了吧，于院长是急着给二老做证婚人了。那好，准备工作由我全权负责！"

为了给科研组和院、办领导饯行，晚饭提前了半个小时，谷月和何山夫陪餐。大家边吃边唠，中间，何山夫把合作协议的修改稿递给于祥过目，时间延长了两年，于祥给加上了一条：根据科研需要和公司的要求，科研组可以随时增加人员，并提议免去续签仪式，把修改稿带回去，请院方主要领导审批后打印正文，双方主管签字即可生效。谷月十分高兴，当即委派何山夫在送科研组和各位领导的同时，一并前去办理。

酒过三巡，大家早已酒足饭饱，再说人们更是奔家心切，只好散席了。

何山夫早有准备，为了驾车送行滴酒未沾，王连生更不用说，他的酒可亏大了。经过一番准备，人们提着包裹上了车，在谷月等人频频招手中，车启动了。

从公司回家后，李静分别找到两家子女商量老人完婚的事，两家子女都主张要办得风光一些，让老人在众人面前能说得出，当子女的也有个面子。而孙大可和乔妍的想法是矛盾的，他们都想让对方体面一些，又怕炫耀了自己。从孙大可的本意来看，他认为自己已经是风烛残年之人了，不如卷起行李搬到一起也就算了，可一想到乔妍，他又觉得应该让人家风光一些才是。而乔妍又是个喜欢低调的人，以求安稳度日，可是当她想到孙大可时就截然不同了，她觉得孙大可是国人眼里的科技泰斗，怎么好把这么庄重的事给儿戏了，岂不显得寒酸？李静带着这些可以被众人理解的想法找到了陆坦，经过商量，统一了看法，待近日约乔妍到孙大可家好好沟通沟通再定。

一个晴朗的上午，几个人准时来到了孙家，李静要给沏茶，孙大可说已经沏好了，仔细一看，结果就沏了两杯。乔妍挑剔地说："你们看，还没等过门孙老就忽略我啦！"

"啊，"待人接物是孙大可生活中的短板，于是他自圆其说地解释道，"请乔老师原谅，我这叫吃里爬外，你看，我也没有份啊。中山先生说得好，'以平等待我之民族'嘛！"

陆坦逗趣地说："乔老师没过门就当自家人看待了，令人敬佩！这么说，我和李静理所当然地就是外人了。"

几个人大笑了一阵，李静介绍了双方子女的打算，这让二位老人很是欣慰，但是，决心也更难下了。李静是主张立点儿新风，可是又怕伤着两家老小，不便坦言，就提议先听听二老的意见。两个人说完之后，陆坦思索了片刻果断地说："从二老的想法中，我知道了你们的高风亮节，你们都在维护对方的尊严，实在是难得。你们看这样好不好，先把两位的想法折中一下，再把儿女的想法也折中一下，这个事可以美其名曰'不能不办，不可大办'，也可以叫作'两将就'吧。"

"好啊，"孙大可说，"你这个双折中的办法好，我是能将就的，我想孩子们也应该可以接受，乔老师你说呢？”

“这个事我听你的，看看具体怎么办好。”乔妍说。

“我也赞成陆叔的意见，那就安排个家宴怎么样？”

陆坦说：“对，这个办法很好嘛，把双方的大大小小聚在一起，可以尽情地热闹热闹。”

“有道理，有道理，又时尚又体面，乔老师，咱就把这身老骨头交给他爷儿俩吧。”

“李静啊，听到没有？咱俩该上任了，你是一把手，我是二把手，怎么样？”

“我可不敢当，我给陆叔当助手吧！”

这个办法好倒是好，既经济又得体，但是乔妍在想，有些人已经知道了怎么办？如科研组的人，还有于祥和刁玉琢他们，总不该让人家冷了心啊！其实李静也是这么想的，连个起码的证婚人都没有，这算个什么事呢？于是她补充说：“我说的家宴是以家人为主体，可是眼前的几个人，例如于院长和科研组，能不请吗？”

“孙老，”乔妍说，“李静说得对啊，请吧，不请是有点儿说不过去，要我说不如来个一不做二不休，再把服务中心的头头脑脑也请来，算是对人家的答谢吧！”

“必要，必要，”孙大可说，“我服从就是了，这么一来可就成了家里家外的混合宴了！不过得有个约法才行，来的人绝对不能随礼，这个事要是拉松了，我会翻脸罢宴的。”

陆坦灵机一动戏言道：“适当地请几位外人是必要的，也是一种安民告示，总得让人知道二老拉拉扯扯是合法的，免得疑心是偷情啊。至于拒礼嘛，有办法，就说是于院长召开科研组人员座谈会，把家宴挪到酒店去，这不就成了吗？”

二老听了直叫好，孙大可说：“这真是个美妙的谎言啊。”

根据乔妍的提议，时间定在周日的上午十点，下达通知和订餐等由李静安排。孙大可顺手从抽匣里拿了八百元给李静说：“拜托了，多退少补吧！”

李静十分高兴地离开了孙家回到办公室，在第一时间向赵倩做了汇报，

说除了请中层领导赴宴外，还提出最好也能请姚铭盛参加。赵倩很赞赏她这个意见，觉得在她的启发下工作顿生新意，今后凡是服务中心召开的中层业务会，何不请姚铭盛列席呢？李静认为这是个明智之举，不仅方便了工作，对一个失足者来说，更是净化心灵、陶冶情操、交流思想的绝好机会。至于婚庆的安排，赵倩倒是很满意，节俭而不寒酸，体面而不庸俗，不过他掂量来掂量去，总觉得两手空空地赴喜宴不大好，就和李静商量能不能搞个集体馈赠礼品并委托李静去办。其实赵倩这个想法和李静是不谋而合的，李静也早有准备，只是现在不想公开，她打算届时给大家个惊喜。

这几天李静是紧忙乎，她插在工作的空隙把婚宴的有关事宜筹办妥当。为了防止走漏风声，通知一直等到周六下班后才下达，好在接到通知的人并没存有疑心。

在王连生的推荐下，婚宴定在天王大酒店举行，这是一家老字号的中等名店，品味传统，价位适中，远近颇受推崇。九时许，何山夫驾车拉着李静、刘顺和张玉梅提前来到酒店，在服务小姐的陪同下，查看了双桌大包间的摆放，询问了菜肴的制作情况，对一切都感到满意。然后几个人到前厅闲聊着，李静和何山夫离开酒店去接亲了。大约过去了半个小时，赵倩、田锋和姚铭盛来了，几分钟后，于祥、刁玉琢、牟成舟和付大伟也来了，服务小姐引领大家到包间就座。刁玉琢疑惑地问于祥，座谈会怎么开到酒店来了？这时于祥半明半暗地告诉他们是服务中心要慰劳大家，赵倩赶忙做了更正，说是老干部总支组织的活动。几个人依然蒙在鼓里，似乎也有点儿醒悟。正议论纷纷时，在陆坦两口子陪同下，李静和何山夫搀扶着孙大可和乔妍走进包间，子女们紧随其后。当大家坐好后，陆坦像主持人那样解释说：“请允许我代表主人谢谢各位光临！很对不起大家，今天的会不是什么座谈会，如果也算会的话，就是李静为孙老和乔老策划的省亲会。怕各位破费，不得不略施小计，敬请原谅。”

“我只能说是理解了，”刁玉琢插话，“省亲理所当然，恐怕也是二位老师的结缘会吧？我先表示祝贺了！”

在掌声中田锋忙说：“真不愧为科学家，二老的情感事也能研究得明明白白！”

“过奖了，要是能研究明白的话，就不会受骗了。”

于祥感慨道：“人们常说，善意的谎言像魔术一样骗人而又令人自寻受骗，今天算是领教了，果然如此。”

人们的大笑中伴着掌声。

陆坦继续说：“几位说得好。不过大家知道，二老一向是主张新潮的，因为这个缘故，我们才想借省亲的形式为二老的喜结良缘添彩而不是添堵，想借家宴的气氛助兴而不是扫兴，相信各位是能成全这个想法的。”

牟成舟戏言道：“放心吧，我们今天是被绑架来的，已是空囊如洗，就是想越轨也越不了啦。”

“好吧，既然我们要破常规立新风，咱就不拘泥于形式，先请二位老人给讲几句话，有请！”

在热烈的掌声中，两位老人互相谦让着，孙大可拗不过乔妍先开了腔：“谢谢，谢谢！感谢各位的赏脸。我做梦也没想到能和乔老师走到一个房檐下，有幸结成金玉良缘，今天又和两家老小坐在一起分享各位领导和同仁的恭贺，理应厚待大家才是，只因新风劲吹，不敢违背，在陆坦兄和李静女士的苦心筹办下，我们略备粗茶淡饭算作答谢，请诸君理解万岁吧！”

当服务小姐知道这是一场婚宴时，就把播放的激情歌曲换成了抒情歌曲《月圆花好》：“双双对对，恩恩爱爱……柔情蜜意满人间。”

坐在乔妍身边的李静提议说：“再请乔阿姨讲话！”

“哎呀，孙老代表了，我还讲吗……好吧，是这样，领导和同仁一向把我们视为亲人，所以今天这顿便饭就算作家宴吧，请各位像在家里那样随意才好，慢待了！”

掌声之后，陆坦请于祥证婚并致词：“我能为大科学家来证婚，感到十分荣幸：孙大可先生确属中华人民共和国男性，单身公民，乔妍女士确属中华人民共和国女性，单身公民，手续完备，完全符合《中华人民共和国婚姻法》的规定，可以合法成婚。见证人：于祥。”

在大家鼓掌的同时，许多服务小姐也围拢过来，狠劲地鼓掌祝贺！

“致词不敢当，”于祥接着说，“说几句话还是应该的，首先让我代表学院党委和教职工祝贺二老幸福快乐、健康长寿！二老是我国的顶级专家，为我国的科教事业立下了不朽的功勋，是我们后生的伯乐、学习的榜样，我们将踏着你们的脚印一步一步地走下去。为了给婚宴助兴，我这里想了两句顺口溜赠予二老：‘肝胆照人如雪色，书篇掷地作金声！’”念完贺词，他端着酒杯为二老敬酒。

众人叫绝，鼓掌。

接下来是赵倩讲话，他先是代表服务中心祝贺二老心情愉悦、生活美满，然后朗诵了两句祝酒词：万里云天欣比翼，百年事业结同心！大家边祝酒边叫好。陆坦发现姚铭盛只跟着别人的祝福不声不响地喝着闷酒，他特意提高嗓门问：“这回该是谁讲话了？”

“是姚老师讲话！”李静心领神会地帮着腔。

没有心理准备的姚铭盛以为自己听错了，有些迟疑，在众人催促下他才站了起来，说道：“对不起，对不起，我衷心祝贺二老这份得来不易的晚情！我在想，以崔羽为代表的同志们为什么如此敬老爱老，而对我这个躲老弃老的人却依然是不嫌弃、不放弃、不抛弃……好了，好了，大喜的日子，不该说这些扫兴的话，前车之鉴，后事之师，在祝贺二老的时候，我借酒自罚！”他端起杯子一饮而尽。

陆坦鼓励姚铭盛说：“请坐，你是条好汉，心地坦荡无需疑，热血男儿当自强，放心好了，只要改正错误没有什么人会唾弃你的。”

人们正酣饮尽兴的时候，李静在陆坦的身后耳语着什么，陆坦接着就宣布说：“下一个节目是红娘献宝！”

大家的眼神即刻盯上了李静，她稳稳神说：“不敢当，就是当个丫头也远不及格，好吧，我代表何山夫祝二老白首相牵、晚年康乐！再代表到会的领导和老师，为二老献上一份薄礼。”他伸手从身后的兜子里取出个古色古香的方形条盒，在何山夫的帮助下，一幅清末隐士立轴字画展现在众人面前，只见上面有四个力透纸背的大字：睿智高远，落款是云涛。她随即拱手赠予二老并敬礼说：“请笑纳！”

在阵阵的热烈掌声中，孙大可和乔妍双双接过字画。孙大可说：“谢谢，谢谢，无价之宝啊，老朽岂敢贪婪，这样吧，我们欣赏几日原物奉还。”

大家又喝了一巡，这时有人偷偷地给陆坦递条子，陆坦斜视了一下说：“各位宾朋，今天的婚典在追逐新风中免去了许多该免的条条框框，可是有人提议，个别的经典项目不能失传，要作为非物质文化遗产保留下来，看看请哪一位给解释一下，这是个什么项目？”

人们你看我我看你，谁也不吭声，还是军人出身的田锋能在关键的时候冲得上，他说：“经典项目嘛，我想应该是‘鸳鸯戏水表衷情，相恋亲昵显春心’，二老如能以身示范，我们后生不胜感激！”

全场哗然，掌声一片。这提议得到了大家的认可，于是，李静毫不迟疑地拽着乔妍的胳膊说：“乔姨，您老总说要听信晚辈的话，是真是假就在此一举啦！”

何山夫随即站到孙大可的身边敬礼说：“相信老师会原谅学生的无礼，请指教，怎样才能顺了民意？”

孙大可在何山夫的扶持下，无奈地站起来说：“乔女士，时至今日，咱俩何去何从呢？依我看，还是以实际行动顺了民意吧！”说着两个人紧紧地抱在一起。

看到这个精彩的镜头，不仅服务小姐跟着鼓掌呐喊，就是部分就餐者也闻声凑过来喝彩。当人们平息下来以后，陆坦请双方子女讲话。孙民先是和李阳春互相谦让了一阵子，然后代表谢海霞和孩子感谢陆坦和李静的良苦用心，感谢领导和老师的光临捧场，祝贺父母健康长寿、生活幸福。他和谢海霞领着孩子到乔妍身边敬礼说：“妈妈，我们就是您老的儿子、儿媳妇。小龙，快问奶奶好！”这个学前班的孩子很懂事，一头扑到乔妍的怀里直喊“奶奶好”“奶奶快乐”。乔妍心潮翻滚，泪流满面，她搂着小龙亲了又亲，一句话也说不出来。

李阳春如法炮制，她谢过陆坦和李静，谢过来宾后，和丈夫王世家领着孩子来到孙大可身边敬礼说：“祝贺二老寿比南山、福如东海！您老就是我的爸爸，世家就是您的女婿。小凤，给姥爷问好！”刚上小学的小凤，亲吻着孙大可的脸，祝他健康长寿，并操起筷子夹了一只虾仁送到孙大可的嘴里，还嚷着“你吃，你吃！”。

在喧闹声中，酒过三巡，人们早已酒足饭饱，这时张玉梅提议就地跳个舞，得到了大家的响应。于是，大家七手八脚地帮助服务员整理桌椅板凳，播放卡拉OK，有随唱的，有唠嗑的，只是舞场还没打开局面，仅有张玉梅和田锋几对在跳。说起跳舞，这应该是乔妍的长项，大学时期她因为舞姿和美貌出众，成了许多学子追求的对象，才子李正道终因技高一筹而与之结缘。然而，此一时彼一时，虽说是年年岁岁花相似，可岁岁年年人不同了，在悠扬悦耳的名曲声中，她要把美好而甜蜜的记忆展现在新主人公的面前，于是，她站起来彬彬有礼地说：“孙老，我想请您跳个舞好吗？”

“哎呀！”孙大可一愣后回应道，“我对这玩意儿可没有研究，要是不怕踩了你的三寸金莲，我就陪你来几个回合。”

在乔妍地扶持下，两个人搂抱在一起舞将起来。

由于二老的示范影响，李静等人也都登场起舞，陆坦也不想当观众了，拉着薛洁漫步着，就连牟成舟和付大伟也施展着各人的魅力。小龙和小凤看大人们跳得兴致勃勃，也手拉手地转来转去。如此火爆的场面，感染了服务小姐，主动过来为男士伴舞。

要论跳舞水平，除了乔妍就得算姚铭盛了，他和服务小姐转了几圈像表演似的，无意之中把大家的视线吸引到了他们的身上。当他发现已是“孤军作战”时，音乐也停了下来，在热烈的掌声中，于祥赞许地说：“铭盛啊，你的舞姿太出色了，当舞蹈老师都绰绰有余。”

“哪里，哪里，与乔老师相比，只能算个小学生。”

在激情荡漾之中，陆坦宣布宴会结束，人们簇拥在二老身边缓缓离去。

第二十八章

老干部文化宫竣工剪彩的时间已渐渐迫近，在老干部服务中心召开的全体会议上，赵倩责成李静传达了剪彩活动指挥小组的三点意见：一是演出的节目原则上要少而精，不能让老人过于劳累，要和部队文工团的节目穿插进行，不超过两个小时，整个演出活动由田锋负责协调，演出指挥是方琼；二是会餐时间的落实和纪念品的保管发放，由咨询室安排，姚铭盛当场请缨，这两件事他可以一包到底；三是服务中心立即搬到文化宫办公。传达之后，大家进行了热议，基本上没有什么大的意见，只是姚铭盛建议要注意安全和秩序问题，例如就餐安全、乘车安全、演出安全以及宫前秩序等等，大家认为这个意见提得又及时又好，应该有点儿具体措施。赵倩最后做了强调，已经定下的事要各司其职、分工协作，争取尽快落实下来。至于安全问题，他认为姚铭盛提得好，确实是很重要，责成温馨室承担起来，再请姚铭盛当顾问，大家鼓掌通过。他又委托李静，等搬家安顿好了请“三委”委员参观一下文化宫。

经过几天的忙乎，文化宫装饰一新，健身器材业已安装齐全，各个办公室也安排就绪。当李静引领“三委”委员参观时，大家个个惊讶不已。这个紧挨广场的圆形建筑，外周看去是三层。一楼外开门，对外出租商用，与宫内隔断；从正门进去就是候客厅，正面是服务台，一角设有值班室，两边均有上二、三楼的阶梯；进到大厅，映入人们眼帘的是锅底形状的多功能大会堂，可以容纳一千五百人，一楼的千人座椅是移动性的，开会、演出和跳舞时可以随意调整场地的大小，舞台的灯光和天幕、边幕齐备，可以说亮丽壮观；走出大堂，登上二楼，一圈依次是活动室、棋牌室、小球室、健身室、电脑室、阅览室、书画室、谈心室、休息室、医务室、洗浴室、餐饮室、小卖部等等，设施一应俱全；接下去又上了三楼，这是服务中心的办公区。大家蜻蜓点水似的看了各室之后，来到了赵倩办公室，他正在听取各室领导的剪彩筹备工作汇报，看到汪远等人来了，宣布散会后便同李静一起走进了总支办公室。汪远非常高兴，说是到了自己的家应该多待一会儿啊，于是大家也就跟着他坐了下来，你一言，我一语，谈论着浏览观感，大家越谈情绪越激动，越谈言词越激昂，人们抑制不住内心的感激之情。有人建议，剪彩的时候最好再把安娜请来，求她给多发些有分量的信息和报道，赵倩答应责成李静去请。

议论的高潮过去了，汪远问大家还有没有什么事了，要是没有，他倒有个请求，他说，从今天起，总支的工作请陆坦来主持，他该二次退休了。人们又借题议论起来。郝天说他明白了，这是汪老看到了山花烂漫，他想坐在丛中笑啊！林森认为应该设身处地体谅汪远，哪能让七老八十的人还继续披甲上阵呢，也太不近人情了，众人表示同感。张旭东劝说着陆坦，让他看在老人的分儿上接过这个担子，这叫小老敬老老，也是爱心敬老啊！他的话引起了哄堂大笑。经过大家协商讨论，陆坦迫于群众压力戏言道：“当官我很愿意，就是还没尝过被绑架当官的滋味，今天看在不敢不敬老的分儿上，我只好乖乖地尝尝这个滋味了。”

汪远十分高兴而风趣地说：“这话我愿意听，至于绑不绑架，我管不了这许多，求求赵倩同志帮把手续给办了。好了，好了，咱们就满载山花烂漫的芳香打道回府吧！”

光阴似箭，日月如梭，一晃的工夫重阳节到了。真是天公作美，这天，风平浪静，秋高气爽，悬挂在文化宫门脸上的巨大剪彩仪式横幅纹丝不动。这座古朴耀眼、拔地而起的圆形建筑吸引着过客的眼球，不多一会儿，广场的人流汹涌而至，人越聚越多，当老干部的车队到场时，通道早已塞得满满的。这时只见戴着执勤袖标的姚铭盛等人配合交警高声喊着：“请各位多关照，让个路，让个路！”

人们下车站在门前，赵倩手持扩音喇叭喊道：“请肃静，肃静！高新科技学院老干部文化宫竣工剪彩仪式开始！”

身着学生装的六位女生双手端着彩盘一字形排开。

“请来宾和领导剪彩！”赵倩继续喊道。

在鞭炮和鼓乐声中，崔羽、程铁夫、汪远陪同谷月、展翔和工程指挥上前剪彩，然后，几个人又走到门前揭牌，军乐队奏响了迎宾曲，李静引领众人步入宫内大会堂就座。

整个演出是在方琼和季士羽的主持下进行的。

开场的节目是老干部大合唱。在方琼的指挥下，他们演唱了《东方红》，那舞台上铿锵有力的歌声、那天幕上喷薄而出的旭日，振奋人心，引人入胜。在文工团演奏了《十面埋伏》等经典曲目后，学院党委成员的小合唱紧随其后，崔羽指挥他们演唱了《我们走在大路上》，几次谢幕观众也不肯放过，幸亏有所准备，又唱了一首《没有共产党就没有新中国》这才算罢休。

文工团穿插演出了部分器乐曲目，受到了好评，这些节目为整个演出增了色，添了彩。

方琼宣布最后一个节目是诗朗诵，诗名是《最美还是夕阳红》，作者和朗诵者：季士羽。方琼退下，季士羽登场敬礼，在轻音乐的伴奏声中，他时而高昂、时而低沉地朗诵道：

老年朋友们，
我们曾经像一个个即将复员的老兵，
站完了末班岗急待着新的征程，
终于到了最后的时刻，
卸任了，
回家了，
一下子感受到几十年从未有过的超脱，
领略了无职无责、无忧无虑的一身轻，
只是冷不丁觉得脑子里空荡荡的不大适应，

好在岗位上的约束，

交往时的繁琐，

使命中的服从，

顷刻间化作泡影，

不再成为周而复始的惯性。

于是，

可以静下心来，

在平等、友爱、善意、和谐的氛围里，

悠闲自得地融入了田园式的生活中。

不曾料到，

平淡的生活难以平静，

常常让一些往事牵动得不能安宁，

这原因似乎就在怀旧感太重?

时不时回眸着那些老皇历，

盘点着过五关、斩六将时起过什么作用，

自然还少不了走麦城，

什么美好的、伤感的、忌讳的，

又是什么怨恨的、纠葛的、难言的，

一股脑儿地涌上心头，

像过电影似的瞎闹腾，

搅得五脏六腑都不宁，

搞得晕头涨脑直发蒙。

冷静下来细细一想，

这种无聊的消磨也真有点儿可笑，

一个饱经风霜的人怎么能让过眼云烟捉弄!

今天总算是明白了，

不能再让那些无形却沉重的包袱压抑自己的后半生。

生活的浪花往往是后浪突起、前波未平，
伴随着皱纹的刻度增多、加深，
免不了悲叹几声“人老了，没有啥用”，
走路趔趔趄趄，
干啥也都不行，
就连说话也难免颠三倒四不怎么好听。
这个让上帝也破解不了的千古迷题，
虽说摆脱不掉、形影相随，
说真的，
大可不必自责、扫兴、动容，
因为古今中外家家都有老，人人都会老，
天地间又有谁能回避得了暮年那种固有的窘境？
回答只能是否定。
倘若你能用深邃的目光审视这一切，
那么，
这稚气的袒露不过是归真返璞、返老还童！

对世俗看得开，
对是非分得清，
这是老年人具有的智能，
较劲的倒是谁能显现大器晚成。
善者从不把名利权欲视为鲜美的诱饵，
智者从不把功名桂冠当成砝码去歌颂。
在风雨中闯过来的人们，
具有险夷不惊的平和本领，
只要不是和自己过不去，

他那包容百川的心胸，
他那超越时空的心灵，
就会在灿烂的阳光下自律、升华、纯净。

兄弟姐妹们，
脚下的路尽管是坑坑洼洼、举步难行，
但我们不会静观不动，
健步地走下去，
必将是越走越平坦，越走越轻松。
但愿我们能忘掉自我，留住理想，
谋求本色，笑对人生，
用心灵的绝笔去谱写老年人的尊严，
用庄重的尊严去度过美好的春夏秋冬。
到了这个时候我们可以问心无愧地说，
在坎坷的征程中踏出了余年的火花，
在荣辱的天平上展现了长者的风范，
让世人真切地信服：
最美还是夕阳红！

当季士羽朗诵完最后一句时，全场热烈的掌声经久不息，崔羽站起来大声喊道："说得好，最美还是夕阳红！"

方琼出场站到季士羽身边一起谢幕，还没等他俩宣布演出结束，只见陆坦拉着汪远的手走上舞台，急忙说道："主持人且慢，我们还有个节目！"

全场顿时静悄悄的，人们要看看两位长者演什么节目。这时陆坦走到高脚麦克风前给大家敬个礼，然后说，受学院全体离退休老同志的委托，宣读一封给院党委的信，接着便从兜里掏出信纸摊开念道：

尊敬的院党委：

将近一年了，我们这些风烛残年之人在党委的关怀下、在亲情的博爱中，饱尝了阳光的温暖、春天的秀美、暮年的浪漫，感到心情舒畅，精神振奋。然而，每一个在野的人又不能不心存愧疚，这是因为，你们实施待遇时，在朝野一视同仁的原则下，对老同志总是可先不后、可上不下、可早不晚，让我们有幸尝到了政治上受宠爱、思想上有关爱、生活上享厚爱的滋味，更让我们从中看到了领导的真情、教工的博爱、晚辈的牵挂，你们的良苦用心使我们深感受之有愧、享之难安，而又不得回报之机遇。

说句实话，我们这些遐龄之人就是不卖老也真的是老了，酸甜苦辣将像影子一样伴随着我们跑到终点，而我们也只能面对现实，含笑奉陪。然而，在向生理疾患和心理障碍自我抗争的同时，我们必然还少不了给大家带来逆心、不悦的麻烦，敬请见谅为至盼！

谨以此片言只语略表谢意！顺致

敬礼

全体离退休人员于重阳节

全场报以热烈的掌声。

陆坦敬礼后又高声介绍说："现在请汪远同志传达老干部党总支的决定！"

在掌声中，汪远传达了总支向部分领导同志和单位"赠予"荣誉称号和证书的决定：

一、赠予李静、薛梅、方琼同志敬老标兵称号；

二、赠予崔羽同志敬老楷模称号；

三、赠予服务中心党支部敬老先进单位称号；

四、赠予学院党委敬老模范单位称号。

传达之后，他请上述同志和单位代表上台接受证书。

人们开始疑惑着，只知道荣誉称号可以授予下属单位或某人，从没听说还能作为礼品赠予谁的，细细一想，明白了，下属无权为上级授予荣称，赠予是民褒上官的最佳妙方，于是，大家不约而同地起身鼓掌叫好。场内骚动了，沸腾了，大喊着请崔羽上台接受证书。崔羽在赵倩等人的陪同下健步登上舞台，安娜紧随其后，抢拍着此情此景。军乐队奏响了颁奖曲，汪远将荣誉证书双手赠予崔羽等人，一一握手说道："我代表老干部党总支送上荣誉证书，没有金钱，没有鲜花，只有一纸文书，只有苍老的掌声，很抱歉，请接受我们这颗虽已届残年却是鲜红而饱满的心吧！"

崔羽恭敬地双手接过证书敬礼说："谢谢汪老，谢谢全体老同志！首先让我代表院党委向前辈们致以节日的祝贺，愿大家心情好、身体好，高高兴兴度晚年！"

在掌声之后他继续说："不过，这突如其来的褒奖和荣誉，我实在是当之有愧、受之心虚，但是，这份心意我一定要领，因为它比千斤还重，比鲜花更香，对我是个最及时的鞭策、最生动的激励、最强劲的鼓舞，它至少证明了我们的敬老工作方向没有偏离党的指引。"

这时，座席中有位长者提议，请安娜记者给崔羽发个专稿。作为记者，这种场面也正是安娜所要捕捉的，所以她站起来安慰老人放心好了，争取近期就见报！

崔羽又接着劝这位老前辈不要难为记者去做无米之炊的事了。他话题一转，讲了今天的演出。他说不是夸张，这是他从未见过的精彩节目，如果说季老的诗作是一堂切实而生动的心理养生课的话，那么歌舞表演就是这诗作的形象化身。他说自己不懂诗，不敢妄加评论，但是它那朴实无华的语言、殷实深厚的内容、坚实不摧的道理，令自己惊叹不已、感触颇深。就养生学来看，哲人主张"三理"，即心理养生，要海纳百川；生理养生，要顺其自然；哲理养生，要明理不计。在传统文化中，儒家传承的是以进德养生，道家倡导的是以真性养生，佛家强调的是以净心养生。其实这些养生术都没有离开人们常说的静心、定心、宽心和善心，只有养心，才能达到季老诗中所传达的精髓：境界超然、品德澄然、得意淡然、失意泰然、对人蔼然、处事断然。就是说，糊涂了小事，明白了大事，实现人们的高境界、大智慧，这样才能做到宁静而致远。

谷月坐在于祥的身边感慨道：“我这哪是来剪彩的，分明是来听养生课的，真是偏得啊，偏得！”

“董事长说得好，我也是来听课的。”于祥说。

当崔羽要离开舞台时，方琼抓住机会不放，请他指挥全场高唱《东方红》。

高昂的歌声一结束，方琼和季士羽宣布剪彩演出圆满落幕，人们依依不舍地离开了文化宫，乘车到花园酒家共进午餐去了。

第二十九章

文化宫竣工剪彩之后，服务中心召开了第一次全体大会，主题是总结过去、表彰先进、策划未来、开拓进取。与此同时，崔羽在冯一夫的陪同下，来到文化宫随便走走看看，到了赵办正碰上开会，而且会议开得热火朝天。当崔羽知道会议的主旨后很是高兴，他赞扬说：“你们的工作抓得准，抓得好，抓得及时，难怪你们在老同志那里的口碑这么好、评价这么高，就连院党委都跟着你们沾了大光，我更是跟着你们贴了不少金啊！”

“崔书记说反了，”大家异口同声地说，“是我们跟崔书记沾光了！”

“大家说得对，”赵倩认真地说，“要是说得准确点儿，我是跟着崔书记和大伙沾光的。以崔书记为代表的干部，像李静、薛梅、方琼和其他同志们，受奖是当之无愧的！”

李静听到领导这么夸自己，赶紧纠正说：“书记和主任说得恰好相反，前辈们的评价，我个人是受之有愧的，怎么敢贪天功为己有呢？谁都看得清楚，我们学院老干部工作的门，是崔书记率领党委的一班人给打开的，我们学院老干部工作的路，是赵主任带领我们中心的人走出来的，对他们怎样嘉奖都不为过！”

崔羽见到赵倩原想说两件事，一是请老同志给教工做个报告，二是防止滋生松劲情绪，见此情景也就顺便在会上强调了几句。他说：“好吧，相反相正咱就不管了，借你们开会的机会泼点儿冷水怎么样？希望大家能记住个常理，在我们的工作中，可怕的往往是成功而不是失败，这是因为成功的时候最容易忘记过去，而失败的时候则会刻骨铭心地想到未来。我恳请大家，在你们总结工作的时候，先从褒奖的喜悦中跳出来，认认真真地盘点一下过往的经历，哪些是经验，哪些是教训，多自问几个为什么，有了这样的清算，未来的路可能就会好走多了。不知你们赞不赞成这样的看法？”

“我举双手赞成，”不停地记着笔记的李静突然回应道，“太及时了，崔书记是让我们成功不忘过去，失败不忘未来，这话要比‘胜不骄，败不馁’更为犀利，更能醒人！”

崔羽赞扬她说得精辟、干脆，希望总结会能本着这种思路去探讨。接下去他又提出了另一个更加耐人寻味的问题，就是如何找到一把巩固耐力的钥匙，让老干部工作爱心常在、青春永驻。为了少走些弯路，他给大家强调了重点要把以人为本、亲情服务作为探索这一问题的切入点，以引导大家从这里去寻找答案。当他和冯一夫离开后，人们自发地议论开了，姚铭盛认为崔羽的一席话为总结工作做了指点，为开展工作做了画龙点睛的明示，有警钟，有方向，及时而管用，是一篇言之有物的大文章！李静自有切身体会，她认为以人为本是在把握人的生存规律的前提下，按照人的内在需求去关心、去慰藉，而亲情服务则是以人为本的升华，是孝道美德的传承，说到底，亲情就是工作耐力的源泉，否则，工作动力就成了无源之水、无本之木。

赵倩听了大家的议论非常高兴，尤其是姚、李二人的见解几乎道出了答案的内核。但是，要想把这些变成大家的自觉行动，只有个纲是远远不够的，还必须把问题展开谈透、消化吸收，那才能算是纲举目张了。于是，他决定休会准备，另择时间讨论，大家表示赞成。

散会前，李静通知大家，明天上午九点钟，全体参加老干部“三委”会，请准时到会。

根据李静的建议，凡是老干部聚集时，会前总要利用几分钟的时间，由温馨室的大夫给讲一讲健康知识。今天老干部的“三委”会也不例外，是由心理专家陈素平给讲解健身知识。他说，如果问人们幸福是什么，答案五花八门，但追根究底，都离不开“健康”二字，尤其对老年人来说更是如此。

有人在生活实践中总结了四句话：宽心是欢乐的基础，欢乐是健康的前奏，健康是幸福的源泉，幸福是长寿的坦途。那么人怎样才能活得健康呢？健身的办法可以说数不胜数，但归结起来不外乎药理健身法、物理健身法、生理健身法、心理健身法等等。而内中最容易被人们忽视的，就是心理健身法，这是当今健身法的核心，它可以帮助人们消除心理障碍，启迪人们心胸开阔，这既是健身的前提，又是健身的基础。不过，在现代“文明病”抬头的今天，人们往往只注重了药理健身和物理健身，心理健身——心理卫生、心理医疗、心理平衡——往往被忽视了，这不能不说是一大纰漏。中医学历来强调“五情”平衡的重要性，在《黄帝内经》中就有呼（怒）、笑（喜）、歌（思）、哭（忧）、呻（恐）的“五声”以对应肝、心、脾、肺、肾“五脏”之说，它告诫人们“过怒则伤肝，过喜则伤心，过思则伤脾，过忧则伤肺，过恐则伤肾”。而内中的“五过”为情绪，是外在的表现，“五伤”为情志，是内在的因素，只有掌控了“五情”的平衡，也就是说，大事明白点儿，小事糊涂点儿，对己明白点儿，对人糊涂点儿，培养“没心没肺，活着不累”的雅趣，方能身临“食欲旺盛、睡眠深沉、出恭顺畅”的仙境。

她的话音一落，人们以热烈的掌声表示赞赏和答谢。

会议转入了正题，陆坦受汪远的委托主持了会议，并传达了他的要求，重点是落实好崔羽在剪彩演出后的讲话精神，抓好养生锻炼和健身活动。然后他请赵倩传达了崔羽的两点意见，大家的讨论很热烈。张旭东说，这叫英雄所见略同啊，仔细想想看，几件事糅到一起就是一头抓老、一头抓小，抓了两头也带了中间，可谓有近忧、有远谋。大家应和说不抓不得了，人们有目共睹，前几年学院频发乱象，个别老同志也跟着转向，种种迹象表明，不关心下一代也就等于害了上一代。郝天强调了要重实效，抓两头也好，带中间也罢，别走形式，别放空炮。他举例说，二十世纪五六十年代，一些单位、班组，利用班前班后的几分钟，不讲情面地点评大家的工作表现，“文革”后，这些约定俗成的好风气不见了，有些部门别说是批评，就连“上天言好事”的平台也没有了。盖世云对此也颇有同感，认为此前的思想教育少了个性化，少了针对性，许多时候是大轰大嗡一阵风，雨过地皮干，好像形成了一种不成文的规矩，中央发了文件，领导有了讲话，到了基层，像一窝蜂似的传达了事，很少有自己的打算，很少有自己的想法，美其名曰“传达文件原原本本不离谱，贯彻精神认认真真不走样”，其结果是“糊涂庙，糊涂神，糊里糊涂一锅粥”。季士羽也很感慨，他说五六十年代，许多章法措施还跟不上，人们更多的是靠耐心细致的教育，靠忠心耿耿的觉悟，靠认真叫板的监督，可是懒馋占贪的事就少了许多，也小了许多。眼下可倒好，发现个贪污受贿的，其涉款金额就是多少多少万，好像人们忘了什么叫防微杜渐，这让人不免要问，在他们刚伸手的时候怎么就不管管呢？现在算是明白了，这病就出在靠措施不得力、靠教育走形式、靠监督不较真，一来二去，久而久之，某些人的胆子也就大了，你贪我也贪，不贪白不贪。人们不知想过没有，如果到了养痈成患的时候，你就是想来个亡羊补牢，恐怕也是回天乏术了。王江亭说，铁的事实证明，权力能够异化，人心不可摧毁！只是，列车需要好车头，航行需要好舵手，就拿学院来说吧，崔羽自从来了，凭他那优秀的品德、过硬的作风、不折的韧劲、苛刻的求真精神，丁是丁，卯是卯，一步一个脚印地走到了今天，带来的变化可谓翻天覆地，硕果历历在目。而他竟然又是个永不满足的人，在老干部工作中，又适时地提出了向人性化要亲情、要博爱、要耐力，说得准确点儿，这是他为人们提供了一把爱心惠民的万能钥匙。

陆坦认为大家揭疮疤坦率，看问题尖刻，尤其是对崔羽的评价令人信服，他给学院带来了新思维、新理念、新境界、新风尚。有人说“胸怀杂念世间小，心中无忧天地宽”，也有人说“宠辱不惊心自静，不求长寿寿也长”，一言以蔽之，“忘老老忘至，常乐乐常在”，它验证了庄子的一句名言：“知忘是非，心之适也。”这些睿言智语都是养生的灵丹妙药，为我们开辟了养生之路的新途径。古人说得好，道不远人人自远，我相信我们这些人还是有这个信心和智慧去践行、去探索的。然后他就把话题引向为师生做报告上来，他请大家推荐报告人，敲定报告的内容。原则上，崔羽希望老同志给讲讲传统，至于形式，依安娜的建议，最好搞个集体报告会，具体怎么定请老同志考虑。经过一番热议，意见统一到讲老同志如何自尊自爱地修养，讲在位的如何传承敬老美德；至于报告人，争议较大，最后落到陆坦、张旭东、李静和姚铭盛四个人身上，让他们组成个联合报告组。几个人欣然接受了，只是姚铭盛有些想法，他在感谢前辈们对他信任的同时，深感惭愧，认为自己倒是有责任向全院师生汇报老干部工作近来的新气象，更应该反省自己所造成的血与泪的教训，但把自己列进如此庄重的小组里去做什么报告怕是勉为其难了。在大家的一再劝慰下，他也就同意了。

会议结束前，陆坦请赵倩和李静分别讲了话。赵倩说，总支发的荣誉证书分量也太重了，压得大伙都不知道怎么干好了，在这节骨眼儿上，崔羽及时地给指明了方向，让大家增强了信心，相信在老同志的支持下，学院的老干部工作一定可以做到四季常青。李静推辞不过，也表了态，她要把前辈们的谆谆教诲和鼓励鞭策化为敬业的动力，把前辈们的深邃目光和美好期待作为敬老的方向，在今后的工作中要努力做到宣传党的关爱更有深度、传达党的关爱更有温度、落实党的关爱更有力度，不给老同志留下无法弥补的遗憾！

在热烈的掌声中会议结束了。赵倩和李静找到冯一夫向崔羽做了汇报。当听说报告小组里有姚铭盛时，崔羽特别高兴，这说明学院的老老小小真是通情达理，今后应当照此精神去办，多让姚铭盛参加一些类似的活动，为他逐渐找回自己多创造些条件。关于报告的内容，崔羽又强化了他原来的建议，就是要大讲传统美德、大讲亲情孝道、大讲真情博爱、大讲敬业精神，并让冯一夫转告安娜，在她采访时多往这一方面靠拢。至于报告会的规模，冯一夫主张召开全院师生大会，几个人都赞成，崔羽的意见先按这些设想做准备，等他向程铁夫汇报完了再定。

报告组用了几天做沟通和准备，认为可以登台了。程铁夫不仅同意崔羽的创意，而且希望会议早早举行。经过冯一夫与教学部门具体协商，报告会定在本周六的下午举行。

这天万里无云，天朗气清，校园中步道两侧的树木枝叶在微风中舞动着，诱人的池花依然四溢着浓烈的芳香，翠绿的植被托举着末梢，巨石堆积的假山缝中喷吐着雾气，林立的学府楼亭，看上去恍若百花园中的仙山琼阁。

报告会的主会场设在报告厅，各教室为分会场，每个班级派代表凭票进入主会场。报告会在冯一夫主持下正点开始，在他一一介绍下，记者和报告人到台上就座，主持人说遵从记者的策划，今天既是集体报告会，又是集体采访会。在震耳欲聋的掌声中报告会开始了，安娜摇身一变成了主持人，她敬礼后说："各位好！今天报告会的内容是崔书记建议的，集体访谈和现场转播的形式是我要尝试的，不当之处请指教！现在言归正传，我先后来本院已经两次了，算今天该是第三次了，也发过消息和报道，但每一次来总会嗅到关爱的浓烈气息，请问，这是一种什么潜能在起作用？"

陆坦开了第一腔："记者女士问得好，这是因为在崔羽同志的新思维、新理念的引导下，不断出现新起色的缘故。"

安娜说："啊，明白了，我是在新起色的感染下才触动了敏感的神经，那么他的另外'两新'该做何理解呢？"

张旭东回答："如果我没理解错的话，'真情博爱'四个字应该是新理念的核心。为什么崔羽同志会提出这样的新理念呢？我想这是严峻的现实给他的灵感，迫使他不得不萌发了新思维。古人云：'父母在，不远游。'无疑，孝道是永恒不变的真理，但是，它毕竟是农耕生活时代的孝道，而在生产高度社会化的今天，已是无法套用了。君不见，许多子女为了学业、为了生计、为了梦想，不得不惜别亲人远赴山南海北、异国他乡，断守故土亲情的孝道，早已成了人们精神生活的奢侈品。怎么办？真情博爱就是亲情互慰的最佳途径。"

安娜问："在实践中怎样去体现它呢？"

李静回答："这是一道关键的坎。崔书记首先想到的就是老年人终生无法割舍情缘的从业单位，它才是承担老年人从家庭的小圈子中走向大社会的依托和接力者，是老年人精神抚慰的靠山和大后方。这样才有可能引导老年人打破旧观念，适应新形势，从仅仅依靠子女的亲情转向融入所属单位，把精神世界的孤独感化解在身边的熔炉中。"

安娜担心地说："这倒符合社会的现实和未来，也体现了人们的良好愿望。但是，怎样才能避免出现那种都管都不管的后果呢？"

姚铭盛回答："你的疑虑是必要的。实践证明，这要取决于掌权人的良知、魄力和导向，取决于措施是否得心、得力和得当。学院在崔羽同志的率领下，有完善的机制做保证，有强大的后盾做支撑，有爱心的使者做守护，记者女士该放心了吧？”

安娜说：“对于本学院来说，在这方面我不该有什么不放心的，我只是不清楚你所说的措施都有哪些？”

李静回答：“过得硬的举措有：壮大队伍、强化领导、多元管理、专兼结合。对缺失敬老善心者，不能提职升迁，老干部对此有一票否决的权力等等。”

安娜说：“确实是过得硬、叫得响。这么说，本院的前辈们可以无忧无虑地颐养天年了吧？”

陆坦回答：“也不全是无忧无虑。人们对老年人越是厚待敬重，老年人的心里越是忐忑不安。他们在想：靠子女而不依赖子女，要有自立的勇气；靠单位而不绑架单位，要有自强的信心；靠社会而不撒手社会，要有自重的胸怀；靠博爱而不苛求博爱，要有自尊的雅量。他们力争在众人温暖的双手托举下，做个心地坦荡、自强不息的老年人！”

全场报以热烈的掌声和叫好声。

安娜说：“这掌声似乎说明了大家很赞赏崔书记新理念的实施，叹服前辈们高风亮节的心声啊？”

张旭东回答：“作为一个年长者何止赞赏，我对此是欣然接受的。请试想，虽然子女不在身边，而服务中心的同志们常在你的身前身后转来转去，亲近你，安慰你，照顾你，既能解脱天各一方的子女们的忧虑，又渐渐地淡化了我们对子女的依赖心理，久而久之也就忘却了‘后顾之忧’为何物。”

安娜说：“长者的切身体会具有深刻的说服力和感染力。我还想听听你们两位是怎样理解的？”

李静看了一下姚铭盛然后回答道：“崔书记的养老新理念就像撑起的一把伞，可以为老同志遮风挡雨；又像高纯度的蜜糖，让老同志觉得甜香可口；也像一座高架桥，沟通了两代人的爱心和思念。但是，这并不等于说年轻人从此就可以远离孝子贤孙之道而高枕无忧了，恰恰相反，年轻人应该把新理念视为不可多得的释放情怀的机遇，以自我的博爱行动来弥补欲为父母尽孝而无奈的缺憾。”

安娜说：“有道理，有道理。姚老师是怎么看的？”

姚铭盛回答："这些高见对我来说不啻一剂可口的良药，只是效用来得太迟了。"

安娜说："不迟，不迟，有句老话说得好，虽迟而胜于不为嘛，请讲下去。"

姚铭盛继续说："谢谢你的鼓励，我这儿也有一句老话，'无知比傻瓜更愚蠢'。我就是这种人，对于新理念，开始抵触，接着迎合，后来接受，而今信服。崔羽同志他是从人的本质和源头来讲孝道的，又从广义上拓展了小要爱老、少要尊老、壮要养老、人人敬老的传统美德，人类倘若丧失了这种至高无上的大爱，家庭必将瓦解，社会必将混乱，国家必将衰败，民族必将消亡。常言道：高度决定视野，角度改变观念，深度左右命运，尺度把握人生。崔羽同志他是站在巨人的肩膀上洞察全局，登高望远，看得清，辨得明，所以他的理念自然会改变学院的一切，也改变着我的人生。"

会场兴奋了，从主场到分场，人们为他鼓掌叫好，姚铭盛起身频频施礼答谢。

安娜又点名问道："李主任，请问，你和你的部下具体工作职责是什么？"

"对不起，如果能叫我一声李静同志该有多么亲切啊。"李静不假思索地回答道："当好服务员！"

安娜说："好啊，李静同志，怎样才能当好服务员呢？"

李静回答："在实施两个待遇上，要做到尽职尽责，以维护老同志物质的、知情的、合理的切身权益；在精神抚慰中，要体现人本亲情，以保障老同志精神的、健康的、欢乐的休闲生活。"

安娜说："哎呀，还这么复杂啊。"

李静回答："要说简单也就是一句话：把老同志的喜怒哀乐当成自己的喜怒哀乐去对待也就行了。因为尽职尽责和人本亲情是一对孪生兄弟，前者体现的是政策，也是后者存在的依托；而后者体现的是精神抚慰，是前者必然的升华。"

安娜问："看来以人为本、亲情服务是本院老干部工作的核心，从这个角度看，应该怎样理解以人为本？"

李静回答："以人为本、亲情服务，是崔书记为了提高我们的工作耐心提出的命题。请原谅学生的狂言，就人而言，它离不开人的生存、人的生活和人的生命三大基本层次。所谓人的生存，就是要不断优化人们直接的、间接的、家庭的、社会的、物质的、精神的诸种条件和环境，最大化地适应人性化的需求；所谓人的生活，是细微烦琐的万宝囊，是酸甜苦辣的混合体，又是纷纭多彩、充满喜怒哀乐的交响曲，应以时代的主流去调节、去润滑、去融合，以跟上发展的潮流，分享应有的成果；所谓人的生命，就是要活得健康长寿。生命的长度是有限的，而生命的宽度却是无限的，为老年人创造丰富多彩的人生，就等于拓展了前辈们生命的宽度。”

又是掌声一片。

安娜说：“我完全理解大家赞赏你的掌声，可这里重要的是，怎样才能把它渗透到老干部工作当中去？”

李静回答：“人们知道，在幼童、残疾和老人这三大弱势群体中，最庞大、最脆弱、最无奈、最郁闷的要算是暮年的前辈们。而孝道敬老、真情博爱的新理念，完全适应了这一情况，从而引申出了一切从‘老’字出发的以人为本、亲情服务的行为准则。鉴于这一要求，在老年工作中必须掌握好一快一慢的分寸，这就是：兑现物质待遇时，不等、不靠、不拖、不绕，好中求快，只争朝夕，以免留下历史遗憾；在精神抚慰中，要细、要稳、要深、要准，热中求慢，避免差错，以收事半功倍的效果。”

崔羽觉得李静确实是个好苗苗，她的意见之所以屡屡出彩，这和她的践行求实是分不开的。为了鼓励年轻人的进取精神，他站起来鼓掌，在他的影响下，全场起立，掌声雷动。台上的安娜和受访人也都跟着起身鼓掌，安娜激动地说：“难得，难得，太难得了。大家请坐。李主任的高见告诉了我们一条真理：细微之处见精神啊！”

“作为李静的一个不称职的下属，”姚铭盛急不可耐地说，“我曾经向她请教过老干部工作该干什么和怎么干的问题。我想她一定会具体地给我讲个一二三，可怎么也没想到，她竟然用我能懂该懂还真不懂的亲情孝道告诉我说，她从未这样去想过，在工作中，心里只想着把前辈们当作自己的父母去看待。她的话一出口，噎得我不知再说什么好，因为我从未像她那样去想过。

不难看出，她为什么能从道义上阐明老干部工作的途径和归宿，从亲情中发掘出老干部工作的耐力和火花，使本院的老干部工作不再是只有其名而无其实、只尽其职而无爱心，从而使老干部工作的持续和深化也不再是无源之水、无本之木了。她能够如此完美地破解崔羽同志难题的原因，也就不言自明了。”

安娜激动地说：“好样的，姚老师不愧是自己诺言的践行者，你的点评，类比感人，通透精彩，谢谢！对此，我还想请教长者们有何感想，好吗？”

陆坦回答道：“不必客气。俗话说得好，理论是行动的指南，新理念必然带来新的行动。由于党委的重视、领导的带头，服务中心实施了一系列惠老的温馨工程，这在客观上不能不搅动了老同志的酣梦。我认为自己不能闭门独修，静观受宠，趁这春风化雨的良机，应该展现老骥伏枥、自尊自爱的长者风范！如李静说的，倘若人的年龄为生命长度的话，那么人的意志就是生命的宽度，何不以无限而强劲的意志去拓展有限且脆弱的生命长度，从而让梦想驱散寂寞的阴影，让理想激发青春的活力呢？”

安娜说：“讲得好，这会让晚辈们放心了许多。无疑，你们的现实是美好的，你们的未来是令人羡慕的，但是，怎样才能到达彼岸呢？”

李静回答：“崔书记已经为我们绘制了探索的蓝图，他说，现在的养老形式多种多样，但归结起来不外乎两种：家庭养老和社会养老。而今他又从实际出发，提出了单位或系统养老的新设想，这就提供了三种养老模式可供选择。”

安娜问：“单位养老是个什么形式？它的好处是什么？”

陆坦回答：“就是主要依托于老者所属的单位或系统的养老模式，首先可以充分发挥已有资源的作用，又能满足老年人情感依附的心理，尤其是对缺失亲情的老年人，他们的精神寄托自然就会移情于终生也割舍不断情缘的所属单位。”

安娜说：“这可是一篇大文章啊。那么家庭、社会和单位三种养老模式有什么关系？”

李静回答：“要从情感依附、资源配置和管理效能来看。我的理解是：家庭养老是基础，单位或系统养老是核心，社会养老是保障。”

安娜说：“要是从理论上看，我非常赞赏你的看法，倘若付诸实施又会怎么样呢？”

张旭东回答：“方才陆坦同志讲的精神寄托、李静同志讲的关系定位，不是什么理论，而是学院老干部工作实实在在的现实。从新理念的出台到人性化的服务，从孝道敬老的倡导到真情博爱内容的拓宽，从新规章制度的实施到保障措施的强化，从人们心情的逆反到称赞，这些无不说明，单位养老的模式尽管还是个稚嫩的雏形、破土的幼芽，可它已是深得民心、顺乎民意了。”

安娜说：“张老的指点，令人茅塞顿开。还想趁机再说几句，我虽然来这里的次数不多，可是每一次赴约来院，听到的、见到的有关崔部长的种种评价，都印象深刻。可是，恕我直言，这些评价同时也给我留下了一种说不明、道不白的很是特别的感觉，那就是既令人崇敬，又令人不解。我很想从陆老那里知道，他为什么能善举厚德而似水，事业常新而流长，内中的奥妙究竟在哪里？”

陆坦回答：“明白了，你是要我来给崔羽同志画像的，很抱歉，我笨手秃笔不敢当，但简陋的素描倒是可以的。至于你觉得他很特别，我就有点儿难断了，是精灵，是奇怪，还是彪傻？但是，我可以把我所认识的崔羽同志告诉你，他是一位既宽以待人又严于律己、既艰苦创业又出手大方、既敢行其事又谦和谨慎、既固执传统又引领时尚的人。他讲美德，讲五伦，讲操守，讲仁义，大智若愚，孝道是他人生的坐标，事业是他价值的核心，忠孝是他两全的追求，博爱是他践行的动力，也许就是这些在孝道上的倾心、在事业上的经心构成了他特别的人品吧。我深信，人们是在乐观地预想着：今天有崔羽式特别的敬老践行者，明天一定会有更多的李羽式、王羽式特别的敬老倡导者、践行者和捍卫者！”

安娜站起来握着陆坦的手说：“谢谢陆老，我是不懂其心、不辨其人啊！”

全场也都跟着起立鼓掌。这时，一个学生快步走到台前，双手递给安娜一张字条，她一目双行地看完了，说道：“我给各位念个条子，内容是：如果我的父母能是这里退休的职工该有多好啊！不是也无妨，我倒愿意先为我的父母在本院奉献爱心。一个远离父母的学生。”

在掌声中，安娜手持麦克风走到台下的崔羽面前大声说道；“请崔部长给访谈报告收个场好吗？”

全场再一次起立鼓掌。崔羽从安娜手里接过麦克风敬礼后说：“谢谢各位，谢谢记者女士，说几句话是应该的，也许是多余的话。就从陆老‘画像’说起吧。人世间的万物都有自身的固有之美，人也不例外，不同的是，人除了有行为之美、心灵之美和相貌之美外，还具有诸多的神韵之美，例如秀美、壮美、俗美、稚美等等。而且同一物体的形象，在摄影家的镜头前和在画家的彩笔下又是不同的，就是说，摄影家是求真实的美，画家是求夸张的美。比如我吧，今天在资深记者‘特别’的引导下，被描绘在我所崇敬的几位‘画师’笔下，这形象如何也就可想而知了，应该说不会亚于齐白石大师的青虾，也不会逊色于徐悲鸿大师的骏马，不足之处，仅仅是让我自己也找不到崔羽哪儿去了。但是，我能够理解也愿意接受它，因为几位是画了一幅人们希望中的领导干部的群像，就像西天取经寄希望于孙行者一样。对于这样的形象，我愿意和大家一道，在追逐中向它靠拢、捍卫它，在践行中塑造它、完善它，因为这是我们共同追求的理想化身，也是人们寄托希望的公仆形象！”

在热烈的掌声中夹杂着议论声、说笑声、叫好声。

“讲到这儿，”崔羽继续说，“我想起了大科学家爱迪生曾经说的一句耐人寻味的话，大意是：凡是希望荣耀而舒适地度过晚年的人，他必须在年轻时想到有一天会变老，这样，在年老时他会记得曾有过年轻。无疑，他是在告诫人们趁自己还是青壮年的时候，要像方才那位表达夙愿的同学，要多奉公、多尽孝、多积德，当两鬓挂霜受后人崇敬时，人们就一定会记得自己也曾有过年轻。好了，以此供大家共勉，我的话说完了，谢谢！”

全场起立，掌声大作，安娜喊道：“谢谢各位师生聆听今天的访谈报告会，我最大的收获是，对本院的教工学子产生了一种既羡慕又嫉妒的心理，这么好的班子、这么好的班长，怎么被你们独享了呢？不过，我还会不请自到，再来分享你们的精神成果的，再见！”

报告会在冯一夫领唱《大海航行靠舵手》之后宣布结束。

第三十章

石成的老伴李秀敏，打三十多年前石柱还在她肚里的时候，就从进城求职的农民中，左挑右选了一位保姆领回家。她就是老家在山东农村、将近三十岁的郝金枝。郝金枝虽然没念过书，可憨厚能干又明事理，是个孝女。由于家境困难，她宁可不出嫁也要在家帮助父母养猪种地、持家糊口。不幸的是，父母因病相继过世，她成了家里的顶梁柱，几年忙乎下来，总算是帮助弟弟娶了亲、成了家，她自己也得到了左邻右舍的刮目相看。她扶助弟弟一段时间之后，觉得他可以自立家门了，就想到自己再在这个家待下去会给弟弟添麻烦，便偷偷地和邻居打了个招呼，悄悄离家来到了石家。那些年，她也让弟弟两口子找得好苦。自从郝金枝来到了石家，这个少言寡语、干活利索的农家妇女很快就熟悉了情况，平时把孩子带得让李秀敏十分满意。柱子刚刚学说话时，不让叫阿姨，教他叫郝妈，一来二去，“郝妈”就成了这个家的大人、孩子和外人称呼她的代名词。此外，像买米买菜、做饭洗涮这些活她也都干得有条不紊、明明白白，让李秀敏赞不绝口，就这样，她渐渐地成了石家不可或缺的大拿。到了后来，家里的大事小情，包括日常生活开支的财务权也都托付给她了，石成和李秀敏几乎甩开了家务一心忙他们的工作去了。当他们离休之后想好好过过休闲生活时，不巧，两个人又先后被病魔缠身，不仅孩子的事管不了，整个家的家务事也伸不上手了，所有这一切全落在郝金枝一个人的身上，以至于后期郝金枝还得搭把手照顾他们俩以及小孙女，她就等于是这个家里里外外的全能一把手，大事小情全靠她忙乎了。老的拿她当亲姊妹对待，石柱对她比生母还亲，小孙女更是寸步不离，就这样，家里的老老小小打心眼儿里依赖她、感激她、敬重她。

这天早饭后，郝妈从市场买菜回来刚进屋，李秀敏有气无力地喊她到卧室去，郝妈不敢怠慢，一边答应一边把菜送到厨房，转身来到李秀敏床前问有什么事。李秀敏今天觉得自己和往常不大一样，精神也有些恍惚，就急着要和郝妈交代几句话，她让郝妈坐在床边，拉着她的手断断续续地说："妹子，这些年……这些年辛苦你了，把柱子……拉扯大，这，这又忙乎我们俩，看样子，是没法报答你啦……"

"大姐，"郝妈有些哽咽地说，"不说这些，把病养好了比什么都强。"

"啊，我呀，我就是放不下柱子他爸，要是我……我有个什么好好歹歹，他连个说话的人都没有。"李秀敏说着说着淌下了酸楚的眼泪。

郝妈帮她擦着泪水说："大姐，你放心好了，这不还有柱子他们嘛！"

"那倒是啊，可他身边总得有个人……陪他说说话呀。好妹子，你要是……要是不嫌弃，就委托给你了，我就少了一份心事。"

郝妈一时不知说啥好，也跟她一起掉着眼泪，好半天挤出一句话："大姐，要是那样，不如让我回乡下老家去吧。"

李秀敏听到这话倒来了点儿精神："哎呀，那可不行啊，无依无靠的，总不能到弟弟家去养老，你可不能回去！"

"都是乡里乡亲的，他们不能不管我。"其实郝妈说这话是不得已的，她心里是一点儿底也没有。说起来，那是十多年前的事了，她让上中学的柱子给弟弟写了封信，从此，失去联系二十多年的姐弟总算是联系上了。李秀敏知道这事之后，趁念中学的柱子放暑假，便买些东西，带些钱，她要和郝妈一起回去看看。回到乡下才知道，当时弟弟虽然是三口之家，可是在农村靠种地养家糊口，只能是紧紧巴巴闹个年吃年用，何况还要供养小侄子上中学。看弟弟家很困难，她待了两天就回来了。打那之后，通了几次信，再没有走动了，后来就接到一封从德州市发来的信，原来是小侄子来信告诉她，爸妈已经搬到他们家养老去了。郝妈听了之后很高兴，弟弟两口子总算是有了个归宿。

可是，眼前她很是心慌意乱，说是回乡下，这么多年和乡里乡亲都没有什么联系了，世事变迁，人缘早逝，谁还认她这个孤老太？要说是到弟弟家去吧，她相信肯定会被收留的，不过，带着这把老骨头到小侄子家去吃闲饭、去养老，又觉得说不过去。可如果不离开石家，又怕外人说闲话，她的决心也真是难下。这时她倒想起了前些年李秀敏给介绍对象被她拒绝的情景，后悔当初不该疑心是石家撵她走，可倒好，打那以后再也没有人敢提这个事了，现在只能站在十字路口不知往哪儿走了。

“妹子……你要是真想离开的话，这叫大姐说什么好呢？你不是嫌弃这个家，就是大姐这些年亏待你了。”

“大姐，你可不能这么说，人到什么时候也不能没有良心，只要你能把病养好了，我就谢天谢地啦！”

“你要是不答应这个事，这可让我又多了一份心事啊，要是……要是真有那一天，我就闭不上眼睛了。”

郝妈不知再说什么好，只是挨着李秀敏的脑袋哭泣着。好一会儿，李秀敏又断断续续地说：“我还有一件事，妹子，你得帮我把大儿子找到啊……解放战争那阵子，兵荒马乱的，在山东，孩子刚生下几个月就要随军转移，我只好把孩子托付给一位老乡。可解放后我回去找孩子，老乡不知去向，孩子也没有了下落，此后一找就是四十多年，一直没有音讯。当时我在孩子的脖子上挂了个玉坠，背面刻了出生年月日，这东西是一对，我手里这个交给你，你得帮我找到他啊……”说到这儿，李秀敏有些昏迷，再也说不下去了。

郝妈见状心急，摇着他的胳膊喊道：“大姐，大姐，你等等，你等等！”

石成听到郝妈的喊叫声，连忙过来问道：“怎么啦，郝妈？啊，快去按一键通，我要120！”

服务中心的人到达后，救护车也随之赶到，在赵倩的安排下大家兵分两路，赵倩带领部分人跟救护车去了医院，留下李静几个人在石成家做安抚工作。陈素平和王洁在劝说着石成，没想到石成比她们还想得开，反倒劝她们放心好了，说年岁大的人就像熟透的瓜果，蒂落瓜离是迟早的事。李静和薛梅跟着郝妈在李秀敏卧室边说些安慰的话，边一起整理着床铺。突然间，李静在枕头边发现个字条，拿起来一看，上面歪歪扭扭的字迹倒是清晰可见：妹子，我要有那一天，你一定要留下来，帮我照顾石成，再找找大儿子。落款是李秀敏。李静知道郝妈不识字，便念给她听，郝妈说这事她知道了，是李秀敏去医院之前对她说的，当时没答应，她想要是真有那天不如回乡下去了，免得邻里说三道四的。经过两个人左说右劝的，郝妈离开石家的念头也就不那么坚定了，她知道自己是没有个准去向的，再说也真的离不开她一手拉扯大的柱子和小孙女，只是不知道说什么好。

正在郝妈流泪不止的时候，赵倩等人从医院回来了，郝妈也顾不上擦眼泪赶忙问道："大姐怎么样了？"

其实救护车到了医院，李秀敏已经咽气了，赵倩等人没有立即回话，石成已看出了端倪便说道："郝妈别问了，这样吧，我们的身后之事早有安排，一切顺其自然，现在请赵倩同志给大家念念这封信。"他顺手就把一个信封递给了赵倩。赵倩双手接过信从中抽出信纸，摊开后低声念道："遗嘱：当我们百年之后，丧事弃俗从简，拜托请成全愚念，即：安身有梦想、顺从新风尚、灵魂游天外、躯体进课堂。捐献遗体人石成、李秀敏。"

刚念完遗嘱，石成说："我们是人民的儿子，应该为人民尽最后的一点儿微薄之力。也请大家不必伤感，古人说得好，'红是喜，白亦喜'嘛，一会儿大家坐在一起吃顿喜饭，再麻烦服务中心的同志帮搞个遗体告别仪式就行了。"

在场的人听了肃然起敬，沉默不语，片刻，赵倩说："二老情操高尚，令人敬佩。请放心，我们照办就是了，不过，喜饭免了，改日再说。"

站在郝妈身边的李静很是担心她的去留问题，不如趁机把事摆在面上，免得她不辞而别，搞得大家被动难堪，于是就把方才见到的字条递给了石成。石成扫了一眼说："啊，这事我知道，秀敏最近和我说了几次，怕自己离世了郝妈也离开这个家。其实她不该这么想，我早就说过，郝妈是这个家里付出最多、功劳最大的人，三十多年来照顾了我们三代人的生活，早已成了这个家的主要成员，而且是没有户口的户主。再说，要走往哪儿走？离开老家三十多年了，总不该到弟弟家去养老吧！在我看来不走是个正常的事，就是我答应她走也不好使，柱子和小孙女能答应吗？她恐怕也不会撇下孩子就走吧。当然，郝妈有权选择自己的后半生，不过，无论在哪儿，石家对她都要负责到底。秀敏在的时候我们商量过了，我们哪一天走了，就把原打算给柱子的小户型房子落到她的名下，再给存点儿款，算是石家报答她的一点儿心意，可以马上办个手续，请服务中心的同志给作个证。”

此时此刻的郝妈痛哭不已，不知是为了李秀敏离去而伤心呢，还是被石成的话语所感动，也许都有吧！李静受到感染，红着两眼劝郝妈说说自己的想法。郝妈终于开口说话了：“三十多年前，在我走投无路的时候，是石家收留了我，打那以后，大姐对我比亲姊妹还亲，吃的、用的、穿的、戴的都格外地照顾我。人不好不讲良心，我更不好背着大姐不听她的话，还是先留下来照料这个家吧。还有房子的事，石老就别费那个心了，那是石家的财产，我说什么也不能把石家的一草一木变成我的啊。”

大家听郝妈这么一说也就放心了许多。

没有双亲的孤儿姚铭盛对郝妈的话越听越同情，对郝妈的事越听越感动，他走到郝妈身边说：“郝妈，你留下来是对的，石老这里确实就是你的家。我还要请求石老一件事，郝妈的晚年交给我吧，我可以照顾善终，以弥补以往我对您老的不尊不敬，也请服务中心的同志们作个证！”

“哎呀孩子，”郝妈激动地说，“可别这么说，我现在还能动弹，等我动弹不了的时候，也只好求你们了。”

人们刚散去，石柱和爱人柳絮从医院赶回家，一进门，两个人就地跪到郝妈面前哭个不停，郝妈生怕哭哭啼啼刺激了石成，忙劝他们擦干眼泪快去卧室见他爸。还好，父子互相安慰着，石成借机把给郝妈房子的事也说了一通，没想到柱子不赞成他爸的意见，没说上几句话就沉着脸从卧室出来，自言自语地埋怨说：“怎么还能这样分配呢？”

郝妈从厨房出来恰好碰上柱子，看他叨叨咕咕不高兴的样子便说道：“柱子，你妈刚走，可别惹你爸生气啊。”

“没事，就是我爸他偏心眼子。”

郝妈心里咯噔一下，立刻想到是不是给她房子他不满意，幸亏自己没要，但是又不落底，便跟问了一句：“什么事偏心眼子啦？”

“郝妈，您老就别问了，是房子的事。”石柱说完就回到卧室怄气去了。

郝妈证实是房子的事很是忐忑不安，尽管没要，这事也是因为自己引起的，为这事让孩子怄气多不好。这成了她的一块心病，她想求李静和柱子说个清楚，看来这个家不好待了。

从石家出来，赵倩和李静直奔崔办汇报，讲了石成情绪的稳定，讲了郝妈去留的想法，讲了丧事从简的遗愿。崔羽对老两口儿的高风亮节赞叹不已，决定第三天举行个遗体告别仪式。这时，李静就把石成八十大寿的事也讲了一下，这本来是一周前做的正常安排，可现在碰上了李秀敏过世的事，这个生日过还是不过？怎么过？汇报之前她和赵倩商量了一阵子也没拿定个主意，难就难在生日正是李秀敏过世的第三天，也就是方才定的告别仪式的那天。崔羽听了也觉得这个事挺棘手，三个人议论了一会儿，李静提出延时筹办，赵倩主张免了，崔羽思考了一会儿，认为他俩的想法是可以理解的，但并不赞同这么办，既然二老对身后之事这么淡定和大度，何不本着厚养薄祭的精神破除陋习呢。所以他提出了第三种意见：维持如期祝寿，而后再到医学院向遗体告别。赵、李二人认为有道理，这样做也是倡导新风尚的实际行动。定了之后，崔羽把去看望石成的打算改为生日那天和程铁夫同去，两个仪式由服务中心做出安排，并听听石老的意见。

经过紧张而细致的准备，一切完满就绪，也征得了石老的同意，祝寿仪式九时在石家举行，十一时到医学院告别。服务中心的同志们八点就到了石家帮助安排，陆坦和张旭东代表“三委”提前十分钟到场，崔羽和程铁夫在冯一夫的陪同下，只差五分钟来到了石家。大家见到石成握手寒暄，祝贺生日快乐，石成觉得有些过意不去，一再表示感谢。

程铁夫安慰说：“大嫂走了，您老可得节哀保重啊！”

“啊，想得开，想得开，生死由命，我得乖乖地服从！”

“平时很少来看您，”程铁夫歉意地说，“在这方面我得好好向崔羽同志学习！”

“不必客气。你说崔羽啊，像他那样的领导干部也太少了，我待在家里都感觉到了，学院在他的带领下，大变样了。就说服务中心吧，近一年来，我家的门槛都让他们给踩平了。古人说得好，‘勿以厚生而害生’。这不，把我惯得什么都不行，可依赖性却在天天见长啊！”

“您说得好，”程铁夫高兴地说，“我今天就是来见习的，向您讨点儿休闲生活的经，享受一下‘依赖’的感觉，交了班就来报到啊。”

“怎么你也要下岗？那好啊，快回来给我做个伴吧！”

“早就该下了，就是崔羽同志老拽着我不撒手。可是冷静一想也是，我怎么好意思扔给他个烂摊子去找清静呢！”

崔羽看老哥俩唠得蛮开心的，不便插话，在一旁礼貌地聆听着，当他听到“拽着不撒手”时说道：“我们这些后来人，就像小孩子学步，过早地离开大人就要栽跟头的。再说，小的照顾老的还远谈不上什么‘厚生’，在我们为长辈的服务中，只有爱不释手才能做到得心应手啊，请长辈不必介意才是。好了，老赵啊，咱们来说正题吧！”

这时，李静和薛梅把象征着桃李满天下的偌大寿桃摆到餐桌上，请石成在正位落座，方琼忙给他戴上寿冠，赵倩代表服务中心宣读了祝寿信。

尊敬的革命老前辈：

当您漫步踏入耄耋之年的行列时，恰逢学院老年工作的春天已经到来，让我们在这播撒良种的季节里，以喜悦的心情，祝贺您老八十大寿！

尊敬的石老，您是暴风雨中走过来的德高望重的老前辈，是革命的功臣、立国的元勋、相马的伯乐、建设的先锋，是我们后来人敬重的达人！

尊敬的石老，您在晚年的休闲生活中，以乐观的情绪、平和的心态、刚韧的毅力去消融着岁月中酸甜苦辣的磨砺，这不仅令我们敬佩和感动，您更是我们的楷模！

尊敬的石老，正值您八十大寿之际，衷心地祝福您在灿烂的阳光沐浴下，欢度晚年，健康长寿！

在热烈的掌声中，李静像司仪似的请领导讲话，而崔羽却让程铁夫致词，他给收尾。

“好吧，”程铁夫说道，“在石老八十大寿的时候，我祝贺您长寿、长寿、再长寿！还有两句打油诗赠予石老：高寿八旬人不老，长命百岁心如童。我的话说完了。”

接下去，陆坦祝贺之后献对联一副：

德为世重人常在，寿以人尊年无终。

张旭东的祝寿词是：

耄耋之人寿如仙，信仰依旧是指南，
酸甜苦辣伴身影，笑纳百川天地宽。

在掌声中，李静又请姚铭盛说几句话。姚铭盛左右看看说，自己不该多言，但是，为祝福石老八十大寿，也准备了两句掏心的话：

敬重长辈如亲人，真情博爱炼丹心，
美德常存伴日月，孝洒人间似星云。

崔羽鼓掌叫好。人们即刻联想到，一个人希望正义向他靠拢的时候，也正是他在向正义靠拢。姚铭盛的七绝可以清楚地告诉人们他在向好转化。谁都知道，人若没有了丹心是不会有爱的，而有了丹心不炼它，也是不会有真情博爱的，只有常炼丹心，才能做到把老人的酸甜苦辣化为自己的行动指南，才能与日月同辉、与繁星共舞！

该是崔羽讲话了，他以五旬至十旬的旬年称谓（十岁为一旬年）汇成了七言绝句作为收尾的献词：

旧世天命命归天，如今耳顺顺英年，
古稀耄耋梦春秋，望久期颐赛神仙。

石成听了很受感动，深表谢意，他说尽管自己病魔缠身，也得活出个人样来才对得起大家的一片心意！

在李静的主持下，大家围绕寿桃点燃了蜡烛，她请大家起立，为寿星敬礼。接着，方琼领唱了《生日快乐》，然后，大家分享着寿桃。石柱一口一口地喂着石成，姚铭盛赶忙端了一盘递给郝妈，这时崔羽正和郝妈说着话：“石老说，家里最忙的人就是您，您老可别累着啊！”

“可不能这么说，这阵子都是中心的人来给忙乎了。”

“实在不行给您老找个帮手吧？”

“哎呀，眼前可不用，等我帮他们找到失散的大儿子就好了，大家也都没有了心思，等到那时再说吧。”

“您老上哪儿去找啊，”崔羽说，“这件事告诉服务中心吧，可以请他们帮您找一找嘛！”

正和程铁夫唠嗑的石成，听到说找儿子格外上心，立刻插话说：“为这事我们还真费了些心思，登过报，找过当年的收养人，都没有用，至今也没有这孩子的下落。他要是活着的活，和崔羽的年龄差不多。秀敏手里保存个玉坠子，是一对，当时给孩子也戴了一个，他郝妈，你拿给大伙看看。”

人们急切地传看着，这时的姚铭盛悄悄地离开人群去了卫生间，因为从他记事到今天，脖子上也挂了个玉坠，可他多少年来也没好好看看是个什么样，只是习惯地戴着它，既然石家也有这个东西，而且是一对，莫非这个孩子就是自己不成？于是，他从胸前小心翼翼地拿了出来，翻过来调过去地看个仔细，然后又回到客厅。在座的人，李静是最后一个看完的，她看到姚铭盛来到自己的身边，顺手就递给了他，他左看右看不肯撒手，背面刻的生日是 1948 年 1 月 19 日，和他戴的完全一样。他又窥视石成的相貌，认定这位高寿老人就是他的生父，便立即取下自己脖子上的坠子，双手捧着两个一模一样的玉坠，走到石成面前递了上去，扑通一下跪在地上，大喊一声：“爸爸，爸爸，难道您老就是我的亲生父亲吗？可让我找得好苦啊！”

石成模糊的双眼死死盯着姚铭盛双手上的玉坠，听着他叫喊“爸爸”的声音，这突如其来的天降亲情，不知是福还是祸，一时间他心如刀绞，肺如撕裂。他自言自语地从嗓子眼儿里挤出几个字：“难道……难道这是真的吗……怎么，怎么会是你？”

姚铭盛听了这话如五雷轰顶，他挪动双膝靠近石成，抱住石成的两腿喊道：“爸爸，这是真的，我确实是您的儿子。我知道您老不愿意认我这个儿子，我理解，这是我自己造的孽，今生今世我也不会怪您老的。您老不认我，我都知足了。”

郝妈一旁不忍心，哭天抹泪地说道：“孩子快起来，真是你妈在天有灵，过来给你妈磕个头吧！”她伸手拽着姚铭盛到李秀敏的卧室遗像前跪下。姚铭盛边哭边叫道：“妈妈，怎么不让我早点儿看到玉坠啊，儿子不孝！”他两手捶胸，哭得死去活来，众人上前拉他也不起来。

在这意外的强烈刺激下，正处于心脏病恢复期的石成由于过分激动，手脚顿时严重痉挛，抽搐不止，脸色灰白，不能说话。崔羽立即吩咐身边的人快挂 120。郝妈闻讯赶过来，急忙把救心丸放进石成的舌下。姚铭盛把他托在自己的身上半仰卧着。石成手脚抽筋，一直没有缓解，不过五分钟救护车赶到了，经过输氧等急救处置后，他被抬上了救护车。崔羽让冯一夫陪同程铁夫回学院，告诉李静留下几个人照顾郝妈，并马上通知有关部门，李秀敏遗体告别仪式改日举行，他和赵倩、姚铭盛、石柱等人随救护车去了医院。

人们在抢救室外面焦急地等待着，十分钟过去了，二十分钟过去了，三十分钟过去了……姚铭盛不停地走来走去，不时扒着门缝往里瞅，希望看到奇迹的出现。

啪的一声，门开了，一位大夫沉着脸问道：“谁是石成的家属？”

“我是，我是！”姚铭盛和石柱几乎是同时回话。

大夫说：“老人是重度脑梗，终因不治，走了。我们按照老人生前的遗愿，遗体立即移送到医学院。”

人们在急救室瞻仰了遗容，带着十分沉重的脚步离开了医院。当崔羽等人回到石家时，郝妈迎头便问：“石老好吗？他怎么没回来？”

姚铭盛和石柱、柳絮两口子，一进门就跪到郝妈面前哭泣着，一改往日叫郝妈的口气说：“妈妈！我爸……我爸他走了……”

郝妈听到这个不幸的消息，如当头一棒，欲哭无泪，险些昏厥过去。众人把她扶持进了客厅，她渐渐地恢复了常态，说道："孩子，别哭了，你爸没少说，人早晚都得走，再说他也找到了儿子，啥心思也没有了，陪你妈去享福啦，我也就放心了。"

人们这时最担心的不是石家的后代如何生活，而是担心郝妈今后的路怎么走。石成这一离世，更激发了她离开石家的念头，这从她方才的话语中似乎也听出了些意味。对郝妈的去留，姚铭盛是最敏感的，他已经悟到郝妈的话里有话，他抱着她的大腿越哭越凶，说道："妈，我当领导的面说清楚，您老就是我的亲妈，妈妈您老要保重，我不能再离开您老了！"

石柱更是哭个不停地说："大哥说得对，您老就是我们的亲妈，我从小到大，您老比亲妈对我还要亲。我爸早就说过，您老是这个家的户主，家里的一切都由您老来支配，您老不答应我就不起来！"

石柱的话，郝妈听了虽然很感动，可她一想起他为他爸给房子的事怄气，就觉得不能难为孩子，可现在当着领导的面又不好解释什么，想来想去只好说道："孩子快起来吧，你哥儿俩的心意我领了，叫我做什么都能答应，就是别让我当这个家的户主，可别再说这些傻话了。"

崔羽听着哥儿俩对亲情的乞求，听着郝妈憨厚的谦让，越发觉得今天的事也太让人揪心了，好端端的一个家，竟然不到一周的时间失去了两位亲人，实在是让人难以承受，真是天有不测风云，人有旦夕祸福。也罢，但愿走的人要走得一路顺风，活的人要活得一生平安！还好，让人欣慰的是，这个家的精神领袖尚存，这个家的孝道美德还在传承。崔羽终于从这悲喜交加的思索中挣脱出来，在征求了石家的意见之后，他要赵倩代党委给部里打个报告，尽快安排丧事，又吩咐服务中心的同志多关心一下郝妈的生活。

当大家离开时，赵倩让李静和姚铭盛留了下来，再做做善后工作。石柱趁郝妈和姚铭盛搭话，在一边求李静和郝妈好好聊一聊，他曾因他爸没兑现郝妈的一家之主而怄过气，疑心郝妈会有些想不开。尽管李静替郝妈做了否认的解释，他还是有所顾忌，既然口口声声说郝妈是这个家的户主，为什么还要把个小户型的房子给她呢？这不意味着要撵郝妈走吗？他说和柳絮早就商量过了，主张把这个家全交给郝妈管，让郝妈成为这个家名副其实的户主。

李静听了十分感动，觉得这真是有其父必有其子，她悬在半空的心也就落下大半，重要的是看他今后的实际行动了。

告别仪式的第二天，一直等到了中午也没看见郝妈的踪影，这可急坏了石柱和姚铭盛哥儿俩，这个说是不是去买菜迷路了，那个说也许是到邻居家串门去了，就是谁也不愿意往坏处想。柳絮突然想起到郝妈的卧室去看看，瞅来瞅去也没瞅出个名堂，衣物行李还是那样整整齐齐地放着，和平时没有什么两样，她顺手打开抽匣，里面井井有条地放着日用品，只是在显眼的地方看到了个存折，打开一看，名字是郝金枝，是近期一次性存款五万元。柳絮想，既然存折在，郝妈就不会远去，她拿着存折往外走，正准备把“喜讯”告诉哥儿俩时，眼前的一幕使她惊呆了，幻想顷刻化为泡影。她两眼直盯着放在门后小角柜上的几把钥匙，她知道，这东西日常都是郝妈随身携带的，今天怎么会放在这里呢？她顿觉事情不妙。时间不允许她多想，她觉得谜底已经揭开了，郝妈她离家出走回山东老家了。于是，她拿着钥匙和存折给正在清理石成卧室的石柱哥儿俩看，并诉说了自己的看法，建议立即设法寻找。而哥儿俩还是抱有幻想，认为她既不带钱也没带衣物就不会远走，执意等晚上再不回来明天就去找，并让柳絮把两样东西放回原处，再回来帮他哥俩继续清理遗物。当姚铭盛翻腾床头柜时，发现了个信封，打开一看，里面有封给石柱两口子的遗书，他不便过目，转手递给了石柱。石柱一目双行地看完了，又交给姚铭盛说：“大哥你看看，爸爸还是讲民主的，如果你同意的话，就这么定了吧。”

姚铭盛看了一遍又一遍，然后说道：“对于家产我是没有半点儿发言权的，但是我非常赞赏小弟和弟妹的高尚品格，大哥从心眼儿里佩服你们的孝道美德，你们不愧为老革命的后代，今后要多帮助大哥才是。”

“大哥说远了，”石柱不好意思地说，“人起码得讲点儿良心吧，小弟只是觉得不能亏待了郝妈，在这个家得让郝妈做个真正的户主才行，这事轮到谁的头上也会这么办！”

柳絮听他哥儿俩唠得神秘兮兮的，还没等她说什么，姚铭盛就把遗书交给了柳絮看个仔细。柳絮看着看着流下了眼泪，她对姚铭盛说：“这信我没见过，这里说的事柱子和我商量过，爸爸现在的决定应该说是二老的本意，当初之所以定得违心，那是怕我们俩会有什么想法，不得已而为之。其实我们对郝妈的感情要比二老还深，就说我这个外姓人吧，也都心服口服，佩服得五体投地。郝妈在石家伺候了小的，忙乎了老的，照顾了三代人，我们上小学的小娟，天天围着郝妈转，奶奶长奶奶短的，离家总是先和奶奶说再见，放学回来第一个要找的人还是奶奶，今天回来要是见不到，还不知要哭成什么样呢！大哥不知道，三十多年来，郝妈在这个家一分钱都没要过，我妈给她买的新衣服一放就是几年，平时就拣点儿旧衣服穿……”

柳絮哭泣着说不下去了，姚铭盛也跟着红着眼睛，他说道：“感人啊感人，难怪小弟和弟妹嫌爸妈小气了。你们看这样好不好，今天晚上郝妈要是不回来，我明天早晨一上班就去请个假，和小弟俩带着遗书和存折到山东老家去找郝妈，一旦找着，立即请她老人家回来。好了，咱们晚上电话联系。”

石柱两口子同意姚铭盛的打算。

郝妈一天一夜没回来，早晨姚铭盛提前来到办公室，焦急地等待着。当看到李静时，他心慌意乱地讲述了郝妈的出走，讲了石成遗嘱的情况。李静的心咯噔了一下子，事实印证了石柱求她劝郝妈安心留下来是肺腑之言，印证了石柱为房子的事和他爸怄过气也是真的，这事只是当时疑心没有把握也就没向郝妈回话，郝妈自然会想到，既然二老不在了，也就不好再待下去了，只能是一走了之。想到这儿，她很是后悔自己想得不细。她带着愧疚的心情同意姚铭盛的猜测，因为她听郝妈曾经说过要回山东清州老家的话，于是，两个人不敢怠慢，就一起去找赵倩请假。赵倩知道情况后，立即商定让王连生出车，一来下乡方便，二来还可以多争取些时间，然后再到党办给当地政府开个介绍信，同时向崔羽做汇报。事情决定后，李静让姚铭盛回家做好走的准备，十点以前去接他们，她和王连生到党办开介绍信。办完手续，两个人到崔办做了汇报，崔羽沉思了一会儿说：“郝妈的出走是可以理解的，老的都不在了，她怕以后的日子不好过啊。这样吧，既然他们有这份孝心，转告铭盛要想方设法把郝妈请回来，服务中心今后也要多做他们的工作，一定要保证郝妈的晚年生活。你们派车去很好，再给预支五百块钱路费，按出差报销，让他们随时保持联系，注意路上安全。”

离开了崔办，李静一再嘱咐王连生路上注意安全，生活上要照顾好姚铭盛。车还没停下，她就看到姚铭盛在楼前走来走去，急得直打转转，李静从车窗伸出手打着招呼。当姚铭盛上车后，李静一五一十地转达了崔羽的意见，他听了很受感动，当即表示，他和小弟俩要保证让郝妈过个幸福的晚年，对得起在天有灵的父母，对得起同志们的关怀。

在石成家的楼前，石柱在柳絮的陪伴下也是早早地等在那里，石柱上车后，李静和柳絮招手目送着远去的亲人，感慨着一奶同胞的寻母之情。

深秋的齐鲁大地呈现着金色的原野，清新的气息令人心旷神怡，遐想无限。而此时此刻的石家两兄弟，坐在车里一言不发，无心欣赏这灿烂的美景，他们不约而同地在想着心事：找到了郝妈就是找到了亲人，见到了郝妈就是见到了母亲！中午时分，在一个像样的镇子里，王连生提议吃了午饭再走，石柱急着赶路谎说不饿，姚铭盛也晃着脑袋说吃不下，但是他想到了开车人是要吃饭的，便让王连生去吃了饭再走。王连生拒绝了，他理解哥儿俩的急切心情，继续赶路。车到了清州镇已是灯火通明，石柱尽管十多年前跟郝妈来过一次，但镇容早已面目全非，他只记得镇北有座大庙，郝妈的弟弟家就在庙前。几个人顾不上找客栈，顾不上填饱肚子，直奔大庙而去。下车之后，石柱左看右找，终于认出了一家疑似的院落，三个人站在大院门外，石柱喊道：“郝妈在这儿住吗？”

从院里走出来个中年妇女，应声问道：“你们找谁啊？”

“老郝家是这儿吗？”姚铭盛急着问。

妇女说：“你说的是郝什么……啊，郝丰年，五六年前就搬走了，这房子是我们买下的。”

石柱问道：“搬哪儿去啦？”

“这可说不太准，听说是进城到他儿子家去了。”

“请问，镇派出所在哪儿？”姚铭盛问。

“不远，在大道边上，和镇政府紧挨着。”

几个人谢过后，来到派出所，经值班民警核查，郝丰年的户口没有注销。

这可麻烦了，说明这家人的去向不明。郝丰年儿子的名字叫郝友，在哪儿干什么也不清楚。民警建议到德州市公安局去查一查郝友，也许就能在那儿找到这家人。

为了安全起见，三个人商量不能再走了，找个小店住下。姚铭盛给李静挂了电话，报了平安，并告诉她明天去德州市继续查找。到了这时，三个人已是两顿没进食了，尤其是王连生开车太累，不吃饭怎么行呢！而外面的饭店早已落幌了，姚铭盛想起了孙丽给他带的面包香肠，拿出来递给王连生，让他将就吃几口，明天早晨再说。哥儿俩依然没有食欲，只喝了几口水，然后三个人就在一个大通铺上睡了过去。

再说郝妈，在告别遗体之后，一天一夜没好好合眼了，她想了许多许多。离开这个家吧，打心眼儿里舍不得一手拉扯大的柱子和小娟；不走吧，石家的二老都不在了，自己不明不白地再继续待在这儿也不是个事，人家就是不说什么，自己也得掂量掂量。再说求李静和柱子说清不要房子的事，十之八九没谈好，很可能是柱子不相信，否则李静能给个回话。她想来想去，还是觉得投奔弟弟好，总会有自己一碗饭吃。就这样，一早趁孩子们还没起床，她简单地收拾了一下，什么也没带，就坐公交车来到火车站，用腰里买菜的零花钱好歹凑够了去德州的车票。当她到站下了车也就蒙了，偌大的城市，到哪儿去找弟弟和小侄儿。在她犯难的时候，一位民警发现这位老人东瞅瞅西看看不知所措的样子，便礼貌地上前盘问，好在她带了小侄儿给她的书信，她把信从腰里掏出来递给民警，信封的落款是：德州市人民政府办公厅秘书处。民警问明情况后，领着她到值班室挂通了电话，小侄儿出车把她接回家，姐弟见面抱头大哭了一场。

郝妈来到弟弟家只待了一天就有点儿待不下去了，心里总是不踏实，吃不香睡不实，无精打采想心事。她精神上的恍惚不安，弟弟和弟妹看在眼里，急在心上，担心她会有个什么好好歹歹的，只得等儿子下班回来，郝丰年让儿子好好劝劝他大姑。这天晚饭后，大家坐在一起，郝丰年开了头：“大姐回来是对的，他们家老的都不在了，你不回来谁还能管你？”

“弟弟说得也是。”郝妈不确定地说：“我在想，他们能不找我吗？柱子从小到大，只要家里有什么好吃的，他想方设法也要给我留点儿；还有小娟，天天身前身后地围着我转，总是护着我，谁要说我个‘不’字都不行；还有新找到的柱子他大哥，哭着喊着要认我为亲妈……我待了三十多年的这个家，还是有情有义的，你们说，我是不是不该狠心离开这个家？”

侄子说：“大姑你就别想那么多了，那是过去，他们对您老再好也不是亲情，您想，要好能让您走吗？要我说您老就别惦记啦。在这个家，只要有小侄儿吃的，就饿不着你们三位老人，再说我妈也有个伴了。”

“你们说的我都信，我走的时候谁也没告诉，就是因为再好也不是亲骨肉，这才偷偷地离开了这个家的。啊，还有，他父母在的时候，要给我房子，又给了我五万块钱的存折，走的时候，我也没拿，人家的东西咱不好要啊。”

“难得大姑的好心肠，存折放在哪儿他们知道吗？”

“不知道，我怕告诉他们就走不成了。”

“要这么说他们备不住能来找你。”弟弟说。

“这个嘛有可能，找也不怕，反正我什么东西都没拿，存折放在我睡觉那屋的抽匣里。”

侄子想了片刻说：“大姑，您看这样好不好，明天我给他们单位挂个电话，告诉他们存折放在哪儿，免得捉迷藏了。”

郝妈听到这话心里亮堂了许多，一来让他们知道存折放在什么地方，二来让他们知道自己在哪儿也就放心了，所以她爽快地回应道：“好啊，好啊。还是俺侄儿想得周到，免得他们着急上火的，顺便让他们给柱子和小娟带个好。啊，这电话你最好挂到老干部服务中心去，找李静就行了。”

大家唠扯唠扯总算松了一口气，劝郝妈早早休息，准备明天一家人出去看看市容，逛逛公园。

在清州镇的三个人，除了王连生狠狠地睡了一宿，那哥儿俩打个盹之后再就“烙烧饼”啦，一会儿想，这个郝友到底在哪儿，一会儿想，找到郝妈要是不肯回来怎么办……翻过来覆过去地折腾了一夜，没等天亮哥儿俩就爬了起来，洗把脸到外面吃早点去了，每人喝碗稀粥，吃个肉馍，给王连生又带回一些，不到七点钟就出发赶路了。当赶到德州市公安局时人家还没上班，他们只好在道边焦急地等着。终于到了上班的时间，三个人在值班室递上介绍信，然后跟随一位女民警来到户籍档案室，由于没有区域、没有详情，仅有个名字，只能是“海查”了，这无异于大海捞针，结果查出了上百个“郝友”，由于年龄和情况不符，都一一排除了。在这万般无奈的时候，姚铭盛带着侥幸心理想问问家里有没有郝妈的消息，他借用电话打给了李静。姚铭盛从电话里只听说“有好消息”，误以为是问他有什么好消息，说道：“哪儿来的好消息，我们在德州市公安局，一点儿线索也没有查到。怎么，是不是郝妈回去啦？”

“不是，是方才，就是方才不过半个小时，郝妈的侄子来电话了。请姚老师记一下，他侄儿不叫郝友，大学毕业时改名叫郝运，是德州市政府办公厅的秘书，听说你们去了德州市，这才告诉我他们家的住址：北京街，宏伟路，66 栋楼，3-3-1 号，电话：9696968，郝妈就在他家。崔书记有话，要想方设法请郝妈回来，祝你们一路顺风，再见！”

姚铭盛又请女警官核对了一下郝运的身份住址，发现重名多个，其中就有一人与李静提供的身份住址和工作单位完全相符，经电话联系已确认。三个人问明了详细区域方位，谢过后迅即奔向了目的地。

车在市区左拐右拐地找到了北京街宏伟路，哥儿俩看到了一栋楼的墙头上涂着巨大的标号 66，便急着下车去找 3 号门洞。车在门前停下，三个人在三楼 1 号门前驻足，石柱按着门铃喊道：“这是郝秘书家吗？”

“你是谁？”郝运估计可能是石柱他们来了，但没想到能这么快，他从猫眼往外瞅，都是些陌生人，没敢开门。郝妈说可能是柱子他们来了吧，她立刻来到过道听个清楚。

“我是柱子，和大哥来找我妈的！”

郝妈听得准，让小侄快给开门。郝运打开门，哥儿俩二话没说，双膝跪在地上喊道：“妈妈，怎么也不告诉一声就走了，让我们找得好苦啊！妈妈，咱们快回家吧！”

郝妈上前拽也拽不起来，三个人哭成一团，郝丰年老两口儿和郝运小两口儿四个人一拥而上，这才把哥儿俩拉了起来，请到客厅就座。郝运说：“两位哥哥有所不知，是我大姑怕你们不放心让我给老干部服务中心的李静挂了电话，原打算挂完电话领我大姑出去逛一逛，恰好听说你们来了，方才又接到你们的电话，这就在家等你们的到来。”

郝妈说：“你们就是不来，我也得挂电话告诉你们，存折你们看到了没有？这事怨我走的时候没吱一声。”

石柱哭个不停地说：“妈，我和大哥就是为这事来向您老说个清楚。”

“对，”姚铭盛补充说，“可是这事不和您老说清楚，我们是没法告慰九泉之下的父母的。”

郝妈说：“这就好，存折放在我睡觉那屋的抽匣里，看到了没有？今天就算是我亲手交给你们了。”

“妈妈，”石柱双手把存折递给郝妈说，“您老误会了，这五万元要一分不少地还给您老才是。这是我父母在世时留给您养老的，别人谁也没有权力占用它。”

郝妈手捧存折哭个不停。

姚铭盛提示说：“柱子，你把咱爸的遗书让小弟念一念。”

石柱从兜里把遗书拿出来递给了郝运，他念道：

石柱吾儿、柳絮儿媳：

首先希望你们能够原谅爸妈处事太主观了。

你妈在的时候，我们商量过了，哪一天走了，就把那套小户型的房权过给郝妈（郝金枝），再给她存五万块钱，以保障她的晚年生活。我们这么定，是看在你们和郝妈深厚的情分上，可是，却低估了你们的人格，怎么也没想到你们还觉得我们做得远远不够，嫌我们太自私了，这是我始料不及的，自然也是令人高兴的大喜事。我打心眼儿里愿意接受你们的意见，决定立即改弦更张，就照你们的想法去办，把石家的财产全部托付给郝妈管理支配，让她做个石家有名有实的主人，成为石家非亲非故的亲情户主。我对你们能把郝妈视为生母并为她养老送终的意愿非常欣慰、非常高兴。

此遗嘱的一切手续，届时委托你们二人去办理。

遗嘱委托人　石成

郝家人听了遗嘱不知说什么好，只知道跟着郝妈哭个不停，这哭泣是一种百感交集的发泄，它使人伤感、揪心，也使人感动、遐想，更使人求索、进取。在哭泣声中，郝运自言自语地哽咽说：“二哥太高尚了，石家人太伟大了！”同时，遗书也抹掉了郝妈心头难以抹掉的疑问，知道了柱子当初为什么说他父母偏心眼子并怄气，原来他是认为对她不公平。郝妈很是后悔自己不该误会孩子而选择了逃避。

石柱越哭越伤心，吐露着肺腑之言：“妈妈，您是人世间最伟大的母亲，今生今世能做您的儿子，这是我们哥儿俩的福分，您老不能扔下我们不管。就照爸爸的遗嘱办吧，您老就是石家的一家之主！”

郝运实在是不忍心大家如此悲哀、哭泣不止，说道：“好了，好了，都别哭了，今天是个大喜的日子，看看怎么办好。”

郝妈不吱声，弟弟郝丰年急了：“大姐啊，这哥儿俩真是难得，弟弟不是撵你，你还是跟他们回去吧，有这样的养子，我们也就放心了。”

“是啊，”弟妹常梅香说，“我也是这么想的，大姐可别伤了他哥儿俩的心啊，以后你想什么时候来就什么时候来，我们也会去看你的。”

郝运感慨道：“这两位哥哥不愧为孝道的卫士、做人的榜样、时代的楷模，我赞成爸妈的意见，有这样两位哥哥关心大姑，我们不仅放心，更感到骄傲。我当着两位哥哥求件事，明天我请电视台的记者做个采访怎么样？”

石柱谢绝道：“小弟的美意不敢当，只要我妈同意，我们一会儿就赶路吧。小娟在家找奶奶不知哭成什么样了，大哥你看行吗？”

“柱子说得是，”姚铭盛说，“能早走就早走，记者的事以后再说吧。”

好一会儿没说话的郝妈，一提到小娟，心里陡然地怦怦跳，她忙说：“你们说得都在理，我现在就跟他们回去吧，咱们可得说好，我是什么也不要！”

郝运高兴地说：“要走也不能这么急啊，大姑这两天老是挂着你们，吃不好睡不好的，哪怕休息两天再走也好。”

一直没说话的王连生着急了："要我说别待了，哥儿俩这两天急得连吃饭的心思都没有，实在是饿了就啃几口面包，还是放我们走吧，免得大家都着急上火的。"

郝运看了一眼手表说："好吧，不勉强挽留了，现在快到十二点了，咱们马上到外面吃点儿便饭，算是既为大姑和哥哥们接风洗尘又饯行了。"

在回去的路上，姚铭盛感慨道："妈，您老不该扔下我们就走，这几天柱子哭得没完没了。"

郝妈看看坐在自己身边的柱子说："我是不舍得离开你们的，柱子是我眼巴巴瞅着长这么大的，还有小娟，可是我一想到你们的父母都不在了，凑巧又找到你了，我怎么好意思再在这儿待着给你们添麻烦呢！"

石柱在车上拽着郝妈的胳膊不撒手，很怕她老人家再跑了似的。姚铭盛又说："我妈不该这么想，您老的大恩大德我们这辈子是报答不完的，怎么能说是麻烦呢？柱子，回去让妈过过清闲日子，再雇个人，费用由我来出。"

"好，不用大哥拿钱。"

郝妈急了，说道："可不能雇人，你们不让我干点儿活，那怎么能待得下去呢，等我干不动了再说吧！"

"好，柱子，咱听妈的。"

车在平稳地行进中，王连生低声播放着《什么是幸福》的录音带，几个人在悠扬悦耳的歌声中，不知不觉地进入了梦乡。王连生小心翼翼地开着车，生怕惊醒了他们娘儿仨的酣梦。

第三十一章

早上八点三十分，服务中心召开全体会议。会前，赵倩和李静正在商量会议的程序，姚铭盛也顾不上好好休息就闯进了他们的办公室，见面的第一句话就是“我妈回来了”。两个人高兴地祝贺他终于有了家。姚铭盛在代弟弟谢过组织上的关心照顾之后，情绪激动地说自己是大喜又大悲，这一切来得那么突然，又走得这么匆忙。他意识到，如果说双亲在而子女没尽孝道是人生最不可饶恕的大逆不道，那么，“子欲养而亲不待”就是人生最无法弥补的千古遗憾！李静劝他不必过于伤心，要宽心节哀，毕竟是目睹了父母健在时的形象，领略了父母健在时的爱意，况且又有幸认下了再生母亲郝妈，这是最值得庆贺的大喜事。赵倩让他回家休息几天，把郝妈的事安排好了再上班，姚铭盛不肯回去，执意参加会议，怕错失了受教育的机会，便拖着疲惫的身子跟着他俩走进了会场。赵倩介绍说：“姚老师哥儿俩已经把郝妈请回家了，下午安排时间大家去看看。现在由李静同志给小结一下工作情况，便于大家讨论。”

在掌声中，李静首先肯定了各室的工作。例如，在疾病防范、生活关爱的活动中，温馨室亲情服务，功不可没；在健身康体、愉悦身心的工作中，文建室起早贪黑，以身示范。

“哎呀，”田锋谦虚地说，“温馨室的工作比我们困难多了，他们专管操心费力的事，我们是管欢天喜地的事。”

满堂大笑。这时列席会议的陆坦给他们下了个公正的评语，他说服务中心的人，都是劳苦功高的孺子牛啊！李静接着赞扬了参事室，表扬他们在发挥老同志的余热方面做出了很大的奉献，她代表中心领导对大家表示感谢。

“你讲得不够全面吧。”快言直语的张玉梅说：“怎么把咨询室的事都给‘贪污’了？”

田锋说：“这你就不明白了，咱们李主任专干那些人们看得见而摸不着的事，专研究那些化合酸甜苦辣的尖端技术，这些都是不得外传的绝密啊！”

李静提醒大家，肯定成绩是为了从中明确前进的方向，看到差距是为了借以找出前进的方法，这是个永无止境的过程。正是由于大家求索不辍、进取不止，所以，才换来了老同志的哪怕是一丝笑容、一声歌唱、一个健步、一瞬自强，这些也都会成为老年工作者记忆中的光环和奢侈的享受。她用了几个简单的数据来说明当前工作的艰巨性，例如：在学院的老干部中，空巢家庭占了半数以上，鳏寡孤独占了百分之二，行动不便的占了百分之一，常年多病的占百分之三左右。

“哎呀！”姚铭盛惊讶地说，“真是不比不知道，一比更明了，它说明了我们确实是需要不停地探索才行，用李静的话来说，这也正是我们赢得光环的机遇所在。”

李静分析了空巢家庭的复杂性：少数老人因无子女而独居，部分因子女不在身边而空巢，个别因老小不和而单过，有的因生活习惯不同而分住，等等。她说，对待空巢家庭，原则上每周要电话联系一次或登门拜访。

“这事最好是分工包干，让它制度化、常态化，免得落空。”田锋说。

李静充分肯定了这个意见之后，又强调了对多病的老同志要安排专人负责掌握病情变化，多做些雪中送炭的事，减少他们雪上加霜的苦恼。

“这事包在我身上吧！”薛梅当即表示。

李静在感谢薛梅的同时，认为对多病的老同志也可以和行动不便、无法自理的老同志一起考虑，试行居家养老的新模式，就是把人性化、个性化的亲情服务融入公寓化管理之中，实行自费公管，为逐步过渡到单位养老积累经验。

“这个办法好，也是个新课题……可不可以让我来蹚蹚这个路子？”姚铭盛诚恳地请求说。

赵倩插话说：“姚老师说得对，这是个崭新的课题，它的政策性也很强，你要是能做些探索那是再好不过了。”

姚铭盛听到“政策性很强”，情不自禁地全身紧缩了一下，这么严肃的课题，怎么好抢呢？这不是在和自己开玩笑吗？他的主动精神不免有些受阻，可又一想，君子一言，驷马难追，于是犹豫了片刻说道：“哎呀，对不起，既然政策性很强，我是自不量力了，不过，承诺了的事不该反悔，我还是破车揽重载吧！”

李静又讲了个别家庭老小不和的原因多多，但其核心是小的沾老、啃老而不助老，个别的甚至不顾老人的辛酸而拒付养老费，这是需要引起重视的。

“不付养老费？”薛梅说得干脆，“这还客气什么，告他去也就行了，让法律给老人做主嘛！”

持有不同看法的陆坦说：“依法维权肯定是有保障，可是许多老同志并不这么看，更不主张这么办，请各位不要介意。正如俗话所说的，有狠心的儿女没有狠心的爹娘，请试想一下，一纸状文告下子女的养老费，这双颤抖的老手怎么花得出去呢？这事要是摊在我的身上，宁可去当乞丐也不想用它来换取老命，因为这个刺心窝的钱，让亲情没有了、孝道不见了、良心缺失了，剩下的仅仅是一堆铜臭熏心的污秽。”

大家一时陷入了沉思之中，人们在想，总不该让酒肉果腹、衣冠楚楚的那些人的父母去当乞丐吧？姚铭盛打破了寂静说道：“细细一想，陆老讲得在理。感情这东西是纯洁的、高尚的，它容不得半点儿渣滓，爱情如此，友情如此，亲情更是如此，这是一种情分的尊严。所以，凡是碰到这种情况，要根据老同志的意愿，可以由单位出面与有关部门共同做好子女的教育工作，不要轻易付诸法律，免得老小之间直接交锋，激化了矛盾，伤害了亲情。”

方琼说：“这个办法好，既淡化了矛盾，又充满了温情，问题还照样得到了解决，值得提倡。”

胡亦立颇有感慨地说：“我也举双手赞成！这是个严肃的人性问题、孝道问题，也是个社会问题，总得有点儿激浊扬清的舆论才行。谁都知道，尊老爱幼本来是个亘古不变的伦理，就连动物世界里也是奉行不悖的，何况人类呢？可是现今，爱幼算是到家了，而尊老呢，某些人能做到老人疼爱他的一半就算好的了，何况有的人疼爱个宠物也远比爱老来得殷切。”

“说得好啊，”陆坦赞许地说，“这是因为青蛙往往会忘记自己是蝌蚪变来的。同样，这样的人也是不记得自己还有骨肉亲情的存在，自然更不愿意去预想他的子女在他们的‘熏陶’下，今后也会步其后尘，照样地如法炮制。”人们听了惊异不已，这可是忘情、忘意、忘本、忘宗啊！

议论到这儿，李静适时地转换了话题，提出了实施情侣工程的设想。提到这个事，张玉梅面有难色，她觉得红娘可不是好当的，前些时候她好心好意给刘姓老汉介绍个年龄相仿的女人，结果是一搭话就卡壳了。刘老汉说不该把两个“糠萝卜”放在一起，总得有个能“踢球”的才行，言外之意就是想找个年岁小一些的伴侣。

“我的妈呀，”方琼吃惊地说，“这可麻烦了，上哪儿去找那么多的小媳妇啊？”

陈素平说：“红娘虽然受欢迎，也确实是不好当。既然作为一项任务提出来，咱们就得多理解老人的心理，你想，既然有球，就得有‘踢球’的。这事说不难也不难，要我说可以搞个城乡联姻，对双方都是个善举。”

“这倒是个渠道，”王洁说，“不过从我知道的情况看，有的男性孤老思想也矛盾，既想找个年轻点儿的女性，又怕养活了别人丧失了财产，我们在工作中应该帮他们把好这个关，避免出现后患。”

姚铭盛听大家议论情侣工程，突然眼前一亮，他毫不避讳地说：“老张啊，我有点儿不客气了，你能不能费点儿心给我妈找个伴，方才说的刘老怎么样？”

大家议论开了，你一言，我一语，人们赞不绝口，都说姚铭盛刚认亲就这么孝顺。提到孝顺，其实姚铭盛自己心里有数，他觉得在这方面和弟弟是没法相比的，偌大的家产都能拱手交给郝妈，这才值得人们刮目相看。但在此时此刻他不便多说什么，只顾释疑地说：“孝不孝另当别论，请大家不要误会了就好，我和小弟想给我妈找个伴不是要撵她走，而是怕她再走了才这么做的。我们想，要是能找个倒插门的就更好了，条件是人品好、对我妈好就行。她老人家辛苦了一辈子，也该享享晚年的清福了！”

“好好好，”张玉梅满口答应，“这事包在我的身上，你就等着听我的准信吧。”

李静要汇报的主题已经讲完了，看大家议论得很热烈，也很投入，她告诉赵倩就不想再说什么了。赵倩便引导大家再谈谈工作体会和感受。薛梅开了第一炮：“我到服务中心快一年了，工作虽然没干多少，体会倒是有一点儿，最主要的一条就是，我们的一言一行必须从‘老’字出发，要像李静同志那样，遇事要换位思考，这样才能做到对问题早发现、早解决，一切都化解在萌芽之中。”

大家热烈鼓掌，姚铭盛深有感触地说：“看来薛梅的工作是进入了角色，深入了脑海，她不是用手而是用心去谋事的，这是亲情服务的最好体现，值得我好好学习！”

方琼说：“我和薛梅相比，体会也就太浅薄了，只是每做完一件事，老同志高兴我就跟着高兴，打心里觉得美滋滋的，这可能是一种成就感吧！”

陆坦插话：“你这是‘送人玫瑰，手有余香’啊！”

李静怕冷场，忙说道：“在为老同志的服务中，要力所能及地投其所好，已所不欲的事绝不要强加于老同志。在工作中要处处体现出一盘棋的思想，要做到：讲团结不计恩怨，讲协力不计多少，讲方法不计高下，讲奉献不计大小，这是我的一点儿粗浅体会。”

这时陆坦插话说：“今天的会议实在是受教育、受启发、受感动，大家为老同志谋划服务，费尽心机，令我过意不去，我代表老同志谢谢你们啦！几位的发言我注意了，大家为了老同志是倾尽全力的。我也注意了李静同志强调的‘四讲’，如果我没理解错的话，它的核心应该是讲团结，离开了这一条，其他几条可以说也就不复存在了。而讲团结是有学问的，就是说，懂团结是个大智慧，会团结是个真本事，能团结是个高境界。好了，顺便我再提个建议，挂职的同志快到一年了，最好采取交叉过渡的办法交接班，提前一两个月，以保证工作的连续性。我的意见供你们参考。”

大家听到这个建议非常高兴，尤其是挂职的同志，更是急着把工作中的感受早早地传授给接班人。不过方琼和薛梅当场提出不想离开服务中心，请求按照固定岗位留下来，这不仅受到了田锋等“固定岗”的热烈欢迎，也引起了其他挂职人员对去留问题的思考。赵倩了解大家再没有新的意见后，讲了几句收尾的话，他对同志们的探索热情倍加赞赏，对他们的主动请缨表示感谢，认为大家的工作感受深刻，希望大家继续发扬求索不止的精神，百尺竿头，更进一步，并要求各室根据李静讲的要点认真准备实施方案。他代表中心感谢陆坦到会指导工作，建议也提得及时而有针对性，会后要将陆坦的建议和留岗的意见一并报到党委审定。

会议结束后，李静喊了一声：下午四点钟去看郝妈，在楼前集合。

离开会议室，李静随后就来到姚铭盛的办公室，她开门见山地问起给郝妈找老伴的事，为了让郝妈有个选择的余地，她把早就观察考虑的隋人言提供给姚铭盛。其实这个人大家是比较熟悉的，学究气十足，课讲得生动有趣，是个风趣的大老实人，李静在读时常把他的数学选修课当成主课听了。他上课的第一句话，常说自己是东胡人，所以讲的都是“胡言”，但并非乱语；有时还自嘲地说，一次买东西，回家发现少找钱了，特意返回去索要，最后一算，车费比找回来的钱还多，连声说“赔啦，赔啦”！姚铭盛听得出神，转了转脑袋，突然拍着大腿说想起来了，他有个美称叫“隋民主”，于是便立即告诉李静，等他向张玉梅说一声，把人选换成隋人言。不过，话虽然这么说了，他心里是直打鼓的，要是郝妈拒绝找老伴那可怎么办啊？李静安慰他不要犯难，把这事交给她去想办法好了。

全体会议的当天下午，李静归纳了空巢、多病和单身老人三个问题，和赵倩一起向崔羽做了汇报，同时也汇报了在热议中陆坦和姚铭盛起到的引导和深化作用。崔羽赞扬他们不仅问题抓得准，有前瞻意识，而且措施也得当有力，又便于操作，尤其是自费公管的家庭养老设想，破解了崔羽思考了许久而不得其解的难题。一向崇尚实事求是、推功揽过的赵倩赶忙解释说，问题的提出及答案的形成，都是出自李静之手。这引起了崔羽的注意，他认为许多成功者的共同法宝，都离不开“实践出真知”这一条，李静的敏锐也是源于此的，难怪老同志对服务中心的工作反响那么强烈，原来这里有伯乐、有勇士、有智者、有熔炉，何愁不出彩呢！他当即拍板，可把面向农村招聘无依无靠的五十岁左右的女性临时工和情侣工程结合起来，在试行中总结经验，成熟了再报党委审定，错了由他负责。当问到郝妈时，李静介绍了石柱舍财认母的感人事迹，讲了郝妈因石柱怕累着她、不让她干活而情绪不稳，逼着哥儿俩给找活干的情况，讲了姚铭盛和石柱怕郝妈再走了，正张罗给找个老伴拽住她。崔羽听了这些十分高兴，说服务中心不仅是敬老的先进单位，更是锤炼丹心、造就人才的大熔炉。

李静想趁热打铁。过了两天，她和姚铭盛打了招呼，想当哥儿俩的面向郝妈透露“找活干”的意思，也希望哥儿俩不要在郝妈面前提找老伴的事。就这样，早晨上班之前，姚铭盛来到石柱家，让石柱稍晚一会儿上班，说是李静有事要来。脚前脚后的工夫，李静到了，郝妈看见李静来了乐得都闭不上嘴了，拉着她的手在客厅坐下。李静看到郝妈高兴的样子也就放心了许多，问道：“郝妈这两天休息得怎么样？”

“歇倒是歇好了，可家里的什么活都不让我干，时间长了都能待出病来。丫头啊，你不好在外面给我找点儿活干吗？”

“郝妈，你想干点儿啥活啊？”

“看你说的，”郝妈像看到了希望，忙解释说，“我能干啥，这一辈子就是带个孩子做个饭呗。”

李静故意思量了片刻说：“啊，倒是有这么一家，就是买菜做饭，活也轻快，郝妈，你看这能行吗？”

郝妈犹如打了强心剂，精神振奋地说：“这活好啊，丫头，你和人家说清楚，咱可不要钱，能带出个嘴就行了。”

石柱在一边越听越觉得这话不对劲，郝妈回来刚稳当了几天心又活了。他板着面孔说道：“这不好吧，我不希望我妈再挨累了，家里的活都说好了不让伸手，这一整可倒好……谢谢你的好意，免了吧！”

“石柱哥说得是，不过，郝妈操劳一辈子了，冷不丁啥也不让干是怪难受的，如果有点儿不累的事忙乎忙乎还能散散心，恐怕要比现在这样好多了。”

姚铭盛越听越明白，越听越觉得李静真是个有爱心、有智慧的好后生，再看看弟弟还在赌气的样子，他只好在中间和着稀泥："李静这是一片好心为我妈着想啊，我们心领了。可是我和小弟一样，都想让我妈后半辈子能享点儿清福，希望你能理解才是。"

郝妈不肯错过这个好机会，劝说着哥儿俩："孩子，如果你们真把我当成亲妈的话，就让我出去干点儿活吧，说不定我还能多活几年，这可要比享清福好多了。"

李静觉得只要郝妈不退让，这事也就有门了，她继续强化着郝妈的想法："对不起两位哥哥，你们的心情我非常理解，是想让郝妈的晚年过得清闲幸福，可是，也要理解郝妈的心情，这两者的结果是完全一样的，最终都是让她老人家过得舒心美满。郝妈，这样吧，请两位哥哥想好了再定吧。"

说到这个分儿上，石柱也不好再僵持下去，答应和郝妈商量商量再说。李静顿时觉得这事至少成了一半，高兴地和郝妈说该回去了，改日再来看她，哥儿俩便随她一起下楼去上班。到了楼门口，姚铭盛赶紧解围地说："李静啊，要是我没说错的话，你是来为我妈找老伴的吧！"

石柱委屈而不解地说："不对啊，你不是说找活干吗？"

李静说："对不起，请两位哥哥原谅，来之前我在想，既然你们哥儿俩都想给郝妈找个老伴，我何不利用郝妈要找活干而必定会受到你们阻拦的心理，咱们四个人同台演场戏呢？事先之所以没明说，就是想把戏演得真切一点儿，今天你们出色地完成了任务。再说，当你们的面直说了，要是郝妈不答应以后可就难办了。"

"啊，是这样，你说的是哪一家？"石柱关切地问。

"姚老师说你们对隋老有好感，目标就是他，怎么样？"

"好，这事就怕我妈不答应，请你多费心吧。"石柱说。

"咱们可得说好，"李静说，"第一步是当保姆，干活管饭不留住，至于第二步、第三步……看发展去定吧。眼前我们一定要配合好，当郝妈的面就说是给她找活干。"

哥儿俩满口答应，石柱更是说，一切要听从李静指挥！

晚饭后，李静回到宿舍，她躺在床上陷入了思索之中。她想，郝妈的事宜早不宜晚，应尽快促成才好，免得夜长梦多。眼下郝妈那里的第一道坎算是过来了，而隋老那头只是电话里说想找个伴，什么条件也没细问，只是说能买菜做饭、洗洗涮涮就行了，也许这是嘴边的搪塞话，郝妈的条件能不能适合他的要求也不知道。想到这儿，她决意明天就和姚铭盛一起到隋老家探个底细再说。她起身坐到写字台前翻看着台面上放的杂志，刚看了几页，电话铃声响了，原来是何山夫有喜讯相告。何山夫说公司董事会会议刚散会，由于他为公司做出的突出贡献，董事长提议奖励他百平米居室一套、绿色能源轿车一辆，这一提议获全票通过，他希望她能立即请几天事假，抓紧选房装修、置办家具、准备婚事，可以说这是他们生活中的顶级大事。李静要何山夫代她向董事长致谢，接着话锋一转，以请求的口吻让何山夫给她点儿时间，因为现在正忙乎老同志的情侣工程。何山夫觉得有点儿蹊跷，是没听准还是李静在开玩笑，一个老干部服务部门搞什么情侣工程？经过一番解释才闹明白，是给老同志找老伴的事，也就满口答应一定会给她这个时间，总不该“饱汉子不知饿汉子饥”啊！李静高兴地告诉他，春节前一定圆他的美梦就是了！

放下电话李静觉得有些疲乏，洗漱之后躺在床上又翻了几页书，不知不觉进入了梦乡：她看到郝妈被人家用大花轿给抬走了，又是放鞭，又是放炮，一路走啊，走啊，在一家门前停下，郝妈一下轿，就被一个蓬头垢面的大汉给抱走了。李静想伸手去拽，两手就是伸不出去，急得她“啊”的一声惊醒了，原来是一场噩梦，一只胳膊压在脑袋底下都麻木了。就这样，她后半夜怎么也睡不实了，急着亮天要去隋老家。

早晨一上班，李静就把去看隋人言的想法和姚铭盛说了，而姚铭盛的急切心情并不亚于她，也很想到隋家去看个究竟，如果能行就早早把事给促成了。可他一转念，又有些犹豫，现在这事八字还没有一撇，一旦碰壁怕下不来台。实际上李静已经留了后路，要是婚配不成就当几天保姆再说。在李静的鼓励下，姚铭盛觉得去看看也无妨，说不定亲自去一趟还能引起他的重视。

李静向赵倩打过招呼，两个人在路上买了水果、罐头。到了隋家，李静忙说：“隋老，姚老师让我陪他看您来了！”

“欢迎，欢迎。不怕你们笑话，这个家让我料理得不成样子，请二位里边坐！”

“您老一个人过日子不容易，”李静扫视了一下室内，觉得是有些零乱，便解围地说，“家里家外，吃米烧柴，您老都得管，是比较困难，能料理成这个样就不错了！”

“困难倒是困难，你们想，全能运动员还有弱项，何况我呢！我只能是以填饱肚子为基本要求了。”

姚铭盛关切地问道：“子女们能经常回来看看您老吗？”

“啊，他们在外地的职场里打拼得很吃力，我不让他们回来，可他们老催我到他们那里走走看看，我说哪儿也不去了，根据地怎么能随便抛弃呢，一定要坚持站好这最后一班岗！”

“隋老风趣，”姚铭盛赞许地说，“您老是一位活泼开朗的老人，一向不为闲杂所累，是我们后生效法的标杆、崇敬的楷模！”

“不敢当，不敢当，这样倒是自由了，可过度自由也就成了离群之鸟，反而会迷路的。”

李静觉得气氛挺好，顺口问道：“隋老，前几天电话里说的事考虑得怎么样了？”

隋人言从李静那里知道事情之后很重视，认认真真地思考了几天，找个伴吧，牵挂着前窝惦记着后窝；雇个工吧，不知根不知底，这颗心老是悬在半空，决心真是难下。既然李静他们找上门来了，总得给人家个说法才行啊，于是他说道：“你们的好意我掂量过了，要是找个老伴，这待遇对我来说是不是太奢望了，雇个工吧，不知根底后患多多啊，怎么办呢？我想有劳二位了，请你们帮我拿个主意怎么样？”

李静诚恳地说：“只要您老信得过，我们肯定会为您负责到底的。这样吧，可以先给您老选个服务工试用，如果你们双方都满意，随时都可以升格，不过可得策略点儿啊。”

“这么说你们已经有谱了？请说说看怎么样？”

“不瞒您老，咱们长话短说吧。眼下有个身体硬朗的孤女，是个刚过花甲的人，姚老师也在这儿，就是石老家的郝妈。哥儿俩为了让她过个幸福的晚年，有心给她找个伴，又怕说是撵她走，让她闲待着享享清福也不干，总嚷着给她找点儿活干。我当姚老师哥儿俩的面答应这事包在我的身上，把她乐得都闭不上嘴了，说什么管饭就行，不要工钱。您老看看，她的条件能不能满足您老的要求？"

隋人言说："这么说我明白了，最近听说石成和李秀敏是铭盛的生身父母，我表示祝贺！也知道郝妈在你们家是位有功之臣，可以说她是你哥儿俩父母的化身啊。不过我想知道，在这种情况下，你们舍得让她出来干活吗？"

"李静方才说了，不让她干活吧，生怕她老人家待不住再离家出走了，要直说给她找个老伴吧，又怕她疑心这是拐着弯子撵她走。在左右为难的时候，李静给出了这么个主意，就是以找活干为名，曲线成全她老人家的婚配，于是就求到您老的名下了，至于成与不成都要感谢您老的照顾，至少还可以为您老当几天保姆，拜托了！"

"这真是一片难得的孝心啊。既然这么相信我，就别客气了，请郝妈早早来吧，我想我不会让你们失望的。"

李静高兴地说："谢谢您老的关照，不过请您老放心好了，我们不会给您老去找包袱背的。谁都知道，郝妈是一位闲不住、能吃苦的人，干点儿啥都利手利脚的！"

"啊，我怎么能不相信你们呢？再说你们对她又这么孝顺，我是不会忍心累着她的，你们知道，一天也就是我们两个人的两顿饭，顶了天再洗上几件衣物什么的。"

姚铭盛感动地说："也许这是我的奢望，如果您老能成为我们哥儿俩的尊亲，这将是我们最大的荣幸，我们企盼着这一佳音早早地到来！"

"不敢当，不敢当，这个权力在郝妈手里，我是高攀了，只能听天由命，谢谢你们的美意！"

临走时，李静告诉隋人言，明天就陪郝妈来"相亲"。

时光荏苒，郝妈来隋家"上班"一周了，虽然是少言寡语只干活，也足以给隋人言留下勤谨利落的好印象。问题是郝妈上班不闲着，下班就走了，吃饭都是分开的，二老连个唠嗑的机会都没有，再这样下去，好事恐怕得泡汤。隋人言想来想去，计上心来，这就是主动出击，智取为上。这天晚饭之后，他喊来郝妈坐在沙发上亲切地问道：“我说老姊妹啊，你这么干活能行吗？”

郝妈在隋家仅仅才一周的时间，觉得活轻重是小事，这个隋姓人家倒是怪好的，没有一点儿架子，说话也随和，更听不到“之乎者也”那些东西，吃的用的不挑不拣，怎么看也不像个大教授的样子，认为在这样的家里干活是挺顺心的，如果没有什么意外，还是可以干下去的，她默默地感谢李静为她找了个好人家。可是突然间这个人怎么问起自己“这么干行不行”呢？郝妈心里怦怦跳得厉害，莫非是干错了什么惹得人家不满意？这得问问主人，哪些地方错了快点儿改，只要不辞退怎么都行。她两眼瞅着地上，便提心吊胆地问道：“隋老师，我哪些地方干错了你只管说我好了，我能改啊！”

隋人言赶紧回话：“不是，不是，郝妈你误会了，我看你总不闲着，是怕你累着啊！”

郝妈提到嗓子眼儿的心这才放了下去，她想，一个大教授还能这样体贴她这个粗人，更坚定了她要干下去的信心。她用手摸摸脸上，顿觉有些发烧，说道：“哎呀，可别这么说，我一辈子就是这么过来的，一待下就觉得浑身上下难受死了。”

隋人言看她羞羞答答还是不肯说话，便改了称呼说：“大妹子，这个家就咱们两个人，你闲着怕难受，怎么就不怕我闲着难受呢？可别不管我啊！”

郝妈不好意思地说：“这可不一样，你是主人，我是佣人，哪能这么比呢？”

“咱俩是平等的，有什么不一样？啊，要说不一样，就是你的岁数比我小，我的岁数比你大，除此以外还有什么不一样的呢……啊，你是女的，我是男的，我管你叫妹子，你管我叫大哥，所以说，家里的活你还得给我留点儿，比如擦地，比如收拾桌子，等等，这些小活给我留点儿怎么样？”

郝妈从来也没听说有人叫她一声妹子，冷不丁听了说不清是个啥滋味，只觉得一股暖流涌向全身，也随着改称道：“哎呀大哥，你们都是用脑子的人，我天生就是干粗活的，可不能那么办！”

隋人言戏言道：“你硬要这么干，我哪有那么多的钱给你开工资啊！”

“我和李静都说好了，我不要钱，每天管我两顿饭就行了，这丫头怎么没告诉你呢？”

“告诉了，告诉了，你的心意我领了，可这是你应得的报酬啊，我隋人言怎么好意思那么办呢？我也知道你是个不爱财的人，心地善良，朴实厚道，我得好好向你学习才是！”

“大哥，”郝妈大着胆子斜瞅了隋人言一眼说，“这可说反了，跟俺学不了什么，可俺知道你们都是些能人，是些好人！”

隋人言觉得越唠越亲近，越唠越热乎，这是个好机会，不妨再施一小计探探虚实，说道：“大妹子，你整个热毛巾给我敷敷脑袋，怎么觉得有点儿发烧似的。”

郝妈听说发烧有点儿紧张，这可怎么办？她边用热水烫着毛巾边说道：“是不是给李静挂个电话，让她马上来一趟？”

隋人言用手捂着脑袋躺在沙发上说：“也好。”

郝妈把热毛巾放在隋人言的脑门上，问道：“凉热怎么样？要是嫌凉再烫一下？”

“不用，这温度正好，我说妹子，你给李静挂个电话吧，请她来一趟。”

李静接到电话不敢怠慢，坐着王连生的车很快就来到隋家，进了门就问隋老怎么样了。隋人言趁郝妈泡茶的工夫告诉李静：“我是假装感冒，你想想办法晚上把她留下来看护我，懂吗？”

郝妈端着茶杯递给李静说：“丫头啊，这可怎么办，用不用上医院看看去？”

隋人言急忙插话：“热敷效果挺好，现在看还不要紧，一阵一阵的，等晚上再说吧。李静啊，你看行不？”

李静心领神会地说：“也是，头疼脑热也许是感冒了。要不这样吧，郝妈晚上要回去的话，我在这儿看护隋老吧。”

对隋人言已有好感的郝妈怎么好意思麻烦别人来看护呢？她不假思索地说道：“哎呀，可不能这么办，护理隋老师这是我的事啊。你回去时，顺便告诉他哥儿俩一声，晚上我就不能回去了，有什么急事我再给你挂电话。”

李静离开了隋家后，郝妈扶着隋人言到卧室，帮他脱掉外衣躺在床上，刚想出去，隋人言轻声对郝妈说：“妹子，你别走好吗？坐在床边陪我唠唠嗑吧，真不好意思，我这突然间给你添麻烦了。”

郝妈有些迟疑地坐在床边，挺不自然地说：“大哥可别这么说，人吃五谷杂粮，哪能没有个头疼脑热的，不能说麻烦。”话音一落，她伸手去摸隋人言的脑门，然后说：“还真挺热的，可能是感冒了。”

隋人言心里明镜似的，这是毛巾烫热的，便顺势握着郝妈的手说：“是嘛，你别担心，现在可松快多了，实在不行家里还有备用药。”

郝妈平生第一次让个大男人握着自己的手，只觉得心里发热，两耳发烧，很是不好意思。她急着想从他的手里挣脱出来，于是便找个借口说：“大哥，我去给你熬点儿酸辣汤喝吧，多发点儿汗好得快啊。”

隋人言已经察觉到郝妈的言词和举动不过是心动的外露、羞涩的搪塞，而不是什么反感的开脱、鲁莽的拒绝。想到这儿，他把郝妈的手攥得更紧了，并进一步地试探着：“妹子，不用了，你别离开我好吗？人就在这个时候需要有个伴，陪我多坐一会儿吧！”

忐忑不安的郝妈壮着胆子说：“大哥说得对啊，是该有个伴啊，没让李静他们帮你找一个吗？”

“妹子，大哥说句心里话你别不愿意听，有你在这儿我就烧高香了，你看不出来吗？”

郝妈两眼看着隋人言，半信半疑地说：“大哥就会说笑话，我一个下人算什么啊！”

这时隋人言说要在床上坐一会儿，他借助郝妈的帮助坐了起来，在起来的瞬间，猛然把郝妈侧抱在怀里说：“如果妹子愿意的话，你就是我心目中最好的伴！”

对于这突如其来的亲昵拥抱，郝妈没有丝毫的挣脱，没有只字的言表，只有两行百感交集的热泪在流淌着……

郝妈护理“病号”已是两天两夜没回家了，姚铭盛和石柱放心不下，就约李静一起去隋家看看两位老人。李静尽管知道隋人言的“病情”如何，但不知道郝妈的“恋情”到了哪一步，也很想去探个虚实，几个人一拍即合。

李静怕过早地暴露真相，便暗中给隋家挂了电话，让隋老有所准备，要“病”出个样来。也巧，几个人刚要动身，被薛梅看到了，非要跟着去不可，就这样，四个人带着不同的心情来到了隋家。大家在客厅互相寒暄了一阵子，看到隋人言还有些“无精打采的样子”，薛梅提议陪他到医院看看去，隋人言谢绝了，他告诉大家就是个小感冒，这两天在郝妈的照顾下恢复得挺好，大家也就放心了。

郝妈怕大家有什么疑心，赶忙告诉儿子一两天就能回去，哥儿俩亲眼看到两位老人处得挺好，特别开心，力劝郝妈不要急着回家，回去也没有啥事，照顾隋老多恢复几天再说。李静听隋人言说有进展，便让哥儿俩和隋老闲聊一会儿，她和薛梅把郝妈领到卧室去摸摸底细。李静劈头就用激将法问郝妈，要是隋家的活太累，再给换一家。郝妈毫不掩饰地说隋人言没有架子，能体谅人，吃用不挑不拣，对她也挺好，干得可顺心啦，这都是借石家的光了。李静突然话头一转问道：“您老要是不生气，我告诉您个事，前几天隋老当姚老师的面夸你人好、干活好，准备帮你找个老伴，你听说过没有？”

“铭盛答应了吗？”郝妈信以为真地急切追问。

“哥儿俩都非常赞成这个事，就是怕您疑心说是撵您走，左右为难，不敢答应。不知您老是怎么想的？”

“两个孩子孝顺哪，知道疼我这个老婆子。你们想想，哥儿俩跑到山东把我找回来，都是为我好，就是再没有良心的人，也不能把这片好心说成是撵我走啊！”

薛梅赞扬说：“郝妈真是通情达理！”

郝妈说：“哎呀，人到什么时候也得讲良心。”接着又试探性地反问道：“丫头啊，隋老师没说上哪儿给我找个伴啊？”

“我估计隋老他没说，”李静对答如流地说，“您老想想看，他要说了姚老师能不告诉我吗？”

“我想问你个事，铭盛和隋老师熟悉吗？”

“没有我熟，可他对隋老的印象非常好，他觉得隋老是个心地善良的大好人，和谁都能处得来。”

“你说得对，他一点儿文化人的架子都没有，挺随和的。”

薛梅鼓励郝妈说：“您不好问问他上哪儿给您找老伴吗？”

“哎呀丫头，我怎么好问人家这种事呢？”

李静胸有成竹地说：“您老就是不问他，早晚他也会问您的，要我说嘛，隋老就是最合适的人了。您老要是愿意的话，我就能说上话，他哥儿俩保证也能满意！”

说话间，哥儿俩过来问李静唠得怎么样了，郝妈趁机做了解释，说明哥儿俩给找老伴是好心好意，自己再糊涂也不能说是撵她走，只是觉得这么大的年岁了，没人要个大老婆子，劝大伙就别操这个心了。哥儿俩听了这话心里像点起了一盏灯，顿觉亮堂起来了，姚铭盛说：“妈，您老不提这个事，俺当小的还真不好开这个口。柱子和我商量过了，就是不甘心让您老单身一辈子，可是到现在这把年岁还给人家当佣人，俺哥儿俩的脸往哪儿搁啊？我们求求您老，就把这事答应下来吧，让李静和薛梅求隋老费点儿心，帮您老找个称心的伴，最好是到咱们家来，也了结了我们哥儿俩这块心病。”

石柱拽着郝妈的胳膊直晃悠：“我的好妈，快答应了吧！”

顷刻间，郝妈激动得泪流满面，在几个人的安慰下，终于说出了一句令人高兴的话：“孩子，让我想想再说吧。”

送走了李静这伙人，隋人言和郝妈在客厅刚坐下，郝妈急着问道：“大哥，你是不是有事瞒着我？李静说你告诉铭盛要给我找个伴，有这个事吗？”

隋人言一听，乐了，闹了半天这李静比他还会演戏，也太妙了，于是就顺竿往上爬，爽快地回应道：“有这事，有这事，我不已经和你说了吗，这个人就是我，可是我当铭盛能这么说吗？但是他们也没法向你说，怕说了你怀疑是他们要撵你走，你说这当儿子的难不难？再说让你这把年岁的人给我当保姆，他们能不觉得丢脸吗？我说妹子啊，你就别难为孩子们了，想好了我当着他们说，你看怎么样？”

郝妈左思右想，觉得隋人言说得在理，已经走到了这一步，不如早早把事定下来了了这份心思，不能总是这样难为孩子。可是又一想，这事也真的不好定，人家一个大教授怎么能要你这个粗人呢，就是说要，那也是看在石家的面子上勉强促成的，这可不行啊，终身大事可不好让人家犯难，不如当面说说清楚，打了退堂鼓也就算了。于是，她说道："大哥，我真的配不上你，你说要娶我，我知道这是你好心好意地照顾我。就凭大哥的条件，应该找个有文化的老伴，如果要帮我，就把我许配给别人吧！"

隋人言听了郝妈的这番话很感动，伸手把郝妈拉在自己的身边搂着说："我的好妹子，就从你说的话、做的事来看，你的知识比我多，你的文化比我高，你的人品比我好，我是打心眼儿里服啊。大家都没看错你，我更不该错看你，你就是我心目中真正的有文化的老伴！再说，我是没有半点儿权力把你许配给谁家，要说有，我只能是有义务保护你别让什么人给抢走了，请妹子相信我好吗？"

郝妈默默不语，但是她不能不想到，这几天，仅仅是这几天，已是她一生之中最值得记忆的一页，她的一颗早已沉睡的春心突然间被激活了，在秋风里飘荡，飘啊飘啊，飘荡在蔚蓝蔚蓝的天空里，飘荡在忽悠忽悠的遐想中……

对于这桩婚事，隋人言主张应尽早当姚铭盛哥儿俩的面正式定下来才好，就这样，在郝妈的认可下，隋人言约李静陪同他哥儿俩来见见面，以定乾坤。

姚铭盛和石柱立刻跟随李静来到隋家，几个人寒暄了一阵子，隋人言急着转入正题，他说："我给郝妈介绍个老伴她不同意，你们劝劝她吧！"

"哪有这个事？"郝妈纳闷地否定说。

"有，有这个事，没有你们的话，她是不肯答应的。"

姚铭盛有些着急，问道："妈，是不是条件不合适啊？""妈，您老不满意咱可不答应。"石柱也跟了一句。

郝妈还是莫名其妙地否定说："不是啊，不是啊，我一个文盲穷老婆子怎么会要求人家什么条件啊！"

"隋老，"李静问道，"您想给郝妈介绍个什么样的人？"

"啊，怎么说呢？大概情况和我差不多，你们看行吗？"

姚铭盛肯定地说："妈，要是这样的条件咱就定了吧！"

"隋老，这样好不好，"李静明确地表示说，"既然条件和您老差不多，您老也就别往外推了，请您老照顾一下我们吧，今天算是小辈求您了，郝妈怎么样？”

李静这么一说，郝妈的心才落地了。虽然不吱声，隋人言的心里有数，他说道：“话不能这么说，要说求，也是我求之不得的，只要郝妈同意，你们也都没有意见，我是不会往外推的，不知我说明白了没有？”

姚铭盛焦急地说：“说清楚了，妈，快同意了吧！”

“妈，我也赞成！”石柱爽快地说。

李静搂着郝妈撒着娇：“郝妈，您老不怕别人把隋老给抢走了吗？快答应了吧！”

郝妈低着头，两手搓着衣襟，只微笑不肯说话。

李静一锤定音：“郝妈微笑就是表示同意了，从今天起，就把郝妈交给隋老了，请您老多关照！”

姚铭盛和石柱商量说：“咱们回去准备准备，选个好日子登个记，让二老早早把事给办了！”

郝妈终于说话了：“哎呀，这事我可得和你哥儿俩说好，要操办我就不干了！”

李静说：“郝妈说得对，不能操办，可是家里的人总得坐到一起吃顿饭吧，再说，郝妈还不让我喝口酒、吃块糖啊！”

“你这丫头，真拿你没办法。”郝妈说。

隋人言说：“好吧，等事后再告诉我的子女们，现在我代表他们谢谢你们了！这桩事，我做梦也没想到，临秋末晚了还能和天上下凡的仙女成双结对，三生有幸啊！”

第三十二章

最近这阵子，温馨室在服务中心的统一安排下，紧锣密鼓地走访摸查老人中病患和单身的具体情况。薛梅受到了李静为隋人言和郝妈成婚的启发，急忙来到了单身的单永和教授家走访谈心。他老伴走了两年，膝下一双儿女都在国外成家立业了，平时总是牵挂着老爸，要他出国小住他不去，劝他再续也不肯，可是最近从晚报上看到的一则征婚启事却让他动了心。这则启事说的是乡下一位不到四十岁的妇女，丈夫五年前因车祸成了植物人，多年来她和疾病缠身的公婆住在一起。老人曾多次逼她改嫁，她就是不肯，日子过得越来越窘迫，在这万般无奈的时候不得不同意再婚。但是，要她再嫁得有个条件，必须准许她带着丈夫，其他不限。这样的条件无疑就是一堵墙，可是，她在单永和的眼里却成了令他动心的人，他从中看到了这位年轻妇女的伟大心灵，看到了她的高尚品德。当薛梅来访时，没说上几句话，他就把晚报上的启事指给她看。薛梅看完了又同情又感动，赞不绝口，但是她不解地问道：“单老，您这是……”

单永和是个直爽人，他毫不掩饰地说：“我想请你给参谋参谋，看看可不可以应征？”

薛梅听了打个冷战，她认为感动不是爱慕，同情也不能替代爱情，尤其是晚年续弦这种大事更容不得半点儿闪失，还是慎重点儿好。她认真地说道：“我理解单老的心意，善人总是会有善举的，不过这种事还是请单老三思才好，再说还不清楚真实情况到底是个什么样。”

“我就是拿不准才请你帮忙把关，但是我想过，如果情况是真实的，我还是可以承担得了的。反正一只羊是赶，两只羊也是放，不如彼此照顾照顾得了，算是个互相帮助。”

“倘若您老真有这个意思，了解情况的事就交给我来办吧，您看怎么样？”

“这可帮我解决了个大问题，不过这种事也麻烦你们，真是不好意思。”

“您老想多了，这正是我们分内的事，是服务中心的一项重要任务，俺们管它叫‘情侣工程’。咱们可说好了，您老这个事就包在我的身上了，等着听信吧！”

薛梅回到室里，正赶上服务中心在开中层会议，她把征婚启事递给了张玉梅，并简要地汇报了情况。众人听罢反应不一，刘顺被这位女士携夫再嫁的事迹感动得叫好，田锋担忧植物人康复了怎么办，张玉梅认为这是位小媳妇就怕靠不住……一言以蔽之，大家对这桩婚事是不看好的。姚铭盛没有轻易表态，特别是在某些重大问题上，他总是想听听李静的看法再说。这时正好赵倩让分管这项工作的李静拿个主意，李静首先表示理解大家的看法，尤其是征婚者的行为太令人感动了，反映出了人性的高贵品格、情爱的高尚伟大。不难看出，单老之所以有意应征，正是善人善举的默契、大爱火花的碰撞，绝不是什么简单的婚配取舍，更不是什么利害的权衡定夺。如果情况经过了解属实的话，她说她不会反对单老的良好意愿。众人对李静的分析没有提出异议，赵倩当即拍板委派薛梅下乡走访，倘若属实，顺便请征婚者来一趟，与单老见见面。

薛梅干啥事都风风火火，她和曲直两人早上出车，仅仅用了一个多小时就来到了比较偏僻的三里庄，在村主任的热情接待和陪同下，走访了一些群众。大家不仅知道杨玉清征婚的事，更对她的为人了如指掌；在家里，这些年来她悉心照顾疾病缠身的公婆和成为植物人的丈夫；在家外，她起早贪黑忙活他们的一亩三分地，可以说又是女人又当男人，她的孝顺、她的忠贞、她的坚强、她的辛勤，在他们的三里五村早就传为佳话。这次走访，不仅改变了薛梅的某些浅层的意识，进一步佐证了李静分析的正确性，更强化了她对单老的选择不该存有什么质疑的想法。于是，她在村主任的引领下，立即来到了村南头的杨玉清家，这是个老少三代人的五口之家，住在一栋东西屋四间老式的平房里。正在收拾院子的杨玉清，冷眼看去，就知道她是个饱经风霜的人，暗红的面相中透出她的俊秀，只是显得比她的实际年龄老气了一些。她看到村主任领着生人走进院里，赶紧迎上前来问话："村主任来了，这是，这是哪儿来的客人，怎么没见过？"

"啊，城里来的干部，要看看你！"村主任介绍说。

杨玉清开始有点儿发愣，她在这个城里是一无亲二无故的，更不认识什么干部，可她转念一想，啊，是不是征婚启事引来的？她忙说："快请到屋里见我公婆吧！"

薛梅握着杨玉清的手自我介绍说："大姐你好！我叫薛梅，那一位是曲师傅，你的征婚启事我们看到了，太感人了，我们是代表应征人来相亲的，你不介意吧？"

几个人边说边唠走进西屋，杨玉清礼貌地给公婆介绍来人来意，又把公婆介绍给薛梅。公公王树人话语少，婆婆李兰花是个思想开通的人，儿媳妇的征婚启事就是她给逼出来的，她不想让自己的孝顺媳妇在这个家里活受罪，左劝右劝算是同意再嫁了，但是，条件是必须答应她带着丈夫改嫁才行。婆婆听了这样的条件直晃脑袋，这不等于自己封门了吗？其实，这也正是杨玉清想要的结果。可她没想到的是，今天竟然还有人找上门来相这个亲。此时此刻，杨玉清站在婆婆的身后抽泣着，不知说什么好，觉得自己的嗓子眼儿堵得满满的，这条件本来是自己提出来的，还算不算数了？婆婆怕她反悔，放了狠话，如果再变，就是最大的不孝了，杨玉清也只好乖乖地顺从。薛梅介绍了应征人单永和的基本情况后，全家人都很满意，村主任也跟着高兴，最后商定能不能请杨玉清跟车走一趟，两个人直接谈谈，以定乾坤。公婆满口答应，让她整装随行。然后几个人来到东屋看了看植物人王亮，薛梅顺便问了些日常生活情况后就离开了。在一个小卖部，薛梅和李静通了电话，简要地说明了情况，并告诉她力争下午三点前直接到达单永和家。

下午一上班，赵倩带领全班人马来到单家，李静转告了主要情况，大家都很高兴。正唠得尽兴时，只听门口大喊了一声："单老，你看谁来了？"

人们起身看去，原来是薛梅领着杨玉清走进客厅。薛梅一一做了介绍，当听到单永和的名字时，杨玉清突然跪到他的面前说："单老好！谢谢您老肯见我这个乡下女人！"

李静和薛梅上前把她拽了起来，大家异口同声地喊着让她坐下说话，单永和有些腼腆地说："杨女士，对不起，这么远让你跑一趟，真是不好意思！"

薛梅这时就把在乡下的所见所闻讲了一遍，她两眼噙着泪花告诉大家，杨玉清是一位品德出众的大孝女，是名扬三里五村的好女人。杨玉清虽说是乡下女人，但她又是一位颇明事理的老知青，知道深浅，知道厚薄，觉得眼前这些人都是有学识的高人。就拿单老来说吧，从他待人接物的言谈话语中看得出来，他修养有素，为人忠厚，很是值得自己仰慕的一位贵人，于是，便恭敬地说道："妹子抬举我了，我杨玉清远没有妹子说的那样好，我今天来，说得好听一点儿叫征婚，实际上不如说是一个乞丐来讨饭的，我是个无能之辈。"

"你这位年轻人直爽实在，"单永和同情地说，"真难得，我也必须实话告诉你，我是个要往七十奔的人，你应该算是我的晚辈吧，找我这样一个高龄人不怕别人说你闲话吗？"

"单老，为了能让一家老小活下去，我既不偷也不抢，走的是正路，我相信人家是会理解我的。"

姚铭盛疑惑地问："老姊妹品德感人，是我学习的榜样。我还想知道，如果你和单老有幸结缘的话，你的丈夫以什么身份跟你改嫁？"

"大哥问得好，如有可能的话，我是不会再给主人增添额外麻烦的，和丈夫办理正式离婚手续，算是兄妹关系。"

"我要问一句可能不该问的话，"田锋也急着说道，"如果你的丈夫有一天恢复过来你打算怎么处理这件事？"

杨玉清毫不犹豫地说："既然走了法律程序，我就不会变心的，人总得讲良心吧，绝不能做出对不起人的事。再说，如果上天有灵的话，我相信我丈夫也会理解我的苦衷。"

单永和急了，他爽快地说：“那可不行，要重新履行手续，让你们恢复关系嘛！”

“单老，谢谢您老的好意，不过，现在我说什么好听的也没有用，我就知道扭曲良心的事不是我杨玉清该做的。”

薛梅突然问道：“杨姐，你那可爱的女儿跟你走吗？”

“啊，”杨玉清的眼睛湿润了，“谁的孩子不找爹妈，这是人之常情，可我不好那么干。孩子打去年小学四年级就辍学在家成了小半拉子，要跟我走，一来给主人添麻烦，二来又从公婆身边拽走了个小帮手，这样做我是于心不忍啊。”

单永和情不自禁地说：“这样做不好，应该让孩子跟你走，无论如何也不能让她辍学，这可是她一辈子的大事啊！”

杨玉清听到这话，眼前一亮，一股暖流传遍全身，顿觉单老这个人太伟大了，他不仅理解人，更能体贴人，莫非他认可了这门亲事不成？可不能错失这个好机会，她站起来给单永和敬个礼，然后大着胆子说道：“单老，我作为一个晚辈不该强加于老人什么，但是，今天碰上您这位贵人，不管结果如何，只要您老不反对，我愿意伺候您老一辈子！”

她这话一出口，感动了在场的人，也堵了在场人的嘴，这时最有发言权的就是单永和，人们想静耳细听他老人家的意见。单老先是请杨玉清坐下，而后又左右看看，说道：“长话短说吧，倘若你不嫌弃我这个老头子的话，我们倒是可以通融通融这桩事。”

赵倩觉得事虽无大碍，但是感动不能冲动，凡事留有余地岂不更为妥当？于是他说道：“单老，玉清小妹，如果二位不介意的话，我建议双方都再考虑考虑，婚事非同善举，乐见磨合成事，供你们参考吧。”

杨玉清的想法恰恰相反，她是带着公婆的深情来的，带着乡亲的厚意来的，带着自己的需求来的，再说她也意识到，单老在这门亲事上看重的是善举而不是婚事，所以早定比晚定好，对家里家外总得尽快有个交代才是。杨玉清深感自己拖得起事却拖不起舆论啊，她回应道：“我理解，这位领导的话是为我们好，谢谢了！不过，薛妹子知道我和我家的情况，那是我的真面目，不敢夸张，不敢疏漏。而单老的为人，薛妹子讲了，公婆满意，乡亲满意，我更是耳闻目睹深感敬佩，可要结成姻缘，我是无法匹配的，如果这事定不了，我杨玉清不会奢望，这是我命里注定的，我会立即离开这里，毫无怨言，只要单老怜悯我这一家大小，也就够了。我想我会铭刻在心、感念终生，就是财神爷要我反悔我都反悔不起啊，因为我还要做人！”

人们怎么也没想到，她会一语刺痛了在场人的心，大家只好把目光移到单永和身上，等他一锤定音了。

“玉清啊，你要是真没有异议的话，各位领导在这儿，就这么定了吧，大家看看怎么样？”

全体以热烈的掌声表示赞赏。

杨玉清起身给大家敬个大礼，然后跪到单永和面前哭泣着说：“善举必有善果，善人必有善报，我替全家人谢谢领导的亲切关怀，谢谢单老的大恩大德。我今后的路还很长，要靠各位领导指引着我去走，要靠单老牵领着我去走，我杨玉清知道这个好歹，不辜负各位的企盼就是了。”

事情到此算是有了个眉目，也是一个好的开端，大家的心跟着就放下了许多。赵倩这时告诉他们两个人再单独谈谈，晚上有事随时联系，他领着服务中心的同志离开了单家。

送走了客人，单永和递给杨玉清五十块钱，让她去买点儿青菜和肉食，准备晚饭，顺便在就近的旅店再预订个房间晚上住。杨玉清干这些事可以说轻车熟路，一点儿也不打怵。晚饭是她一手做的，干活利索，饭菜可口。晚饭后，他俩细唠了各自的身世，唠了植物人的情况，唠了公婆的艰辛……两人越唠越觉得情意相投，单永和看看手表，已是八点多了，就让杨玉清回旅店休息，明天早早赶回家做好来的一切准备。这时杨玉清才告诉单永和，她嫌旅店太贵就没预订，打算在家凑付一宿，当发现单永和面有难色时，她忙说自己是准备在客厅的沙发上睡一宿，省一点是一点。单永和顿觉震撼，认为杨玉清确实是个名不虚传的好女人，她说得出做得到，是个有头脑的人，是个能让人信得过的人，于是立即让她收拾个闲屋住，植物人王亮来了也可住在这里。

赵倩等人从单家回到办公室不肯散去，继续议论着植物人和财产的话题，人们担心的是，一旦植物人恢复过来要分手，财产方面还算是好办一些，根据事先立的婚前婚后分割法处理就行了，可这种三角的婚姻关系岂不令人尴尬？就是退几步讲，相信两个人的表态和承诺可以兑现，也毕竟是个让人揪心的别扭事，何况这还远不是现实。议论来议论去，大家觉得只能是走一步看一步了，力争避免出现大的纠葛就好。这件事还没了结，张玉梅又问李静郝妈的事有没有进展，当知道两个人大事已定时，惊讶不已，问李静用了什么魔法这么快就成功了。李静告诉大家，隋老先是感化诱导，进而略施小计，就这么成了。

"太有趣了，"田锋激动地说，"真不愧为数学大师，会算计，有机会请他给传授传授妙方呗！"

姚铭盛感激地说："这场戏的主演倒是隋老，可不要忘了它的导演是我们李静同志啊！"

"姚老师抬举我了，"李静幽默地说，"我只不过跟着隋老说了几句'谎话'罢了。"

姚铭盛诚恳地说："说得不错，谎言永远不会成为真理，可是，善意的谎言比真理还要永恒，我代表小弟谢谢你了！"

人们沉浸在掌声中、笑声里，仿佛突然间懂得了什么叫智慧。

晚上李静给单永和通了电话，交换了一些想法，转达了大家的祝福，听说杨玉清回去三五天就可以准备好时，李静让转告她届时回个电话，学院派车去接他们。

转眼一周过去了，大家都在焦急地等待着杨玉清的电话，尤其是单永和，这几天把他急得坐卧不安，寸步不离电话机，说是三五天就能回来，怎么一周过去了也没有个音讯？他生怕有什么变故，越想越有点儿舍不得这个人，她不仅能吃大苦、耐大劳，尤其是人品好、讲义气，身边能有这样一位好帮手，真是天赐良缘啊！正是盼星星、盼月亮的时候，电话响了，他拿起听筒一听是个女声就喊道："玉清啊，准备好了吗？你打算什么时候动身？"

"单老，心急了吧，我是薛梅，李静主任让我明天早晨跟车去接他们，中午以前就能赶回来，你在家等着吧。”

“啊，真不好意思，好，我哪儿也不去！”

薛梅和王洁跟着卫生院的救护车直奔三里庄的杨玉清家，车在院里停下，邻里乡亲们听说杨玉清要带着丈夫和女儿改嫁，早就把个院子挤得水泄不通，人们既舍不得让她走，又不愿意眼巴巴瞅着她在这儿受罪。薛梅等人带着担架从人群中挤到门口，把王洁介绍给杨玉清和她的公婆，随后来到王亮的住室。王亮穿戴整齐，目不转睛地躺在炕上，这时，薛梅从兜里掏出个纸包递给杨玉清，说这是单老拿的五百块钱给二老生活用的，婆婆接过纸包眼含热泪谢了又谢。

村主任催促赶路，在邻里的帮助下，大家把植物人抬到救护车上，然后杨玉清拉着女儿在院子里当众跪在公婆面前，哭着喊着磕头说：“爸爸，妈妈，玉清现在就是你们的亲女儿，可是女儿不孝了，不能在膝下伺候二老，可我不会扔下你们不管的。亮子和明明你们放心好了，有我在就有他们在，二老保重，我们会经常回来看你们的。爸妈我们走了。”

明明抱着爷爷奶奶的腿哭着说：“爷爷奶奶，待几天我就回来看你们，你们给我的零花钱，快攒够五元了，放在抽匣里，留给你们好买点儿吃的。”

“好孙女，”奶奶边拽孩子起来边哽咽着，好半天才说道，“不用挂念我们，奶奶给你留着。”

“爷爷，晚上别忘关门啊！”

“好孩子，爷爷记住了，到城里要好好孝顺新爷爷啊！”

这时，四个人抱成一团，哭成一团，在场的人也都跟着哭天抹泪的。杨玉清又拉着女儿跪到众乡亲面前说：“叔叔婶婶，大哥大嫂，请大家放心好了，到什么时候我也不能忘记我是三里庄的人，我的父母拜托大家了，谢谢，谢谢！”

众人拉起杨玉清，村主任说：“快上车赶路吧。放心吧，我们会照顾好二老的！”

杨玉清和女儿给大家三鞠躬后上了车，人们互相招手致意，救护车缓缓地开出院子，奔向公路。

服务中心的同志们在单家没等一会儿车就到了，大家把植物人抬进卧室安置好，闲聊了一会儿。赵倩让单永和他们好好休息，有什么事随时联系，说完，大家便离开了单家。

杨玉清带着植物人在单家待了几天，由不习惯到渐渐地习惯了，这在她看来，简直是掉进福坑里了，过上了天堂般的生活。但是，在她的内心总有个挥之不去的阴影，也许是个什么不祥之兆，她最不理解的是，单老对她总是躲躲闪闪的，以这样那样的理由拒绝与她合房，这样能长久下去吗？她在一种满足感的背后，增添了几分忧虑，原本一个开朗的人骤然变得沉默寡言起来。单永和是个有心的人，对杨玉清的一举一动看在眼里，记在心上，心里也在犯嘀咕，这该怎么办好呢？他认为这种时候自己就是掏心窝子也是无济于事的，就趁杨玉清出去买菜的空隙给薛梅挂了电话，简要地说明了情况，请她给探探底细，早早帮助给化解了，千万不要因为什么误会酿成鸡飞蛋打的丑剧。

薛梅闻讯不敢怠慢，她约李静一起来到单家。杨玉清见到两个妹子来了，喜出望外，又显现出往日的爽朗劲，她喊来女儿上前敬礼问好，领着她俩看了看植物人王亮。当薛梅和李静问到王亮的饮食睡眠怎么样时，杨玉清流着泪告诉她俩，单老拿他当自己儿子对待，亲自给他按摩，又请名医会诊，按大夫要求配餐，真是给他老人家添堵了。

“你不知道，”薛梅说，“单老他在外面有个尊称，人们管他叫‘大善人’，只要他能办到的事，有求必应。”

“一点儿也不假，”杨玉清讲了她的切身体会，“他确实是个大善人，晚上让我睡在王亮的床上，他说这样便于按摩，便于诱导，又说有的植物人照顾好了还能恢复过来。你说妹子，我欠下的债什么年月才能还清啊？”

李静安慰说：“杨姐冷静冷静，你不欠什么债，这是单老人格的自然流露，刚来还不适应，过一段也就好了。”

“妹子说得是，单老值得我学的东西也太多了，不过……不过我怕好景不长啊。”

“杨姐，”李静豁然一亮，这正是她想知道的谜底，“既然单老对你们这么好，你为什么还能这么想呢？”

“单老是我从未见过的大善人、大好人！时至今日，我不怕妹子笑话，他就是不尽丈夫的义务，晚上我到他的卧室帮他脱衣服都不肯，还想方设法把我支走，说我太累了，要休息好，这样才能照顾好王亮……妹子，我不知道做错了什么，总有一种迷失了方向的感觉，你们说，这能长久吗？”

一语道破了天机，原来是人之常情。李静让杨玉清回避一下，两个人在客厅向单永和发动了“进攻”，劈头就告诉他杨玉清有意见，对他的某些做法表示不理解，劝他应立即改弦更张。单永和误认为杨玉清有所反悔，便明确地表示说：“如果有什么变故不要紧，可以改嘛！”

李静说：“单老，您老误会啦。我想知道经过这几天的磨合，您老对杨大姐是不是改变了某些看法呢？”

“确实是有改变，更加深了对她的认识。这个年轻人名不虚传，老实、厚道、懂事、高尚，每天花多少钱她都记个账，我让给明明买件衣服都不肯，翻老箱底，改旧的穿。这么说吧，有她陪伴我，这辈子也就知足了。”

两个人听了这番话，也就彻头彻尾地松了一口气。李静紧追不舍：“单老，您想不想知道杨姐对您是怎么看的？”

“好啊，看来我是做错了什么事，只管说好了，我想我会改正的。”单永和诚恳地说。

“如果错了，相信您老是会改正的，可是您老怎么不往好处想呢？杨姐说您是少有的大善人、大好人。”

“哎呀，我不是在你们面前谦虚，不行啊，和这个年轻人相比，我是自愧不如，恐怕我这辈子也学不到这样。”

薛梅说：“您老可真能夸张，她说还要好好向您学呢！”

李静趁机毫不隐讳地说：“您老的品德令人仰慕，如果说还缺点儿什么的话，您老可别不愿意听，您得好好学学杨姐，要能尽到夫妻义务就十全十美了。”

“原来是这样啊。我很欣赏你们二位的直爽和坦率，不瞒你们说，这些天我就在想，我这多半辈子还从未享受过这几天的特殊待遇。玉清给我买菜做饭，洗洗涮涮，身前身后转来转去，这种过分的照料，不能不使我受宠若惊，于心不忍啊。如果说得好听一点儿，我还想尽心去等待，让植物人的复苏，圆他们的初梦。就是这个缘故，让我后悔当初抉择的鲁莽，倘若以雇工去善待她，就会使人家心安理得一些了。你们都是女性，请想一想看，我在这些意念的左右下，怎么好意思去伤害一位高尚的晚辈女性呢？”

听了这些话，两个人感动得眼睛都红了，只好就事论事地劝解着。李静说：“单老，别这么僵着啦，许多事情只能是此一时彼一时。生米已经做成了熟饭，是无法回头的，何必自责不休呢？咱们这把岁数的人吃不得那些后悔药啊！做小辈的说句不该说的话，一个人不顾及他人的合理感受而固执已见，境界再高也难免不被人曲解啊，请单老三思才是。”

“我举双手赞成，”薛梅帮着腔，“单老可不能反悔啊！”

沉思中的单永和不得不暗暗佩服李静，这一席话讲得入情入理，但他还是羞羞答答地固执着：“谢谢你们的推心置腹，不过，一切都是事在人为，请你们费心再和她沟通沟通，如果她愿意改变主意的话，我会充分理解她的苦衷，尊重她的愿望。”

到了这个分儿上，李静是不主张再改变什么的，所以她回应道：“沟通可以，至于结果如何，我想还得看单老的。”

李静她们正要去找杨玉清揭这个谜底时，崔羽在赵倩、冯一夫和陆坦等人的陪同下来访，薛梅喊杨玉清和明明来见领导。杨玉清和明明给客人敬过礼、问过安后，崔羽等人又看了看植物人，并问了饮食起居和病情治疗等情况。薛梅抱有希望地说：“他属于轻度植物人，不排除恢复过来的可能性。”

回到客厅坐下后，崔羽赞扬地说：“很不容易啊，玉清这位老姊妹不愧为现代的杨门女将，你们这门亲事的促成，就等于是一位高尚的人和一位纯粹的人不期而遇啊，可谓珠联璧合，我代表学院教职员工表示衷心祝贺！”

“崔书记说得好，”陆坦说，“让我代表老同志祝贺你们幸福美满！”

赵倩给介绍了陆坦，说他是关心下一代的杰出代表，是大家的学习榜样！

“哪里，哪里，在这位小妹妹面前我就甘拜下风了。我倒有个建议，方便的时候请这位小妹妹给老同志做个报告，怎么样？”

崔羽说：“陆老这个建议提得好。这样吧，服务中心和党办协商一下，帮助老姊妹做点儿准备，给全院师生讲讲她的身世、她的品格、她的勤奋、她的美德等等。看看你们还有什么困难需要组织上帮助解决的，不要客气！”

“没有，没有，”单永和说，“这就够麻烦组织的了，谢谢！”

杨玉清觉得领导在这儿是个好机会，应该说说她的感激之情。她大着胆子说道：“谢谢领导！我杨玉清没拿各位领导当外人看，要是客气就不敢来到单老家了。不过，我怎么也没想到，各位领导对我这个和乞丐没有什么两样的人能另眼相待，单老就是你们中的最好代表。我来这儿虽然只有短短的几天，可单老待我们比亲人还要亲，就这样，我由开始不得已的征婚变成了甘心情愿做单老的小老伴。不过……不过有些话……还是不说了吧。”

崔羽见她欲言又止，必是有什么难言之隐，于是他引导说：“老姊妹这可不是你的性格啊。既然大家都不是外人，有话只管说好了。当然，如果你觉得有什么不方便的话，也可以找我们任何人个别谈谈，你看怎么样？”

杨玉清一看领导把话都说到家了，一壮胆说道：“单老，请原谅我的无礼，也不要怪我在领导面前告您老什么状，可是有话不说憋得慌……您老就是没拿我当媳妇看待，不尽丈夫的义务，这样下去我担心我们的日子不能长久。”

她倒出了心里最想说的话之后，低下头抹着眼泪。

“啊，原来是这样，”崔羽表示理解地说，“恐怕老姊妹是误会了，你想过没有，一部新车还有磨合期，何况你们的婚姻生活刚刚开始。要逐渐地习惯，我相信单老他会体谅你的感受，一定能带好这个头的。好吧，我还想请教单老一件事，你们这一家四口互相是怎样称呼的？”

“我向领导保证，我和玉清的关系是受法律保护的，在任何情况下，我单某人不会由于我的原因把她撵走。至于称呼，我们不按关系是按辈分来的，明明管我叫爷爷，玉清管我叫大伯，她怎么叫王亮没有规定，叫名字、叫大哥、叫丈夫都可以，反正他是我们家最宽容的人。”

单永和的“辈分论”引得大家喝彩。

“我们俩相处不到十天，”大家一阵议论后单永和继续说，“我知足了，她拿我当老太爷伺候，我对她当女儿看待，不怕你们笑话，这种事到了谁的身上，谁也不会对她无礼的。”

崔羽听了这些触及心灵的话语说道："老姊妹啊，听到没有，放心地过日子吧。我们也该回去了，有事只管找我们好了。"

单永和揽着大家吃顿便饭再走，崔羽告诉他，饭一定要吃，酒一定要喝，但不是今天。

杨玉清领着明明下楼送客人，李静贴着她的耳边说着悄悄话："杨姐，你得打主动仗，懂吗？祝你幸福！"

送走了客人，明明在楼下玩耍，杨玉清回到客厅坐在单永和身边解释说："您老别生气，我不是想在领导面前丢您老的丑，是怕您变心不管了，希望您老能理解。"

"我算服了，在众人面前给我来了个下马威。你也不看看，我是那种朝三暮四、不讲信誉的人吗？"

杨玉清想起了李静让她打主动仗的嘱咐，搂着单永和的腰说道："我知道您是守信誉的人，可是我又觉得您老不喜欢我，总是躲躲闪闪的。"

"你想歪了，要是不喜欢我们怎么会走到一起了呢？"

"您老不告诉我心里话，是不是把我当成保姆啦？"

单永和满身是嘴也说不清，他否认说："这怎么会呢？"

"要是不会的话，那您为什么不让我上您的床呢，还有这样的夫妻吗？"

"和你说实话吧，我是把你当女儿看待了。"

"我不想当您的女儿，就想给您老当个小老伴！"

单永和让她缠得实在没办法，只好说："你愿意当什么就当什么，听你的还不行吗？"

"您老说话可得算数！"

"你要我说什么才能信呢？"

杨玉清紧紧搂着单永和的脖子撒娇地说："您吻我一下就信了，如果做不到，我只好离开您了。"她说完闭上双眼等待着单永和的回应。

单永和目不转睛地看着杨玉清，实在是不好意思亲吻她，刚要大着胆子凑近她，只听外门咔嚓一声响，原来是明明回来了，还好，也算是给他解了围，救了驾。

第三十三章

老同志的棋牌和球类比赛活动正在热火朝天地进行中，服务中心的人马分散在各个活动室为大家服务。在办公室值班的胡亦立接到冯一夫的电话，让准备十点钟接待第二批挂职人员提前集体报到。当赵倩知道这一信息后，让胡亦立准备了瓜子和茶水，并通知各室届时集体接待。

将近十点，服务中心的全体同志在宫前列队欢迎挂职人员的到来。队伍刚整理好，只见一辆面包车缓缓停下。冯一夫第一个跳下车，其他人员紧随其后，方琼领着大家高喊着“热烈欢迎”的口号，李静带领大家走进会议室，互相握手致意。欢迎会开始，赵倩请冯一夫传达了党委的意见：一是同意薛梅等四人留任，二是带好岗交好班，三是市委组织部近期要来人了解老干部工作情况。然后赵倩致词，他对新挂职以及留任者表示欢迎和祝贺，对党委的要求一定会认真照办！李静对党委在准备春节活动的节骨眼儿派来援兵表示感谢，接着她宣布了第二批挂职人员的名单和所到部门，并希望刚来的同志在工作中不要犯急，要逐步熟悉情况，多留心探索问题。至于如何开展工作，总的要求是：只要有利于老同志平衡心理、稳定情绪，有利于广泛沟通、互相交流，有利于落实政策、维护知情，有利于自我教育、健身康体的诸事，就要给予真情关爱，亲情呵护，力争做到早办、快办、多办、办好。赵倩在充分肯定了李静的意见后，对组织部约访一事，建议先请他们听听老干部总支明天的学习讨论会再说。冯一夫觉得机会难得，欣然接受，他表示回去就沟通。

老干部总支的学习讨论会如期举行，到会的有全体老同志。赴约的市委组织部副部长孙达和具体从事老干部工作的王军，在崔羽等人的陪同下出席了讨论会，服务中心的同志列席了会议。主持人陆坦一一做了介绍之后，就讨论的内容和讨论的形式做了说明，建议不设专人发言，不搞长篇大论，采取即席提问、团队作答的互动方式进行。作答的团队是全体总支委员，他们在主席台就座，为了回答的方便，事先确定按照每个人负责准备的思考题侧重作答，其他人做补充。

为了互动的方便，陆坦重申了思考题：

——如何破解现实的忠孝观？

——如何做到自强不息度晚年？

——如何理解单位养老的新模式？

——如何处理老年再婚的财产？

——如何对待子女拒养的个例？

——如何释放老年人的剩余精力？

——如何在逆境中平衡养老心态？

——如何宽心面对疾病的困扰？

会场一时间平静无声。等了片刻，终于有人站起来问道：“子女远在异国他乡，怎样体现他们对父母的孝敬？”

张旭东答：“孝是什么？孝是血缘亲情的自然结晶，是仁爱之心、仁爱之术、仁爱之道、仁爱之德的外在表露，就是说，仁是孝的核心。孝有三层涵义：一是孝养，就是在经济上力所能及地资助，以报答父母养育之恩；二是孝敬，就是在生活上体贴无忧，让父母在精神上得到抚慰；三是孝志，就是在立业上不羞其身、其亲，令父母享有成就和荣耀。子女对父母的孝顺，就像父母对子女的关爱一样，它不是等价交换的商品，是量力而为之的亲情道义，只要是尽心了、尽力了、尽义了，无悔于良知也就足矣。再说，为了生计，为了理想、为了大业放飞子女并非子女的过错，这正是现今社会进步的标志之一，因此而带来的部分尽孝的空间困扰，只能是由单位的老年工作者或真情博爱者来填补，也因此忠孝才得以两全，这也成就了我们今天的尽孝观。”

问：“这种尽孝的方式靠得住吗？”

王江亭答：“很难说靠得住，但这种无奈之举在‘家家都有老，人人都会老’的现实面前，又是个最佳选择，只不过它在很大程度上要取决于人们的良知，取决于人们的道德，取决于人们的修养，取决于社会的风尚，关键是要取决于各级当权者的导向。”

问：“为什么说这是个最佳的选择呢？”

季士羽答：“是因为客观现实。崔羽同志一再强调，不能让前辈们对子女的少依少靠陷入无依无靠，解决的良策就是他倡导的把无依靠的家庭养老模式逐步转化为单位或系统养老的新模式。无疑，这是社会发展的趋势，是历史进化的必然，不愧为明智之举。所以，我们有幸接受以真情补亲情，让我们无忧无虑地在真情中享受着胜似亲情的慰藉，在博爱中品味着别样的安抚。”

问：“请给讲一讲单位养老是个什么样的模式好吗？”

陆坦临时与台上几个人交换了意见，然后他宣布：“如果方便的话，我们想请崔羽同志给讲一讲单位或系统养老的新理念。”

在一片掌声中崔羽起身敬礼说：“可以，可以，我是有责任向前辈们汇报我的想法的，不过陆老夸张了，这可谈不上什么新理念。方才你们在讲时，我在想，此时此刻，身居异地的家父家母或许正在感受着社会上陌生人的关爱，或许正在感受着单位的老年工作者给予的而我又给予不了的安抚，我的单位养老观也就是来自类似的灵感之中。大家知道，现在的养老模式已初步形成，不外乎是家庭和社会两大类。家庭模式中可以分为自理式养老、半助式养老、全托式养老、投亲式养老等等，社会模式中分为临居式、长居式、旅居式、公寓式等等。从家庭到社会，这中间缺少了亲情过渡的重要环节，迫使部分老人硬性地走向社会，伤害了他们，这应该是我倡导的单位养老模式的主要动因。这种模式，概括起来就是八个字：自费公管，亲情服务。它充分体现了同仁者的感情，融入了浓郁的亲近感、亲切感、亲情感，有助于老年人在无后顾之忧的环境中欢度晚年，既丰富了感情色彩，又调动了单位中潜在的人力和物力滞留资源。请市领导批评指正。”

“不敢当，不敢当，”孙达忙说，“我们俩是来学习的。最近以来，我们从新华社安娜记者的系列报道中发现学院在老干部工作中有新理念、新举措、新收获，领导派我们来了解情况、总结经验，准备召开个现场会推广交流。方才几位长者的发言和部长的独到见解果然令我们耳目一新、茅塞顿开。这里的新理念在新举措的保障下，得到了探索、试行和深化，我想请教一下，新举措的支点是什么？”

深有体会的田锋坐在会场后边按捺不住内心的激动，他站起来大声地说道：“是领导！在崔羽同志来院之前，老干部中流传着一首打油诗：离退老人六神无主蹲墙根，专干不干吃喝玩乐不管事，三灾八难天地不应无人问，国宝只好唉声叹气泪沾襟。现如今又有一首打油诗：改天换地领导带头见行动，全院上下团结奋进已成风，耄耋之人精神焕发献计策，以人为本尊老爱老见真情！”

孙达带头鼓掌叫好，学习讨论会似乎变成了座谈会。

台上的盖世云说：“是好是歹固然不能简单地归功或归咎于哪个人，但是，学院在崔羽同志到来前后确实是两重天，可见领导的作用是关键。毫无疑问，这应该是新举措的支点。”

季士羽说：“你们说得对，就拿建文化宫来说吧，为了紧缩开支，崔羽同志身体力行，他带领学院职工学生轮流开展敬老义务劳动，挖地槽，背砖头，抬钢筋，扛水泥，你说这里的敬老活动能不好吗？”

郝天说：“不了解情况的人还以为崔羽同志是来镀金的，可他已经是部领导了，还主动请缨到这个低迷中的学院来打翻身仗，有这样的领导还怕工作上不去吗？”

崔羽听到歌功颂德坐不住了，他站起来诚恳地说：“各位长辈，我崔羽任何时候也不敢贪天功为己有。作为一个领导者，我应该不辱使命，尽全力起到我应起到的作用，如果前辈们能用正常的眼光看待我，就不难发现在我的工作中差距很多也很大。我们知道，人的眼睛在不同的角度、不同的光照下会产生错觉，同样，人的思维在同一事物面前也会出现不同的认识。就老干部工作而言，中央有精神，国家有规定，照办了是正常的，办得不够是差距，没有照办那就反常了。这样看，办对了，办好了，也就没有什么值得大惊小怪的了。”

王军插话：“部长的认识是独到的，是高标准的。”

“也是正常的！”崔羽补充说，“说得好听一点儿，不过是尽职尽责而已，它离敬老尽孝的高境界差之甚远。”

那么，崔羽心目中敬老尽孝的高境界是什么样的呢？他当场做了回答：“从老年工作的角度来看，我一向主张要做到真情博爱，否则是对不住长辈的‘无私’精神的。人们永远也不能忘记，前辈们在南征北战抛洒热血的时候是无私的，在为国为民奠基铺路的时候是无私的，在繁衍后代养育子女的时候是无私的……这一切一切的无私行为，谁人可以熟视无睹、视而不见呢？谁人有权大逆不道、弃孝忘亲呢？回答应该是否定的，不会有，不能有，更不该有！所以说，人们对老年人不管是从广义的角度上看，还是从狭义的角度上看，都应该讲孝道，尽天意，把博爱真情毫无保留地奉献给长辈们，让老祖宗留下的孝道文化世世代代地传承下去，发扬下去，光大下去！到了这个时候，人们才能心安理得地向上帝禀报一声：后生没有忘本、忘宗、忘情、忘义，这颗心依然是鲜红鲜红的！”

孙达听了很受触动，他急于知道老干部服务中心是怎样保证院党委的意图不折不扣地贯彻落实的，便征求了赵倩的意见。赵倩爽快地告诉孙达，李静是本院践行新理念的典型代表，请她给汇报一下。李静首先强调了老干部工作必须把“老”字作为出发点和落脚点，以“五化”作为队伍自身建设的目标，之后，她重点讲了六个转变：一变守摊管理为亲情服务——确立了工作的指导思想；二变孤军作战为“三位一体”——确定了群策群力的路线；三变等靠理事为主动出击——突出了紧迫意识；四变集中统一为分合结合的多元管理——拓宽了敬老渠道；五变个人拍板为集体决策——完善了长效机制；六变盲目从事为计划有序——奠定了科学管理。

王军提问“三位一体”是指什么。李静做了解释，是指服务中心、老干部总支和自管会，因为它们的工作对象一致、任务一致、目标一致、方法一致，将三股力量有机结合是开展老干部工作的最佳选择，什么时候离开了这一条，就要走偏方向，什么人离开了这一条，就要走向邪路。

王军听得出神，他认为把亲情服务作为老干部工作的指导思想，定位准确，核心突出，可以纲举目张，为探索和落实党委意图提供了思想动力和组织保障。

由于时间的关系，陆坦和几个人商量学习讨论会休会，他先请崔羽再给讲几句收场的话，而崔羽说要他表个态是应该的，至于收场的话要请市领导来讲，他只是建议前辈们对他的工作在品头论足的时候，起点要高，目标要远，这会促使大家都有共同的奔头！他很激动地说，从总支的学习思考题看得出来，前辈们高标准的要求体现出了自强不息的精神，渗透出了“人到无求品自高”的境界。他和他的同事们一定要把前辈们的高尚品德作为前进的动力，鞭策自己不断探索孝道，继续攀登传承美德的高峰！

陆坦感谢崔羽的鼓励，他说老年人是把“人到无求品自高”作为思想修养的一种目标，然而，暮年毕竟是暮年，怕是欲速则不达了。就心理而言，老年人常常是在“有求则不刚，无求则自苦”的思索中交织着、矛盾着，最终还是不得不厚颜以求之，进而便是求之尤甚、求之尤过、无所不求，所以说，修养的欲望也只是个奢望罢了。他按照崔羽的指点，把话锋转到市领导身上，请孙达给做学习小结。

“谢谢！”孙达站起来手持话筒说，“部长的表态是最好的小结。我是第一次参加这样生动、热烈、别致的学习讨论会，大家交流思想无拘无束，探讨问题深入浅出，可以说，全新的形式涵盖了崭新的理念、高尚的境界，让人耳目一新。方才我们聆听了长者的‘放飞’观、陆老的‘欲求’情、崔部长的‘无私’论、李主任的‘六变’说，从中看到了尊老爱老的渊源，对传承孝道的举措非常佩服，也了解了亲情服务的感受，更懂得了长者们自重自强的情怀，真是受益匪浅。我发言之前和王军同志商量了，争取早日在这里召开个现场会，请部长和前辈们给予支持，谢谢！”

陆坦宣布散会。

第三十四章

春节日渐临近，在服务中心研究落实春节活动的全体会议上，赵倩传达了院党委决定的几件事：中层以上党政领导出席联欢会，护校生参加活动，中午在职工食堂会餐。他还传达了几个人的任命：胡亦立为咨询室副主任，方琼为文建室副主任，薛梅为温馨室副主任，石磊为参事室副主任，均列原职之后。在大家的祝贺声中，胡亦立等人表示会用实际行动来回报组织的信任，接着转入了活动内容的落实。春节联欢活动的大框架是：文艺演出、集体祝寿、金婚纪念、新婚仪式等。

文艺节目主要是合唱、舞蹈、独唱等，在方琼的一手组织下已经成形。难度大的是其他节目，具体策划人是李静，她向大家介绍了主要情况：年内八十岁大寿的有六人；金婚七对，钻石婚一对，老年新婚有四对，他们是孙大可和乔妍、隋人言和郝金枝、单永和和杨玉清、刘水和谭玉香。她想再从服务中心内部请四对年轻新婚夫妇给老年续婚者做伴娘，尽量搞得出彩些。眼前已经有了李静和何山夫、薛梅和韩东野、史鸣达和姚远三对，尚缺一对。张玉梅灵机一动计上心来，她建议新来挂职的丁玉算一个。丁玉推辞说，自己是年初结过婚的，张玉梅坚持让她再“昏”一次，惹得哄堂大笑。陆坦问史鸣达是哪个部门的，田锋说是姚老师没过门的儿媳妇，张旭东说这太难得了，干脆给她的新奶奶伴婚算了，李静说姚老师就是这个意思。其余三对，薛梅提议她要给配配对，李静给孙老伴，丁玉给刘老伴，她给单老伴。在一阵热烈的掌声中，刘顺甩出一句话："配得好！看样子薛梅早该当领导了。"又惹得满堂喝彩。

李静看看赵倩说："这事就这么定了吧，但是有个要求，谁的配对谁得保证他们出场，要一包到底。"为了圆满完成春节联欢活动，赵倩和李静商量成立个领导小组，组长是田锋，副组长是方琼，每个室抽调一人为成员，姚铭盛和张旭东为顾问。田锋极力推辞，认为这个领导小组组长应该由李静来担当，她不该忙乎那些具体事。张玉梅可不这么看，她觉得领导的决定是合情合理的，也打心眼儿里佩服这个小妹妹，说她当官不甩手，实干不迷航，就戏言劝告田锋，她是实权派，你是空手道啊，你就好好尝尝当"大官"的滋味吧！

大家按照各自的分工去具体落实。新挂职的丁玉是两年前护校选拔来的尖子生，性格开朗，有热情，有干劲，当伴娘是她来这里接手的第一件大事，很怕开场戏就出了岔子，丢了面子，以后的戏可就不好演了。她请求这位新上任的顶头上司薛梅，能不能跟她一起到刘老家去蹚蹚路子。薛梅二话没说，满口答应下来，领着她来到了刘家，把丁玉介绍给刘水老两口儿。大家交谈得挺开心，丁玉趁机提出了服务中心要搞集体婚礼仪式的事。刘水听了很是惊愕，表示拒绝，一大把年纪了还搞什么仪式！这使得丁玉无所适从。薛梅灵机一动，告诉刘水这是崔羽定的事，请他再考虑考虑。你可别说，这尚方宝剑真是灵极了，一下就把刘水给镇住了："这真是崔书记定的吗？那我是得考虑考虑，什么事他都为老同志着想，没有他，我今天怎么能有这个伴呢？可别辜负了他的一片好心啊！"

丁玉暗暗高兴，她想，崔书记在老同志中的威望还这么高啊，可不能由于自己的失误给他丢脸减分啊，便趁着热乎劲说道："薛主任说得对，领导还让我为二老当伴婚人呢！阿姨，你看行不行？"

淳朴厚道的谭玉香看着刘水说："刘老师说行俺就行，可别让俺说话，乡下人不知说什么好。"

出了一身冷汗的丁玉庆幸自己今天幸亏把薛梅给拽来了，要不这事也就泡汤了。这旗开得胜的好兆头增强了她的信心，她忙把仪式活动的安排交代了一番，高高兴兴地跟着薛梅又来到单永和家看个究竟。

丁玉在课堂听老师讲过植物人的事，只是还没见过。她听了薛梅的介绍，带着好奇心来到单家，要亲眼看看是个什么样。单永和见到两人来访，异常兴奋，因为这两天突然发现植物人王亮的眼睛有点儿微动，他断定是个好兆头，正和杨玉清合计让他的父母来看看。杨玉清领着她俩来到王亮的卧室，用手在他的眼前晃动，眼睛果然闪动了一下，当问到他的名字时，也有微微的表示。她俩看了很是吃惊，这种现象正是老师讲过的轻度植物人的症状，有可能恢复过来。丁玉乐得顺嘴就是一句："他一定能苏醒过来！"

杨玉清这些年也没听到有人说过如此肯定的话，激动得泪流满面："妹子，我不知道该怎样报答单老的大恩大德才好，是他老人家救了王亮，救了我杨玉清，救了我们这个破碎的家啊！"

"一家人怎么能说两家话呢？"单永和不好意思地说，"要说救，玉清啊，你不是也救了我这个孤家寡人吗？我不是夸张，有了你们，我才有了晚年的合家欢；有了你们，我才有了更多的幸福感；有了你们，我才有了人生的新企盼！"

薛梅和丁玉听着这一老一少的感慨，思绪起伏，刚要插话就被杨玉清的释疑表白所阻隔：她想趁中心的领导在的机会给作个证，如果王亮一旦哪一天真的恢复过来，可以让他带着孩子回家，她可以在这儿专心伺候单老。

"你说什么？"单永和有些生气地说，"他还没咋的你就要撵他们走，要走你和他们一起走好了，我不会拦你的！"

"您老别生气，我这后半辈子在什么情况下也不会离开您的，您老就是我的靠山啊。"

"你和王亮毕竟是十几年的夫妻了，就是看在孩子的分儿上，你对他也不能无情无义！"

杨玉清真不愧为好女人，她明事理，讲义气，她说自己就是再无知也该知道什么叫情、什么叫义，她也深信王亮同样知道哪个轻、哪个重，如果不是这样，她连兄妹关系也不认了，希望薛梅和丁玉能做个见证人。薛梅说，她非常赏识单老的人格，也非常赞赏杨姐的品德，一旦有了那一天，相信他们一定会有个圆满的结果，不过，现在就谈去留为时尚早。至于接父母的事，她让家里准备好，定个时间，中心派车去。唠到这儿，要不是丁玉的提示，薛梅还把婚庆的事给忘了，她说："对了，单老，婚庆的节目还有你们的戏呢！"

"怎么，还要操办啊？"单永和听得不明不白。

丁玉补充说："不是操办，是春节联欢的时候补办个婚庆仪式，薛姐两口子给你们当伴婚人，上台照张相。"

"使不得，使不得，"单永和从来也没像今天这样急过，他极力推辞说，"这事可不值得惊天动地的！"

杨玉清眼前一亮，觉得这不正是印证自己对单老一心不二的好时机吗？于是她说道："单老，我看这是个好事，就等于您老在众人面前给我面子啦，也让别人看好这门亲事。"

这给单永和来了个措手不及，她怎么还能主张让他在众人面前去亮这个相呢？但是硬拗也不好，还怕伤了杨玉清的心，正在他左右为难、犹豫不决的时候，杨玉清看出了他不再拒绝的意思，就趁势以退为攻地说："单老，我不会难为您老的，实在不行就让我给您当保姆吧！"话音刚落，眼泪像断了线的珠子，唰唰地往下掉。

丁玉刚刚看出点儿希望的事，这又像肥皂泡似的破灭了。薛梅倒是早已猜到了单永和心理动摇的倾向，她信心十足地安慰杨玉清说："杨姐，你别激动，我相信单老也不会难为你的，他只是不习惯宣扬这些事就是了。"

"玉清啊，这事我不是和你过不去，薛梅说得对，我们这些人就是在年轻的时候也没这样风光过，没想到老了还要补这个课。好吧，你要不怕我丢丑，就交给她们闹哄吧。"

杨玉清起身抱着两个妹子就像庆祝胜利似的，乐得几乎要跳将起来，松开后对单永和说："谢谢单老的宽容，我知道，单老对我们年龄的差距多虑了，正好借这个机会让我们把这道鸿沟给填平了吧，请原谅我的不敬！"

几个人恢复了常态，薛梅交代了举行仪式的时间和必要的准备，两个人带着胜利的喜悦离开了单家。

李静和姚铭盛在商量为郝妈设个简便的婚宴，薛梅和丁玉高高兴兴地走进了她的办公室。当知道伴婚的任务已大功告成时，李静赞扬她们行动迅速，收效尤佳。丁玉还真有点儿推功揽过的意识，赶紧解释说这是薛梅的功劳，例如当刘水要拒绝的时候，她说这是崔羽的主意，你可别说，这办法还真神了，刘水马上改口表示接受。李静说这是适时运用“权威”资源的收获，是令人佩服的。如果在我们的第一线工作中能再多一点儿动之以情、晓之以理、孜孜以求，那就会收到更多的别样效果。姚铭盛点头赞许，薛梅有些不好意思，丁玉恍然大悟，伸伸舌头，做了个鬼脸，她觉得工作的学问也太多了。薛梅又叮嘱了一下派车接杨玉清父母的事，之后两个人便回到了自己的办公室。

为给郝妈办婚宴，姚铭盛和石柱也真费了口舌，因为郝妈没少放狠话，要是操办她就退婚，不办吧，又怕外人说三道四的，商量过几次也没拿定个主意，这就找到了李静给参谋参谋。李静建议到饭店要几个菜在隋家聚餐，两家人坐在一起，来个真正意义上的家宴，小打小闹地把事给办了。姚铭盛欣然接受，时间就定在本周六的晚上五点钟，但是他执意要请中心的中层领导去，还有张泽明和王连生，最好崔羽和陆坦能到场，要求是绝对免礼。李静自有安排，她毛算了一下，不超过二十人，也就是两小桌，随即表示赞成。李静的意见是把家外的事交给她来办，姚铭盛非常高兴，给扔下一千元订餐费离开了。李静当即向赵倩做了汇报，讲了姚铭盛的想法，希望能请崔羽和陆坦到场，还有服务中心的中层。为了免礼，她建议周六晚上下班前，以召开中层会的名义把人聚到一起，五时前乘面包车赶到隋家。赵倩对她的想法和巧妙安排很是欣赏，表示同意，至于请崔羽和陆坦的事，由他负责联系。所谓的婚宴就这样顺利地定了下来。

何山夫按照李静的电话约定，周六吃过午饭就驱车来到了李静的集体宿舍，两个人安排了活动日程后，大约在三点钟直接到了隋人言家附近的红星饭店，与提前等在那里的张泽明和王连生碰了面，几个人定完了酒席，结了账，并委托张、王二人在饭店等电话，李静和何山夫到隋家看看还有什么需要准备的事。由于事先姚铭盛有安排，石柱两口子和姚铭盛家人先一步到了，一切准备妥当，餐厅临时设在会客厅，摆放了两张餐桌，人们也穿得整齐利索。几个人刚坐下唠了一会儿嗑，只见赵倩带领一行人进了屋，人们这才恍然大悟:

原来是一场庆婚会。田锋说不用问，这个点子准是李静出的。脚前脚后的工夫，崔羽等人来了，他们向隋人言、郝妈握手祝贺，大家也都跟着双手合十地表示祝福。李静给大家依次安排好了座位后，又给张泽明挂了电话，不过十分钟，饭菜送来了。姚铭盛站起来端着酒杯说，这是小弟、弟妹和他们全家的一点儿心意，以居家便餐的形式作为老爸老妈婚庆的纪念，他在这里特别感谢崔羽和陆坦能光临增辉，感谢服务中心赵倩等同志捧场助兴，第一杯酒祝贺爸妈白头偕老，第二杯酒感谢崔羽等领导的关怀，第三杯酒感谢李静的良苦用心。大家举杯一饮而尽。

崔羽起身给二老敬个大礼，然后他端起酒杯说，他代表外来的客人祝贺二老和和美美、健健康康、偕老百年，干杯！

人们吃着，喝着，唠着，姚远往郝妈的碗里夹着菜，史鸣达往隋人言的碗里夹着菜。石柱在姚铭盛的身边耳语了几句，四只大手攥个大红包，声称这是哥儿俩送给爸妈的结婚礼物。在众人面前，二老接过红包，郝妈打开纸包一看，顷刻间泪流满面。她虽然目不识丁，但这存折她见过，知道轻重，于是推辞说："孩子，我早就说过，这是你爸妈留给你们的东西，我怎么能随便要呢！"

姚铭盛翻开存折说："妈您看，这五万元的存折上是您老的名字：郝金枝！"

石柱翻开房产证说："妈您看，这上面也是您老的名字：郝金枝。家里的全部财产都由您老来支配！"

然后，姚铭盛请隋人言见证两个证件，又请在场的人见证。隋人言说："妹子，这上面确实是你的名字。"

"是我的名字也不要，"郝妈辩解道，"隋老师，如果你嫌我穷的话，咱俩的事就拉倒吧！"

"妹子你误会了，我没有逼你要这些东西的意思，只是见证见证罢了。说句心里话，我就是因为你不爱身外之物的高尚人品才娶你的，你说得对，这都是石老家子女的东西，咱们一样也不要，我就要你这个人就知足了！"

面对这种感人肺腑而又令人尴尬的场面，大家你看我我看你，不知如何是好，崔羽觉得不能让简单的事情复杂化了，于是他解围道："我可不可以当个裁判员啊？”

众人异口同声地表示赞成！

“据我所知，石柱哥儿俩把现住房产的持证人石成通过合法手续更名为郝金枝，这也是二老生前的意愿，郝妈收下不必歉疚什么，您老就是这个家的一家之主嘛！百年之后，您老有权决定这房产的继承人。至于那五万元，我建议取出来，给郝妈两万元做礼金，其余三万，由石柱你们去处理吧。”

众人鼓掌，哥儿俩表示接受，郝妈不肯吱声，隋人言认为这是个合情合理又皆大欢喜的好主意，便提议道：“妹子，崔书记的建议好啊，你还是接受吧，礼金你还可以给孩子们买些东西嘛。另外，你也不必有什么后顾之忧，我家的财产也有你一份。”

郝妈终于心动了，抬头看看隋人言，点点头。

一阵轻财重义的小“风波”过后，大家继续边吃边唠。崔羽突然若有所思地说：“大家恐怕还能记得，印度一位教育家曾经说过，培养好一个男人，决定了他一生的成功；培养好一个女人，能决定几代人的优秀。不知道你们赞不赞成这个看法？”

大家都说非常赞成，陆坦称赞有加：“这话饱含哲理，这是伟人的眼光，久远而深邃，他懂得‘现实是暂时的，理想是永恒的’这个道理！”

“说得好，说得好，”崔羽高兴地说，“在座的当中就不乏这样成熟的男人和女人，或者将要成熟的男人和女人！”

隋人言感慨叫绝：“你们的金玉良言令我受益匪浅，在座的男男女女、老老少少都是我效法的楷模！”

唠着唠着，崔羽对赵倩说：“你们的迎春活动程序我看了，很好，内容丰富，形式时尚，创意新颖，颇有匠心，不过最后还应加上一个项目：领导讲话。”

赵倩赶忙做了介绍，这是李静一手策划的方案，而李静又是个谦虚谨慎的人，一再说明这是集群众智慧的设想。赵倩又借机说在联欢活动中还有隋老的节目。隋人言听罢，三句话不离本行地问道：“是珠算还是心算？”

“不是啊，”姚远急着回答，“是我和鸣达陪爷爷奶奶到台上走几步照个相。”

“哎呀，去当模特啊，这怎么得了！”隋人言急了。

田锋急忙做了解释：“是给新婚仪式留个纪念照。”郝妈听到“新婚”二字越发心惊肉跳起来，她先入为主地对隋人言推辞说：“隋老师，要去你自己去照吧，我可不去丢人现眼！”

隋人言毕竟是个性格开朗、见过世面的人，他深知这是李静为他们苦心添彩，又是崔羽倍加赞赏的节目，过于推辞就要伤了他们的心，便开导说：“妹子，我去倒是可以，可是你不想趁这个大好机会和我照一张结婚照吗？”

史鸣达也劝说着：“奶奶，您老总不会让我和姚远领着爷爷自己上台走一圈吧。再说，您老不给我们面子是小事，还能不给领导面子吗？”

崔羽觉得这事不能硬逼，还是多理解一下老年人的习惯好，他安慰地说：“郝妈，虽然大伙都说这是个好事，可是怎么也不好逼着您老去啊，宁可不要我们的面子也得要郝妈的面子，请您老放心好了。”

张玉梅说：“让郝妈想一想再说吧。”

郝妈不吱声。隋人言看情况有门，便特意将着说：“妹子，这样吧，崔书记说了，为了保全我们的面子，就算没有这回事吧，你看怎么样？”

“看你说的，”郝妈权衡之下终于勉强地说道，“俺们的面子怎么能和领导比，这事你定吧。”

大家在热烈的掌声中圆满地结束了家庭式的婚宴。

周日的早晨，李静和何山夫八点多才起床，洗漱后，两个人不慌不忙地来到经常光顾的小吃一条街吃了便餐，然后到市场买了水果，事先也没打个招呼就直奔孙大可家。尽管这样做不怎么礼貌，但为了避免些许不必要的麻烦就不得不这样做了。

“哎呀，”孙大可惊奇地说，“说曹操曹操到，最近想让李静找你来一趟，把新设计的方案好好琢磨琢磨，好家伙，你怎么不经叨咕啊！”

“嫂子和孙民哥呢？”李静问道。

乔妍说：“单位有什么事，一早就走了。”

何山夫急着知道老师的新方案，孙大可喜欢开门见山，介绍了两个人设想的梗概，就是把车壳整体变成凹凸型电磁板，让它实用、大气、美观，再和高储量电瓶结合起来，让能量储备大于消耗，就是碰上一两天阴雨雾霾也可以照样行车。他问何山夫可能性怎么样，何山夫听了几乎要跳起来，连声喊着：“二老太伟大了，这可是个革命性的变革啊！”

乔妍说：“你先别高兴得太早，现在有个关键的坎还没过，就是高储量电瓶。它在理论上是有所突破，但是，尚未得到可靠的实验数据支撑，有待进一步验证。”

“我深信老师是会突破的，机械部分我力争跟上去！”

孙大可鼓励说：“这就对了，还是年轻人有魄力，要知道，有设想就会有突破，有现实就会有未来嘛！”

半天没插上嘴的李静若有所思地说：“孙老说得好，您的话让我想起了昆布顿的一句名言，他说：‘科学给予人类最大的礼物是什么？是使人类相信真理的力量。’二老正在验证着这种真理的力量！”

“过了，过了，”孙大可谦和地说，“李静啊，你想想，没有崔羽一班人的导航，能有我院今天科研的春天吗？没有你和你同事们的敬老爱老行动，能有我院老同志精神焕发的土壤吗？没有你们的一臂之力，能有我们眼前的科研成果吗？恐怕一切都是个泡影啊。”

乔妍说：“孙老总在夸李静是个聪明能干、深明大义的年轻人，夸得连我都有些嫉妒。”

“我不是要刻意褒谁贬谁，”孙大可说，“包括山夫在内，我们这些人只懂些技术，而李静却更懂我们这些搞技术的人，实在是了不起！”

何山夫说：“孙老，谢谢您老的提醒，这么说我也得像乔老师那样嫉妒啦？”

李静不好意思地说：“山夫啊，二老明明是在捧杀我，你怎么还跟着起哄呢？庄子不是说过吗，‘天地有大美而不言，四时有明法而不议，万物有成理而不说’，何况我这个毛孩子，怎么还能给捧上了天呢？好了，咱们换个话题吧，我们俩给二老当一次伴婚人怎么样？”

这话一出口，就把二老给搞糊涂了，孙大可忙问道：“怎么，你这个红娘还没当够又想当伴娘了？”

“是这样，”李静解释说，“在安排春节活动时确定了一个婚庆节目，是为所有的新婚老人搞个集体庆贺仪式。”然后她介绍隋人言等人都表示支持这个节目。

“准备在哪儿搞？”乔妍惊奇地问道。

“在文化宫。”李静回话。

“反正你这丫头就不怕把我的脸给丢尽了！”

孙大可说：“你这话未免有点儿伤人了，这叫展示老年人的风采嘛！”

“那好，您老自己去展示吧！”

李静知道乔妍是位重情重义的人，于是，她打“怜悯牌”说道：“乔姨，为了祝贺二老的喜结连理，山夫专程回来请二老应允做伴婚的，难道说这点儿面子也不肯给我们俩吗？”

乔妍看看孙大可，看看年轻人，下不了决心，这对诚实到家的年轻人早已成了他们的忘年之交，今天把话都说到这个分儿上了，真的不好伤了他们的心，只好说：“请孙老定吧。”

孙大可怕乔妍反悔，继续强化他的理由：“不就是上台转两圈吗？咱们快走两步，不等他们看个够，咱就下台了，怎么样？我看只要不是要咱俩的老命，这面子得给吧？”

“好吧，顾得上给你们面子也就顾不上丢我的脸了。”乔妍只好勉强地说。

孙大可戏言道：“哎呀我说乔女士，这个事你可没研究明白，给面子和丢脸原本是一码事，都是不要脸嘛。要我说，咱俩就来个一不做、二不休算了！”

大家大笑一场，乔妍只好在笑声中无奈地默认了。

第三十五章

春节联欢活动定在腊月二十二日上午九时举行，距今天只有一周。赵倩和李静商量立即召开服务中心全体大会，请领导小组报告准备工作情况，做最后的敲定。

总支的领导陆坦和张旭东列席了会议。

领导小组组长田锋做了全面汇报，他的汇报很别致，让人耳目一新，打破了横向叙述的常规，采取了程序跟进的点验法，几乎使每个项目的人、物、事一目了然，让人觉得立体感很强，看得见，摸得着，落得实，形象而不抽象，系统而不笼统。大家在讨论中认为，由于领导有方、群策群力，准备工作板眼呼应、井然有序。李静在充分肯定的同时，从总体上提出了“善协善作，善始善终”的要求，就是要做到相互提醒、相互补漏，不到联欢落幕和会餐结束，这根弦是不能放松的。陆坦和张旭东表示，老同志一定听从指挥，积极配合，圆满完成任务。赵倩最后强调了“以事连人脚踏实地、以人带物狠抓落实”的原则，要把人们放心的事做好做牢，把人们不放心的事做实做顺。他的意见说到点上了，引起了李静的思考，她在想，在整个活动中到底有哪些让人不放心的事？她在快速搜索中，从脑海里捋出需要人们引起重视的两件大事，并做了具体说明：一是安全，就是饮食安全、行车安全、健康安全、表演安全；二是突变，就是人员突变、节目突变、时间突变、程序突变，等等。这些都要有思想预案，夯实后备力量，以不变应万变，把不放心的事理顺，让人们放心满意。

新走马上任的丁玉听出了门道，在一边喊了一声：“我有个不放心的事可以说吗？”

众人惊愕地把目光转向了她，赵倩答应道：“请讲！”

“是这样，”丁玉毫无惧色地说，“前几天我跟薛主任到单老家，杨大姐当时主动要求参加婚庆式，可是他家的植物人王亮眼睛会动了，有苏醒的可能，杨玉清会不会打退堂鼓啊？”

在丁玉的提示下，薛梅给大家介绍了最新的信息。王亮确实是有些复苏的迹象，他的父母知道这个喜讯后比谁都高兴，很快就来到了单家，心怀感恩地拉着杨玉清跪到单永和的面前，一再表示要杨玉清永远不要忘了单老的大恩大德，要和单老做一辈子好夫妻。当二老发现杨玉清未和单老合房时，他们的心都提到了嗓子眼儿，生气地告诫她，无论如何也不能干出那种对不起单老的事，如果做不到，他们宁可带着王亮回家去。这倒吓坏了杨玉清，她不得不把实底说个清楚，不是女儿不入洞房，而是单老拿她当女儿对待了。老两口儿听了越发担心起来，这样下去是不会长久的。杨玉清反复解释，这事领导上已经过问了，大家都在做单老的工作，再就是学院要搞婚庆，她一再表示想借这个机会公开声张声张。薛梅讲到这儿，与会者这才松了一口气。

这次会议为春节活动的准备工作摸清了底数，注入了活力，激发了热情，增强了信心。

一周的时间转眼过去了。小年头一天早八点刚过，文化宫门前热闹非常，姚铭盛和十几位工作人员臂戴红袖标，配合警察维持着门前的秩序。不多一会儿，十几辆大轿车停在门前，中层干部和护校生在各个车门前搀扶着老人下车，送进大厅，一一安排就座。

厅内的秩序很快就稳定了下来。崔羽和程铁夫等院领导陪同部长左言走进大厅，全场掌声雷动，领导也以掌声回敬。

舞台前脸的上方悬挂着偌大的“欢度春节”横幅。

九时整，方琼拉着季士羽的手在掌声中来到台前，朗诵着他们的主持词：“尊敬的老前辈！亲爱的同学们、同志们！春节联欢会现在开始！”

在全场热烈的掌声中，大幕徐徐地启动了。

老年合唱团的男男女女整齐地站立在舞台上，一轮红日从天幕的左下方冉冉升起。

方琼道白："中国共产党是中国人民从黑暗走向光明的灯塔！"

季士羽道白："是中国人民从贫穷走向富强的中流砥柱！"

话音一落他退下，在方琼的指挥下，一曲《没有共产党就没有新中国》下来，又一曲《跟着共产党走》，它们唤醒着人们驱雾识航、信仰不二，它们激励着人们志存高远、追梦飞翔！

接下来是陆坦和张旭东为棋牌、球类比赛优胜者颁奖。

奖毕，两位主持人登台朗诵道："温馨寿星家家有，和谐盛世天天享！"在六位女生的引领下，八十大寿的六位寿星悉数登场。

冯一夫宣读了院党委的贺词："年过八旬知多少，活到九十不算老，百岁寿星赛神仙，家有长者为一宝！"随后，女生为寿星佩戴寿花寿结，崔羽代表学院为老人赠送了纪念品，在全场高唱的《生日快乐》歌中老人们品味着寿糕寿桃。

转向下一个节目，季士羽的独白"万里彩虹伴夕阳，晴空晚霞红烂漫"引出了女声独唱，演唱的歌曲是《晚情》，作词陆坦，作曲方琼，演唱者方琼。方琼在变换着形象的天幕衬托下，在小乐队演奏过门之后，尽情地歌唱着：

大千世界路漫漫，饱尝酸甜苦辣咸，
为了子孙千秋业，甘踩崎岖渡难关；
风雨过后是灿烂，和谐盛世春满园，
人生百味求温馨，寿星尽享每一天；
人人都会逾百年，家家都有活神仙，
万里彩虹伴夕阳，晴空晚霞红烂漫；
忠孝自古难两全，而今倡导新理念，
颐养天年在博爱，唯有真情洒人间。

方琼的一曲《晚情》，唱得人们如痴如醉，这不仅是因为她唱得深情动人，更是因为她唱出了养老的新理念，唱出了孝道的新风尚。

在多次谢幕之后，季士羽引领八对老人手拉手登上舞台，他宣布婚庆纪念仪式开始，并代服务中心宣读了贺词：“高寿良缘手牵手，新婚伉俪心连心！”在《地久天长》的乐曲声中，男女生为老人佩戴了花球，院领导于祥、迟来春代表学院馈赠了纪念品。

部队文工团演奏了《步步高》《娱乐升平》等轻音乐。

在欢快的音乐伴奏声中，四对沉稳娇娆的再婚老人在四对婀娜多姿的新婚青年伴护下，缓缓地走上舞台。方琼和季士羽分别做了介绍，场内爆发出经久不息的掌声和叫好声。为了适应老年人再婚忌张扬的习惯，仪式一律破了旧俗，立了新风，在对拜之后，增加了一个全新的项目——拥抱，这对老年人来说虽然有点儿生疏，可在伴婚人的热情帮助下，总算是圆满地完成了。

随后便是宣誓，男士由季士羽领宣，他喊一句，新郎就跟着复述一句：“我愿娶女士某某为伴侣，白首偕老不变心！”

女士由方琼领宣：“我愿嫁男士某某为夫妻，终生厮守无二心！”

主持人代老干部总支和服务中心宣读了祝婚词：“相知相印又相依，有娶有嫁又有缘！”

在自由发言时，李静左右扫视了一下先开了腔：“婚后力争做到感情上互相敬重，生活上互相关心，事业上互相支持。请前辈们和各位领导多多关照！”

“妹子，我可以发言吗？”杨玉清看看单永和突然发问。

“完全可以！”方琼说着把话筒递给杨玉清，“大姐不要客气，请讲！”

杨玉清讲述着她的心里话：“我叫杨玉清……”讲着讲着她有些哽咽，有些哭泣，有些讲不下去了。方琼帮她擦着眼泪，劝她冷静冷静，她继续讲道：“自从到了单家，单老拿我当亲生女儿看待，白天晚上都让我陪在植物人王亮的身边，给他按摩，陪他说话。真是老天爷有眼，王亮很快就有点儿意识了，我开始感受到双喜临门的幸福了。可是……可是我倒有了个也许在这儿不该说的话……”

听到这话，方琼的心咯噔了一下，人们也都跟着紧张起来：她是不是要变心反悔啦？方琼一时间有点儿不知所措，让她讲呢，还是不让她讲呢？在这个节骨眼儿上，能理解杨玉清心理活动的人还是李静，她没有疑心杨玉清会有什么变故，赶忙过来安慰她，说这里坐的都是自家人，请她只管讲下去。杨玉清看了单永和一眼，大着胆子补充着她的心里话："我不想再给单老当女儿了，我只想堂堂正正地给他老人家当个小老伴，因为我还想做人哪！退一步说，我要是做了对不起他老人家的事，就是公婆二老也不会轻饶了我！人们也许不清楚，单老是一位少有的大善人，这是我亲身体验到的。我还发现抽匣里积攒了十几年的汇款单，是寄给四川乡里一个叫刘亚丽的人，每次都是上百元，落款是凡夫。当我问他这是谁，他含含糊糊地说是个远方的亲戚，我疑心他这是在帮助什么人。我说多了，耽误了大家的时间，请单老原谅！"

这时从会场后边跑到台上一位女生，气喘吁吁地说："对不起，对不起，也太巧了，我就是四川的刘亚丽，为找凡夫这位大善人，已经多年了，今天总算是如愿了！"她双膝跪到单永和的面前哭诉着："我是本学院三年级的学生，您老怎么不早告诉我真名实姓呢？让我们母女俩找得好苦啊！如果没有您老的帮助，我连小学也念不完就辍学在家种地了。我代表我母亲谢谢单爷爷的大恩大德，方才阿姨讲的您老的故事，让我更懂得了该怎样做人。"

李静和方琼扶起刘亚丽，告诉她单爷爷是本院离休的老教授、老专家，是有名的大善人。刘亚丽和杨玉清、单永和三个人抱在一起哭成一团。

人们激动了，会场沸腾了，雷鸣般的掌声响彻了大厅，赞叹的细语不绝于耳。坐在前排的迟来春向左言和崔羽介绍说："刘亚丽是学院有名的尖子生，在班里年年名列前茅，平时省吃俭用，帮助同学，从小学到现在，年年都是三好学生。她家里虽然是单亲的困难家庭，可她从不申请补助。"

"感人啊感人，"左言说，"这正是种瓜得瓜、种豆得豆啊。有了好的师德，就会培养出好的学子，学院应该好好宣传这些积极因素。"

崔羽对于祥说："根据部长的指示精神，可以在院里认真宣传单老的事迹、郝妈的事迹、陆老的事迹，还有杨玉清一家的道德观。必要的话，请安娜搞个采访报道嘛！"

"我们照办，开学以后组织个系列采访报道，要在师生员工中大张旗鼓地开展思想品德教育，让身边的感人事迹入心入脑，墙里的花一定让它在家里先红起来。”

婚庆仪式在人们意想不到的热烈气氛中结束了，再婚老人在新婚夫妇的簇拥下，缓缓走下舞台。跟着就是部队文工团的口技表演《喜鹊迎春》，大家乐得前仰后合地雀跃起来。

当季士羽宣布最后一个节目时，人们把心收了回来，想好好听听这又一支原创歌曲《敬老八大员》，作词李静，作曲方琼，是男女混声小合唱，演唱单位服务中心，指挥方琼。

在前奏曲的伴奏下，男女声集体朗诵：

（男声）做人要敬老，（女声）传统道德观，
（男声）干部要敬老，（女声）升迁是条件，
（男声）领导要敬老，（女声）带动一大片，
（男声）当权要敬老，（女声）江山不会变，
（男声）人人讲博爱，（女声）百善孝为先，
（合声）忠孝有新意，敬老八大员。

在前奏曲的引导下，男女声轮唱着：

一要当好联络员，落实政策不怠慢，
认真贯彻红头文，答疑解惑送温暖；
二要当好宣传员，上传下达样不变，
大政方针不含糊，维护老年知情权；
三要当好协理员，广泛沟通连成片，
层层负起敬老责，统筹管理有专干；
四要当好调解员，化解矛盾多规劝，
消除摩擦求和谐，开阔心胸纳百川；
五要当好守护员，起居住行记心间，
走门串户访百家，生活琐事进良言；

六要当好保健员，平衡饮食常宣传，
切忌贪欲害身心，延年益寿在锻炼；
七要当好组织员，筹划活动要全面，
淡泊处世平心态，人人参与是关键；
八要当好助理员，参事资政牵好线，
真知灼见传后代，发挥余热做奉献。

人们伴随着掌声议论着，李静的歌词又实在又管用，她说得好，做得到，真是令人信服啊！

合唱队伍整齐撤离，方琼站在台前宣布："请领导讲话！"

崔羽陪同左言健步走上舞台，他介绍说："请左言部长宣布决定并讲话！"

在热烈的掌声中，左言敬礼后宣布："经本人申请，中央有关部门批准，程铁夫同志离职休养，享受部级待遇。免去崔羽同志高新科技学院党委书记兼职，任命于祥同志为党委书记，迟来春同志为院长，赵倩同志为党委副书记兼纪委书记，刁玉琢同志为常务副院长。"

在掌声中有人喊道："请崔羽同志留下来！"

左言在讲话中先是表示祝贺，而后强调说，希望大家服从组织决定，要在新班子领导下再接再厉，团结奋斗，以人才为核心、立德为基础、科研为先导，肩负起教书育人的历史使命，做到勤于学习、善于思考、勇于探索、敢于创新，不断地向世界科技尖峰挑战，让人类的科技文明之花在这片肥沃的土壤中永远根深叶茂、茁壮绽放，为实现中华民族伟大复兴而奉献自己的一生！

全场起立，掌声雷鸣，崔羽在强调了认真落实部长的讲话精神的同时，留下了四句话作为赠言："前人育后人盘古延至今，晚辈敬先辈佐证见宇辰，私心乱公心时刻当自明，正道压邪道天地定乾坤。"最后他预祝大家春节快乐、万事顺心，祝各位老前辈身体健康、阖家欢乐！

赵倩受党委委托宣布了任命李静为服务中心副主任后，请程铁夫讲话。程铁夫在班子新老成员的陪同下来到舞台上，把手中一个类似接力棒的纸卷交给于祥说："请你们按照部长指示的精神继续前进吧！"

于祥打开纸卷高声宣读："事业只有起点没有终点，职业只有接班没有歇班！一个老兵：程铁夫。"

话音刚落，程铁夫说："我的话讲完了，再见！"

全场起立，掌声经久不息。

这时，十几名女生手持鲜花一拥而上，献给左言和崔羽，献给程铁夫和院领导。

在方琼邀请崔羽指挥下，春节联欢活动在台上台下起身高唱《革命人永远是年轻》的歌声中圆满地落下了帷幕。